Mika Waltari

Sinouhé l'Égyptien

II

Traduit du finnois
par Jean-Louis Perret

Olivier Orban

Titre original :

SINUHE EGYPTILÄINEN

LIVRE X

La cité de l'Horizon d'Aton

1

Horemheb rentra du pays de Koush au cœur de l'été. Les hirondelles s'étaient enfouies dans le limon, l'eau croupissait dans les étangs, et les sauterelles et les altises ravageaient les cultures. Mais les jardins des riches Thébains regorgeaient de fleurs et de fraîcheur, et, des deux côtés de l'avenue bordée de béliers en pierre, les plates-bandes brillaient de toutes les couleurs, car à Thèbes seuls les pauvres manquaient d'eau fraîche et voyaient leur nourriture abîmée par la poussière qui se déposait en couche épaisse et recouvrait les feuilles des sycomores et des acacias dans le quartier pauvre. Mais au sud, de l'autre côté du fleuve, la maison dorée du pharaon dressait ses murs dans la brume estivale, et ses jardins étaient comme un rêve bleuté et palpitant. Le pharaon n'avait pas quitté son palais pour ses pavillons du Bas-Pays. C'est pourquoi chacun savait qu'un événement important se préparait, et l'inquiétude remplissait les esprits, comme lorsque le ciel s'obscurcit avant une tempête de sable.

Personne ne fut surpris quand, dès l'aube, des troupes entrèrent à Thèbes par toutes les routes venant du sud. Boucliers poussiéreux, lances aux pointes de cuivre étincelant, cordes des arcs bandées, les soldats noirs suivaient les rues en jetant des regards curieux autour d'eux, de sorte que le blanc de leurs yeux luisait terriblement dans leur visage en sueur. Précédés de leurs insignes barbares, ils pénétrèrent dans les casernes vides où bientôt les feux s'allumèrent pour chauffer les grosses pierres des foyers. Au même moment, la flotte de guerre abordait aux quais, et on déchargeait les chars de guerre et les chevaux à aigrettes des chefs, et dans ces troupes il n'y avait pas non plus d'Egyptiens, mais surtout des nègres du sud et des Shardanes des déserts du nord-ouest. Ils occupèrent la ville et on alluma des feux de garde aux carrefours et on barra le fleuve. Pendant la journée, le travail cessa dans les ateliers et les moulins, dans les magasins et les dépôts. Les marchands rentrèrent leurs éventaires et fermèrent les fenêtres avec des planches, les patrons des maisons de joie et des cabarets engagèrent vite des hommes solides pour se protéger. Les gens se vêtirent de blanc, et de tous les quartiers la foule afflua vers le grand temple d'Amon dont les cours furent vite pleines à craquer.

A ce moment se répandit la nouvelle que le temple d'Aton avait été profané pendant la nuit et souillé. On avait lancé sur l'autel un chien crevé et le gardien avait été trouvé la gorge fendue d'une oreille à l'autre. Les gens échangèrent des regards inquiets, mais beaucoup

ne purent s'empêcher de sourire secrètement de satisfaction maligne.

— Nettoie tes instruments, ô mon maître, me dit
Kaptah. Je crois en effet qu'avant le soir tu auras bien
du travail et tu pourras même faire des trépanations, si
je ne me trompe.

Mais rien de spécial ne se passa dans la soirée. Seuls
quelques nègres ivres pillèrent des boutiques et violè-
rent des femmes, mais les gardes les arrêtèrent et les
rouèrent de coups en public, ce qui ne rendit guère le
sourire aux marchands volés et aux femmes violées.
J'appris que Horemheb était aussi arrivé par le fleuve
et je me dirigeai vers le port pour essayer de le voir. A
ma grande surprise, les gardes, après avoir entendu ma
requête, allèrent m'annoncer et me firent monter à
bord. J'observai avec curiosité ce bateau de guerre, car
c'était la première fois que j'en voyais un de près, mais
seuls l'armement et le nombreux équipage le différen-
ciaient des autres navires, car même un navire de
commerce peut avoir des dorures à la proue et des
voiles de couleur.

C'est ainsi que je revis Horemheb. Il me parut avoir
encore gagné en grandeur et en majesté, ses épaules
étaient larges et forts les muscles de ses bras, mais son
visage était creusé de rides et ses yeux étaient rouges de
fatigue et mélancoliques. Je m'inclinai profondément
devant lui, les mains à la hauteur des genoux, et il rit et
dit d'une voix amère :

— Tiens ! Sinouhé, le Fils de l'onagre, mon ami !
Tu arrives au bon moment.

Sa dignité l'empêcha de m'embrasser, et il se tourna
vers un chef gras et trapu qui, l'air ennuyé, les yeux
écarquillés, tout haletant de chaleur, se tenait devant
lui. Il lui dit :

— Prends ce bâton doré de commandement et
charge-toi des responsabilités.

Il ôta de son cou sa chaîne d'or de chef et la remit à
l'obèse en disant :

— Prends le commandement et que le sang du
peuple coule sur tes sales mains !

Alors seulement il se tourna vers moi et dit :

— Sinouhé, mon ami, je suis libre de te suivre où tu
voudras, et j'espère que tu as chez toi une natte où je
pourrai étendre mes jambes, car par Seth et tous les
démons je suis terriblement fatigué et excédé de me
disputer avec des gens toqués.

Il mit la main sur l'épaule du petit homme gras, et il
me dit :

— Regarde attentivement, Sinouhé mon ami, et
grave dans ton esprit ce que tu vois, car voici l'homme
qui tient aujourd'hui entre ses mains le sort de Thèbes
et peut-être de toute l'Egypte. C'est lui que le pharaon
a désigné pour me remplacer, une fois que je lui eus
déclaré qu'il était fou. Mais en voyant cet homme, tu
devines probablement que bientôt le pharaon aura
besoin de moi.

Il rit longuement en se frappant les cuisses, mais ce
rire n'exprimait pas la joie et j'en fus effrayé.

Le petit chef roulait des yeux effarés, tandis que la

sueur lui dégoulinait sur le visage et sur sa poitrine grassouillette.

— Ne sois pas fâché contre moi, Horemheb, dit-il d'une voix aiguë. Tu sais que je n'ai pas ambitionné ton bâton de commandement, mais que je préfère au fracas des armes le calme de mon jardin et mes chats. Mais comment aurais-je pu refuser d'obéir au pharaon qui m'assure qu'il n'y aura pas de combat, mais que le faux dieu tombera sans effusion de sang ?

— Il prend ses désirs pour des réalités, dit Horemheb. Son cœur précède sa raison, comme l'oiseau dépasse l'escargot. C'est pourquoi ses paroles n'ont aucune importance, mais tu dois penser avec ta propre raison et verser le sang modérément et à bon escient, bien que ce ne soit que du sang égyptien. Par mon faucon, je te rosserai de mes mains, si tu as oublié ta raison et ton habileté en compagnie de tes chats, car du temps de l'ancien pharaon tu étais un bon capitaine, à ce qu'on m'a dit, et c'est probablement pour cela que le pharaon t'a confié cette tâche pénible.

Il lui appliqua une forte claque sur le dos, et le petit homme en fut si essoufflé qu'il n'arriva pas à répondre. Horemheb gagna le pont en quelques enjambées et les soldats se redressèrent et le saluèrent en souriant et en levant leurs lances. Il leur fit un signe de la main et cria :

— Adieu, soldats. Obéissez à ce petit chat de race qui porte le bâton de commandement par la volonté du pharaon. Obéissez-lui comme à un enfant ignorant et prenez garde qu'il ne tombe pas de son char ou ne se coupe avec son poignard.

Les soldats rirent, mais il s'assombrit et leur fit le poing en disant :

— Je ne vous dis pas adieu, mais au revoir, car je vois déjà quelle passion enflamme vos yeux de saligauds. C'est pourquoi je vous engage à vous souvenir de mes ordres, sinon votre échine sera mise en pièces à mon retour.

Il me demanda où j'habitais et donna l'adresse au chef des gardes, mais il laissa ses effets dans le bateau où ils seraient mieux à l'abri. Puis il me prit par le cou, comme naguère, et dit :

— Vraiment, Sinouhé, personne n'a mieux mérité que moi une bonne ivresse ce soir.

Je lui parlai de la « Queue de Crocodile », et il en fut ravi, si bien que je lui demandai d'y envoyer un piquet de gardes en prévision des désordres. Il donna des instructions au chef, qui lui obéit, comme s'il avait encore été sous ses ordres, et qui promit d'envoyer des hommes de confiance. Ainsi, je pus rendre à Kaptah un service qui ne me coûtait rien.

Je savais qu'il y avait à la « Queue de Crocodile » plusieurs petites chambres séparées où se réunissaient les pilleurs de tombes et les marchands de denrées volées et où parfois des femmes nobles recevaient de solides porteurs des quais. J'y conduisis Horemheb, et Merit lui apporta une queue dans une coupe de coquillage, et il la vida d'un trait et toussota un peu et dit :

— Ho-ho.

Puis il en redemanda une et, quand Merit fut sortie, il dit que c'était une belle fille et me demanda quels étaient mes rapports avec elle. Je lui assurai que je n'en avais pas, mais j'étais content que Merit n'eût pas encore acheté un costume à la mode nouvelle et que son ventre fût caché. Mais Horemheb ne la toucha pas, il la remercia poliment et prit la coupe et la huma lentement, avec un soupir, puis il dit :

— Sinouhé, demain le sang coulera dans les rues de Thèbes, mais je n'y peux rien, car le pharaon est mon ami et je l'aime, bien qu'il soit fou, et je l'ai jadis couvert de ma tunique, et mon faucon a uni nos destinées. C'est peut-être à cause de sa folie que je l'aime, mais je ne veux pas me mêler de cette affaire, car je dois penser à l'avenir et je ne veux pas que le peuple me haïsse. Hé oui, Sinouhé, il a coulé bien de l'eau dans le Nil et bien des crues ont inondé le pays depuis le jour de notre dernière rencontre dans la Syrie puante. Je reviens du pays de Koush, et selon les ordres du pharaon j'ai licencié toutes les garnisons et ramené des troupes noires à Thèbes, si bien que le pays est sans protection au sud. Sinouhé, mon ami, dans toutes les grandes villes les casernes sont vides depuis longtemps. La Syrie n'est pas loin de se révolter. Cela ramènera le pharaon au bon sens, mais entre-temps le pays s'appauvrit. Il ne faut plus compter sur le commerce avec Pount. Et depuis son couronnement les mines ont travaillé au ralenti, parce qu'on ne doit plus battre les paresseux, mais qu'on diminue leur ration de nourriture. Vraiment, mon cœur tremble pour lui et pour l'Egypte et pour son dieu, bien que je ne comprenne rien aux dieux, puisque je suis un soldat. Mais je dis que bien des gens périront à cause de ce dieu, et c'est insensé, car les dieux existent pour apaiser le peuple et pas pour semer le trouble.

Il dit encore :

— Demain Amon sera abattu, et je ne le regretterai pas, car il est devenu trop gras pour trouver place à côté du pharaon. C'est de bonne politique de renverser Amon, car le pharaon héritera les immenses richesses du dieu qui peut-être pourront le tirer d'embarras. Les prêtres des autres dieux ont été repoussés dans l'ombre et jalousent Amon, mais ils n'aiment pas non plus Aton, et les prêtres règnent sur le cœur du peuple et surtout ceux d'Amon. C'est pourquoi tout cela finira mal.

— Mais, lui dis-je, Amon est un dieu détestable et ses prêtres ont assez longtemps tenu le peuple dans l'ignorance et étouffé toute pensée vivante, au point que personne n'ose prononcer une parole sans l'assentiment d'Amon. Au contraire, Aton promet la lumière et la vie libre, une vie sans crainte, et c'est une grande chose, c'est une chose incroyablement grande, Horemheb mon ami.

— Je ne comprends pas ce que tu entends par la crainte, répondit-il. Si Amon s'était contenté d'être le serviteur du pharaon, il mériterait sa situation actuelle, car on ne peut gouverner les peuples sans la crainte qu'inspirent les dieux. C'est pourquoi cet Aton est très

dangereux dans toute sa douceur, avec ses croix
d'amour.

— C'est un dieu plus grand que tu ne penses, lui
dis-je doucement, sans comprendre pourquoi je lui
parlais ainsi. Il est peut-être en toi aussi, sans que tu le
saches, et aussi en moi, sans que je le sache. Si les
hommes le comprenaient, il libérerait tous les peuples
du joug de la crainte et des ténèbres. Mais il est bien
possible que beaucoup de gens périssent pour lui,
comme tu l'as dit, car ce qui est éternel ne peut
s'imposer aux hommes que par la violence.

Horemheb me regarda avec impatience, comme on
regarde un enfant qui dit des bêtises. Son visage
s'assombrit, et il prit sa cravache pour s'en frapper les
cuisses, car la queue de crocodile commençait à agir en
lui. Il dit :

— Tant que l'homme sera l'homme, tant qu'existe-
ront le désir de posséder, la passion, la crainte et la
haine, tant qu'il y aura des gens de couleur différente,
des langues et des peuples, le riche restera riche et le
pauvre pauvre, et le fort dominera le faible et le rusé
dominera le fort. Mais cet Aton veut rendre tout le
monde semblable, et devant lui l'esclave est l'égal du
riche. Le bon sens dit que c'est stupide. Nous sommes
du même avis sur un point : il faut abattre Amon, cela
aurait dû se passer en secret et par surprise et de nuit et
en même temps dans tout le pays, et il aurait fallu
immédiatement tuer tous les prêtres du degré supérieur et envoyer les autres dans les mines et les
carrières. Mais dans sa folie le pharaon veut agir

ouvertement et en public et à la lumière de son dieu,
car c'est le disque du soleil qui est son dieu, n'est-ce
pas, et il n'y a rien là de nouveau. En tout cas, c'est de
la folie et cela exigera beaucoup de sang, et j'ai refusé
de m'en charger, parce que j'ignorais ses projets. Par
Seth et tous les démons, si j'avais connu ses intentions,
j'aurais tout préparé soigneusement et renversé Amon
si brusquement que lui-même n'aurait pas eu le temps
de voir ce qui se passait. Mais à présent chaque gamin
de Thèbes est au courant et les prêtres excitent le
peuple dans les cours des temples et les hommes
cassent des branches pour s'en armer et les femmes
vont dans les temples, avec des battoirs cachés sous
leur robe. Par mon faucon, je pleure en pensant à la
folie du pharaon.

Il se prit la tête entre les mains et pleura sur les
souffrances de Thèbes et Merit lui apporta une troisième queue et admira son dos puissant et ses muscles
saillants, si bien que je lui ordonnai d'un ton rude de
sortir et de nous laisser. J'essayai d'exposer à Horemheb ce que j'avais observé pour son compte à Babylone
et dans le pays des Khatti et en Crète, jusqu'au
moment où je vis que le crocodile l'avait frappé de sa
queue et qu'il dormait profondément. Il dormit ainsi
toute la nuit et je veillai sur son sommeil, et j'entendis
les soldats brailler dans la taverne, car le patron et
Kaptah jugeaient profitable de les goberger, pour
mieux s'assurer leur appui en cas de troubles. C'est
pourquoi le vacarme ne cessa pas de toute la nuit, mais
on alla chercher des musiciens aveugles et des danseu-

ses, et je crois que les soldats furent contents, mais moi
je ne l'étais pas en pensant que dans chaque maison de
Thèbes on aiguisait des poignards et des faucilles,
qu'on taillait des pointes de lances en bois et qu'on
garnissait de cuivre les rouleaux de cuisine. Oui, je
crois qu'on ne dormit guère à Thèbes cette nuit, et
certainement le pharaon ne dormit point, mais Horemheb était profondément endormi. Cela provenait probablement du fait qu'il était né soldat.

2

La foule veilla toute la nuit dans les cours du temple
d'Amon et devant le temple, et les pauvres s'étendirent
sur le gazon frais des parterres et les prêtres sacrifièrent
sans arrêt sur tous les autels et distribuèrent au peuple
la viande, le pain et le vin des offrandes. Ils invoquaient Amon à haute voix et promettaient la vie
éternelle à quiconque croyait en Amon et exposait sa
vie pour lui. En effet, les prêtres auraient pu empêcher
l'effusion de sang, s'ils l'avaient voulu. Ils n'auraient
eu qu'à céder et à se soumettre, et le pharaon les aurait
laissés en paix, parce que son dieu détestait la haine et
la persécution. Mais la puissance et la richesse étaient
montées à la tête des prêtres, et la mort même ne les
effrayait point tandis qu'ils imploraient Amon, et il est
possible qu'en cette dernière nuit plus d'un d'entre eux

ait retrouvé la foi. Ils savaient que ni le peuple ni les rares gardiens d'Amon ne pourraient résister à une armée bien entraînée, qui balayerait la foule comme le fleuve emporte les fétus de paille. Mais ils voulaient que le sang coulât entre Amon et Aton pour faire du pharaon un criminel et un assassin qui permettait à des nègres sordides de verser le sang pur des Egyptiens. Ils voulaient des victimes pour Amon, afin que leur Amon vécût éternellement de la vapeur du sang des victimes, même si son image était renversée et ses temples fermés.

Enfin après une longue nuit, le disque d'Aton se leva sur les trois montagnes de l'est et la chaleur du jour chassa en un instant la fraîcheur nocturne. Alors on sonna de la trompette dans tous les carrefours de Thèbes et sur les places, et les hérauts du pharaon lurent la lettre déclarant qu'Amon était un faux dieu et qu'il fallait le renverser et le maudire jusqu'à l'éternité, et que son nom maudit devait être effacé de toutes les inscriptions et monuments et tombes. Tous les temples d'Amon dans le Haut-Pays et dans le Bas-Pays, toutes les terres d'Amon, le bétail, les esclaves, les bâtiments, l'or, l'argent et le cuivre passaient en la possession du pharaon et de son dieu, et le pharaon promettait d'ouvrir les temples comme des promenades publiques, et les parcs et les étangs sacrés seraient accessibles à chacun, les pauvres pourraient nager dans les lacs sacrés et y puiser de l'eau à leur guise. Il répartirait les terres d'Amon entre tous ceux qui n'en possédaient pas, afin qu'ils pussent les cultiver au nom d'Aton.

Au début, la foule écouta en silence la proclamation du pharaon, comme le veut la bonne coutume, mais ensuite une sourde clameur s'éleva dans toutes les rues, sur les places et devant le temple : « Amon, Amon ! » Ce cri était si puissant qu'on eût dit que les pavés et les pierres des maisons criaient aussi. Les soldats noirs eurent un instant d'hésitation, et leurs visages peints en blanc et en rouge devinrent gris, et ils roulèrent les yeux et ils constatèrent que, malgré leur nombre, ils étaient comme perdus dans cette immense ville qu'ils voyaient pour la première fois. Et dans les clameurs, peu de gens entendirent que le pharaon, désireux de supprimer le nom maudit d'Amon de son propre nom, allait désormais s'appeler Akhenaton, le Favori d'Aton.

Ces cris réveillèrent Horemheb qui s'étira et me dit, en souriant, les yeux fermés :

— Est-ce toi, Baket, aimée d'Amon, ma princesse ? Est-ce toi qui m'appelles ?

Mais je lui donnai une bourrade et le sourire s'effaça sur son visage et il se tâta le front en disant :

— Par Seth et tous les démons, ta boisson était puissante, Sinouhé, et j'ai certainement rêvé.

Je lui dis :

— Le peuple implore Amon.

Alors il se souvint de tout, et nous traversâmes vite le cabaret, en enjambant les soldats ivres et les corps nus des filles. Horemheb prit un pain et vida une cruche de bière, puis nous nous précipitâmes vers le temple par des rues désertes comme jamais encore. En cours de route, Horemheb fit ses ablutions à une fontaine et se plongea la tête dans l'eau et barbota, car les queues de crocodile lui martelaient encore les tempes.

Entre-temps, le petit chat gras, dont le nom était Pepitamon, avait disposé ses troupes et ses chars de guerre devant le temple. Ayant appris que tout était en ordre et que chaque détachement connaissait sa mission, il monta dans sa litière dorée et cria d'une voix aiguë :

— Soldats d'Egypte, guerriers impavides de Koush, braves Shardanes ! Allez et renversez ce maudit Amon sur l'ordre du pharaon, et votre récompense sera grande !

S'étant ainsi acquitté de tout ce qu'il considérait comme son devoir, il se rassit sur les coussins tendres de sa litière et se fit éventer par les esclaves, car la chaleur était déjà grande.

Mais le parvis du temple était blanc de gens vêtus de blanc, et il y avait une foule immense, des hommes et des femmes, des vieillards et des enfants, et ils ne reculèrent pas lorsque les troupes s'avancèrent vers le temple et que les chars s'ébranlèrent. Les nègres se frayèrent un passage avec leurs manches de lances et distribuèrent des coups de massue, mais la foule était dense et ne bougeait pas. Soudain les gens se mirent à invoquer Amon et ils se jetèrent à plat ventre devant les chars, si bien que les chevaux passèrent sur eux et que les roues des chars écrasèrent les corps étendus. Les chefs virent alors qu'ils ne pourraient avancer sans répandre du sang, et ils retirèrent leurs troupes, car le pharaon avait donné l'ordre de ne pas faire couler le sang. Mais les pierres de la place étaient déjà rougies et les gens écrasés gémissaient et hurlaient, et une allégresse folle s'empara du peuple lorsqu'il vit les soldats reculer, car il croyait avoir remporté la victoire.

Or Pepitamon se rappela soudain que dans sa proclamation le pharaon avait changé son nom en Akhenaton. C'est pourquoi il décida de changer aussi le sien pour plaire au pharaon, et lorsque ses chefs accoururent, confus et indécis, pour lui demander de nouveaux ordres, il feignit de ne pas comprendre et déclara en roulant les yeux :

— Je ne connais pas Pepitamon. Mon nom est Pepitaton, le Pepi béni d'Aton.

Les chefs, dont chacun commandait à mille hommes avec un fouet tressé d'or, en furent offensés, et le commandant des chars dit :

— Qu'Aton sombre dans le gouffre des enfers, mais quelle est cette farce et quels ordres donnes-tu pour qu'on pénètre dans le temple ?

Alors il se moqua d'eux et dit :

— Etes-vous des femmes ou des soldats ? Dispersez la foule, mais sans verser de sang, car le pharaon l'a expressément défendu.

A ces mots les chefs se regardèrent et crachèrent par terre, mais ils rejoignirent leurs troupes ne pouvant faire autre chose.

Pendant ce conseil de guerre, le peuple toujours plus excité avait poursuivi les nègres en retraite et arraché les pavés pour les lancer sur les soldats, et il brandissait des massues et des branches cassées aux arbres. La foule était énorme et les gens s'encourageaient par des cris et bien des nègres s'affaissaient, et les chevaux des chars se cabraient et s'emballaient, de sorte que les cochers devaient se cramponner aux brides pour les retenir. En revenant vers ses chars, le commandant vit que l'œil de son cheval préféré était crevé et qu'il boitait à la suite d'un coup de pavé. Il en fut si irrité qu'il pleura de rage et dit :

— Ma flèche d'or, mon rapide chevreuil, mon rayon de soleil, ils t'ont crevé l'œil et cassé la jambe, mais vraiment tu m'es plus cher que cette racaille et que tous les dieux ensemble. C'est pourquoi je veux te venger, mais sans verser de sang, comme l'ordonne le pharaon.

A la tête des chars, il se rua sur la foule, et les cochers enlevaient sur leurs chars les manifestants qui criaient le plus fort, et les chevaux écrasaient des vieillards et des enfants et les cris se changeaient en hurlements. Quant aux hommes emportés sur les chars, on les pendit aux rênes, et ainsi on ne versa pas de sang et on traîna les corps derrière les chars pour effrayer les gens. Les nègres ôtèrent les cordes de leurs arcs et bondirent dans la foule et étranglèrent les manifestants. Ils étranglèrent aussi des enfants, en se protégeant de leurs boucliers contre les pierres et les coups de bâton. Mais tout nègre séparé de ses compagnons était écharpé par la foule, et un cocher de char fut arraché de son siège et eut la tête écrasée à coups de pierre.

Horemheb et moi assistions à cette scène, mais la confusion, le bruit et le vacarme devant le temple étaient tels que nous ne pouvions discerner ce qui se passait. Horemheb me dit :

— Je n'ai pas le pouvoir d'intervenir, mais c'est très instructif pour moi.

C'est pourquoi il grimpa sur le dos d'un lion à tête de bélier pour mieux observer les événements, en mangeant le pain qu'il avait pris en partant.

Mais le commandant royal Pepitaton finit par s'énerver, et la clepsydre se vidait à côté de lui et les cris de la foule lui parvenaient comme le bruit d'une inondation funeste. Il appela ses chefs et leur reprocha leur lenteur et dit :

— Ma chatte soudanaise Mimo va mettre bas aujourd'hui, et je suis très inquiet pour elle. Allez, au nom d'Aton, et renversez cette maudite image, pour que nous puissions tous rentrer chez nous, sinon par Seth et tous les démons je vous arracherai vos chaînes d'or et casserai vos fouets, je le jure.

A ces mots, les chefs comprirent qu'ils étaient perdus, quoi qu'ils fissent, et ils discutèrent et invoquèrent tous les dieux et décidèrent de sauver au moins leur réputation militaire. C'est pourquoi ils disposèrent leurs troupes et passèrent à l'attaque et balayèrent la foule comme une crue balaye les fétus secs, et les lances des nègres se teignirent de sang et la place fut ensanglantée et cent fois cent hommes, femmes et enfants périrent pour Amon en cette matinée devant le temple. En voyant les soldats passer résolument à l'attaque, les prêtres avaient en effet fait fermer les portes du pylône, et la foule se dispersa dans toutes les directions comme un troupeau de moutons effrayés et les nègres excités par le sang les poursuivaient et les abattaient de leurs flèches, et les chars de guerre parcouraient les rues en perçant les fuyards à coups de lance. Dans sa fuite la foule envahit le temple d'Aton et renversa les autels et tua les prêtres, et les chars y pénétrèrent aussi. C'est ainsi que les dalles du temple d'Aton furent bientôt couvertes de sang et de cadavres.

Mais devant les murailles du temple d'Amon, les soldats de Pepitaton durent s'arrêter, car les nègres ignoraient l'art d'assiéger une place, et leurs béliers étaient impuissants contre les portes de cuivre du pylône, alors qu'ils pouvaient facilement forcer les palissades d'un village dans le pays des girafes. Ils ne purent qu'entourer le temple, et les prêtres les injuriaient du haut des murs et les gardiens tiraient des flèches et lançaient des javelots, si bien que de nombreux nègres peints périrent en vain. Mais sur la place devant le temple l'odeur du sang avait attiré de partout des nuées de mouches. Pepitaton s'y fit porter dans sa litière, et son visage s'allongea et il ordonna aux esclaves de brûler de l'encens autour de lui, et il pleura et déchira ses vêtements en voyant le nombre des cadavres. Mais son cœur était préoccupé par le sort de sa chatte Mimo ; et c'est pourquoi il dit aux chefs :

— Je crains que la colère du pharaon ne s'abatte

terriblement sur vous, car vous n'avez pas renversé l'image d'Amon, mais en revanche le sang coule à flots sur la place. Mais ce qui est fait est fait. C'est pourquoi je vais courir chez le pharaon pour lui raconter ce qui est arrivé, et j'essayerai de prendre votre défense. J'aurai certainement le temps de passer aussi à la maison pour jeter un coup d'œil à ma chatte et changer de vêtements, car ici l'odeur est effrayante et pénètre dans la peau. Entre-temps, calmez les nègres et donnez-leur à manger et à boire, car c'est inutile de s'en prendre aujourd'hui aux murailles. Je le sais, parce que je suis un chef plein d'expérience et que nous ne sommes pas équipés pour forcer des murailles. Mais ce n'est pas ma faute, puisque le pharaon ne m'a pas dit qu'il faudrait assiéger le temple. C'est à lui de décider ce qu'il convient de faire.

Ce jour-là il ne se passa rien d'autre, les chefs retirèrent leurs troupes loin des murs et des tas de cadavres, et ils firent avancer le train pour ravitailler les nègres. Les Shardanes, qui étaient plus intelligents que les nègres et qui n'aimaient pas rester au soleil, s'emparèrent de toutes les maisons voisines du temple et en chassèrent les habitants et pillèrent les caves à vin, car c'étaient des maisons riches. Entre-temps les cadavres gonflaient sur les places et les premiers corbeaux et éperviers accouraient des montagnes à Thèbes où on ne les avait pas vus de mémoire d'homme.

Le soir, les lampes ne s'allumèrent pas et le ciel était sombre sur Thèbes, mais les nègres et les Shardanes s'échappèrent des camps et allumèrent des torches et forcèrent les portes des maisons de joie et pillèrent les maisons des riches, et dans la rue ils demandaient à chacun : « Amon ou Aton ? » Si quelqu'un ne leur répondait pas, ils le frappaient et lui volaient sa bourse. Et si un homme effrayé leur répondait : « Qu'Aton soit béni », ils criaient : « Tu mens, chien, on ne nous trompe pas ! » Et ils lui coupaient la gorge et le perçaient de leur lance et lui prenaient ses habits et sa bourse. Pour voir mieux, ils mirent le feu à des maisons, et vers minuit le ciel de Thèbes rougeoyait de nouveau, et personne n'était en sécurité en ville, mais personne ne pouvait s'enfuir, car les routes étaient barrées et le fleuve aussi était barré, et les gardes repoussaient tous les fugitifs, car on leur avait ordonné d'empêcher qu'on emportât secrètement l'or et les trésors d'Amon.

Mais le pire fut que les cadavres restèrent à pourrir dans les rues près du temple, car personne ne se souciait de les emporter pour ne pas encourir la colère du pharaon à qui on avait dit que les victimes étaient très peu nombreuses. Et on ne permit pas aux parents d'enlever les corps des leurs. C'est ainsi que l'odeur des cadavres empesta l'air de la ville et même l'eau du fleuve, et au bout de quelques jours des maladies éclatèrent dans la ville et on ne put les combattre, car la Maison de la Vie était dans l'enceinte du temple avec ses dépôts de remèdes.

Chaque nuit des maisons flambaient et étaient pillées, et les nègres peints buvaient du vin dans des coupes en or et les Shardanes dormaient au tendre dans les lits des riches. Et jour et nuit, du haut des murailles du temple, les prêtres lançaient des malédictions contre le faux pharaon et contre tous ceux qui abjuraient Amon. Toute la tourbe de la ville quitta ses repaires, les voleurs, les pilleurs de tombeaux et les brigands qui ne redoutaient aucun dieu, pas même Amon. Ils invoquaient pieusement Aton et se rendaient dans son temple demander aux prêtres survivants une croix de vie qu'ils se mettaient au cou comme un talisman pour pouvoir piller, tuer et voler à leur guise. Après ces jours et ces nuits, il fallut des années à Thèbes pour reprendre son aspect antérieur.

3

Horemheb habitait chez moi et il veillait et maigrissait et ses yeux s'assombrissaient et il ne touchait pas à la nourriture que Muti lui préparait avec dévouement, car elle l'admirait, comme les femmes aiment les hommes robustes, alors que je n'étais qu'un médecin sans muscles, malgré tout mon savoir. Et Horemheb disait :

— Que m'importe Amon ou Aton, mais mes soldats perdent leur discipline et deviennent des fauves, si bien qu'il me faudra distribuer bien des coups et faire tomber bien des têtes pour remettre de l'ordre. C'est grand dommage, car j'en connais beaucoup par leur nom et ils sont d'excellents soldats, si on les tient ferme et qu'on les réprimande assez.

Mais Kaptah s'enrichissait chaque jour et son visage luisait de graisse et il ne quittait pas la « Queue de Crocodile » où les sous-officiers des Shardanes et les centeniers payaient leurs consommations avec de l'or, et les chambres de derrière se remplissaient de trésors volés, de bijoux, de coffrets et de tapis remis en payement. Et personne n'osait inquiéter cette maison, car on savait qu'elle était gardée par des soldats de Horemheb, et Kaptah choyait les gardes pour stimuler leur zèle, et les soldats bénissaient son nom et pendaient la tête en bas, au-dessus de la porte, tout voleur pris sur le fait, pour servir d'exemple et pour effrayer les émeutiers.

Le troisième jour mes remèdes prirent fin, et on ne put plus en acheter même pour de l'or et mon habileté était impuissante devant les maladies répandues par l'eau contaminée et par les cadavres. J'étais épuisé et mon cœur était comme une plaie dans ma poitrine et mes yeux étaient rougis par les veilles. C'est pourquoi je me dégoûtai de tout, des pauvres et des blessures, et même d'Aton, et je me rendis à la « Queue de Crocodile » et j'y bus des vins mélangés, puis je dormis et le matin Merit me réveilla et je dormis sur sa natte et elle reposait à côté de moi. J'avais honte et je lui dis :

— La vie est comme une nuit froide, mais c'est beau que deux solitaires se réchauffent dans la nuit froide,

bien que leurs yeux et leurs mains se mentent par
amitié.

Elle bâilla et dit :

— Comment sais-tu que mes yeux et mes mains te
mentent ? Moi je suis vraiment lasse de taper sur les
doigts des soldats et de leur donner des coups de pied,
et c'est à côté de toi, Sinouhé, que je trouve dans cette
ville la seule place sûre où personne ne peut me
toucher. Mais j'ignore pourquoi, et je suis un peu
fâchée contre toi, car on dit que je suis belle et mon
ventre n'a aucun défaut, bien que tu n'aies pas désiré le
voir.

Je bus la bière qu'elle m'offrait, pour m'éclaircir les
idées, et je ne sus que lui répondre. Elle me regardait
dans les yeux en souriant, bien qu'au fond de ses
prunelles brunes le chagrin brillât comme l'eau noire
dans un puits. Et elle dit :

— Sinouhé, je voudrais t'aider, si je le pouvais, et il
est dans cette ville une femme qui a une grosse dette
envers toi. Ces jours-ci, le plancher est à la place du
plafond et les portes s'ouvrent à l'envers et on règle
bien des vieux comptes dans les rues. Peut-être serait-
ce bon pour toi de recouvrer ta créance, afin que tu
cesses de penser que chaque femme est une fournaise
qui te consumera.

Je lui dis que je ne la considérais pas comme une
fournaise, mais je la quittai, et ses parolas couvèrent en
moi, car je n'étais qu'un homme et mon cœur était
engourdi par le sang et les blessures et j'avais senti la
griserie de la haine. C'est pourquoi ses paroles couvè-

rent en moi comme une flamme et je me rappelai le temple de la déesse à la tête de chat et la maison voisine, bien que le temps eût recouvert de sable ces vieux souvenirs. Mais en ces journées d'horreur tous les corps sortaient de leurs tombes et je songeais à mon tendre père Senmout et à ma bonne mère Kipa, et une odeur de carnage me remplissait la bouche, car maintenant personne ne se sentait en sécurité à Thèbes et il m'aurait suffi de soudoyer deux soldats pour assouvir ma vengeance. Mais je ne savais pas ce que je voulais. C'est pourquoi je rentrai chez moi soigner les malades de mon mieux, sans remèdes, et j'invitai les pauvres à creuser des fossés sur la rive, pour que l'eau s'y purifiât en coulant à travers le limon.

Le cinquième jour, les officiers de Pepitaton se sentirent inquiets, car les soldats refusaient d'obéir et arrachaient aux officiers leurs cravaches dorées pour les casser sur leurs genoux. Ils allèrent trouver leur chef qui était dégoûté de la vie pénible du soldat et qui regrettait ses chats, et ils lui firent promettre d'aller chez le pharaon pour lui dire la vérité et pour se démettre de ses fonctions en rendant son collier de commandant royal. Ce même jour un messager du pharaon se présenta chez moi pour convoquer Horemheb au palais. Horemheb se dressa comme un lion, se lava et s'habilla et partit, en pensant à ce qu'il dirait, car en cette journée la puissance même du pharaon vacillait et personne ne savait ce qui se passerait le lendemain. Devant le pharaon, il dit :

— Akhenaton, le temps presse et il serait trop long

que je t'expose comment je te conseille d'agir. Mais
remets-moi pour trois jours les pouvoirs du pharaon, et
le troisième jour je te restituerai ces pouvoirs, et tu
n'auras pas à savoir ce qui s'est passé.

Mais la pharaon lui dit :

— Renverseras-tu Amon ?

Horemheb dit :

— Tu es plus fou qu'un possédé de la lune ; mais,
après tout ce qui est arrivé, Amon doit être renversé
pour que l'autorité du pharaon subsiste. C'est pourquoi je terrasserai Amon, mais ne me demande pas
comment.

Le pharaon dit :

— Tu ne dois pas malmener ses prêtres, car ils ne
savent ce qu'ils font.

Horemheb lui répondit :

— Vraiment, on devrait te trépaner, car c'est le seul
moyen de te guérir, mais j'obéirai à ton ordre, puisque
jadis je t'ai couvert de ma tunique.

Alors le pharaon pleura et lui remit son fouet et son
sceptre pour trois jours. Je n'ai pas vu cette scène, je
l'ai apprise par Horemheb qui, à la manière des
soldats, est parfois enclin à exagérer. En tout cas, il
rentra en ville dans la voiture dorée du pharaon, et il
parcourut les rues et appela les soldats par leur nom et
groupa les plus fidèles et il fit sonner les trompettes
pour rassembler les hommes autour de leurs enseignes.
Toute la nuit il rendit la justice, et les hurlements et les
gémissements retentirent dans les cantonnements, et
les porte-verges des régiments cassèrent des tas de

cannes de jonc et leurs bras se lassèrent et ils dirent que jamais encore ils n'avaient été mis à pareille épreuve. Horemheb envoya des hommes sûrs patrouiller dans les rues et ils arrêtèrent tous les soldats qui n'avaient pas obéi aux signaux, et ils les emmenèrent pour être fustigés, et ceux dont les mains et les vêtements étaient ensanglantés furent décapités devant leurs camarades. A l'aube la pègre de Thèbes avait regagné ses antres comme des rats, car tout voleur ou pillard pris sur le fait était abattu sur place. C'est pourquoi ils s'enfuirent dans leurs cachettes, tout tremblants, et arrachèrent leurs croix d'Aton, croyant qu'elles leur porteraient malheur.

Horemheb convoqua aussi tous les ouvriers du bâtiment et leur ordonna de démolir les maisons des riches et quelques navires, afin de se procurer du bois pour construire des béliers et des échelles et des tours de siège, et le bruit des marteaux et le grondement des troncs emplit la nuit de Thèbes. Mais il était dominé par les gémissements des nègres et des Shardanes fustigés, et ces cris étaient agréables aux oreilles des Thébains. C'est pourquoi ils pardonnèrent à l'avance à Horemheb tous ses actes et ils l'aimèrent, car les gens raisonnables s'étaient déjà détournés d'Amon après toutes les ruines et ils espéraient qu'Amon succomberait, pour que la ville fût débarrassée des soldats.

Horemheb ne gaspilla pas son temps en vains pourparlers avec les prêtres, mais dès le point du jour il donna ses ordres aux chefs et convoqua tous les centeniers et leur répartit leurs missions. C'est pour-

quoi, en cinq endroits, les soldats avancèrent les tours
contre les murailles du temple et au même moment les
béliers ébranlèrent les portes et personne ne fut blessé,
car les soldats avaient formé la tortue, et les prêtres et
les gardiens s'étaient imaginé que le siège allait continuer et n'avaient pas préparé de l'eau bouillante ni
fondu de la poix sur les murs pour repousser les
assaillants. C'est ainsi qu'ils ne purent déjouer les
attaques bien combinées, mais ils dispersèrent leurs
forces et coururent sans plan sur les murs, et le peuple
commença à hurler de peur dans les cours. C'est
pourquoi les prêtres du degré supérieur, voyant les
portes sur le point de céder et les nègres grimper sur les
murs, firent sonner les trompettes pour cesser la lutte
et pour épargner le peuple, car ils estimaient qu'Amon
avait reçu assez de victimes et ils voulaient conserver
des fidèles à Amon en prévision de l'avenir. On ouvrit
donc les portes et les soldats pénétrèrent dans les
cours, et la foule s'enfuit en invoquant l'aide d'Amon
et regagna ses foyers avec joie, car son excitation était
tombée et le temps lui paraissait long dans les cours
surchauffées par le soleil.

C'est ainsi que Horemheb s'empara de tout le temple
sans grande effusion de sang. Il envoya les médecins de
la Maison de la Vie soigner les malades dans la ville,
mais il ne pénétra pas dans la Maison de la Mort, car
elle vit en dehors de la vie et est interdite, quoi qu'il
arrive dans le monde. Mais les prêtres se retranchèrent
dans le grand temple pour protéger le saint des saints et

ils droguèrent les gardiens pour les faire combattre jusqu'au bout, insensibles à la douleur.

Le combat dans le temple dura jusqu'au soir, mais au crépuscule tous les gardiens drogués et les prêtres pris les armes à la main étaient tués, et il ne restait plus que les prêtres du degré supérieur qui s'étaient massés autour de leur dieu. Alors Horemheb fit sonner la fin du combat et il envoya les soldats relever les cadavres pour les jeter dans le fleuve, puis il s'approcha des prêtres et leur dit :

— Je n'ai pas de conflit avec Amon, car j'adore Horus, mon faucon. Mais je dois obéir aux ordres du pharaon et renverser Amon. Or, il serait certainement plus agréable pour moi et pour vous que l'on ne découvrît pas l'image du dieu dans le sanctuaire, car les soldats la profaneraient, et je ne tiens pas à être un profanateur, bien que je doive par serment servir le pharaon. Pensez à mes paroles, je vous laisse le temps d'une clepsydre pour réfléchir. Après cela vous pourrez vous éloigner en paix et personne ne portera la main sur vous, car je n'en veux pas à vos vies.

Ces paroles plurent aux prêtres qui s'étaient préparés à mourir pour Amon. Ils restèrent dans le sacrosaint, derrière le rideau, jusqu'à ce que l'eau de la clepsydre se fût écoulée. Alors Horemheb arracha de ses mains le rideau et fit sortir les prêtres, et à leur départ le sacro-saint était vide et on ne voyait nulle part l'image d'Amon, car les prêtres l'avaient mise en pièces et ils en emportaient les morceaux sous leurs manteaux, pour pouvoir dire qu'un miracle s'était produit et qu'Amon vivait toujours. Mais Horemheb fit apposer les scellés du pharaon sur tous les dépôts, et il cacheta de ses propres mains les caves où l'on conservait l'or et l'argent. Le même soir les tailleurs de pierre se mirent au travail pour effacer à la lumière des torches, sur chaque image et inscription, le nom d'Amon, et la nuit Horemheb fit ramasser les cadavres sur les places et éteindre les derniers incendies.

Ayant appris qu'Amon avait été renversé et que l'ordre était rétabli, les riches et les grands revêtirent leurs meilleurs habits et allumèrent les lampes devant leurs maisons et sortirent dans la rue pour célébrer la victoire d'Aton. Les courtisans réfugiés dans la maison du pharaon regagnèrent aussi la ville au-delà du fleuve, et bientôt le ciel de Thèbes rougeoya de nouveau à la lueur des torches et des lampes, et on répandait des fleurs dans les rues et les gens riaient et s'embrassaient. Horemheb ne put les empêcher de verser du vin aux Shardanes ni retenir les femmes nobles qui embrassaient les nègres portant au bout de leurs lances les têtes rasées des prêtres massacrés. Car cette nuit Thèbes nageait dans l'allégresse au nom d'Aton, et au nom d'Aton tout était permis et il n'y avait plus de différence entre Egyptiens et nègres, et pour le prouver les dames de la cour emmenaient des nègres chez elles et ouvraient leurs vêtements devant eux et jouissaient de leur force et de l'odeur de leur corps. Et lorsqu'à l'ombre des murs un gardien blessé rampait en invoquant Amon, on lui fracassait la tête contre les pavés,

et les femmes dansaient de joie autour de son corps.
C'est ce que j'ai vu de mes propres yeux.

Je vis tout cela de mes propres yeux, et alors je me
pris la tête entre les mains et tout me fut égal, et je me
dis qu'aucun dieu n'était capable de guérir l'homme de
sa folie. Cette nuit, tout m'était égal, et c'est pourquoi
je me rendis à la « Queue de Crocodile » et les paroles
de Merit flambaient dans mon cœur et j'appelai les
soldats qui continuaient à garder le cabaret. Ils m'écoutèrent, car ils avaient vu Horemheb en ma compagnie,
et dans cette nuit d'allégresse insensée, parmi la foule
dansant dans les rues, je les conduisis devant la maison
de Nefernefernefer. Les lampes et les torches y
brûlaient aussi et la maison n'avait pas été pillée et on
entendait jusque dans la rue les cris et les rires des
ivrognes. Mais à ce moment mes genoux se mirent à
trembler, et je dis aux soldats :

— Voici l'ordre de Horemheb, mon ami, le commandant royal. Entrez dans cette maison, vous y
trouverez une femme qui tient la tête haute et dont les
yeux sont verts comme la pierre. Allez et amenez-la
moi, et si elle résiste, donnez-lui un coup du manche
de votre lance, mais ne l'abîmez pas !

Ils entrèrent avec plaisir et bientôt des gens effrayés
s'enfuirent en chancelant et les serviteurs appelèrent
les gardes. Mais les soldats revinrent les mains char-
gées de fruits et de gâteaux au miel et de cruches de vin
en portant Nefernefernefer, car elle avait résisté et ils
lui avaient asséné un coup sur la tête, et elle avait perdu
sa perruque et son crâne rasé saignait. Je posai la main

sur sa poitrine qui était lisse comme le verre et chaude, mais j'avais l'impression de toucher une peau de serpent. Je sentis que son cœur battait et qu'elle n'avait pas de blessure grave, et je l'enveloppai dans un drap noir, comme on le fait pour les cadavres, et je la déposai dans ma litière, et les gardes n'intervinrent pas, en voyant les soldats qui m'accompagnaient. Les soldats m'escortèrent jusqu'à la Maison de la Mort, et j'étais assis dans la litière balancée, le corps inerte de Nefernefernefer sur mes genoux, et elle était aussi belle qu'avant, mais pour moi elle était plus répugnante qu'un serpent. C'est ainsi qu'on nous portait à travers la nuit pleine d'allégresse de Thèbes, et devant la Maison de la Mort je donnai de l'or aux soldats et je les renvoyai avec la litière. Je pris Nefernefernefer et entrai, et les embaumeurs vinrent à ma rencontre et je leur dis :

— Je vous apporte une femme que j'ai trouvée dans la rue, et je ne connais ni son nom ni ses parents, mais je crois qu'elle a des bijoux qui vous dédommageront de vos peines, si vous conservez son corps pour l'éternité.

Ils s'emportèrent contre moi et dirent :

— Espèce de fou, crois-tu que nous n'avons pas déjà assez de cadavres ces jours, et qui nous dédommagera de nos travaux ?

Mais après avoir sorti le corps du drap noir, ils sentirent qu'il était encore chaud, et en enlevant les habits et les bijoux, ils virent que la femme était belle, plus belle qu'aucune de celles qu'on avait apportées dans la Maison de la Mort. Ils cessèrent de grommeler, et ils posèrent la main sur sa poitrine et sentirent que le cœur battait encore. Alors ils l'enveloppèrent vite dans le drap et ils clignèrent de l'œil et ils pouffèrent de joie et me dirent

— Va-t'en, étranger, et sois béni, car vraiment nous ferons de notre mieux pour conserver éternellement son corps, et si cela dépend de nous, nous la garderons chez nous septante fois septante jours, afin que son corps se conserve certainement.

C'est ainsi que je recouvrai ma créance sur Nefernefernefer qui me devait beaucoup à cause de mes parents. Et je pensais à sa surprise en s'éveillant dans les antres de la Maison de la Mort, dépouillée de sa richesse et de sa puissance, entre les mains des embaumeurs qui ne la laisseraient plus jamais revoir la lumière du jour, pour autant que je les connaissais. Telle fut ma vengeance, car c'est à cause d'elle que j'avais connu la Maison de la Mort, mais ma vengeance était enfantine, ainsi que je le constatai plus tard. J'en reparlerai à son heure, mais je tiens à dire ici que peut-être la vengeance enivre et que son goût est délicieux, mais de toutes les fleurs de la vie c'est elle qui se fane le plus vite, et sous les délices de la vengeance ricane un crâne de mort. Et je ne trouvais aucune consolation dans l'idée que peut-être mon acte avait sauvé bien des jeunes fous d'une mort honteuse et prématurée, car la ruine, la honte et la mort suivaient chaque pas du pied nu de Nefernefernefer. Non, cette idée ne me procurait aucune satisfaction, car si tout a une fin, l'existence de Nefernefernefer en a une aussi, et il faut qu'il existe des femmes comme elle pour qu'on puisse mettre les cœurs à l'épreuve.

Je rentrai à la « Queue de Crocodile » et je rencontrai Merit et je lui dis :

— J'ai recouvré ma créance, et de la manière la plus cruelle qu'on puisse imaginer. Mais ma vengeance ne me cause aucune joie, et mon cœur est encore plus vide qu'auparavant, et je frissonne, bien que la nuit soit chaude.

Je bus du vin et le vin était comme de la poussière dans ma bouche, et je lui dis :

— En vérité, que mon corps se dessèche si jamais je touche à une femme, car plus je pense aux femmes, plus je les redoute, car leur corps est un désert dévasté et leur cœur un piège mortel.

Elle me toucha la main et me regarda de ses yeux bruns et dit :

— Sinouhé, tu n'as jamais rencontré de femme qui ait voulu seulement faire ton bonheur.

Alors je lui dis :

— Que tous les dieux de l'Egypte me protègent d'une femme qui fasse mon bonheur, car le pharaon aussi veut faire le bonheur des gens, et le fleuve charrie des cadavres à cause de cette bonté.

Je repris du vin et je pleurai et je dis :

— Merit, tes joues sont lisses comme le verre et tes mains sont chaudes. Permets-moi cette nuit de toucher tes joues de mes lèvres et garde mes mains froides dans tes mains chaudes, pour que je dorme sans avoir de cauchemars, et je te donnerai tout ce que tu me demanderas.

Elle me sourit tristement et dit :

— Je me doute que la queue de crocodile parle en ce moment par ta bouche, mais j'y suis déjà habituée et je ne t'en veux pas. Sache donc, Sinouhé, que je ne te demanderai rien et que jamais encore je n'ai rien demandé à un homme et que je n'ai jamais accepté de cadeau de quelque valeur, mais si je veux donner quelque chose, je le donne de tout mon cœur, et à toi je le donnerai volontiers, parce que je suis aussi solitaire que toi.

Elle prit la coupe de ma main tremblante et étendit sa natte pour que je m'y couche et elle se mit à côté de moi et réchauffa mes mains froides. De ma bouche je touchai ses joues lisses et je respirai l'odeur de cèdre de sa peau et je me divertis avec elle, et elle était pour moi comme un père et une mère et elle était pour moi comme une chaufferette pour un homme tremblant par une nuit de gel et elle était comme la lumière du rivage qui, par une nuit d'orage, conduit le marin au port. Elle était aussi Minea pour moi, lorsque je sombrai dans le sommeil, Minea que j'avais perdue à jamais, et je reposais à côté d'elle comme au fond de la mer près de Minea, et je n'eus pas de mauvais rêves, mais je dormis profondément, tandis qu'elle me murmurait à l'oreille des mots que les mères disent à leurs enfants apeurés par les ténèbres. A partir de cette nuit, elle fut mon amie, car dans ses bras je croyais de nouveau qu'il existait en moi et en dehors de mon savoir quelque chose qui me dépassait et pour quoi il valait la peine de vivre.

Le lendemain matin je lui dis :

— Merit, j'ai cassé une cruche avec une femme qui est morte, mais je conserve encore un ruban d'argent qui attacha une fois ses longs cheveux. Et cependant, à cause de notre amitié, Merit, je suis prêt à casser une cruche avec toi, si tu le désires.

Mais elle bâilla et porta sa main devant sa bouche et dit :

— Tu ne dois plus jamais boire de queue, Sinouhé, car le lendemain tu dis des bêtises. Rappelle-toi que j'ai grandi dans un cabaret et que je ne suis plus une fille innocente qui pourrait croire à tes paroles pour éprouver ensuite une déception.

— Quand je te regarde dans les yeux, Merit, je crois qu'il existe au monde des femmes bonnes aussi, lui dis-je en embrassant ses joues lisses. C'est pourquoi je t'ai parlé ainsi, afin que tu comprennes tout ce que tu es pour moi.

Elle sourit et dit :

— Tu as remarqué que je t'ai interdit de boire des queues de crocodile, car pour montrer à un homme qu'elle l'aime, une femme commence par lui défendre quelque chose, pour éprouver son pouvoir. Mais ne parlons pas de cruches, Sinouhé. Tu sais bien que la natte à côté de moi sera toujours libre pour toi quand tu seras trop seul et triste. Mais ne te fâche pas, Sinouhé, si tu découvres parfois qu'il y a dans le monde d'autres solitaires et affligés que toi, car je suis

aussi libre que toi de choisir ma compagnie et je ne
veux en aucune manière te lier. C'est pourquoi, malgré
tout, je vais t'offrir de mes mains une queue de
crocodile.

Si étrange est l'esprit de l'homme, et l'on connaît si
peu son propre cœur, qu'en cet instant mon esprit était
de nouveau libre et léger comme un oiseau et j'avais
oublié tout le mal survenu ces derniers jours. Je me
sentais bien et je ne pris plus de queue de crocodile ce
jour-là.

4

C'est ce jour-là que Horemheb rapporta au pharaon
le fouet et le sceptre et déclara qu'il avait renversé
Amon et rétabli l'ordre dans la ville. Le pharaon lui
passa au cou la chaîne dorée du commandant royal et
lui remit le fouet doré du commandant en chef qui
puait encore le chat après Pepitaton. Le lendemain le
pharaon se proposait de se rendre en procession par le
chemin des béliers au temple d'Aton pour y fêter la
victoire de son dieu, mais ce soir il désirait recevoir au
palais ses amis. Horemheb lui parla de moi, et c'est
ainsi que je fus invité au palais doré, car Horemheb
avait beaucoup exagéré en parlant de mon habileté et
de mon travail de médecin pour les pauvres et de tout

ce que j'avais accompli en pansant les malheureux et en
séchant les larmes des orphelins.

Au palais je vis pour la première fois la mode estivale
des femmes, dont on avait tant parlé en ville, et j'avoue
que malgré son audace elle était seyante et gracieuse, et
qu'elle ne laissait guère à deviner à l'œil de l'homme. Je
vis aussi que les femmes s'étaient peint le tour des yeux
en vert malachite et les lèvres et les joues en rouge
brique, si bien qu'elles ressemblaient à des tableaux.

Horemheb me conduisit en présence du pharaon qui
était devenu un homme pendant mon absence, son
visage était pâle et ardent, et ses yeux étaient gonflés
par les veilles. Il ne portait pas un seul bijou, et il était
simplement vêtu de blanc, mais ses habits étaient en lin
royal des plus fins et ils ne dissimulaient pas la féminité
difforme de son corps chétif.

— Sinouhé, le médecin, toi qui es solitaire, je me
souviens de toi, dit-il.

Et en cet instant je sus qu'il était un homme qu'il
fallait ou bien détester ou bien aimer, car personne ne
pouvait rester indifférent devant lui.

— J'ai des maux de tête qui m'empêchent de
dormir, me dit-il en se touchant le front. Un affreux
mal de tête s'empare de moi dès qu'on agit contre mes
désirs, et mes médecins sont impuissants. Ils peuvent
seulement endormir mes douleurs, mais je ne veux pas
de stupéfiants, car mes pensées doivent être claires
comme l'eau à cause de mon dieu et je suis aussi excédé
des médecins du dieu maudit. Horemheb, le fils du

faucon, m'a parlé de ton art, Sinouhé. Tu pourrais
peut-être m'aider ? Connais-tu Aton ?

C'était une question délicate, et je pesai bien ma
réponse :

— Je connais Aton, s'il est ce qui est en moi et en
dehors de mon savoir en dehors et au-dessus de tout
savoir humain. Je ne le connais pas autrement.

Il s'anima et son visage brilla et il parla avec
excitation :

— Tu parles d'Aton mieux que mes meilleurs
élèves, car c'est seulement par le cœur qu'on peut
comprendre Aton et non par la raison. Sinouhé, si tu le
désires, je te donnerai la croix de vie.

Je lui dis :

— La nuit dernière j'ai vu des gens fracasser la tête
d'un blessé à cause de ta croix et les femmes dansaient
autour du corps en invoquant Aton. J'ai aussi vu des
femmes forniquer avec des nègres en louant Aton.

Son visage s'assombrit et il fronça les sourcils et ses
pommettes osseuses flambèrent dans son visage maigre. Il porta la main à son front, son regard se voila et il
cria :

— Toi aussi, Sinouhé, tu augmentes mes tourments
en me disant des choses qui me déplaisent.

Je lui dis :

— Tu affirmes vivre dans la vérité, pharaon Akhenaton. C'est pourquoi je te dis la vérité, tout en
comprenant que tes courtisans et flatteurs d'Aton te
cachent la vérité dans des étoffes tendres et dans des
peaux. Car la vérité est un poignard dégainé dans la

main de l'homme et peut se retourner contre lui. La
vérité se retourne contre toi, Akhenaton, et elle te
blesse. Je te guérirai facilement, si tu consens à fermer
tes oreilles à la vérité.

Akhenaton me demanda :

— Pourrais-tu me guérir en me trépanant ?

Après avoir bien réfléchi, je lui dis :

— Tu sais que je connais ton mal sacré, pharaon
Akhenaton, et je t'ai soigné pendant une de tes crises
dans ta jeunesse. Je crois qu'une trépanation pourrait
te soulager, si un médecin osait l'entreprendre. Mais tu
dois te rappeler que si l'opération réussit, tu perdras
probablement le don des visions.

Il me jeta un regard méfiant et demanda :

— Crois-tu vraiment anéantir Aton dans mon cœur
si tu me trépanes ?

— Je n'entends nullement te trépaner, Akhenaton,
lui dis-je vivement. Je ne le ferais pas, même si tu
l'ordonnais, car tes symptômes ne l'exigent pas et un
médecin ne procède à une trépanation que lorsque c'est
absolument inévitable et que rien d'autre ne pourrait
sauver le malade.

Le visage du pharaon s'éclaira et il dit :

— Le vieux Ptahor est mort et la Maison de la Vie
n'a pas encore désigné son successeur. C'est pourquoi
je te nomme, Sinouhé, trépanateur royal, et à partir du
jour de l'Etoile du chien tu jouiras de tous les avantages
attachés à cette charge, comme tu en seras informé par
la Maison de la Vie.

Après cela Horemheb m'emmena dans la salle du

festin où les invités s'étaient réunis et où les courtisans
se disputaient les meilleures places près du pharaon. Je
pris place avec Horemheb tout à côté de la famille
royale, à la droite du pharaon, et je constatai avec une
vive surprise que le prêtre Aï en faisait aussi partie,
puis je me rappelai que sa fille Nefertiti était la grande
épouse royale après la princesse de Mitanni qui était
morte peu après son arrivée en Egypte.

Pour toute nourriture, le pharaon prit du gruau cuit
au lait, et le manche de sa cuillère portait une tête
d'antilope. Puis il rompit du pain et le mangea et il ne
but pas de vin, mais on versa de l'eau pure dans sa
coupe d'or. Après s'être restauré, il s'écria d'une voix
forte :

— Racontez au peuple que le pharaon Akhenaton
vit dans la vérité et que sa nourriture est de l'eau et du
pain et le gruau du pauvre, et que son repas ne diffère
pas de celui d'un pauvre.

Plus tard j'appris que le pharaon ne méprisait pas le
vin, et qu'il s'en réjouissait souvent le cœur quand tout
allait à sa convenance. Et il ne méprisait pas non plus
l'oie grasse ou la chair d'antilope, mais il éprouvait de
la répulsion pour la viande seulement quand il désirait
se purifier avant ses visions. Il était très capricieux
pour le manger et le boire, et je crois que cela provenait
de ce qu'il n'attachait pas grande importance à la
nourriture, lorsque son esprit était absorbé et que les
pensées affluaient si rapides à son esprit qu'il avait
peine à les dicter à ses scribes.

Les invités se levèrent et allèrent d'une table à

l'autre pour y saluer des amis et pour échanger des potins. Un homme trapu, au visage large, s'approcha de moi. C'est seulement à ses yeux malicieux et bruns que je reconnus Thotmès et je poussai un cri de joie et je me levai pour l'embrasser. Je lui dis que je l'avais cherché au « Vase syrien », mais il dit :

— Il ne convient plus à ma dignité de fréquenter d'obscurs cabarets, et j'ai fort à faire à boire tout ce que m'offrent mes amis et protecteurs dans leurs maisons. C'est que Lui, le transfiguré, m'a nommé sculpteur royal, comme tu peux le lire sur ma chaîne. C'est moi qui lui ai dessiné le disque d'Aton et les innombrables mains qui sortent des rayons pour offrir la croix de vie à quiconque désire la recevoir.

— Thotmès, mon ami, lui dis-je. Est-ce toi qui as sculpté l'Aton du roi sur les colonnes du temple, car je n'ai encore rien vu de pareil ?

Il répondit évasivement et dit :

— Le pharaon a de nombreux sculpteurs et nous travaillons ensemble et notre seule loi est notre œil. Nous ne profanons pas le pharaon, mais nous l'aimons et nous voulons exprimer son être dans nos œuvres. En vérité, Sinouhé mon ami, aujourd'hui nous voici installés dans la maison dorée et nous buvons dans des coupes en or, nous qui du temps du faux dieu subissions les persécutions et les railleries et qui buvions de la mauvaise bière. Nous connaissons la liberté de l'art crétois et nous avons trouvé notre propre liberté, et tu auras de quoi t'émerveiller, car

maintenant la pierre vit entre nos mains, bien que nous
ayons encore bien des choses à apprendre.

Ma joie était grande de revoir Thotmès, et Horemheb aussi en fut ravi, bien que sa dignité lui interdît de
trop le manifester. Mais Thotmès l'observa attentivement et dit qu'il voulait faire de lui une sculpture pour
le temple, puisqu'il avait libéré Thèbes du joug du faux
dieu et puisque sa prestance et son visage se prêtaient à
la sculpture, si le pharaon lui octroyait pour cela l'or et
la pierre nécessaires. Horemheb en fut très flatté, car
personne n'avait fait son portrait.

Soudain il se leva et s'inclina profondément, la main
à la hauteur des genoux, et Thotmès et moi suivîmes
son exemple, car la reine Nefertiti s'approchait de
nous, et elle nous parla en tenant la main sur sa
poitrine. Ses doigts ne portaient pas une seule bague et
elle n'avait pas de bracelet, pour mieux faire ressortir la
beauté de ses mains et la finesse de son poignet. Elle
s'adressa aussi à moi et dit :

— Le grain d'orge a de nouveau germé de mon eau,
et mon attente est impatiente, car le pharaon désire un
fils, un héritier, et son pouvoir n'est pas assuré tant
qu'un descendant de son sang ne sera pas solidement
devant lui, car le faux dieu guette dans l'ombre et nous
n'avons pas à nous le dissimuler, parce que nous le
savons tous. Toi, Sinouhé, qui as accumulé du savoir
dans maint pays, on m'a dit que tu avais comme
médecin fait des prodiges. Dis-moi si j'aurai un fils.

Je la regardai d'un œil de médecin, en cherchant à
oublier sa beauté, car par sa volonté cette beauté

affluait vers moi comme si quelque chose en elle
m'avait appelé, et elle produisait le même effet sur tous
ceux qu'elle regardait.

— Nefertiti, dis-je, grande épouse royale, ne souhaite pas un fils, car tes hanches sont étroites et la
naissance d'un fils pourrait mettre ta vie en danger.
Seul Aton peut déterminer le sexe d'un enfant dans le
sein maternel, et aucun homme n'en a le pouvoir.
Certes, dans différents pays, j'ai appris bien des
croyances populaires et vu bien des talismans à l'aide
desquels les femmes croyaient mettre au monde des
garçons, mais elles se trompaient une fois sur deux,
puisque les chances sont égales. Toutefois, puisque tu
as eu deux filles déjà, il est vraisemblable que tu auras
un fils maintenant, mais ce n'est pas sûr, car je veux
être honnête avec toi, sans chercher à te tromper avec
des pratiques magiques parfaitement inefficaces.

Ces paroles ne lui plurent point, et elle ne souriait
plus en me regardant de ses yeux clairs et inexpressifs.

Thotmès intervint hardiment dans la conversation et
dit :

— Nefertiti, la plus belle des belles, enfante seulement des filles qui héritent ta beauté, afin que le
monde soit plus riche. La petite Meritaton est déjà une
beauté et les femmes de la cour cherchent à copier la
forme de sa tête à l'aide de leur coiffure. Mais je veux
faire de toi un portrait qui gardera éternellement ta
beauté.

Le lendemain matin, j'emmenai Merit voir le cortège du pharaon, et elle était très belle, dans sa robe à la

dernière mode, bien qu'elle fût née dans un cabaret, et
je n'avais pas du tout honte d'elle en m'installant avec
elle aux places réservées aux favoris du pharaon.

L'avenue des béliers était pavoisée d'oriflammes et
bordée de gens accourus pour voir le pharaon, et des
gamins avaient grimpé sur les arbres et Pepitaton avait
disposé au bord de la route de nombreuses corbeilles
de fleurs pour que le peuple pût selon la coutume en
parsemer le chemin du roi. J'avais l'esprit léger et
radieux, en songeant à un avenir de liberté et de
lumière pour l'Egypte. A mes côtés se tenait une belle
femme mûre qui était mon amie et avait la main sur
mon bras, et autour de nous on ne voyait que des
visages joyeux et souriants. Mais il régnait un silence
impressionnant, si complet que le croassement des
corbeaux au faîte du temple planait sur la ville, car les
corbeaux et les oiseaux de proie accourus à Thèbes
étaient si gavés qu'ils ne voulaient plus regagner leurs
montagnes.

Ce fut une erreur de faire escorter la litière royale par
des nègres peints, car leur seule vue irrita le peuple. En
effet, il n'y avait guère de spectateur qui n'eût subi
quelque dommage durant les troubles récents. Bien
des gens avaient eu leur maison incendiée, les larmes
des femmes n'étaient pas encore sèches, les blessures
des hommes brûlaient toujours, et aucun sourire ne
montait aux lèvres. Et Akhenaton parut, balancé dans
sa litière bien au-dessus des têtes de la foule. Il portait
la double couronne, celle de lys et celle de papyrus, et
il avait les bras croisés sur la poitrine et ses mains

serraient le sceptre et le fouet royal. Il se tenait immobile comme une statue, selon la coutume des pharaons en public, et le silence était effrayant sur son passage, comme si ce spectacle avait rendu le peuple muet. Mais les soldats postés le long de la route levèrent leurs lances et poussèrent des acclamations, et les riches et les nobles suivirent l'exemple, en lançant des fleurs devant la litière. Mais dans le silence impressionnant du peuple ces acclamations paraissaient faibles et grêles comme le bourdonnement d'un moustique isolé dans la nuit hivernale, et bientôt on se tut en échangeant des regards consternés.

Alors contrairement à tous les usages, le pharaon bougea et brandit le sceptre et le fouet pour saluer le peuple. La foule eut un frémissement et soudain éclata un cri puissant comme le bruit des vagues contre les rochers. Le peuple entier criait d'une voix pitoyable : « Amon, Amon, rends-nous Amon, le roi de tous les dieux ». La foule s'agita et son cri devint encore plus fort, si bien que les corbeaux et les oiseaux de proie s'envolèrent du temple et passèrent au-dessus de la litière royale. Les gens criaient maintenant : « Va-t'en, faux pharaon, va-t'en ! »

Ces cris effrayèrent les porteurs qui s'arrêtèrent, mais lorsque les officiers énervés les eurent fait avancer de nouveau, la foule rompit les barrages de soldats et se massa devant la litière pour l'empêcher de progresser. Personne ne put suivre tout ce qui se passait, car les soldats se mirent à distribuer des coups pour se frayer un passage, mais bientôt ils durent recourir aux lances

et aux poignards pour se défendre, des bâtons et des
pierres volaient, et bientôt le sang coula dans l'allée des
béliers et des cris d'agonie percèrent le brouhaha
confus. Mais aucune pierre ne fut lancée contre le
pharaon, car il était né du soleil, comme tous ses
prédécesseurs. Sa personne était sacrée et personne
dans la foule n'aurait même en rêve osé lever le bras
contre lui, bien qu'il fût détesté. Je crois que les
prêtres n'auraient pas non plus risqué un pareil geste.
C'est pourquoi le pharaon put observer en toute
tranquillité ce qui se passait autour de lui. Oubliant sa
dignité, il se leva et cria pour arrêter les soldats, mais
personne ne l'entendit.

La foule lapidait les soldats et les frappait, et ceux-ci
se défendaient en massacrant leurs adversaires, et sans
cesse les gens criaient : « Rends-nous Amon ! » Et on
criait aussi : « Va-t'en, faux pharaon, va-t'en ! » Des
hommes pénétrèrent dans les places réservées, et les
nobles et les riches s'enfuirent, les femmes abandonnèrent les fleurs et leurs flacons d'aromates.

Alors Horemheb fit sonner les trompettes et les
chars de guerre sortirent des cours et des ruelles où il
les avait parqués, pour ne pas irriter le peuple. Les
chars avancèrent et écrasèrent bien des gens, mais
Horemheb avait fait enlever les faux des roues, et ils
avançaient lentement et dans un ordre parfait, et ils
entourèrent la litière du pharaon et continuèrent à
avancer, protégeant aussi le cortège et la famille royale.
Mais la foule ne se dispersa pas avant d'avoir vu les
barques royales retraverser le fleuve. Alors elle poussa

des cris de joie qui étaient encore plus effrayants que ses cris de haine, et la plèbe qui s'était glissée dans la foule se précipita dans les maisons des riches pour les piller, jusqu'au moment où les soldats eurent rétabli l'ordre, et les gens rentrèrent chez eux, et le soir tomba et les corbeaux accoururent déchirer les cadavres dans l'avenue des béliers.

C'est ainsi que le pharaon Akhenaton fut confronté pour la première fois avec le peuple irrité et qu'il vit de ses yeux le sang couler pour son dieu, et il n'oublia plus jamais ce spectacle qui brisa quelque chose en lui, et la colère empoisonna son amour, et son ardeur s'accrut, si bien qu'il ordonna d'envoyer aux mines tous ceux qui prononceraient le nom d'Amon ou le conserveraient sur des images ou des vases. Mais les gens refusaient de se dénoncer entre eux, et c'est pourquoi on recevait le témoignage de voleurs et d'esclaves, et personne ne fut plus en sécurité contre les délateurs, et bien des gens honnêtes et respectables furent envoyés dans les mines et les carrières, et les dénonciateurs prenaient possession de leurs biens au nom d'Aton.

Je raconte tout ceci par anticipation, pour expliquer pourquoi cela arriva. Or, la nuit suivante, on me manda d'urgence au palais doré, car le pharaon avait eu un accès de sa maladie et les médecins craignaient pour sa vie et voulaient partager la responsabilité, puisque le pharaon avait parlé de moi. Pendant longtemps il reposa dans l'inconscience, pareil à un défunt, et ses membres étaient froids et on ne sentait plus battre son pouls. Mais il reprit connaissance après s'être mordu la

langue dans son délire, si bien que le sang coulait de sa
bouche. Revenu à lui, il chassa tous les médecins de la
Maison de la Vie, parce qu'il ne voulait plus les voir
devant lui, et il me garda seul. Il dit alors :

— Convoquez les rameurs et hissez les voiles rouges, et que quiconque est mon ami me suive, car je
veux partir, et ma vision me conduira vers une terre
qui n'appartient à aucun dieu et à aucun homme. Cette
terre, je la consacrerai à Aton et j'y construirai une ville
qui sera la cité d'Aton, et je ne reviendrai plus jamais à
Thèbes.

Il ajouta encore :

— L'attitude du peuple de Thèbes est la plus
répugnante de toutes, et elle est plus infamante et
misérable que tout ce qu'aucun de mes ancêtres n'a
jamais éprouvé même de la part des peuples étrangers.
C'est pourquoi j'abandonne Thèbes à jamais et je la
laisse dans ses ténèbres.

Son excitation était si grande qu'il se fit porter sur sa
cange tout de suite, encore malade, et c'est en vain que
je m'y opposai comme médecin, et ses conseillers ne
purent non plus l'en dissuader. Puis Horemheb dit :

— C'est bien ainsi, car le peuple de Thèbes aura ce
qu'il veut, et Akhenaton fera ce qu'il veut et chacun
sera content et la paix reviendra.

Akhenaton avait l'air si égaré et ses yeux étaient si
hagards que je m'inclinai devant sa décision, car je me
disais qu'un changement d'air lui serait propice. C'est
ainsi que j'accompagnai le pharaon dans son voyage, et
il était si impatient de partir qu'il n'attendit pas même

la famille royale et prit les devants, et Horemheb le fit
escorter par des navires de guerre.

La cange royale aux voiles rouges descendit le
courant, et Thèbes disparut derrière nous, avec ses
murailles et ses temples et les pointes dorées des
obélisques, et les trois montagnes, gardiennes éternelles de Thèbes, s'effacèrent aussi à l'horizon. Mais le
souvenir de Thèbes nous accompagna bien des jours,
car le fleuve était plein de gros crocodiles dont les
queues battaient l'eau croupie, et cent fois cent cadavres boursouflés descendaient le courant et il n'y avait
pas de grève où quelque cadavre ne fût pris par les
vêtements ou les cheveux à cause du dieu d'Akhenaton. Mais le pharaon n'en sut rien, car il gisait dans la
cabine royale sur de tendres tapis et ses serviteurs
l'oignaient d'huile odorante et brûlaient de l'encens
pour qu'il ne sentît pas l'atroce odeur des cadavres.

Au bout de dix jours, nous arrivâmes dans des eaux
propres, et le pharaon monta sur le pont pour regarder
le paysage. La terre était jaune autour de lui et les
paysans rentraient les moissons et le soir on conduisait
les troupeaux à l'abreuvoir près du fleuve et les bergers
jouaient du chalumeau. En voyant la barque du
pharaon, les gens accouraient des villages et agitaient
des branches de palmier et saluaient le pharaon de
leurs cris. Mieux que les remèdes, la vue de ce peuple
heureux agit sur le pharaon, et il descendit parfois à
terre pour parler aux gens, et il les touchait de ses
mains et il bénissait des mains les femmes et les enfants
qui ne l'oublièrent jamais. Les moutons s'approchaient

timidement de lui et flairaient les pans de son manteau
et les léchaient, et il en riait de joie. Et il ne craignait
pas le disque du soleil, son dieu, qui était pourtant un
dieu meurtrier au cœur de l'été, mais il exposait son
visage au soleil et le soleil lui brûlait la peau, de sorte
que son excitation et sa fièvre le reprirent, et l'esprit
flamboyait dans ses yeux.

La nuit venue, il s'asseyait à la proue et regardait les
étoiles, en me disant :

— Je répartirai toutes les terres du faux dieu à ceux
qui se sont contentés de peu et qui ont travaillé de leurs
mains, afin qu'ils soient heureux et qu'ils bénissent le
nom d'Aton. Je leur donnerai toutes ces terres, car
mon cœur se réjouit de voir des enfants potelés et des
femmes souriantes et des hommes qui travaillent au
nom d'Aton sans haïr personne et sans craindre
personne.

Il dit encore :

— Le cœur de l'homme est ténébreux, et je ne
l'aurais jamais cru, si je ne l'avais vu de mes propres
yeux. Car ma blancheur est si éclatante que je ne
comprends pas les ténèbres, et quand la lumière brille
dans mon cœur j'oublie tous les cœurs faux. Mais
certainement il y a bien des gens qui ne peuvent
comprendre Aton, même en le voyant et en éprouvant
son amour, car ils ont toujours vécu dans les ténèbres
et leurs yeux ne reconnaissent pas la lumière, mais ils y
voient un fléau qui offusque leurs yeux. C'est pourquoi
je les laisserai en paix et ne les inquiéterai pas, mais je
ne veux pas habiter avec eux, et je grouperai autour de

moi tous mes fidèles et je vivrai avec eux et je ne les quitterai plus jamais, pour ne plus subir ces affreux maux de tête en voyant ce qui me déplaît et qui est une abomination pour Aton.

Il contempla les étoiles et dit :

— La nuit est une abomination pour moi et je n'aime pas les ténèbres, mais j'en ai peur, et je n'aime pas les étoiles, car lorsqu'elles brillent les chacals sortent de leurs antres et les lions rôdent en rugissant, tout assoiffés de sang. Thèbes est une nuit pour moi, et c'est pourquoi j'abandonne Thèbes, et je place mon espoir dans les jeunes et les enfants, car c'est d'eux que jaillira le printemps du monde, et après avoir connu dès l'enfance la doctrine d'Aton, ils se purifieront du mal et tout le monde se purifiera. C'est pourquoi il faudra réformer les écoles et chasser tous les anciens maîtres et rédiger de nouveaux textes de lecture. Je veux aussi simplifier l'écriture, car nous n'avons pas besoin d'images pour comprendre ce qui est écrit, et je veux inventer une écriture que le plus simple puisse apprendre, et il n'y aura plus de différence entre ceux qui savent écrire et le peuple, car le peuple aussi saura écrire, et dans chaque village il y aura au moins un homme qui saura lire les lettres que j'enverrai. Car je veux leur écrire souvent et beaucoup et sur toutes les choses qu'ils devront savoir.

Ces paroles m'effrayèrent, car je connaissais déjà la nouvelle écriture qui était facile à apprendre et à lire, mais ce n'était pas une écriture sacrée, et elle n'était

pas belle ni aussi riche que l'ancienne, et c'est pourquoi tous les lettrés la méprisaient. Je lui dis :

— L'écriture populaire est laide et grossière, et elle
n'est pas sacrée. Que deviendra l'Egypte si chacun
apprend à écrire, car ce n'est encore jamais arrivé, et
ensuite personne ne voudra plus travailler de ses
mains, et la terre restera inculte et le peuple n'aura
aucun profit de son écriture, puisqu'il mourra de faim.

Mais je n'aurais pas dû parler ainsi, car il se fâcha et
s'exclama :

— Les ténèbres sont donc encore si près de moi,
elles sont à côté de moi en ta personne, Sinouhé. Tu
doutes et tu amasses des obstacles sur ma route, mais
ma vérité brûle en moi comme le feu et mes yeux
voient à travers tous les obstacles, comme à travers une
eau limpide, le monde tel qu'il sera après moi. Dans ce
monde il n'y aura plus ni haine ni crainte, les hommes
se répartiront le travail comme des frères et ils
partageront le pain entre eux et il n'y aura plus ni
riches ni pauvres, mais tous seront pareils et tous
sauront lire ce que je leur écrirai. Et personne ne dira à
autrui : sale Syrien, ou : misérable nègre, mais chaque
homme sera le frère de l'autre, et il n'y aura plus de
guerre. Voilà ce que voient mes yeux, et c'est pourquoi
ma force et mon allégresse me gonflent le cœur au
point de le faire éclater.

Je constatai de nouveau qu'il était fou, et je le fis
coucher sur sa natte et je lui donnai un calmant. Mais
ses paroles me tourmentaient et me poignardaient le
cœur, car j'étais presque mûr pour accueillir sa doc-

trine. J'avais vu bien des peuples, et tous les peuples se ressemblaient foncièrement, et j'avais vu bien des villes, et toutes les villes se ressemblaient foncièrement, et pour un vrai médecin il ne devait pas y avoir de différence entre un riche et un pauvre, un Syrien et un Égyptien, car le devoir du médecin est d'aider chacun. C'est pourquoi je dis à mon cœur : « Sa folie est grande et provient certainement de sa maladie, mais en même temps sa folie est délicieuse et contagieuse, et je voudrais que ses visions se réalisent, bien que ma raison dise qu'un monde pareil ne saurait être édifié que dans le royaume du Couchant. Mais mon cœur crie et dit que sa vérité est plus grande que toutes celles qui ont été exprimées avant lui, et mon cœur dit qu'aucune vérité plus grande ne sera exprimée après lui, bien que je sache que le sang et la ruine accompagnent ses pas et qu'il va anéantir un grand empire, s'il vit assez longtemps. »

Dans les ténèbres nocturnes, je contemplais les étoiles et je me disais : « Moi, Sinouhé, je suis un étranger dans ce monde et je ne sais pas même qui m'a engendré. Par ma propre volonté je suis médecin des pauvres à Thèbes, et l'or n'a guère d'attrait pour moi, bien que je préfère une oie troussée à du pain sec, et du vin à l'eau. Mais rien de cela ne m'est si cher que je ne puisse y renoncer. Ainsi, puisque je n'ai rien d'autre à perdre que mon esprit, pourquoi ne soutiendrais-je pas sa faiblesse en me rangeant à ses côtés et en l'encourageant sans émettre de doutes, car il est le pharaon et le pouvoir est entre ses mains et il n'existe pas de pays plus riche et plus fertile que l'Egypte, et peut-être que l'Egypte pourra supporter cette épreuve. S'il en était ainsi, le monde serait rénové et une nouvelle année du monde commencerait et les hommes seraient tous frères et il n'y aurait plus de riches ni de pauvres. Jamais encore on n'a offert à un homme une pareille occasion de réaliser ses aspirations, car il est né pharaon, et je ne crois pas que cette occasion se renouvelle, si bien que cet instant est le seul où sa vérité puisse s'accomplir. »

C'est ainsi que je rêvais les yeux ouverts dans la cange royale balancée sur le fleuve, et le vent de la nuit amenait à mes narines l'odeur du blé mûr et des aires. Mais le vent fraîchit et mon rêve s'éteignit et je dis mélancoliquement à mon cœur : « Si seulement Kaptah était ici et avait entendu ses paroles. Car quoique je sois un habile médecin et que je sache soigner bien des maux, la maladie et la misère du monde sont si grandes que tous les médecins du monde ne peuvent les guérir, en dépit de leur savoir, et il est des maladies contre lesquelles les médecins sont impuissants. Il se peut que le pharaon soit le médecin des cœurs humains, mais il ne peut être partout, et les médecins des cœurs qu'il cherche à former ne comprennent que la moitié de ses paroles et ils déforment sa pensée chacun selon son propre entendement, et il n'arrivera pas durant sa vie à former assez de médecins pour guérir tous les cœurs de l'humanité. Il existe aussi des cœurs qui se sont tellement endurcis que même sa vérité reste inefficace. Et Kaptah dirait sûrement : « S'il vient un temps où il n'y aura plus de riches ni de pauvres, il existera toujours des sages et des imbéciles, des rusés et des naïfs. Il en a toujours été ainsi, il en sera toujours ainsi. Le fort pose son pied sur la nuque du faible, le rusé emporte la bourse du naïf et fait travailler le simple pour lui, car l'homme est un animal trompeur et même sa bonté est incomplète, si bien que seul un homme qui est étendu et ne se lève plus est entièrement bon. Tu vois déjà ce que la bonté du pharaon a causé. Ceux qui la bénissent le plus sont certainement les crocodiles du fleuve et les corbeaux rassasiés au faîte du temple. »

C'est ainsi que le pharaon Akhenaton me parlait et que je parlais à mon cœur, et mon cœur était faible et impuissant, mais le quinzième jour nous vîmes un pays qui n'appartenait à personne et à aucun dieu. Les collines bleuissaient au loin et la terre était inculte et seuls quelques pâtres paissaient les troupeaux autour de leurs cabanes de roseau près de la rive. Alors le pharaon descendit de sa barque et consacra cette terre à Aton pour y construire une nouvelle capitale à laquelle il donna le nom de « Cité de l'Horizon d'Aton ».

L'une après l'autre les barques arrivèrent, et le roi réunit ses architectes et ses entrepreneurs et il leur indiqua la direction des rues principales et l'emplacement de son palais et celui du temple d'Aton, et à mesure que ses favoris arrivaient, il assignait à chacun une place pour sa maison dans les rues principales. Les constructeurs chassèrent les pâtres avec leurs troupeaux et démolirent leurs cabanes et installèrent des quais. Akhenaton ordonna aux constructeurs de se

bâtir des maisons en dehors de sa ville, cinq rues du
nord au sud et cinq de l'est à l'ouest, et chaque maison
avait la même hauteur et dans chacune il y avait deux
chambres identiques et l'âtre était au même endroit, et
chaque pot et chaque tapis avait la même place dans
toutes les maisons, car le pharaon voulait l'égalité entre
tous les constructeurs, afin qu'ils vécussent heureux
dans leur ville en bénissant le nom d'Aton.

Mais bénissaient-ils le nom d'Aton ? Non, ils le
maudissaient et ils maudissaient aussi le pharaon dans
leur incompréhension, car il les avait attirés de leur
ville dans un désert où il n'y avait pas de rues ni de
cabarets, mais seulement du sable et des roseaux.
Aucune femme n'était contente de sa cuisine, car elles
auraient voulu allumer les feux devant leur maison, en
dépit de l'interdiction, et elles déplaçaient sans cesses
cruches et tapis, et celles qui avaient beaucoup d'enfants jalousaient celles qui n'en avaient pas. Les gens
habitués au sol de terre battue jugeaient les planchers
d'argile malsains et poussiéreux, tandis que d'autres
disaient que la glaise de la Cité de l'Horizon n'était pas
comme ailleurs, mais qu'elle était certainement maudite, parce qu'elle se fendillait au lavage.

Ils voulaient aussi planter des légumes devant leurs
maisons, selon leur habitude, et ils n'étaient pas
contents des terrains que le pharaon leur avait alloués
en dehors de la ville et ils disaient que l'eau y manquait
et que c'était trop loin pour y porter le fumier. Ils
étendirent leur lessive à sécher sur des cordes à travers
les rues, et ils gardèrent chez eux des chèvres, malgré

l'interdiction lancée par le pharaon pour des raisons
d'hygiène et à cause des enfants, si bien que je n'ai
jamais vu de ville plus mécontente et plus querelleuse
que celle des constructeurs durant l'édification de la
nouvelle capitale. Mais ils finirent par s'accoutumer et
se résigner, ils cessèrent de maudire le pharaon et ne
pensèrent plus à leurs anciens foyers qu'en soupirant,
mais sans désirer sérieusement y retourner. Mais les
femmes gardèrent les chèvres dans les maisons.

Puis vint l'inondation avec l'hiver, mais le pharaon
ne regagna pas Thèbes, il resta logé sur sa barque d'où
il gouvernait le pays. Chaque pierre posée et chaque
colonne érigée le réjouissait, et souvent en voyant se
dresser les belles maisons de bois le long des rues il riait
d'un rire méchant, car il pensait à Thèbes. Il consacra à
la Cité de l'Horizon tout l'or pris à Amon, mais les
terres du dieu furent partagées entre les pauvres qui
désiraient cultiver le sol. Il fit arrêter tous les navires
qui remontaient le fleuve et il acheta leurs cargaisons
pour créer des ennuis à Thèbes, et il activa tellement
les travaux que les prix du bois et de la pierre
montèrent et qu'un homme pouvait gagner une fortune
en amenant un chargement de poutres de la première
chute à la Cité de l'Horizon. Une foule d'ouvriers
étaient accourus et logeaient dans des cabanes sur la
rive, et ils pétrissaient l'argile et faisaient des briques.
Ils construisaient les rues et les canaux d'irrigation, et
ils creusaient le lac sacré d'Aton dans le parc du
pharaon. On amena aussi des buissons et des arbres et
on les planta après la crue, et on planta aussi des arbres

fruitiers en plein rapport, si bien que l'été suivant le
pharaon put déjà cueillir d'une main ravie les premières dattes, figues et grenades mûries dans sa ville.

J'étais très occupé, car tandis que le pharaon guéris-
sait et prospérait et se réjouissait de voir sa ville jaillir
du sol, florissante et gracieuse, les constructeurs eurent
à subir bien des maladies avant que le sol eût été assaini
par des drainages, et de nombreux accidents surve-
naient durant les travaux. Tant qu'il n'y eut pas de
quais, les crocodiles attaquaient les débardeurs obligés
d'entrer dans l'eau. Il n'est rien de plus horrible que
d'entendre les cris d'un homme à moitié englouti entre
les mâchoires d'un crocodile qui l'entraîne pour le
laisser pourrir dans son nid. Mais le pharaon était si
accaparé par sa vérité qu'il ne voyait rien de tout cela,
et les armateurs engagèrent des chasseurs de crocodiles
du Bas-Pays qui ne tardèrent pas à nettoyer le fleuve de
ces monstres. Bien des gens prétendaient que les
crocodiles avaient suivi la barque d'Akhenaton de
Thèbes à la nouvelle ville, mais je ne saurais exprimer
une opinion sur ce point, bien que je sache que le
crocodile est un poisson terriblement sage et rusé. Il est
toutefois difficile de penser que les crocodiles eussent
établi une corrélation entre la barque du pharaon et les
cadavres flottant dans le fleuve, mais si c'est le cas,
alors le crocodile est vraiment un animal très intelligent. Mais leur intelligence ne leur servit de rien contre
les chasseurs, et ils jugèrent bon de laisser la Cité de
l'Horizon en paix, ce qui est de nouveau une preuve de
leur grande et redoutable sagesse. Mais ils s'établirent

par bandes en aval jusqu'à Memphis où Horemheb
avait installé son quartier général.

Je dois en effet rapporter qu'au retrait de la crue
Horemheb était venu à la Cité de l'Horizon avec les
nobles de la cour, mais seulement pour inciter Akhenaton à renoncer à sa décision de dissoudre l'armée. Le
pharaon lui avait ordonné de licencier les nègres et les
Shardanes et de les renvoyer chez eux, mais Horemheb
avait traîné les choses en longueur sous divers prétextes, parce qu'il s'attendait non sans raison à une révolte
en Syrie où il désirait envoyer des troupes. C'est
qu'après les troubles de Thèbes, les nègres et les
Shardanes étaient détestés dans toute l'Egypte. Mais le
pharaon resta inébranlable et Horemheb perdit son
temps. Leurs conversations se déroulaient chaque jour
de la même manière. Horemheb disait :

— Une grande inquiétude règne en Syrie et les
colonies égyptiennes y sont faibles. Le roi Aziru attise
la haine contre l'Egypte et je ne doute pas qu'au
moment propice il ne se révolte ouvertement.

Akhenaton disait :

— As-tu vu les planchers de mon palais où les
artistes dessinent des roseraies et des canards volants à
la mode crétoise ? Du reste je ne crois pas à une révolte
en Syrie, parce que j'ai envoyé à tous les rois une croix
de vie. Quant à Aziru, il est mon ami et il a accepté la
croix de la vie et il a élevé un temple à Aton dans le
pays d'Amourrou. Tu as certainement déjà vu le
portique d'Aton devant mon palais, il en vaut la peine,
bien que pour gagner du temps les colonnes ne soient

qu'en briques. Il m'est désagréable de penser que des esclaves pourraient trimer dans les carrières à exploiter la pierre pour Aton. Pour en revenir à Aziru, tu as tort de douter de sa loyauté, car j'ai reçu de lui de nombreuses tablettes d'argile où il s'informe avidement d'Aton, et si tu le désires mes épistolographes pourront te les montrer, dès que les archives seront en ordre.

Horemheb disait :

— Je pisse sur ses tablettes, car elles sont aussi sordides et perfides que lui. Mais si tu es fermement résolu à dissoudre l'armée, permets-moi au moins de renforcer les postes de la frontière, car déjà les tribus du sud poussent leurs troupeaux sur nos pâturages dans le pays de Koush et elles incendient les villages de nos alliés noirs, ce qui est facile, car ces villages sont construits en roseaux.

Akhenaton disait :

— Je ne les crois pas animés de mauvaises intentions, c'est la pauvreté qui les pousse. C'est pourquoi nos alliés doivent partager leurs pâturages avec les tribus du sud, et je leur enverrai aussi des croix de vie. Je ne crois pas non plus qu'ils incendient les villages avec préméditation et pour nuire, car ces villages de roseau prennent facilement feu, et il ne faut pas, pour quelques incendies, condamner des tribus entières. Mais si tu le désires, tu peux renforcer les garnisons des frontières de Koush et de Syrie, car il t'incombe de veiller à la sécurité du pays, mais ce ne doit pas être une armée régulière.

Horemheb disait :

— En tout cas, Akhenaton, mon ami insensé, tu dois me permettre de réorganiser tout le système des gardes dans le pays, car les soldats libérés pillent les maisons et volent aux paysans les peaux de l'impôt.

Le pharaon disait alors en faisant la leçon :

— Tu vois, Horemheb, les conséquences de ta désobéissance. Si tu avais parlé davantage d'Aton à tes soldats, ils se conduiraient bien, mais maintenant leurs cœurs sont enténébrés et les marques des coups leur brûlent le dos et ils ne savent ce qu'ils font. As-tu déjà vu que mes deux filles se promènent seules et Merita-ton tient sa cadette par la main et elles ont une jolie gazelle pour compagne ? Du reste, rien ne t'empêche d'engager des soldats licenciés comme gardiens, à condition qu'ils ne soient que des gardes et ne forment pas une armée régulière en vue de la guerre. A mon avis on devrait aussi démolir tous les chars de guerre, car la méfiance suscite la méfiance et nous devons convaincre tous nos voisins que l'Egypte n'entrera jamais en guerre, quoi qu'il arrive.

— Ne serait-ce pas plus simple de vendre les chars à Aziru ou aux Hittites, car ils payent un bon prix pour les chars et pour les chevaux, disait ironiquement Horemheb. Je comprends que tu ne tiennes pas à entretenir une armée convenable, toi qui engloutis toutes les ressources de l'Egypte dans les marais et les briques.

C'est ainsi qu'ils discutaient de jour en jour, et finalement, grâce à son entêtement, Horemheb fut nommé commandant en chef des troupes de la frontière et des gardiens du pays, mais les gardiens devaient être armés seulement de lances à pointe de bois, par ordre du pharaon. Horemheb convoqua alors les chefs des gardiens des nomes à Memphis, qui était au centre du pays et à la frontière des deux royaumes, et il allait s'embarquer sur son bateau de guerre, quand des messagers apportèrent de Syrie des lettres et tablettes alarmantes, si bien que l'espoir se ranima au cœur de Horemheb. Ces messages établissaient avec certitude que le roi Aziru, informé des troubles de Thèbes, avait jugé le moment propice pour prendre d'assaut deux villes voisines de ses frontières. A Megiddo, qui était la clef de la Syrie, des troubles avaient éclaté et les troupes d'Aziru assiégeaient la citadelle dont la garnison égyptienne implorait du pharaon une aide rapide. Mais le pharaon dit :

— Je crois qu'Aziru a agi ainsi à bon escient, car je sais qu'il est vif, et mes ambassadeurs l'ont peut-être offensé. C'est pourquoi je ne peux le condamner avant de l'avoir entendu. Mais je puis faire quelque chose, et c'est dommage que je n'y aie pas pensé plus tôt. Puisqu'une ville d'Aton s'élève ici, je dois en construire aussi dans le pays rouge, en Syrie et à Koush. Et ces villes seront le centre de tout gouvernement. Megiddo est au croisement des routes des caravanes et pour cela elle serait la plus indiquée, mais je crains que la situation n'y soit trop agitée pour y commencer des travaux de construction. Mais tu m'as parlé de Jérusalem où tu as élevé un temple à Aton lors de la guerre contre les Khabiri, guerre que je ne te pardonnerai jamais. Certes, cette ville n'est pas aussi centrale que Megiddo, mais je vais immédiatement y faire construire une cité d'Aton, qui deviendra la capitale de la Syrie, bien que ce ne soit qu'un misérable village.

A ces mots Horemheb brisa sa cravache et en lança les morceaux aux pieds du pharaon, puis il s'embarqua et partit pour Memphis réorganiser les gardes. Pendant son séjour à la Cité de l'Horizon, j'eus tout le temps de lui exposer ce que j'avais vu et appris à Babylone, à Mitanni, dans le pays des Khatti et en Crète. Il m'écouta en silence, en hochant parfois la tête, comme s'il avait déjà été au courant, et il maniait le poignard que m'avait donné le capitaine hittite du port. Parfois il me posa des questions enfantines, comme par exemple : « Est-ce que les soldats de Babylone partent du pied gauche, comme les Egyptiens, ou du droit, comme les Hittites ? » Ou encore : « Est-ce que les Hittites font courir le cheval de réserve des chars de guerre lourds à côté des autres chevaux ou derrière le char ? » Ou encore : « Combien de rayons ont les roues des chars hittites et sont-ils renforcés avec du métal ? »

Il me posait ces questions enfantines parce qu'il était soldat et que les soldats s'intéressent à ces détails sans importance, comme les enfants qui s'amusent à compter les pattes des mille-pattes. Mais il fit coucher par écrit tout ce que je lui dis des routes, des ponts et des fleuves, et aussi tous les noms que je lui citai, si bien que je lui conseillai de s'adresser à Kaptah pour cela, car il était aussi enfantin que lui pour amasser des souvenirs inutiles. Mais il ne fut nullement intéressé par mes récits sur la lecture du foie et par mes descriptions des mille portes et canaux et cavernes du foie, et il n'en prit point note.

Quoi qu'il en soit, il partit furieux de la Cité de l'Horizon, et le pharaon se réjouit de son départ, car les conversations avec Horemheb l'irritaient et lui donnaient des maux de tête. Mais il me dit d'un air songeur :

— Il se peut qu'Aton désire que l'Egypte perde la Syrie, et si c'est le cas, qui suis-je pour me révolter contre sa volonté, car ce sera un bien pour l'Egypte. La richesse de la Syrie a rongé le cœur de l'Egypte et c'est de Syrie que sont venus le luxe, le faste, les vices et les mauvaises habitudes. Si nous perdons la Syrie, l'Egypte devra revenir à une vie plus simple dans la vérité, et ce sera un bienfait pour elle. La vie nouvelle doit commencer en Egypte pour se répandre ensuite partout.

Mais mon cœur se révolta à ses paroles et je dis :

— Le fils du chef de la garnison de Simyra s'appelle Ramsès, et c'est un garçon vif, aux grands yeux bruns, qui aime jouer avec des galets bigarrés. Je l'ai guéri de la varicelle. A Megiddo vit une Egyptienne qui vint me consulter à Simyra, attirée par ma réputation, car son ventre était gonflé et je l'opérai et elle survécut. Sa peau était tendre comme la laine et sa démarche était belle comme celle de toutes les Egyptiennes, bien que la fièvre brillât dans ses yeux et que son ventre fût ballonné.

— Je ne comprends pas pourquoi tu me racontes cela, dit Akhenaton en dessinant une image de son temple tel qu'il le voyait dans son esprit, car il dérangeait sans cesse les architectes avec des dessins et des explications.

— Je pense seulement que j'ai vu ce petit Ramsès et que maintenant sa bouche est fracassée et son front taché de sang. Et je vois aussi cette femme de Megiddo étendue nue et ensanglantée dans la cour de la citadelle, et les soldats d'Amourrou profanent son corps. Certes, mes pensées sont minuscules à côté des tiennes, et un souverain ne peut pas songer à chaque Ramsès et à chaque femme délicate qui est sa sujette.

Alors le pharaon fit le poing et leva les bras et ses yeux s'assombrirent et il cria :

— Sinouhé, ne comprends-tu pas que si je dois choisir la mort à la place de la vie, je préfère la mort de cent Egyptiens à celle de mille Syriens ? Si je commençais la guerre en Syrie pour sauver les Egyptiens qui y vivent, ce serait la mort de nombreux Egyptiens et de nombreux Syriens, et un Syrien est un homme tout comme un Egyptien et un cœur bat dans sa poitrine et il a aussi des femmes et des enfants aux yeux clairs. Si je réponds au mal par le mal, il n'en sortira que du mal. Mais en répondant au mal par le bien, le mal qui en résultera sera moindre que si je réponds au mal par le mal. Je ne veux pas choisir la mort à la place de la vie. C'est pourquoi je ferme mes oreilles à tes paroles, et ne me parle plus de la Syrie, si ma vie t'est chère et si tu m'aimes, car en songeant à la Syrie mon cœur souffre tous les maux de ceux qui périront par ma volonté, et un homme ne peut supporter longtemps les douleurs de beaucoup de gens. C'est pourquoi laisse-moi en paix au nom d'Aton et pour ma vérité.

Il inclina la tête et ses yeux rougirent de douleur et ses lèvres épaisses tremblèrent. Je n'insistai pas, mais dans mes oreilles retentissaient le choc des béliers contre les murailles de Megiddo et les cris des femmes violées dans les tentes de laine des soldats amorrites. J'endurcis mon cœur, car j'aimais le pharaon, bien qu'il fût fou, et peut-être à cause de sa folie, car sa folie était plus belle que la sagesse des autres hommes.

5

Je dois encore parler des courtisans qui avaient suivi le pharaon dans sa nouvelle ville, parce que leur vie n'avait pas d'autre raison que de se passer à proximité du pharaon et de sourire quand il souriait et de froncer le sourcil en même temps que lui. Ainsi avaient fait leurs pères avant eux, et c'est d'eux qu'ils avaient hérité leurs fonctions royales et leurs titres et ils se glorifiaient de leurs dignités et les comparaient entre elles. Il y avait le porteur de sandale royal, qui n'avait jamais mis lui-même ses chaussures, il y avait l'échanson royal qui n'avait jamais foulé le raisin, il y avait le boulanger royal qui n'avait jamais vu pétrir la pâte, il y avait le porteur royal de la boîte à onguents, et aussi le circonciseur royal et une foule d'autres dignitaires, et j'étais moi-même le trépanateur royal, mais personne n'attendait que je trépane le pharaon, bien que, à la différence des autres, j'en eusse été capable, sans causer la mort du roi.

Ils arrivèrent tous dans la Cité de l'Horizon avec allégresse et en chantant les hymnes d'Aton sur leurs bateaux ornés de fleurs, avec les dames de la cour et une quantité de jarres de vin. Ils campèrent dans des tentes et sous des abris sur la rive, et ils mangèrent et burent et jouirent de la vie, car l'inondation était terminée et le printemps commençait et l'air des campagnes était léger comme le vin nouveau et les oiseaux gazouillaient dans les arbres et les colombes roucoulaient. Ils avaient tant d'esclaves et de serviteurs que leur camp formait une vraie ville, car ils étaient incapables de se laver les mains tout seuls, et sans esclaves ils auraient été aussi abandonnés que des enfants en bas âge.

Mais ils suivaient attentivement le pharaon qui leur montrait les emplacements des rues et des maisons, et leurs esclaves abritaient leurs têtes précieuses contre l'ardeur du soleil. Ils s'intéressèrent aussi activement à la construction de leurs maisons, car parfois le pharaon prenait lui-même une brique et la mettait en place. Ils portèrent des briques pour leurs futures maisons et riaient des écorchures de leurs mains, et les femmes

nobles pétrissaient l'argile, agenouillées sur le sol nu.
Si elles étaient jeunes et jolies, elles en prenaient
prétexte pour ne garder sur elles que leur pagne,
comme les femmes du peuple en train de moudre le
blé. Mais tandis qu'elles travaillaient ainsi, des esclaves
tenaient des parasols au-dessus de leurs têtes, et quand
elles en avaient assez de pétrir l'argile, elles s'en
allaient en laissant tout en désordre, si bien que les
constructeurs pestaient contre elles et devaient enlever
les briques posées par les mains nobles.

Mais ils ne critiquaient pas les jeunes femmes nobles
qu'ils aimaient à regarder et ils leur donnaient des
claques de leurs mains sales, en feignant la bêtise, si
bien qu'elles poussaient des cris de surprise et d'excitation. Mais lorsque de vieilles femmes s'approchaient
d'eux pour les encourager au travail et qu'elles pin-
çaient leurs muscles robustes avec admiration et leur
caressaient les joues au nom d'Aton en flairant leur
sueur, ils pestaient de nouveau et laissaient choir des
briques sur les pieds des importunes.

Les courtisans étaient très fiers de leur travail et se
vantaient du nombre de briques qu'ils avaient mises en
place, et ils montraient au pharaon leurs mains écor-
chées pour s'attirer sa faveur.

Mais ils se lassèrent rapidement de ce divertissement
et se mirent à créer des jardins et à creuser des fossés
comme des enfants. Les jardiniers invoquaient les
dieux et juraient, car les courtisans faisaient sans cesse
déplacer arbres et buissons, et les creuseurs des canaux
d'irrigation les appelaient enfants de Seth, car chaque

jour ils trouvaient de nouveaux endroits où il fallait creuser des étangs à poissons. Ces courtisans ne se rendaient pas compte qu'ils dérangeaient les ouvriers, au contraire ils s'imaginaient les aider, et chaque soir en buvant du vin ils se vantaient de leurs travaux.

Mais bientôt ils se lassèrent tout à fait et se plaignirent de la chaleur et leurs nattes dans les tentes furent envahies par les puces des sables, si bien qu'ils geignaient toute la nuit et venaient me demander le matin des onguents contre les morsures des puces. Ils finirent par maudire la Cité de l'Horizon, et beaucoup se retirèrent dans leurs domaines et quelques-uns se rendirent en secret à Thèbes pour se divertir, mais les plus fidèles restèrent à l'ombre de leurs tentes à boire du vin rafraîchi et à jouer aux dés, avec des alternatives de pertes et de gains, pour tuer le temps. Mais peu à peu les murs des maisons s'élevaient, et en quelques mois la Cité de l'Horizon d'Aton surgit du désert avec ses merveilleux jardins comme dans un conte. Mais j'ignore ce que cela coûta. Tout ce que je sais, c'est que tout l'or d'Amon n'y suffit point, car les caves d'Amon étaient vides lorsqu'on en brisa les scellés, et les prêtres d'Amon, pressentant la tempête, avaient réparti beaucoup d'or entre leurs fidèles.

Je dois encore raconter que la famille royale s'était divisée, car la grande mère royale avait refusé de suivre son fils dans le désert. Thèbes était sa ville, et le palais doré qui se dressait bleu et rouge or au milieu des jardins sur la rive, avait été construit par le pharaon Amenhotep à ses amours, car la mère royale Tii n'avait

été qu'une fille d'oiseleur dans les roseaux du Bas Pays.
C'est pourquoi elle ne voulut pas renoncer à Thèbes, et
la princesse Baketaton resta aussi près de sa mère, et le
prêtre Aï gouvernait en tenant le sceptre à la droite du
souverain et rendait la justice sur le siège du roi devant
les rouleaux de cuir, si bien que pour les gens de
Thèbes rien n'était changé, sauf que le faux pharaon
avait disparu, et personne ne le regrettait.

La reine Nefertiti retourna à Thèbes pour ses
couches, car elle n'osait se passer de l'assistance des
médecins de Thèbes et des sorciers nègres, et elle mit
au monde une troisième fille qui fut appelée Ankhsena-
ton et qui devait devenir reine. Mais pour faciliter
l'accouchement, les sorciers nègres avaient aussi dû lui
étirer le crâne, et quand les princesses grandirent,
toutes les femmes qui voulaient être à la mode en
copiant la famille royale portèrent des crânes postiches
pour s'allonger la tête. Mais les princesses se faisaient
raser les cheveux, car elles étaient fières de la forme
élégante de leur crâne. Les artistes les admiraient aussi
et ils sculptaient leurs portraits et dessinaient et
coloriaient les images, sans se douter que tout cela
n'était arrivé que par les pratiques de sorciers nègres.

Après la naissance de cette fille, Nefertiti rentra à la
Cité de l'Horizon et s'installa dans le palais qui avait
été achevé entre-temps. Elle laissa à Thèbes le harem
du pharaon, car elle était fort irritée d'avoir eu encore
une fille et ne voulait pas que le pharaon épuisât ses
forces avec d'autres femmes. Akhenaton n'eut rien à
objecter, car il était excédé de ses obligations dans le

gynécée et ne convoitait pas d'autre femme, ce qui était très compréhensible à quiconque voyait la beauté de Nefertiti, que sa troisième grossesse n'avait aucunement enlaidie, mais qui paraissait plus jeune et plus épanouie que jamais encore. Mais je ne sais si cela provenait de l'amour d'Akhenaton ou de la sorcellerie des nègres.

C'est ainsi que la Cité de l'Horizon s'éleva dans le désert en une seule année, et les fiers sommets des palmiers se balançaient le long des avenues et les grenades mûrissaient dans les parcs et les lotus fleurissaient tout roses dans les étangs. Toute la ville était un jardin fleuri, car les maisons étaient légères et en bois comme des pavillons de plaisance et leurs colonnes de palmier et de roseau étaient gracieuses et peintes. Les jardins pénétraient jusque dans les maisons, car, sur les murs, des sycomores et des palmiers peints étaient doucement bercés par le vent, et sur les planchers, dans les roseaux, des poissons nageaient et des canards prenaient leur vol.

Il ne manquait rien de ce qui peut réjouir le cœur de l'homme, des gazelles apprivoisées couraient dans les parcs et des chevaux fringants ornés de plumes d'autruche tiraient des voitures légères, et des épices à l'odeur forte venues du monde entier embaumaient toutes les cuisines.

C'est ainsi que fut construite la Cité de l'Horizon d'Aton, et quand l'automne revint et que les hirondelles sortirent du limon pour voler en essaims inquiets sur le fleuve grossi, le pharaon Akhenaton dédia cette

terre et cette ville à Aton. Il dédia les stèles-limites de
la cité dans les quatre directions, et sur chaque stèle
Aton bénissait de ses rayons le pharaon et sa famille, et
une inscription y affirmait que le pharaon ne quitterait
plus jamais ce sol voué à Aton. Pour cette dédicace, les
constructeurs firent des chaussées pavées dans les
quatre directions, si bien que le pharaon put se rendre
dans son char doré vers les stèles et la famille royale le
suivait en voiture et en litière, ainsi que les courtisans
qui semaient des fleurs, tandis que les flûtes et les
instruments à cordes jouaient l'hymne d'Aton.

Akhenaton ne voulait pas quitter sa ville même après
sa mort, et il envoya des constructeurs creuser des
tombes éternelles dans les montagnes de l'est sur le
territoire dédié à Aton, et leur travail devait durer si
longtemps qu'ils ne reviendraient plus jamais chez eux.
Mais ces hommes n'aspiraient plus à regagner leurs
anciens foyers, ils se résignèrent à leur sort et vécurent
dans leur ville à l'ombre du pharaon, car leurs mesures
de blé étaient abondantes et l'huile ne manquait jamais
dans leurs pots et leurs femmes leur donnaient des
enfants sains.

Ayant ainsi décidé de construire sa tombe et celles
des nobles qui désiraient rester à jamais avec lui dans la
Cité de l'Horizon, Akhenaton ordonna de construire
une Maison de la Mort en dehors de sa ville, afin que
les corps des personnes mortes ici fussent conservés
pour l'éternité. C'est pourquoi il fit venir les plus
éminents embaumeurs de la Maison de Thèbes, sans
s'inquiéter de leur foi, car les embaumeurs ne pour-

raient croire à quoi que ce soit, à cause de leur métier, et seule leur habileté importe. Ils arrivèrent dans une barque noire et leur odeur les précédait avec le vent, si bien que les gens se cachaient dans leurs maisons et baissaient la tête et brûlaient de l'encens et récitaient des prières à Aton. Mais beaucoup invoquaient aussi les anciens dieux et faisaient les signes sacrés d'Amon, car l'odeur des embaumeurs leur rappelait les anciens dieux.

Ils descendirent du bateau avec tout leur équipement, et leurs yeux habitués aux ténèbres clignaient à la lumière vive du soleil, et ils pestaient contre ce voyage. Ils entrèrent rapidement dans leur nouvelle Maison de la Mort et n'en sortirent plus, et bientôt ils s'y sentirent comme chez eux à cause de leur odeur qu'ils avaient amenée avec eux. Comme les prêtres d'Aton avaient horreur de cette maison, le pharaon me chargea de la surveiller, et j'y rencontrai le vieux Ramôse qui était chargé de nettoyer les cerveaux. Il me reconnut et fut très surpris de cette rencontre. Quand j'eus retrouvé sa confiance, je pus calmer mon impatience de savoir à quoi avait abouti ma vengeance contre la femme qui m'avait fait tant de mal à Thèbes. C'est pourquoi je lui demandai :

— Ramôse, mon ami, te rappelles-tu avoir traité une belle femme qu'on apporta dans la Maison de la Mort après les troubles de Thèbes et qui, si je m'en souviens bien, s'appelait Nefernefernefer ?

Il me regarda, la nuque voûtée, avec ses yeux immobiles de tortue, et dit :

— En vérité, Sinouhé, tu es le premier noble qui ait jamais appelé un embaumeur du nom d'ami. Mon cœur en est ému, et le renseignement que tu désires est certainement important, puisque tu m'appelles ton ami. Ne serais-tu pas l'homme qui nous l'apporta une nuit, enveloppée dans le drap noir des morts ? Car si c'est toi, tu ne saurais être l'ami d'aucun embaumeur, et si on le sait, les embaumeurs t'empoisonneront avec du venin de cadavre, pour que ta mort soit effrayante.

Ces paroles me firent trembler et je lui dis :

— Peu importe qui l'apporta, car elle méritait son sort, mais tu me laisses entendre qu'elle n'était pas morte.

Ramôse dit :

— En vérité cette terrible femme reprit connaissance dans la Maison de la Mort, car une femme comme elle ne meurt jamais, et si elle meurt, son corps doit être brûlé, pour qu'il ne revienne jamais, et après avoir appris à la connaître, nous l'avons appelée Sethnefer, la beauté du diable.

Alors un terrible pressentiment s'empara de moi et je lui dis :

— Pourquoi dis-tu d'elle qu'elle était dans la Maison de la Mort ? N'y serait-elle plus, bien que les embaumeurs eussent promis de la garder septante fois septante jours ?

Ramôse agita rageusement ses pinces, et je crois bien qu'il m'en aurait frappé, si je ne lui avais apporté une cruche du meilleur vin du pharaon. Il tâta le cachet poussiéreux de la cruche et dit :

— Nous ne t'avons fait aucun mal, Sinouhé, et tu
étais pour moi comme un fils et je t'aurais volontiers
gardé pour t'enseigner mon art. Nous avons embaumé
les corps de tes parents comme ceux des nobles, sans
épargner les meilleures huiles et les baumes précieux.
Pourquoi donc as-tu voulu nous faire du mal, en nous
apportant vivante cette affreuse femme? Sache qu'a-
vant son arrivée nous vivions une vie simple et
laborieuse et nous réjouissions nos cœurs en buvant de
la bière et nous nous enrichissions en dérobant aux
défunts leurs bijoux sans considération de rang ni de
sexe et en vendant aux sorciers certaines parties du
corps dont ils ont besoin pour leurs pratiques. Mais
l'arrivée de cette femme transforma la Maison de la
Mort en une grotte infernale et les hommes se battirent
à coups de couteau comme des fous pour cette femme.
Elle nous a soutiré toutes nos richesses et tout notre or
et tout notre argent économisé pendant des années, et
elle ne méprisait pas même le cuivre, mais elle nous
prit jusqu'à nos habits, car si un homme était vieux,
comme moi, et ne pouvait plus s'amuser avec elle, elle
incitait les autres à le voler, une fois qu'ils avaient
gaspillé leurs biens. Il ne lui fallut que trois fois trente
jours pour nous dépouiller complètement. Ayant
constaté qu'elle ne tirait plus rien de nous, elle éclata
de rire et nous méprisa, et deux embaumeurs fous
d'elle s'étranglèrent avec leur ceinture, parce qu'elle se
moquait d'eux et les repoussait. Ensuite elle partit en
emportant toutes nos richesses, et on ne put l'en
empêcher, car si quelqu'un voulait l'arrêter, un autre

s'interposait en sa faveur pour mériter un sourire ou une caresse d'elle. C'est ainsi qu'elle emporta notre tranquillité et nos économies, et elle avait au moins trois cents debens d'or, sans compter l'argent et le cuivre et les bandelettes de lin et les onguents que nous avions volés aux morts au cours des années, comme il convient. Mais elle promit de revenir au bout d'un an pour nous donner le bonjour et voir combien nous aurions économisé entre-temps. C'est pourquoi, actuellement, dans la Maison de la Mort de Thèbes, on vole plus que jamais, et les embaumeurs ont appris à se voler les uns les autres si bien que notre tranquillité a aussi disparu. Tu comprends pourquoi nous l'avons appelée Sethnefer, car vraiment elle est très belle, bien que sa beauté soit du démon.

C'est ainsi que j'appris combien ma vengeance avait été enfantine, car Nefernefernefer était sortie plus riche qu'avant de la Maison de la Mort, et le seul inconvénient qu'elle eut de son séjour fut l'odeur de cadavre dont sa peau s'était imprégnée et qui l'empêcha un temps d'exercer sa profession. Mais elle avait certainement besoin d'un peu de repos après son passage chez les embaumeurs, et au fond je ne lui en voulais plus, car ma vengeance m'avait rongé le cœur sans lui nuire à elle, et cela me montra que la vengeance ne procure aucune joie, mais que sa douceur est éphémère et qu'elle se retourne contre son auteur en lui brûlant le cœur comme le feu.

A ce point de mon récit, je vais commencer un nouveau livre pour exposer ce qui se passa pendant que le pharaon Akhenaton habitait dans la Cité de l'Horizon, ainsi que les événements en Egypte et en Syrie. Je dois aussi parler de Horemheb et de Kaptah et de mon ami Thotmès, et il ne faut pas oublier non plus Merit. C'est pourquoi je commence un nouveau livre.

LIVRE XI

Merit

1

Chacun a vu couler l'eau de la clepsydre. La vie humaine s'écoule de la même manière, mais on ne peut en mesurer le cours avec une clepsydre, on doit l'évaluer d'après ce qui arrive à l'homme. C'est une grande et sublime vérité que l'homme ne comprend entièrement qu'aux jours de la vieillesse, lorsque sa vie s'enfuit et qu'il ne lui arrive plus rien. Une seule journée peut lui paraître plus longue qu'une année ou même deux pendant lesquelles il travaille et vit une vie simple, sans changement. Je constatai cette vérité dans la Cité de l'Horizon, car mon temps s'y écoula comme le courant du fleuve et ma vie y fut un rêve bref ou un beau chant qui retentit pour rien, et les dix ans que je passai à l'ombre du pharaon dans son nouveau palais doré furent plus courts qu'une seule année de ma jeunesse, mais ils comprirent aussi des journées riches en événements qui furent plus longues qu'une année.

Mon savoir et mon art ne s'accrurent pas pendant ce temps, mais je puisais dans mes connaissances acquises aux jours de ma jeunesse en maints pays, comme l'abeille consomme en hiver le miel amassé au temps des fleurs. Peut-être le temps usa-t-il mon cœur, comme l'eau lente ronge la pierre, et peut-être mon cœur changea-t-il pendant ce temps, sans que je l'eusse remarqué, car je n'étais plus aussi solitaire qu'avant. J'étais aussi plus posé et je ne me glorifiais plus de mon habileté, mais ce n'était pas mon propre mérite, c'était parce que Kaptah n'était plus avec moi et qu'il était resté à Thèbes pour gérer mes biens et pour diriger sa taverne de la « Queue de Crocodile ».

Je dois dire que la ville d'Akhenaton vivait repliée sur elle-même et sur les visions et les rêves du pharaon et que le monde extérieur y était sans importance, car tout ce qui se passait en dehors des stèles-limites d'Aton était aussi lointain et irréel que le reflet de la lune sur l'eau, et la seule réalité était ce qui se passait dans la Cité de l'Horizon. A y penser avec recul, c'était peut-être une illusion, et cette ville avec toute son activité ne fut peut-être qu'une ombre et une belle apparence, tandis que la réalité était formée par la famine, les souffrances et la mort qui sévissaient en dehors de ses bornes. Car on cachait au pharaon tout ce qui pouvait lui déplaire, ou si quelque affaire désagréable exigeait absolument son intervention, on l'enveloppait dans des voiles délicats et on l'assaisonnait de miel et de plantes odoriférantes et on la lui présentait avec prudence, pour lui épargner des maux de tête.

En ce temps, le prêtre Aï gouvernait à Thèbes en portant le sceptre à la droite du roi, et en pratique

Thèbes restait la capitale des deux royaumes, car le pharaon y avait laissé tout ce qui, dans l'appareil administratif, était déplaisant et désagréable, comme la perception des impôts, le commerce et la justice, dont il ne voulait pas entendre parler, car il avait toute confiance en Aï qui était son beau-père et un homme ambitieux. C'est ainsi que ce prêtre était en réalité le souverain des deux royaumes, car tout ce qui touchait à la vie d'un homme ordinaire, qu'il fût agriculteur ou citadin, dépendait de lui. Après la chute d'Amon, aucune puissance rivale ne restreignait le pouvoir du pharaon, et Aï espérait que l'agitation se calmerait peu à peu. C'est pourquoi il était heureux que le pharaon restât absent de Thèbes, et il contribua volontiers à l'édification de la Cité de l'Horizon et à son embellissement et il y envoyait sans cesse de précieux cadeaux pour que la ville plût encore davantage à Akhenaton. Ainsi, en vérité, le calme aurait pu renaître et tout aurait été comme naguère, mais sans Amon, si le pharaon Akhenaton n'avait pas été un bâton dans les roues et la pierre qui renverse le char.

A côté d'Aï, Horemheb gouvernait à Memphis et répondait de l'ordre dans le pays, si bien qu'en somme il était la force dans les cannes des percepteurs et la force dans les marteaux des tailleurs de pierre qui effaçaient le nom d'Amon sur les inscriptions et sur les images, jusque dans les tombeaux. En effet Akhenaton avait ordonné d'ouvrir la tombe de son père pour y détruire partout le nom d'Amon. Et Aï ne fit pas d'opposition, tant que le pharaon se borna à une

activité aussi peu dangereuse, sans intervenir dans la
vie quotidienne du peuple.

Ainsi, après les journées d'horreur de Thèbes,
l'Egypte fut pendant quelque temps comme une onde
calme dont la paix n'est troublée par aucune tempête.
Le prêtre Aï répartit la perception des impôts entre les
chefs des nomes, ce qui lui épargna bien des soucis, et
ces chefs affermèrent la perception aux percepteurs des
villes et des villages et ils s'enrichirent rapidement. Et
si les pauvres se plaignaient et se couvraient la tête de
cendre après le passage des percepteurs, il n'y avait
rien là de nouveau.

Mais dans la Cité de l'Horizon, la naissance d'une
quatrième fille fut un échec plus grave que la perte de
Simyra en Syrie, et la reine Nefertiti se crut envoûtée à
ne mettre au monde que des filles et elle se rendit à
Thèbes pour consulter les sorciers nègres de sa marâ-
tre. Il est en effet rare qu'une femme ait quatre filles de
suite et pas un seul fils. Mais c'était sa destinée de
donner au pharaon six filles, et c'était aussi la destinée
d'Akhenaton.

Les messages de Syrie devenaient toujours plus
angoissants et à l'arrivée de chaque courrier je me
rendais aux archives pour lire les appels déchirants des
tablettes d'argile. Il me semblait que des flèches
sifflaient à mes oreilles et je croyais sentir la fumée des
incendies et sous les mots respectueux je percevais les
hurlements des hommes mourants et les appels des
enfants maltraités, car les Amorrites étaient sauvages et
guerroyaient sous les ordres d'officiers hittites, si bien

qu'à la longue aucune garnison ne pouvait leur résister.
Je lus les lettres du roi de Byblos et du prince de
Jérusalem, et ils invoquaient leur âge et leur fidélité
pour obtenir des secours du pharaon, et ils invoquaient
le souvenir de son père et leur amitié pour celui-ci,
mais finalement le pharaon Akhenaton fut excédé de
ces appels et il envoya leurs lettres aux archives sans
même les lire, si bien que les scribes et moi nous étions
les seuls à en prendre connaissance, et les scribes
n'avaient d'autre souci que de les numéroter et de les
classer dans leur ordre d'arrivée.

Après la chute de Jérusalem, les dernières villes
fidèles à l'Egypte renoncèrent à la lutte et s'allièrent à
Aziru. Alors Horemheb vint trouver Akhenaton pour
lui demander une armée afin d'organiser la résistance
en Syrie. Jusqu'ici il s'était borné à une guerre secrète
en envoyant de l'or en Syrie pour y encourager les
derniers défenseurs de l'Egypte. Il dit au pharaon :

— Permets-moi d'enrôler au moins cent fois cent
lanciers et archers et cent chars de guerre, je te
reconquerrai toute la Syrie, car en vérité, puisque
même la ville de Joppé renonce à résister, la puissance
égyptienne en Syrie touche à sa fin.

Le pharaon Akhenaton fut très dépité d'apprendre
la chute de Jérusalem, car il avait déjà pris des mesures
pour en faire la cité d'Aton destinée à pacifier la Syrie.
C'est pourquoi il dit :

— Ce vieux prince de Jérusalem, dont je ne me
rappelle plus le nom, était l'ami de mon père et je l'ai
vu à Thèbes dans le palais doré et il avait une grande

barbe. C'est pourquoi, en dédommagement de ses
pertes, je lui payerai une pension, bien que le revenu
des impôts ait beaucoup diminué depuis la cessation du
commerce avec la Syrie.

— Il n'a plus besoin de pension ni de colliers
égyptiens, dit Horemheb. Le roi Aziru a en effet
confectionné avec son crâne une belle coupe dorée qu'il
a envoyée au roi Shoubbiloulioma à Khattoushash, à
ce que m'ont mandé mes espions.

Le visage du pharaon devint gris et ses yeux
rougirent, mais il se domina et dit tranquillement :

— J'ai peine à admettre cet acte d'Aziru que je
croyais mon ami et qui a reçu si volontiers la croix de
vie, mais je me suis peut-être trompé à son sujet et son
cœur est plus noir que je ne le pensais. Mais tu me
réclames l'impossible, Horemheb, en demandant des
lances et des chars, car on m'a dit que le peuple
murmurait déjà à cause des impôts et que les récoltes
étaient mauvaises.

Horemheb dit :

— Par ton Aton, donne-moi au moins un ordre et
dix chars et dix fois dix lanciers, pour que je puisse
aller en Syrie et sauver ce qu'il est possible de sauver.

Mais Akhenaton dit :

— Je ne peux faire la guerre à cause d'Aton, car
toute effusion de sang lui est en horreur, et je préfère
renoncer à la Syrie. Que la Syrie soit libre et qu'elle
forme une union et nous commercerons avec elle
comme naguère, car sans le blé d'Egypte la Syrie ne
saurait exister.

— Crois-tu vraiment qu'ils en resteront là, Akhenaton ? demanda Horemheb au comble de la surprise.
Chaque Egyptien tué, chaque mur renversé, chaque
ville prise augmente leur assurance et les incite à aller
plus loin. Après la Syrie ce sera le tour des mines de
cuivre du Sinaï, et si l'Egypte les perd, nous ne
pourrons plus fabriquer de pointes pour nos lances et
nos flèches.

— J'ai dit que des pointes de bois suffisaient aux
gardes, dit Akhenaton avec impatience. Pourquoi me
rebats-tu les oreilles avec ces lances et ces pointes de
flèches, si bien que les paroles de l'hymne que je
compose pour Aton se mélangent dans ma tête ?

— Après le Sinaï viendra le Bas-Pays, dit amèrement Horemheb. Comme tu l'as dit, la Syrie ne peut
exister sans le blé égyptien, bien qu'elle en reçoive déjà
de Babylonie. Mais si tu ne crains pas la Syrie, crains
au moins les Hittites, car leur ambition n'a point de
limites.

Alors Akhenaton eut un rire de pitié, comme l'eût
fait tout Egyptien sensé en entendant ces paroles, et il
dit :

— De mémoire d'homme, aucun ennemi n'a foulé
le sol de l'Egypte et personne n'osera le faire, car
l'Egypte est le pays le plus riche et le plus puissant du
monde. Mais pour te calmer, puisque tu as des
cauchemars, je puis te dire que les Hittites sont un
peuple barbare qui paît ses troupeaux dans ses pauvres
montagnes, et nos alliés de Mitanni forment un
rempart contre eux. J'ai aussi envoyé au roi Shoubbi-

louliouma une croix de vie et sur sa demande je lui ai
donné aussi de l'or pour qu'il puisse placer dans son
temple une statue de moi en grandeur naturelle. C'est
pourquoi il n'inquiétera pas l'Egypte, car il reçoit de
moi de l'or chaque fois qu'il en réclame, bien que le
peuple murmure à cause des impôts que je dois
percevoir.

Les veines se gonflèrent dans le visage de Horemheb, mais il avait l'habitude de se dominer, et il ne dit
plus rien lorsque je déclarai que comme médecin je
devais mettre fin à l'entretien. En m'accompagnant
dans ma maison, il se donna des coups de cravache sur
les cuisses et dit :

— Par Seth et tous les démons, une bouse de vache
sur le chemin est plus utile que sa croix de vie. Mais le
plus incroyable est que, lorsqu'il me regarde dans les
yeux et qu'il me touche amicalement l'épaule, je crois à
sa vérité, bien que je sache que j'ai raison et que lui a
tort. Par Seth et tous les démons, il se remplit de force
dans cette ville peinte et fardée comme une gourgandine. En vérité, si on pouvait lui mener chaque homme
pour qu'il puisse parler à chacun et le toucher de ses
doigts tendres, je crois que le monde changerait, mais
c'est impossible. Et pourtant, il leur insufflerait sa
force et transformerait leur cœur. Je crois bien que si je
restais longtemps ici, il me pousserait des mamelles
comme aux courtisans et que je pourrais allaiter des
enfants.

2

Ces paroles de Horemheb commencèrent à me tourmenter l'esprit et je me reprochai d'être un mauvais ami pour lui et un mauvais conseiller pour le pharaon. Mais mon lit était tendre et j'y dormais bien sous le baldaquin et mon cuisinier mettait en conserve des oiseaux dans du miel et les rôtis d'antilope ne manquaient point à ma table et l'eau de ma clepsydre s'écoulait rapidement. La seconde des filles du pharaon, Meketaton, tomba gravement malade et elle eut de la fièvre et se mit à tousser et à maigrir. J'essayai de lui donner des fortifiants et je lui fis boire de l'or dissous, et je maudissais mon sort, puisque, une fois le pharaon guéri, sa fille exigeait mes soins, si bien que je n'avais plus de repos ni jour ni nuit. Le pharaon était inquiet, car il aimait ses filles, et les deux aînées l'accompagnaient aux réceptions dans le palais doré et lançaient des décorations et des chaînes d'or à ceux auxquels le pharaon désirait témoigner sa faveur.

Par un phénomène naturel, cette fille malade devint encore plus chère à son père, si bien qu'il lui donnait des balles en argent et en ivoire, et il lui acheta un petit chien qui la suivait partout et veillait sur son sommeil. Mais le pharaon veillait et maigrissait d'inquiétude et il se relevait plusieurs fois chaque nuit pour écouter la respiration de la petite malade et chaque accès de toux lui brisait le cœur.

Et pour moi aussi cette petite malade devint plus importante que tous mes biens à Thèbes et Kaptah et la disette en Egypte et tous les gens qui souffraient de la famine et mouraient en Syrie pour Aton. Je lui consacrai tout mon art et tout mon savoir, en négligeant mes autres malades, les nobles atteints de maux provenant d'excès de table et de boisson et surtout de maux de tête, puisque le pharaon en souffrait. En soignant leurs maux j'aurais pu amasser une fortune, mais j'étais dégoûté de l'or et des courbettes et c'est pourquoi j'étais souvent brusque avec mes clients, si bien qu'on disait : « La dignité de médecin royal est montée à la tête de Sinouhé, et en s'imaginant que le pharaon écoute ses paroles, il oublie ce que les autres lui disent. »

Mais en pensant à Thèbes et à Kaptah et à la « Queue de Crocodile », j'étais saisi de mélancolie et mon cœur était affamé, comme si j'avais toujours eu faim et qu'aucune nourriture ne pût apaiser cette fringale. Je constatai aussi que mes cheveux tombaient et que mon crâne se dénudait sous la perruque, et il y avait des journées où j'oubliais mes devoirs et rêvais les yeux ouverts, et j'errais de nouveau sur les routes de Babylonie et je sentais l'odeur du blé sur les aires d'argile battue. J'avais engraissé et mon sommeil était lourd et je m'essoufflais au bout de quelques pas, si bien que la litière m'était indispensable.

Mais quand vint l'automne et que le fleuve déborda

et que les hirondelles sortirent du limon pour battre l'air d'une aile inquiète, la santé de la fille du pharaon s'améliora et elle entra en convalescence. Mon cœur suivait le vol des hirondelles et je m'embarquai pour revoir Thèbes, et le pharaon m'y autorisa et me chargea de saluer tous les agriculteurs qui s'étaient partagé les terres du faux dieu, en espérant que je lui rapporterais beaucoup de bonnes nouvelles.

C'est pourquoi je fis de nombreuses escales dans les villages et les paysans venaient me parler et ce voyage ne fut nullement pénible, comme je l'avais craint, car au mât flottait l'oriflamme du pharaon et mon lit était confortable et il n'y avait pas du tout de mouches. Mon cuisinier me suivait dans un autre bateau et on lui apportait sans cesse des cadeaux, si bien que j'avais toujours des vivres frais. Mais les colons venaient me trouver et ils étaient maigres comme des squelettes, leurs femmes jetaient des regards apeurés, leurs enfants étaient chétifs et ils avaient les jambes cagneuses. Ils me montrèrent leurs coffres à blé qui étaient à moitié vides, et leur blé était plein de taches rouges, comme s'il y était tombé du sang. Et ils me disaient :

— Nous avons d'abord cru que nos mécomptes provenaient de notre ignorance, puisque nous n'avions encore jamais cultivé la terre. Mais à présent nous savons que la terre que le pharaon nous a distribuée est maudite, et c'est pourquoi nos récoltes sont maigres et notre bétail meurt. Et nous aussi nous sommes maudits. La nuit, des pieds invisibles foulent nos champs et des mains invisibles cassent les branches des arbres que nous avons plantés et notre bétail périt sans raison et nos canaux s'obstruent et nous trouvons des charognes dans nos puits, si bien que nous n'avons plus d'eau potable. Beaucoup ont déjà abandonné leurs terres pour regagner les villes, plus pauvres qu'à leur départ, et en maudissant le nom du pharaon et son dieu. Mais nous avons tenu jusqu'ici et accordé confiance aux croix et aux lettres du pharaon, et nous les suspendons dans nos champs pour écarter les sauterelles. Mais la magie d'Amon est plus puissante que celle du pharaon, et c'est pourquoi notre foi chancelle et nous devrons bientôt quitter ces terres maudites, avant d'y périr comme sont morts déjà tant de femmes et d'enfants.

J'allai aussi voir les écoles et en apercevant sur mes habits la croix d'Aton les maîtres cachaient pieusement leurs bâtons et faisaient les signes d'Aton et les enfants étaient assis les jambes croisées sur les aires en rangs soignés. Les maîtres me disaient :

— Nous savons qu'il est insensé de vouloir que chaque enfant apprenne à lire et à écrire, mais que ne ferions-nous pas pour l'amour du pharaon qui est notre père et notre mère et que nous respectons comme le fils de son dieu. Mais nous sommes des hommes instruits et c'est offensant pour notre dignité de rester assis sur des aires à moucher des gamins crasseux et à dessiner des lettres dans le sable, parce que nous n'avons pas de tablettes ni de plumes de roseau et ces nouvelles lettres sont incapables de figurer la science et le savoir que nous avons acquis avec tant de peines et de frais. Notre salaire est très irrégulier et les parents ne nous payent pas à pleine mesure, et leur bière est acide et maigre, et l'huile est rance dans nos pots. Mais nous espérons bien démontrer au pharaon qu'il est impossible que tous les enfants apprennent à lire et à écrire, car seuls les meilleurs en sont capables. C'est aussi insensé d'apprendre aux filles à écrire, car cela ne s'est jamais fait, et nous pensons que les scribes du pharaon se sont trompés en écrivant, ce qui prouve de surcroît combien cette nouvelle écriture est imparfaite et mauvaise.

Je contrôlai leur savoir, et ce savoir ne me réjouit guère et je fus encore moins satisfait en voyant leurs faces bouffies et leurs yeux fuyants, car ces maîtres étaient des scribes déchus dont plus personne ne voulait. Leur instruction était déplorable et ils avaient accepté la croix d'Aton seulement pour s'assurer du pain, et s'il y avait parmi eux une exception, ce n'est pas une mouche qui transforme l'hiver en été. Les colons et les doyens des villages pestaient amèrement au nom d'Aton et disaient :

— O Sinouhé, dis au pharaon qu'il nous débarrasse au moins du fardeau de ces écoles, sinon nous ne pourrons plus vivre, car nos enfants reviennent de l'école le dos tout bleu de coups et les cheveux arrachés et ces maîtres sont aussi insatiables que des crocodiles et rien n'est assez bon pour eux, mais ils méprisent notre pain et notre bière, et ils nous extorquent nos dernières piécettes de cuivre et les peaux de nos bœufs pour s'acheter du vin, et quand nous sommes aux champs ils pénètrent dans nos maisons pour se divertir

avec nos femmes en disant que c'est la volonté d'Aton,
puisqu'il n'y a plus de différence entre un homme et un
autre et une femme et une autre.

Mais le pharaon m'avait simplement autorisé à les
saluer en son nom et je ne pouvais les aider dans leur
misère. Mais je leur dis pourtant :

— Le pharaon ne peut pas tout faire pour vous, et
c'est en partie votre faute si Aton ne bénit pas vos
champs. Vous êtes cupides et vous n'aimez pas que vos
enfants aillent à l'école, car vous avez besoin d'eux
pour les travaux des champs et pour creuser des canaux
d'irrigation, pendant que vous fainéanteriez. Je ne
peux rien non plus pour la pudeur de vos femmes, car
c'est d'elles qu'il dépend de savoir avec qui elles
désirent se divertir. C'est pourquoi j'ai honte pour le
pharaon en vous regardant, car il vous a confié une
grande tâche. Mais vous avez gâché les terres les plus
fertiles de l'Egypte et abattu le bétail pour le vendre.

Mais ils protestèrent vivement :

— Nous ne désirions aucun changement dans notre
vie, car si nous étions pauvres en ville, nous étions au
moins heureux, mais ici nous ne voyons que des
cabanes d'argile et des vaches mugissantes. Ils avaient
raison, ceux qui nous ont mis en garde en disant :
Redoutez tout changement, car pour un pauvre c'est
toujours en mal, et sa mesure de blé diminue et l'huile
baisse dans son pot.

Mon cœur me disait qu'ils avaient probablement
raison, et je renonçai à discuter avec eux et je me remis
en route. Mais mon cœur était gros à cause du pharaon

et je m'étonnais que tout ce qu'il touchait portât malheur, si bien que les gens énergiques devenaient paresseux à cause de ses cadeaux, et seuls les plus misérables se groupaient autour d'Aton comme des mouches autour d'une bête crevée.

Et une crainte s'empara de moi : il se peut vraiment que le pharaon et les courtisans et les nobles et les dignitaires qui vivent dans l'oisiveté, et moi aussi durant ces dernières années, nous ne soyons que des parasites engraissés par le peuple, comme des puces dans la toison du chien. Peut-être que la puce dans la toison du chien s'imagine être l'essentiel et que le chien ne vit que pour l'entretenir. Peut-être aussi que le pharaon et son Aton ne sont que des puces dans la toison d'un chien et qu'ils ne procurent au chien que des ennuis sans aucun profit, car le chien serait plus heureux sans puces.

C'est ainsi que mon cœur se réveilla de son long sommeil et rejeta la Cité de l'Horizon, et je regardai autour de moi avec des yeux nouveaux, et rien de ce que je vis autour de moi n'était bon. Mais cela provenait peut-être du fait que la magie d'Amon régnait en secret sur toute l'Égypte et que sa malédiction me faussait la vue, et la Cité de l'Horizon était le seul endroit en Egypte où sa puissance ne s'étendît pas.

Bientôt apparurent à l'horizon les trois gardiens éternels de Thèbes, et le toit et les murailles du temple émergèrent devant mes yeux, mais les pointes des obélisques n'étincelaient plus au soleil, car leur dorure n'avait pas été renouvelée. Pourtant, cette vue fut délicieuse à mon cœur, et je fis une libation de vin dans les flots du Nil, comme les marins rentrant d'un long voyage, mais les marins versent de la bière et non du vin, car ils préfèrent boire le vin. Je revis les grands quais de pierre de Thèbes et je sentis dans mes narines le parfum du port, l'odeur du blé pourri et de l'eau croupissante, des épices et de la poix.

Mais quand je revis la maison de l'ancien fondeur de cuivre dans le quartier des pauvres, elle me parut très petite et étroite et la ruelle était sale et puante et pleine de mouches. Et le sycomore de la cour ne me réjouit pas les yeux, bien que je l'eusse planté moi-même et qu'il eût bien poussé pendant mon absence. C'est ainsi que la richesse et le luxe de la Cité de l'Horizon m'avaient corrompu, et j'eus honte de moi et mon cœur s'attrista, puisque je ne savais plus me réjouir de revoir ma maison.

Kaptah n'était pas chez moi, il n'y avait que la cuisinière Muti qui, en me voyant, dit amèrement :

— Béni soit le jour qui ramène mon maître, mais les chambres ne sont pas faites et le linge est à la lessive et ton retour me cause bien des ennuis et des soucis, quoique je n'attende aucune joie de la vie. Mais je ne suis nullement étonnée de ton brusque retour, car c'est bien la manière d'agir des hommes.

Je la calmai et lui dis que je resterais à bord du bateau et je m'informai de Kaptah. Puis je me fis porter à la « Queue de Crocodile » et Merit m'y accueillit, mais elle ne me reconnut pas à cause de mes vêtements élégants et de ma litière, et elle me dit :

— As-tu réservé une place pour la soirée, car si tu ne l'as pas fait, je ne pourrai te laisser entrer.

Elle avait un peu engraissé et ses pommettes n'étaient plus aussi saillantes, mais ses yeux étaient les mêmes, en dépit des fines rides qui les bordaient. C'est pourquoi mon cœur se réchauffa et je posai la main sur sa hanche en disant :

— Je comprends que tu ne te souviennes plus de moi, après avoir réchauffé sur ta natte de nombreux autres hommes solitaires et tristes, mais je croyais pourtant trouver un siège dans ta maison et une coupe de vin frappé, bien que je n'ose plus penser à ta natte.

Elle cria de surprise et dit :

— Sinouhé, c'est toi ?

Et elle dit encore :

— Béni soit le jour qui ramène mon maître.

Elle posa ses mains fermes et belles sur mes épaules et me regarda et dit :

— Sinouhé, Sinouhé, qu'as-tu fait de toi, car si ta solitude était jadis celle d'un lion, elle est maintenant celle d'un bichon dodu et tu portes une laisse au cou.

Elle m'enleva ma perruque et caressa gentiment mon crâne chauve et dit :

— Prends place, Sinouhé, je vais t'apporter du vin frappé, car tu es tout en sueur et essoufflé après ton pénible voyage.

Mais je protestai et dis :

— Ne m'apporte surtout pas une queue de crocodile, car mon estomac ne la supporterait certainement pas et j'en aurais mal à la tête.

Elle me toucha la joue et dit :

— Suis-je déjà si vieille et grasse et laide que tu
penses tout d'abord à ton estomac en me revoyant
après une si longue absence ? Jadis tu ne craignais pas
d'avoir mal à la tête en ma compagnie, mais tu abusais
des queues, et je devais te modérer.

Je fus accablé, car elle avait raison et la vérité
accable. C'est pourquoi je lui dis :

— Hélas, Merit, mon amie, je suis déjà vieux et bon
à rien.

Mais elle dit :

— Tu t'imagines être vieux, car tes yeux ne sont
nullement vieux en me regardant, et cela me réjouit
vivement.

Alors je lui dis :

— Merit, au nom de notre amitié, apporte-moi vite
une queue, sinon je crains de commettre des folies avec
toi et ce serait contraire à ma dignité de trépanateur
royal, surtout à Thèbes et dans une taverne du port.

Elle m'apporta à boire et posa la coquille sur ma
main et je bus et la boisson brûla ma gorge habituée
aux vins doux, mais cette brûlure était délicieuse, car
mon autre main reposait sur la hanche de Merit. Je lui
dis :

— Merit, tu m'as dit un jour que le mensonge peut
être plus exquis que la vérité, si l'homme est solitaire et
que son premier printemps est défleuri. C'est pourquoi
je te dis que mon cœur est resté jeune et qu'il fleurit en
te voyant, et les années qui nous ont séparés ont été
longues et pendant ces années il ne s'est pas passé de

jour que je n'aie confié ton nom au vent, et avec chaque
hirondelle je t'ai envoyé un salut et chaque matin je me
suis éveillé en murmurant ton nom.

Elle me regarda et à mes yeux elle était restée svelte
et belle et familière et au fond de ses yeux couvait un
sourire triste comme la surface noire de l'eau dans un
puits profond. Elle me caressa la joue et dit :

— Tu parles bien, Sinouhé, mon ami. Pourquoi ne
t'avouerais-je pas que mon cœur t'a vivement regretté
et que mes mains ont cherché les tiennes, tandis que je
reposais seule la nuit sur ma natte, et chaque fois que
les hommes, sous l'influence des queues de crocodile,
se mettaient à me dire des bêtises, je pensais à toi et
j'étais triste. Mais dans le palais doré du pharaon les
belles femmes abondent, et comme médecin de la cour
tu as probablement consacré tes loisirs à les guérir
consciencieusement.

Il est vrai que je m'étais diverti avec quelques dames
de la cour qui étaient venues me demander des conseils
dans leur ennui, car leur peau était lisse comme une
écorce de fruit et tendre comme le duvet et l'hiver
surtout on a plus chaud à deux que seul. Mais ces
aventures furent si insignifiantes que je n'en ai pas
même parlé dans mes livres. C'est pourquoi je lui dis :

— Merit, s'il est vrai que je n'ai pas toujours dormi
seul, tu n'en es pas moins la seule femme qui soit mon
amie.

La queue de crocodile commençait à agir sur moi et
mon corps redevenait aussi jeune que mon cœur et un
feu délicieux parcourait mes veines, et je dis :

— Maints hommes ont certainement partagé ta couche, mais tu devras les mettre en garde contre moi pendant mon séjour à Thèbes, car lorsque je me fâche, je suis un homme terrible et dans les combats contre les Khabiri les soldats de Horemheb m'ont nommé le Fils de l'onagre.

Elle leva la main en affectant la peur et dit :

— C'est bien ce que je redoutais et Kaptah m'a raconté les nombreuses rixes et bagarres dans lesquelles ta nature fougueuse t'a entraîné et dont seuls son sang-froid et sa fidélité t'ont tiré indemne. Mais tu dois te rappeler que mon père garde une matraque sous son siège et qu'il ne tolère aucun scandale dans cette maison.

En entendant le nom de Kaptah et en pressentant toutes les bourdes qu'il avait contées à Merit sur moi et sur ma vie dans les pays étrangers, mon cœur fondit d'émotion et les larmes me vinrent aux yeux et je m'écriai :

— Où est Kaptah, mon fidèle serviteur, afin que je puisse l'embrasser, car mon cœur l'a vivement regretté, bien que ce soit indigne de moi, puisqu'il n'est qu'un ancien esclave ?

Merit dit :

— Je constate vraiment que les queues de crocodile ne te valent rien, et mon père jette déjà des regards courroucés dans notre direction, parce que tu fais trop de bruit. Mais tu ne verras pas Kaptah avant le soir, car il passe ses journées à la bourse des blés et dans les cabarets où l'on conclut les grandes affaires, et je crois que tu seras fort surpris en le voyant, car il a tout à fait oublié qu'il a été esclave et qu'il a porté tes sandales à un bâton sur son épaule. C'est pourquoi je vais sortir avec toi pour que tu te calmes à l'air frais, et du reste tu auras certainement du plaisir à voir combien Thèbes a changé en ton absence, et enfin nous serons seuls.

Elle alla changer de costume et s'oignit le visage d'un baume précieux et se para d'or et d'argent, si bien qu'elle avait tout l'air d'une grande dame. Les esclaves nous portèrent par le chemin des béliers, et Thèbes n'avait pas encore repris son aspect antérieur, mais les plates-bandes étaient encore foulées et les branches des arbres étaient cassées et on reconstruisait les maisons démolies. Nous étions serrés dans la litière et je respirais le parfum de Merit, et c'était le parfum de Thèbes, plus excitant et plus grisant que celui de tous les précieux onguents de la Cité de l'Horizon. Je tenais sa main dans la mienne et je n'avais plus aucune mauvaise pensée, il me semblait être rentré au logis après une longue absence.

Nous arrivâmes près du temple et des oiseaux noirs volaient en criant au-dessus du temple désert, car ils étaient restés à Thèbes et personne ne les dérangeait dans l'enceinte du dieu maudit. Nous descendîmes de la litière et entrâmes dans la cour, et on ne voyait du monde que devant les Maisons de la Vie et de la Mort, car leur déplacement aurait causé trop de frais et de difficultés. Mais Merit m'apprit que les gens évitaient la Maison de la Vie, si bien que de nombreux médecins l'avaient quittée pour s'installer en ville. L'herbe

poussait dans les chemins du parc, et les arbres avaient
été abattus et volés, et on avait foéné tous les vieux
poissons du lac sacré, et dans ce parc que le pharaon
avait mis à la disposition du peuple et des enfants, on
ne voyait que de rares promeneurs déguenillés et
craintifs.

En me promenant dans l'enceinte du temple désert,
je sentis l'ombre du faux dieu s'appesantir sur moi, car
sa puissance n'avait pas disparu avec ses images, mais il
continuait à régner par la crainte sur le cœur des
hommes. Dans le grand temple, l'herbe avait poussé
entre les dalles et personne ne nous empêcha de
pénétrer dans le saint des saints, et les inscriptions
sacrées des parois étaient enlaidies par les profanations,
les graveurs ayant gauchement effacé le nom et les
images du dieu. Merit dit :

— C'est un endroit funeste et mon cœur se glace en
errant ici avec toi, mais certainement cette croix
d'Aton te protège, et pourtant je serais contente si tu
l'enlevais de ton collet, car on pourrait te lancer une
pierre ou te poignarder dans un endroit solitaire à
cause de cette croix. C'est que la haine est grande à
Thèbes.

Elle disait la vérité, car sur la place devant le temple
bien des gens crachèrent en voyant la croix d'Aton à
mon col. Je fus fort surpris de voir un prêtre d'Amon
se promener effrontément dans la foule, le crâne rasé et
vêtu de blanc, malgré la défense du pharaon. Son
visage était luisant de graisse et ses vêtements étaient
du lin le plus fin, et les gens s'écartaient respectueuse-

ment devant lui. C'est pourquoi je jugeai prudent de poser ma main sur la croix d'Aton afin de la cacher, car je ne tenais pas à provoquer un scandale. Je ne voulais pas blesser les sentiments des gens, car à l'encontre du pharaon j'estimais que chacun avait le droit de choisir sa foi, et en outre je voulais éviter des ennuis à Merit.

Nous nous arrêtâmes près de la muraille pour écouter un conteur assis sur une natte, avec un pot vide devant lui, à la manière des conteurs, et les gens s'étaient massés autour de lui, les pauvres assis, parce qu'ils ne craignaient pas de salir leurs vêtements. Mais je n'avais encore jamais entendu ce conte, car il parlait d'un faux pharaon qui avait vécu jadis et que Seth avait engendré dans le sein d'une sorcière noire. Cette sorcière avait réussi à capter l'amour du bon pharaon. Par la volonté de Seth, ce faux pharaon se proposait de ruiner le peuple égyptien pour en faire l'esclave des nègres et des barbares, et il avait renversé les statues de Râ, et Râ avait maudit le pays et la terre ne portait plus de fruits et les inondations noyaient les gens et les sauterelles dévoraient les récoltes et les étangs se changeaient en mares sanglantes et les grenouilles sautaient dans les pétrissoires. Mais les jours du faux pharaon étaient comptés, car la force de Râ était supérieure à celle de Seth. C'est pourquoi le faux pharaon périt d'une mort misérable et la sorcière qui l'avait enfanté périt aussi misérablement et Râ terrassa tous ceux qui l'avaient renié et il distribua leurs maisons et leurs biens à ceux qui, malgré les épreuves, lui étaient restés fidèles et avaient cru à son retour.

Ce conte était très long et très captivant, et les gens montraient leur impatience d'en connaître la fin en tapant du pied et en levant les bras, et moi aussi je restais bouche bée. Mais quand le conte fut terminé et que le faux pharaon eut reçu son châtiment et eut été précipité dans un gouffre infernal et que son nom eut été maudit et que Râ eut récompensé ses fidèles, les auditeurs sautèrent de joie et crièrent de ravissement et lancèrent des piécettes de cuivre dans la sébille. Très surpris, je dis à Merit :

— En vérité c'est un conte nouveau que je n'ai encore jamais entendu, bien que je croie les connaître tous par ma mère Kipa qui les aimait et qui protégeait les conteurs, si bien que parfois mon père Senmout les menaçait de sa canne lorsqu'elle les restaurait dans la cuisine. C'est vraiment un conte nouveau et dangereux, car il semble s'appliquer au pharaon Akhenaton et au faux dieu dont on ne doit plus prononcer le nom. C'est pourquoi on devrait l'interdire.

Merit sourit et dit :

— Qui pourrait interdire un conte que l'on raconte dans les deux royaumes près de toutes les murailles et jusque dans les plus petits villages, et les gens l'aiment beaucoup. Si les gardes interviennent, les conteurs disent que c'est un très vieux conte et ils peuvent le prouver, car les prêtres ont découvert cette légende dans un document qui remonte à plusieurs siècles. C'est pourquoi les gardes sont impuissants, bien qu'on dise que Horemheb, qui est un homme cruel et qui se moque des preuves et des documents, a fait suspendre

aux murs de Memphis plusieurs conteurs et qu'il a
donné leurs corps aux crocodiles.

Merit me tenait la main et elle poursuivit en
souriant :

— On cite à Thèbes de nombreuses prophéties, et
dès que deux personnes se rencontrent, elles se com-
muniquent les prophéties qu'elles ont entendues et les
présages funestes, car, comme tu le sais, le blé ne cesse
de renchérir et les pauvres connaissent la faim et les
impôts accablent riches et pauvres. Mais les prédictions disent qu'on verra pire encore, et je tremble en
pensant à tous les malheurs qu'on prédit à l'Egypte.

Alors je retirai ma main de la sienne et mon cœur se
fâcha contre elle, la queue de crocodile avait cessé
d'agir en moi et j'avais la tête lourde, et la bêtise et
l'obstination de Merit accroissaient mon malaise. C'est
ainsi que nous rentrâmes à la « Queue de Crocodile »
fâchés l'un contre l'autre, et je savais que le pharaon
Akhenaton avait eu raison de dire : « En vérité Aton
séparera l'enfant de sa mère et l'homme de la sœur de
son cœur, jusqu'à ce que son royaume se soit accompli
sur la terre. » Mais je ne tenais nullement à me séparer
de Merit pour Aton, et c'est pourquoi je fus de fort
méchante humeur jusqu'au moment où, à la tombée de
la nuit, je rencontrai Kaptah.

3

C'est que personne ne pouvait être de mauvaise humeur en voyant Kaptah pénétrer majestueusement dans la taverne, bouffi et imposant comme un verrat et si gras qu'il devait se tourner de côté pour entrer. Son visage était rond comme la lune et brillait d'huile précieuse et de sueur, et il portait une élégante perruque bleue et il avait couvert son œil borgne d'une plaque en or. Il ne portait plus de costume syrien, mais il était vêtu à l'égyptienne et des tissus les plus fins de Thèbes, et son cou, ses poignets et ses chevilles épaisses étaient chargés de bracelets tintants.

En me voyant il poussa un cri de joie et leva le bras en signe de surprise et s'inclina devant moi, les mains à la hauteur des genoux, ce qui lui était fort pénible à cause de sa bedaine, et il dit :

— Béni soit le jour qui ramène mon maître.

Puis l'émotion s'empara de lui et il se mit à pleurer et il tomba à genoux et m'embrassa les jambes et poussa des cris, si bien que je reconnus en lui l'ancien Kaptah sous le lin royal et les bracelets d'or et la perruque bleue. Je le relevai par les bras et je l'embrassai et je caressai du nez ses épaules et ses joues, et c'était comme si j'avais embrassé un bœuf gras et flairé un pain chaud, tant il sentait fort l'odeur du blé. Il me

flaira aussi respectueusement les épaules et essuya ses
larmes et rit bruyamment et dit :

— C'est pour moi un jour de grande joie, et j'offre
gratuitement une tournée à tous ceux qui sont assis en
ce moment dans mon cabaret. Mais si quelqu'un désire
une autre queue, il devra la payer.

A ces mots il m'entraîna dans la salle du fond et me
fit asseoir sur des tapis mœlleux et permit à Merit de
prendre place à mes côtés et il ordonna de me servir ce
qu'il y avait de meilleur dans la maison, et son vin
soutenait la comparaison avec celui du pharaon et son
oie farcie était à la thébaine, et il n'en existe pas de
pareille, car cette oie est nourrie de poissons pourris
qui donnent à sa chair un goût exquis. Quand nous
fûmes restaurés, il dit :

— O mon seigneur et maître, j'espère que tu as lu
soigneusement tous les papiers et comptes que je t'ai
envoyés à la Cité de l'Horizon pendant ces années. Tu
me permettras d'inscrire ce repas parmi les frais de
représentation, ainsi que la tournée qu'une joie exagé-
rée m'a incité par erreur à offrir à mes clients. Tu n'en
subiras aucun dommage, au contraire, car j'ai bien du
souci pour rouler les percepteurs à ton avantage.

Je lui dis :

— Tes paroles sont pour moi un balbutiement de
nègre, car je n'en comprends pas un traître mot, mais
agis à ta guise, car tu sais que j'ai pleine confiance en
toi. J'ai aussi lu tes comptes et rapports, mais je dois
t'avouer que je n'y vois pas très clair, parce qu'il y a

trop de chiffres, et j'avais la tête malade rien qu'à les voir.

Kaptah rit joyeusement en secouant sa bedaine comme un gros coussin et Merit rit aussi, car elle avait bu du vin avec moi et elle s'était renversée sur le tapis, les mains à la nuque, pour me faire admirer sa poitrine sous l'étoffe tendue. Kaptah dit alors :

— O mon maître et seigneur, je me réjouis de constater que tu es resté aussi naïf que jadis et que tu ne comprends rien aux affaires raisonnables de la vie quotidienne, comme un porc se moque des perles, bien que je ne veuille pas te comparer à un porc, mais je loue et remercie tous les dieux de l'Egypte en ton nom, parce qu'ils m'ont donné à toi, car ils auraient pu tout aussi bien te donner un voleur ou une canaille qui t'aurait mis sur la paille, tandis que moi je t'ai enrichi.

Je lui rappelai qu'il n'avait pas à remercier les dieux, mais bien uniquement ma jugeote le jour où je l'avais acheté au marché et pas cher, parce qu'il était borgne. Ces vieux souvenirs m'émurent et je lui dis :

— En vérité, je n'oublierai jamais le jour où je t'ai vu pour la première fois et tu étais attaché à une colonne et tu criais des impertinences aux femmes qui passaient et tu réclamais de la bière aux hommes. J'ai incontestablement eu raison de t'acheter, bien qu'au début j'en doutasse un peu. Mais je n'avais pas beaucoup d'argent alors, puisque j'étais un jeune médecin, et ton œil était crevé, ce qui me convenait, comme tu t'en souviens.

Kaptah s'assombrit et son visage se rida et il dit :

— A quoi bon rappeler des souvenirs si vieux et si pénibles qui froissent ma dignité ?

Puis il loua notre scarabée et dit :

— Tu as bien fait de me confier le scarabée pour veiller sur nos affaires, car en vérité c'est lui qui nous a enrichis et tu es plus riche que tu ne peux te l'imaginer, bien que les percepteurs soient sans cesse à mes trousses, si bien que j'ai dû engager deux scribes syriens pour tenir une comptabilité spéciale pour le fisc, car même Seth et tous ses démons seraient incapables de voir clair dans la comptabilité syrienne, et à propos de Seth je pense à notre vieil ami Horemheb à qui j'ai prêté de l'argent pour ton compte, comme tu le sais. Mais ne parlons pas de lui maintenant, car mes pensées volent librement comme des oiseaux à cause de la joie que j'éprouve à revoir ton visage innocent, ô mon maître, et peut-être qu'elles volent si librement à cause du vin que j'inscrirai dans les frais de représentation ; c'est pourquoi, ô mon maître, bois tant que ta panse peut contenir, car les caves du pharaon ne peuvent offrir de pareil vin et je ne te vole pas beaucoup sur le prix. Oui, je voulais te parler de ta richesse, bien que tu n'y comprennes pas grand-chose, et je me bornerai à te dire que grâce à moi tu es plus riche que bien des grands du pays, et tu es riche de la vraie richesse, car tu possèdes non pas de l'or, mais bien des maisons et des dépôts et des navires et des quais, du bétail et des terres et des arbres fruitiers, des bêtes et des esclaves. Tu possèdes tout cela, bien que tu l'ignores probablement, car j'ai dû

inscrire beaucoup d'immeubles au nom de nos serviteurs et de nos scribes et de nos esclaves pour
dissimuler ta fortune au fisc. C'est que les impôts du
pharaon frappent lourdement les riches qui doivent
payer plus que les pauvres, et alors que le pauvre
donne au pharaon le cinquième de sa mesure de blé, le
riche doit en verser aux maudits percepteurs le tiers,
voir la moitié. C'est ce que le pharaon a ordonné de
plus injuste et de plus impie. Cette imposition et la
perte de la Syrie ont appauvri le pays, mais ce qui est le
plus étrange, et c'est certainement grâce aux dieux,
c'est que tandis que le pays s'appauvrit, les pauvres
deviennent encore plus pauvres, mais que les riches
s'enrichissent toujours davantage, et le pharaon lui-
même n'y peut rien. Réjouis-toi donc, Sinouhé, car tu
es vraiment riche, et je vais te confier un secret, c'est
que ta richesse provient du blé.

Ayant ainsi parlé, Kaptah but du vin, puis il se mit à
vanter ses affaires de blé en disant :

— Notre scarabée est merveilleux, ô mon maître,
puisque dès le premier jour de notre arrivée ici il m'a
conduit dans la taverne où les marchands de blé se
saoulent après avoir conclu de bonnes affaires. C'est
ainsi que moi aussi j'ai acheté du blé à ton compte et la
première année déjà le bénéfice fut grand, car les
champs d'Am — je veux dire de vastes champs
restèrent en friche. Mais le blé est merveilleux en ceci
qu'on peut l'acheter et le vendre avant même que la
crue ait inondé le pays et que le grain soit semé, et il est
encore plus merveilleux en ceci que son prix monte

d'une année à l'autre comme par magie, si bien qu'en achetant du blé on ne perd jamais, on gagne toujours. C'est pourquoi dès maintenant, je ne veux plus vendre de blé, mais j'en achèterai et je l'entasserai dans les greniers, jusqu'à ce qu'une mesure de blé s'échange contre de l'or, car on en viendra là si cela continue ainsi, et même les vieux blatiers s'arrachent les cheveux en pensant à tout le blé qu'ils ont vendu dans leur bêtise, alors qu'ils auraient réalisé des gains énormes en le gardant.

Kaptah me jeta un regard satisfait et reprit du vin et en versa à moi et aussi à Merit, puis il dit d'un ton sérieux :

— Mais il ne faut pas risquer tout son or sur un seul coup de dé, et c'est pourquoi j'ai soigneusement réparti tes bénéfices et je joue pour ainsi dire avec plusieurs dés pour ton compte, mon cher maître. Le moment est des plus propices à cause du pharaon, dont je devrais pour cette raison bénir le nom, car par ses ordres et par ses actes et surtout par sa maudite imposition il ruine une foule de riches qui doivent vendre leurs biens pour un morceau de pain. Tu es donc très riche, et je ne t'ai pas volé plus qu'avant, pas même la moitié de ce que tu as gagné par mon habileté, si bien que parfois je me reproche ma délicatesse et ma conscience, et je remercie les dieux de n'avoir ni femme ni enfants pour me reprocher sans cesse de ne pas te voler assez, bien que personne ne soit aussi facile à rouler que toi, ô mon cher et bien-aimé maître Sinouhé.

Merit, renversée sur le tapis, me regardait en

souriant gentiment de mon expression confuse, car je n'arrivais pas à saisir tout ce que me racontait Kaptah. Celui-ci reprit son exposé :

— Tu dois comprendre qu'en parlant de tes gains et de tes richesses j'entends le bénéfice net, une fois les impôts payés. J'ai aussi déduit tous les cadeaux que j'ai dû faire aux percepteurs à cause de ma comptabilité syrienne, et le vin que je leur ai servi pour qu'ils ne voient plus les chiffres, et il fallait leur en donner beaucoup, car ce sont des hommes rusés et résistants. Et ils s'enrichissent vite, car l'époque leur est des plus propices, et si je n'étais pas Kaptah, le père du blé et l'ami des pauvres, je me ferais percepteur. J'ai parfois distribué du blé aux pauvres, afin qu'ils bénissent ton nom, car dans les époques troublées il est bon d'être en faveur chez les pauvres. C'est une sorte d'assurance pour l'avenir, car l'expérience prouve que les incendies éclatent facilement chez les riches et les grands mal notés du peuple, lors des troubles. En outre, ces distributions sont très profitables, car dans sa folie le pharaon permet d'en déduire la valeur lors de l'imposition, et lorsqu'on donne une mesure à un pauvre on lui fait attester qu'il en a reçu cinq, car les pauvres ne savent pas lire, et même s'ils savaient lire, ils sont reconnaissants de recevoir une mesure de blé et ils bénissent mon nom et impriment leur pouce sur n'importe quel document.

Après ce récit, Kaptah croisa les bras sur sa poitrine et attendit mes félicitations. Mais ses paroles m'avaient fait réfléchir et je lui demandai :

— Nous avons donc beaucoup de blé dans les dépôts ?

Kaptah acquiesça vivement en s'attendant à des éloges. Mais je lui dis :

— Eh bien, tu vas te rendre immédiatement chez les colons qui cultivent les terres maudites, et tu leur distribueras ce blé pour les semailles, car ils n'ont pas de grain et leur blé est tacheté comme s'il y avait plu du sang. La crue est passée, c'est le temps des labours et des semailles, si bien que tu dois te dépêcher.

Kaptah me jeta un regard de pitié et secoua la tête, puis il dit :

— Mon cher maître, ne tourmente pas ta précieuse tête avec de pareilles vétilles, mais laisse-moi penser pour toi. Essaye donc de me suivre : au début les blatiers ont gagné gros en prêtant du blé aux colons, car ceux-ci devaient, dans leur pauvreté, payer deux mesures pour une, et s'ils ne pouvaient payer, on faisait abattre leur bétail et on saisissait les peaux. Mais à présent que le prix du blé monte sans cesse, ces affaires ne sont plus intéressantes, et le bénéfice en est modeste, si bien qu'il nous est avantageux que ce printemps de nombreuses terres restent en friche, car cela fera encore monter le prix du blé. C'est pourquoi nous ne sommes pas assez fous pour prêter du blé aux colons, car nous nuirions ainsi à nos intérêts. Et si je le faisais, je m'attirerais la colère de tous les autres blatiers.

Mais je lui dis d'un ton énergique :

— Exécute mes ordres, Kaptah, car le blé est à moi

et je ne pense pas à des gains, mais bien aux hommes dont les côtes saillent sous la peau comme aux esclaves des mines, et je pense aux femmes dont les seins pendent comme des outres sèches, et je pense aux enfants qui rôdent sur les rives avec leurs jambes cagneuses et leurs yeux chassieux. C'est pourquoi je veux que tu leur distribues pour les semailles tout le blé que je possède. Je veux que tu le fasses pour Aton et pour le pharaon Akhenaton, car je l'aime. Mais tu ne leur donneras pas le blé gratuitement, car j'ai constaté que les cadeaux engendrent la paresse et la veulerie et la mauvaise volonté. Ils ont reçu gratuitement les terres et aussi le bétail, et ils n'ont pas su en profiter. Recours au bâton, si c'est nécessaire, et veille à ce que les semailles se fassent et aussi les récoltes. Mais en récupérant notre créance, je ne veux pas que tu prennes un bénéfice, et tu leur demanderas seulement mesure pour mesure.

A ces mots Kaptah poussa des clameurs et déchira ses vêtements, car ils étaient déjà tachés de vin, et il dit :

— Mesure pour mesure ? C'est insensé, car sur quoi pourrai-je voler, puisque je ne peux te voler ton blé, mais que je prélève ma part seulement sur tes bénéfices ? Ces paroles sont d'ailleurs insensées et impies, car je vais encourir non seulement la colère des blatiers mais aussi celle des prêtres d'Amon, et j'ose prononcer son nom, parce que nous sommes dans un local fermé et que personne ne peut nous dénoncer. Je crie son nom, ô mon maître, car il vit encore et sa puissance est plus redoutable que jamais, et il maudit nos maisons et nos navires et nos dépôts et nos magasins, et même ce cabaret que je ferais bien d'inscrire au nom de Merit, si elle y consent, et je me réjouis qu'une bonne partie de tes biens soit inscrite sous des noms étrangers, car ainsi les prêtres ne pourront les maudire. Mais je vois, maintenant que tu as ôté ta perruque, que tu commences à devenir chauve, et si tu le désires, je pourrais te fournir un onguent merveilleux qui fait repousser les cheveux plus longs qu'avant et tout bouclés, et je t'en ferai cadeau et ne l'inscrirai dans aucun livre, car il provient de notre magasin et j'ai de nombreuses attestations sur ses effets merveilleux, bien qu'un homme ait certifié que cet onguent lui a fait repousser des cheveux laineux et frisés comme à un nègre.

Kaptah bavardait ainsi pour gagner du temps et pour m'amener à renoncer à mes intentions, mais ayant constaté que je restais inébranlable, il pesta amèrement et invoqua une foule de dieux dont il avait appris les noms au cours de nos voyages, et il dit :

— Est-ce qu'un chien fou t'a mordu ou un scorpion, car j'ai vraiment cru que tu plaisantais. Ta décision va nous ruiner, mais peut-être que notre scarabée nous assistera malgré tout, et à parler franchement je n'aime pas non plus voir des gens maigres, mais je détourne les yeux et tu devrais faire comme moi, ô mon maître, car l'homme ne connaît que ce qu'il voit, et pour apaiser ma conscience j'ai distribué du blé aux pauvres, puisque j'en profitais. Mais ce qui me déplaît le plus dans tes paroles, c'est que tu m'imposes un voyage

pénible, et je devrai marcher sur la terre glaise où mon
pied glissera peut-être, et je tomberai dans un canal et
tu seras responsable de ma mort, car en vérité je suis
vieux et fatigué et mes membres sont roides et j'aime
mon lit confortable et la cuisine de Muti et les rôtis, et
je m'essouffle en marchant.

Mais je fus impitoyable et je lui dis :

— En vérité, tu mens encore plus que naguère,
Kaptah, car ces dernières années tu as rajeuni et ta
main ne tremble plus et tes yeux ne rougissent que sous
l'action du vin. C'est du reste comme médecin que je
t'impose ce voyage pénible, parce que je t'aime, car tu
es beaucoup trop gras et cela fatigue ton cœur et te
coupe le souffle, et j'espère que tu vas maigrir pour
reprendre un aspect convenable, afin que je n'aie pas à
rougir de l'obésité de mon serviteur. En vérité, Kaptah, rappelle-toi ton plaisir à courir naguère sur les
routes poussiéreuses de Babylonie et à traverser à dos
d'âne les montagnes du Liban et surtout à descendre
de ton âne à Kadesh. En vérité, si j'étais plus jeune, je
veux dire si je n'avais pas des tâches importantes à
accomplir ici pour le pharaon, je t'accompagnerais
pour me réjouir le cœur, car bien des gens vont bénir
ton nom après ce voyage.

Sans présenter d'objections, Kaptah se soumit à ma
décision, et nous bûmes du vin jusque tard dans la
soirée et Merit nous tint compagnie et elle dévoila sa
poitrine brune pour que je pusse la toucher de ma
bouche. Kaptah évoqua de vieux souvenirs des chemins et des aires de Babylonie, et s'il disait vrai, mon

amour pour Minea m'avait rendu aveugle et sourd durant ces voyages. Car je n'oubliais pas Minea, et pourtant cette nuit je me divertis avec Merit, et mon cœur se réchauffa et ma solitude fondit. Mais je ne l'appelais pas ma sœur, je me divertissais avec elle parce qu'elle était mon amie, et elle faisait pour moi ce qu'une femme peut faire de plus amical pour un homme. C'est pourquoi j'aurais été prêt à casser une cruche avec elle, mais elle n'y consentit pas, parce qu'elle était née dans une taverne et que j'étais trop riche et trop distingué pour elle. Mais je crois que surtout elle désirait conserver sa liberté et mon amitié.

4

Le lendemain je dus aller au palais doré chez la mère royale que tout Thèbes appelait déjà la sorcière noire. Je crois que malgré sa sagesse et son habileté elle était elle-même responsable de ce nom, car elle était cruelle et perfide et le pouvoir avait anéanti en elle tout ce qui était bon. Tandis que je m'habillais de lin royal dans mon bateau et que je mettais tous mes insignes, ma cuisinière Muti survint et me dit :

— Béni soit le jour qui te ramène, ô mon maître, mais c'est vraiment agir en homme que de vadrouiller toute la nuit dans les maisons de joie et de ne pas même venir prendre un repas à la maison, bien que j'aie peiné

à te préparer un régal, et j'ai veillé toute la nuit à la
cuisine et rossé les esclaves pour activer le nettoyage, si
bien que j'ai le bras droit tout fatigué. C'est que je suis
déjà vieille et je ne crois plus aux hommes et ta
conduite de cette nuit ne me fait pas changer d'opinion. Dépêche-toi donc de venir goûter le repas que je
t'ai préparé, et prends ta gourgandine avec toi, si tu ne
peux te passer d'elle un seul jour.

Elle parla ainsi, et pourtant je savais qu'elle estimait
hautement Merit et qu'elle l'admirait, mais c'était sa
façon de parler et j'y étais habitué, si bien que ses mots
blessants étaient doux à mes oreilles et je me sentais de
nouveau chez moi. C'est pourquoi je la suivis et
envoyai un message à Merit, et en marchant à côté de
ma litière, Muti continuait à bougonner :

— Je croyais que tu t'étais calmé et avais appris à
vivre convenablement, depuis que tu fréquentes la
cour, mais je vois que tu es aussi dévergondé qu'avant.
Et pourtant, en te revoyant hier, je me disais que tu
avais l'air apaisé et tranquille. Je suis réjouie de voir tes
joues rondes, car en engraissant un homme se pose et
ce ne sera pas ma faute si tu maigris à Thèbes, ce sera la
faute de ton tempérament excessif, car tous les hommes sont pareils et tout le mal provient de ce petit objet
qu'ils cachent sous leur pagne, parce qu'ils en ont
honte, et ce n'est pas étonnant.

C'est ainsi qu'elle parlait et bougonnait, et elle me
rappelait ma mère Kipa, et j'en aurais pleuré d'émotion
si je ne m'étais ressaisi pour lui dire sévèrement.

— Tais-toi, femme, car tes paroles me dérangent et

sont comme un bourdonnement de mouche dans mes oreilles.

Alors elle se tut, et elle était très satisfaite d'avoir réussi à provoquer mes reproches, car maintenant elle savait que son maître était revenu au logis.

Elle avait décoré la maison pour me recevoir et des guirlandes de fleurs ornaient la véranda et la cour était balayée et on avait lancé un chat mort devant la maison du voisin. Elle avait embauché des gamins pour crier « Béni soit le jour qui ramène notre maître ». Elle agissait ainsi parce qu'elle était dépitée que je n'eusse point d'enfants et elle aurait bien voulu que j'en eusse, mais sans introduire de femme à la maison. Je distribuai des piécettes de cuivre aux gamins et Muti leur donna des gâteaux au miel et ils s'éloignèrent tout contents. Merit arriva dans ses plus beaux atours, avec des fleurs dans ses cheveux parfumés. Le repas préparé par Muti fut délicieux à mon palais, car c'étaient des mets thébains et j'avais oublié dans la Cité de l'Horizon que nulle part la nourriture ne vaut celle de Thèbes.

Je félicitai Muti et louai son habileté et elle en fut ravie, bien qu'elle fronçât le sourcil et plissât le nez, et Merit la loua aussi. Ce repas dans l'ancienne maison du fondeur de cuivre n'a rien de spécial, mais je le rapporte ici parce que je me sentis heureux alors, et je dis : « Suspends ton cours, clepsydre, et retiens ton eau, car cet instant est propice et je voudrais que le temps s'arrête, pour que cet instant dure toujours. »

Pendant le repas, des pauvres du quartier s'étaient massés dans la cour, et ils avaient mis leurs meilleurs vêtements pour me saluer, et ils me racontèrent leurs maux et leurs peines. Ils disaient :

— Nous t'avons bien regretté, Sinouhé, car tant que tu habitais parmi nous, nous ne savions pas apprécier ta valeur, et c'est seulement après ton départ que nous avons constaté combien tu nous avais aidés et combien nous avions perdu en te perdant.

Ils m'apportaient des cadeaux, bien que ces cadeaux fussent modestes, car ils étaient encore plus pauvres qu'avant à cause du dieu d'Akhenaton. Mais l'un m'apportait une mesure de semoule et un autre un oiseau qu'il avait abattu et un autre des dattes sèches, ou même une fleur, et en voyant la quantité de fleurs déposées dans ma cour, je compris pourquoi les plates-bandes du chemin des béliers avaient l'air nues et dépouillées. Il y avait là le vieux scribe qui tenait la tête penchée à cause de son goitre, et je m'étonnai qu'il fût encore en vie. Je vis aussi l'esclave dont j'avais guéri les doigts, et il les fit bouger devant moi, et c'est lui qui avait apporté la semoule, car il travaillait encore dans le moulin et pouvait y voler. Une mère m'amenait son fils, qui était devenu un garçon robuste, et il avait un œil poché et des ecchymoses, et il se vantait de pouvoir rosser n'importe quel gosse de sa taille dans tout le quartier. Il y avait aussi la fille de joie dont j'avais guéri l'œil, et elle m'avait envoyé toutes ses amies dans l'idée que je pourrais les débarrasser de toutes les marques qui déparaient leur corps. Elle avait prospéré, car elle avait été économe et elle avait acheté des cabinets payants près de la place du marché, et elle y vendait aussi des parfums et procurait aux marchands l'adresse de filles sans préjugés. Ils me remirent leurs présents en disant :

— Ne méprise pas nos cadeaux, Sinouhé, bien que tu sois médecin royal et habites dans le palais doré du pharaon, car notre cœur se réjouit de te revoir, mais ne recommence pas à nous parler d'Aton.

Je ne leur parlai point d'Aton, mais je les reçus l'un après l'autre et j'écoutai leurs plaintes et je leur donnai des remèdes et je les guéris. Pour m'aider, Merit ôta son beau costume, afin de ne pas le tacher, et elle lava les plaies et nettoya mon couteau dans la flamme et mélangea des anesthésiques pour ceux à qui il fallait arracher une dent. Chaque fois que je la regardais, mon cœur se réjouissait, et je la regardais souvent, car elle était belle à voir et son buste était ferme et svelte et son port était élégant, et elle n'avait pas honte d'être dévêtue, comme les femmes du peuple le font pour travailler, et aucun des malades ne s'en offusqua, car chacun avait assez de soucis avec ses propres peines.

Ainsi le temps passa à recevoir des malades comme jadis et à leur parler et je me réjouissais de mon savoir et de mon art qui me permettaient de les aider, et je me réjouissais de regarder Merit qui était mon amie, et souvent je respirais profondément et disais : « Suspends ton cours, clepsydre, et retiens ton eau, car cet instant présent ne saurait continuer aussi beau. » C'est ainsi que j'oubliai que je devais aller au palais doré et que mon arrivée avait été annoncée à la mère royale.

Mais je crois que je n'y pensais pas parce que je ne voulais pas y penser en cet instant de bonheur.

Quand les ombres s'allongèrent, ma cour se vida enfin et Merit me versa de l'eau sur les mains et m'aida à me laver et je l'aidai dans ses ablutions, et je le fis volontiers, et nous nous rhabillâmes. Mais quand je voulus caresser sa joue et baiser ses lèvres, elle me repoussa en disant :

— Cours chez ta sorcière, Sinouhé, et hâte-toi pour rentrer avant la nuit, car je crois que ma natte t'attend avec impatience. Oui, j'ai vraiment le sentiment que la natte de ma chambre t'attend avec impatience et je ne comprends pas pourquoi, car tes membres sont flasques, Sinouhé, et ta chair est molle, et je ne dirais pas que tes caresses soient très habiles, mais malgré tout tu es différent de tous les autres hommes, et c'est pourquoi je comprends ma natte.

Elle noua à mon cou les insignes de mon rang et me mit ma perruque de médecin et me caressa la joue, si bien que j'aurais volontiers renoncé à aller au palais doré. Mais je fis courir mes esclaves en leur promettant des coups et de l'or et je pressai les rameurs, si bien que l'eau bouillait le long du bateau. C'est ainsi que je pus pénétrer dans le palais au moment où le soleil descendait sur les montagnes de l'ouest et où les étoiles s'allumaient.

Mais avant de rapporter ma conversation avec la mère royale, je dois raconter qu'elle n'était allée que deux fois à la Cité de l'Horizon pour y voir son fils et que les deux fois elle lui avait reproché sa folie, ce qui avait vivement affecté Akhenaton, car il aimait sa mère et était aveugle pour elle, comme souvent les fils sont aveugles pour leur mère jusqu'au jour où ils se marient et où leur femme leur ouvre les yeux. Mais Nefertiti n'avait pas ouvert les yeux de son mari à cause de son père. Je dois en effet reconnaître franchement qu'en ce temps le prêtre Aï et la reine Tii vivaient librement ensemble et ne cherchaient nullement à dissimuler leur joie et je ne sais pas si le palais royal avait jamais subi pareille honte, mais il est probable que ces choses ne s'écrivent pas et tombent dans l'oubli avec la mort des gens qui en ont été les témoins. Mais je ne veux pas m'exprimer sur la naissance d'Akhenaton, et je crois que son origine est divine, car s'il n'avait pas eu dans les veines le sang de son père royal, il n'aurait pas eu du tout de sang royal, et alors il aurait réellement été un faux pharaon, comme le prétendaient les prêtres, et tout ce qui se passait aurait été encore plus insensé et vain. C'est pourquoi je préfère croire ma raison et mon cœur dans cette affaire.

La mère royale Tii me reçut dans un salon particulier où de nombreux oisillons voltigeaient et gazouillaient dans leurs cages, les ailes coupées. C'est qu'elle n'avait pas oublié le métier de sa jeunesse, elle aimait à prendre des oiseaux dans le jardin du palais en engluant des branches et en tendant des rets. Quand je me présentai devant elle, elle tissait une natte de roseaux peints. Elle m'accueillit par des reproches et blâma mon retard et dit :

— Est-ce que la folie de mon fils se guérit ou le

moment est-il déjà venu de le trépaner, car il mène trop
de bruit autour de son Aton et il rend le peuple inquiet,
ce qui est superflu, puisque le faux dieu a été renversé
et que personne ne lui dispute le pouvoir.

Je lui parlai de la santé du pharaon, des petites
princesses et de leurs jeux, des gazelles et des chiens et
des parties de bateau sur le lac sacré, et elle finit par
s'apaiser et me permit de m'asseoir à ses pieds et
m'offrit de la bière. Ce n'est pas par avarice qu'elle
m'offrait de la bière, mais à la manière de la plèbe elle
préférait la bière au vin, sa bière était forte et douce et
elle en buvait plusieurs pots par jour, si bien que son
corps était bouffi et que son visage était bouffi et
déplaisant à voir, et qu'il ressemblait vraiment à un
visage de nègre, sans cependant être tout à fait noir.
Personne n'aurait pu s'imaginer que cette vieille
femme obèse avait pu jadis par sa beauté conquérir
l'amour du pharaon. C'est pourquoi le peuple prétendait qu'elle s'était attiré cet amour par des pratiques
magiques, car il est exceptionnel qu'un pharaon
prenne pour femme la fille d'un oiseleur du fleuve.

Tout en sirotant sa bière, elle se mit à me parler
ouvertement et avec confiance, et ce n'était pas étonnant, car j'étais médecin et les femmes confient aux
médecins bien des choses qu'elles hésiteraient à dire à
d'autres hommes, et à cet égard la reine Tii ne différait
pas des autres femmes.

Elle me parla sous l'action de la bière et dit :

— Sinouhé, à qui dans un stupide caprice mon fils a
donné le nom de solitaire, bien que tu n'en aies pas du

tout l'air et que dans la Cité de l'Horizon je parie que
tu te divertis chaque nuit avec une femme différente,
car je connais les femmes de cette cité, oui, Sinouhé, tu
es un homme posé, peut-être le plus posé que je
connaisse, et ton calme m'irrite et je voudrais te piquer
avec une aiguille pour te voir sauter et crier, et je me
demande d'où vient ton calme, mais tu es certainement
un brave homme, bien que je ne comprenne pas quel
avantage on retire de cette bonté, car seuls les imbéciles incapables d'autre chose sont bons, je l'ai constaté.
Quoi qu'il en soit, ta présence me calme merveilleuse-
ment et je voudrais te dire que cet Aton, que dans ma
folie j'ai déchaîné, m'énerve énormément, et je ne
pensais pas que les choses iraient si loin, mais j'avais
inventé Aton pour renverser Amon, afin que mon
pouvoir et le pouvoir de mon fils fussent plus grands,
et en somme c'est Aï qui l'a inventé, Aï, mon mari,
comme tu le sais, à moins que tu sois assez innocent
pour ne pas le savoir, mais il est bien mon mari,
quoique nous n'ayons pas convenu de briser une
cruche ensemble. Je veux dire que ce maudit Aï, qui
n'a pas plus de force qu'une tétine de vache, a apporté
cet Aton de Héliopolis et l'a révélé à mon fils. Je ne
comprends vraiment pas ce qu'il a trouvé dans cet
Aton, il en rêve les yeux ouverts depuis son enfance, et
je crois vraiment qu'il est fou et qu'il est temps de le
trépaner, et je me demande pourquoi sa femme, la jolie
fille d'Aï, ne lui donne que des filles, bien que mes
chers sorciers aient cherché à l'aider. Je ne comprends
pas pourquoi le peuple déteste mes sorciers, car ils sont

honnêtes, bien qu'ils soient noirs et portent des
aiguilles d'ivoire dans les narines, et qu'ils étirent leurs
lèvres et le crâne des enfants. Mais le peuple les
déteste, je le sais, si bien que je dois les tenir cachés
dans les caves du palais, sinon le peuple les tuerait,
mais je ne peux me passer d'eux, car personne ne sait
comme eux me chatouiller la plante des pieds et ils me
préparent des philtres qui me permettent de jouir
encore de la vie en femme et de me divertir, mais si tu
penses que je tire quelque plaisir d'Aï, tu te trompes,
et je me demande pourquoi je tiens tant à lui, alors
qu'il vaudrait mieux le laisser tomber. Mieux pour
moi, naturellement. Mais peut-être que je ne peux plus
le laisser tomber, même si je le voulais, et c'est ce qui
m'inquiète. C'est pourquoi mon seul plaisir me vient
de mes chers nègres.

La grande mère royale pouffa de rire, comme les
vieilles lessiveuses du port en buvant de la bière, et elle
reprit :

— Ces nègres sont d'habiles médecins, Sinouhé,
bien que le peuple les traite de sorciers, mais c'est par
simple ignorance, et toi-même tu t'instruirais certainement avec eux, si tu surmontais tes préjugés contre
leur couleur et leur odeur et s'ils consentaient à te
révéler leur art, ce dont je doute, car ils en sont très
jaloux. Leur couleur est chaude et noire et leur odeur
n'a rien de déplaisant, quand on s'y habitue, au
contraire elle est excitante et on ne peut s'en passer. Je
peux bien t'avouer, Sinouhé, puisque tu es médecin,
que parfois je me divertis avec eux, car ils me le

prescrivent comme médecins. Mais je n'agis pas ainsi pour éprouver des sensations nouvelles, comme le font les femmes blasées de la cour qui recourent aux nègres, de même qu'une personne ayant goûté de tout et lasse de tout prétend que la viande convenablement faisandée est le meilleur aliment. Non, ce n'est pas pour cela que j'aime mes nègres, car mon sang est jeune et rouge et n'a pas besoin d'excitants artificiels et les nègres sont pour moi un mystère qui me rapproche des sources de la vie chaude, de la terre, du soleil et des bêtes. Je ne voudrais pas que tu divulgues cette confession, mais si tu le fais, je n'en subirai aucun dommage, car je pourrais toujours affirmer que tu as menti. Quant au peuple, il croit tout ce qu'on raconte de moi et davantage encore, si bien qu'à ses yeux ma réputation ne peut plus rien souffrir, et c'est pourquoi peu importe ce que tu raconteras, mais je préfère que tu n'en dises rien, et tu te tairas, parce que tu es bon, ce que je ne suis pas.

Elle s'assombrit et cessa de boire, puis elle se remit à tisser sa natte de roseaux coloriés, et je contemplais ses doigts foncés, car je n'osais la regarder dans les yeux. Comme je gardais le silence et ne promettais rien, elle reprit :

— Par la bonté on ne gagne rien, mais la seule chose qui importe au monde est le pouvoir. Mais ceux qui naissent sur les marches du trône n'en comprennent pas la valeur comme ceux qui sont nés avec du fumier entre les orteils, comme moi. En vérité, Sinouhé, je comprends l'attrait du pouvoir, et tous mes actes ont tendu à conquérir le pouvoir pour le transmettre à mon fils et à ses enfants, afin que mon sang vive sur le trône doré des pharaons, et je n'ai reculé devant rien pour atteindre ce but. Peut-être que mes actes sont répréhensibles aux yeux des dieux, mais à dire la vérité je ne m'inquiète guère des dieux, parce que les pharaons sont supérieurs aux dieux, et au fond il n'existe pas de bonnes et de mauvaises actions, mais ce qui réussit est bon et ce qui échoue et est découvert est mal. Malgré tout, mon cœur tremble parfois et mes entrailles se changent en eau quand je pense à mes actes, car je ne suis qu'une femme et toutes les femmes sont superstitieuses, mais sur ce point je pense que mes sorciers pourront m'aider. Ce qui me fait surtout frémir, c'est de voir que Nefertiti ne met au monde que des filles, et à chaque naissance j'ai l'impression de retrouver devant moi une pierre que j'ai lancée derrière moi, comme une malédiction qui rampe devant moi.

Elle murmura quelques conjurations et agita ses larges pieds, mais sans cesser de tisser les roseaux coloriés, et je contemplais ses doigts sombres et un frisson me parcourait le dos. Car elle faisait des nœuds d'oiseleur, et je reconnaissais ces nœuds. En vérité, je reconnaissais ces nœuds, car c'étaient ceux du Bas-Pays, et je les avais observés dans la maison de mon père sur la barque suspendue au-dessus du lit de ma mère. Ma langue se paralysa et mes membres se figèrent, car la nuit de ma naissance un léger vent d'ouest avait soufflé et la barque de roseau avait descendu le fleuve lors de la crue pour s'arrêter près de la maison de mon père. L'idée qui germait dans mon esprit en regardant les doigts de la mère royale était si terrible et si insensée que je refusais de l'envisager, et je me disais que n'importe qui pouvait faire des nœuds d'oiseleur à une barque de roseau. Mais les oiseleurs exerçaient leur métier dans le Bas-Pays et pas à Thèbes. C'est pourquoi dans mon enfance j'avais souvent examiné ces nœuds inconnus à Thèbes, sans même savoir alors comment cette barque se rattachait à ma destinée.

Mais la grande mère royale n'observa pas mon attitude et plongée dans ses souvenirs et ses idées elle continua ainsi :

— Tu me trouves peut-être méchante et déplaisante, Sinouhé, de te parler ainsi, mais ne me condamne pas trop sévèrement pour mes actes et essaye de me comprendre. Il n'est point facile pour la fille d'un pauvre oiseleur de pénétrer dans le gynécée royal où on la méprise à cause de son teint et de ses larges pieds et on la pique de mille épingles et son seul salut est un caprice du pharaon. Tu ne seras pas surpris que je n'aie guère hésité sur les moyens de conserver la faveur du roi en le familiarisant nuit après nuit avec les étranges coutumes des nègres jusqu'à ce qu'il ne puisse plus vivre sans mes caresses, et je gouvernais l'Egypte par lui. Ainsi je déjouais toutes les intrigues du palais doré et évitais tous les pièges et déchirais tous les filets tendus sur mon chemin, et je n'hésitais pas à me venger en cas de besoin. Par la crainte j'ai lié les langues autour de moi et j'ai gouverné le palais doré à

ma guise et ma volonté fut qu'aucune femme ne donnât
au pharaon un fils avant que j'en aie eu un moi-même.
C'est pourquoi aucune femme du harem ne donna de
fils au pharaon, et je mariais les filles qui lui naissaient
à des nobles dès leur naissance. Telle était la force de
ma volonté, mais moi je n'osais pas encore enfanter, de
peur de nuire à ma beauté, car au début je ne dominais
que par mon corps. Mais le pharaon vieillit et les
caresses que je lui prodiguais l'épuisèrent, mais à ma
grande terreur je lui donnai une fille, quand je jugeai le
moment venu d'avoir un enfant. Et cette fille est
Baketaton, et je ne l'ai pas mariée, mais elle reste
comme une flèche dans mon carquois, car un sage
garde plusieurs flèches dans son carquois et ne se fie
pas à une seule. Le temps passait dans l'angoisse pour
moi, mais enfin je mis au monde un fils, mais il ne m'a
pas donné la joie que j'attendais de lui, car il est devenu
fou, et c'est pourquoi je reporte mes espoirs sur son fils
qui n'est pas encore né. Mais mon pouvoir était si
grand que pendant toutes ces années aucune femme du
gynécée ne mit au monde un garçon, mais seulement
des filles. Ne dois-tu pas reconnaître comme médecin,
Sinouhé, que mon habileté et ma sorcellerie ont été
étonnantes ?

Alors je tremblai et je lui dis en la regardant dans les
yeux :

— Ta sorcellerie est simple et méprisable, grande
mère royale, parce que tu la tisses de tes doigts dans les
roseaux coloriés, si bien que chacun peut la reconnaître.

Elle laissa tomber les roseaux, comme s'ils lui avaient brûlé les mains, et ses yeux rougis par la bière roulèrent de frayeur, et elle dit :

— Es-tu toi aussi un sorcier, Sinouhé, pour parler ainsi, ou bien est-ce que le peuple connaît cette histoire aussi ?

Je lui dis :

— A la longue on ne peut rien cacher au peuple, mais le peuple sait tout, sans même qu'on lui en parle. Tes actes n'ont peut-être pas eu de témoins, grande mère royale, mais la nuit t'a vue et le vent nocturne a murmuré tes actes à de nombreuses oreilles et tu ne peux empêcher le vent de bavarder, si tu peux lier les langues. Cependant la natte que tu tisses de tes mains est certainemet un joli tapis magique, et je te serais reconnaissant de m'en faire cadeau, car je saurais l'apprécier mieux que quiconque.

Ces paroles la calmèrent et elle reprit son tissage et but de la bière. Puis elle me regarda d'un air rusé en disant :

— Je te donnerai peut-être cette natte, Sinouhé, quand elle sera terminée. C'est une natte jolie et précieuse, parce que je l'ai tressée de mes propres mains, et c'est une natte royale. Mais que vas-tu me donner en échange ?

Je ris et répondis :

— Je te donnerai ma langue, ô mère royale. Mais j'aimerais bien que tu me la laisses jusqu'à ma mort. Ma langue ne retirera aucun profit à parler contre toi. C'est pourquoi je te la donne.

Elle marmonna quelques mots et dit en me regardant à la dérobée :

— Je ne peux accepter un cadeau que je possède déjà. Personne ne m'empêcherait de te prendre la langue et même les mains, pour que tu ne puisses écrire ce que tu ne pourrais raconter. Je pourrais aussi t'envoyer à mes sorciers dans les caves du palais, et tu n'en reviendrais peut-être jamais, car ils aiment à sacrifier des êtres humains.

Mais je lui dis :

— Tu as certainement bu trop de bière, ô mère royale. N'en prends plus ce soir, sinon tu risques de voir des hippopotames en rêve. Ma langue est à toi et j'espère recevoir la natte quand elle sera terminée.

Je me levai pour prendre congé et elle ne me retint pas, mais elle pouffa de rire et dit :

— Tu m'amuses beaucoup, Sinouhé, vraiment tu m'amuses beaucoup.

C'est ainsi que je la quittai et que je rentrai en ville. Et Merit partagea sa natte avec moi. Je n'étais plus complètement heureux, car je pensais à la barque de roseau noircie de fumée qui était suspendue au-dessus du lit de ma mère, et je pensais aux doigts sombres qui tressaient des nattes avec des nœuds d'oiseleur, et je pensais au vent nocturne qui emportait les légères barques loin des murs du palais doré vers le rivage de Thèbes. Je pensais à toutes ces choses et je n'étais plus entièrement heureux, car ce qui augmente le savoir augmente aussi le chagrin, et j'aurais voulu m'épargner le chagrin, parce que je n'étais plus jeune.

5

La raison officielle de mon voyage à Thèbes était une visite à la Maison de la Vie où je n'étais pas allé depuis des années, bien que mes fonctions de trépanateur royal m'y obligeassent, et je craignais aussi que mon habileté manuelle eût diminué, car je n'avais pas exécuté une seule trépanation pendant toutes les années passées dans la Cité de l'Horizon. C'est pourquoi je donnai dans la Maison de la Vie quelques leçons aux élèves. Mais cette Maison avait bien changé et son importance avait diminué, parce que les gens, même les pauvres, l'évitaient, et les meilleurs médecins l'avaient quittée pour pratiquer en ville. J'avais pensé que la science s'était affranchie et développée depuis que les élèves ne devaient plus subir l'examen de la prêtrise du premier degré et que personne ne les empêchait de demander pourquoi. Mais je me trompais, car les élèves étaient jeunes et nonchalants et ils n'avaient aucune envie de demander pourquoi, et leur plus grand désir était de recevoir de leurs maîtres la science toute prête et d'inscrire leur nom dans le livre de la vie, afin de pouvoir exercer leur profession et gagner de l'or et de l'argent.

Les malades étaient si peu nombreux qu'il me fallut attendre des semaines pour avoir l'occasion de trépaner trois crânes comme je me l'étais fixé pour contrôler mon habileté. Ces trois opérations me valurent une grande réputation, et médecins et élèves louèrent hautement la sûreté de mes mains et mon talent. Et pourtant j'avais l'impression décourageante que mes mains n'étaient plus aussi sûres que naguère. Ma vue avait baissé, et je ne pouvais plus reconnaître aussi facilement qu'avant les maladies de mes clients, mais je devais poser de nombreuses questions et faire de longues recherches avant d'être sûr de mon affaire. C'est pourquoi je reçus chaque jour des malades chez moi et je les soignai sans leur demander de cadeau, car je voulais retrouver mon ancienne habileté.

Je fis donc trois trépanations dans la Maison de la Vie, dont une par pitié, car le malade était inguérissable et souffrait atrocement. Mais les deux autres cas étaient intéressants et exigèrent tout mon talent. L'un d'eux était un homme qui était tombé d'un toit dans la rue voici deux ans, en cherchant à échapper à un mari qu'il avait trompé. Il n'avait pas eu de blessure apparente, mais plus tard il avait eu des crises de haut mal qui se renouvelaient dès qu'il buvait du vin. Il n'avait pas de cauchemars, mais il poussait des cris et donnait des coups de pied et se mordait la langue et se mouillait. Il redoutait tellement ces crises qu'il voulut se faire trépaner. J'y consentis et sur le conseil des médecins de la Maison je recourus à un homme hémostatique, ce qui n'était pas dans mes habitudes.

Cet homme était encore plus stupide et plus endormi que celui qui mourut dans le palais du pharaon, comme je l'ai raconté, et durant toute l'opération il fallut le maintenir éveillé pour qu'il remplît son office. Malgré tout, le sang perla parfois dans la plaie. Durant l'opération, je constatai que la cervelle du malade était toute noire de vieux sang en maint endroit. C'est pourquoi le nettoyage dura longtemps et je ne pus y procéder à fond, car j'aurais endommagé la surface du cerveau. Mais les crises de haut mal cessèrent complètement, car il mourut le troisième jour après l'opération, comme il est normal. Mais cette trépanation fut considérée comme extrêmement bien réussie, et on m'en félicita et les élèves notèrent soigneusement tout ce que j'avais fait.

Le second cas était fort simple, car le malade était un jeune homme que les gardes avaient trouvé dans la rue évanoui et mourant, dévalisé et le crâne fracturé. Je me trouvais dans la Maison de la Vie quand on l'apporta, et je décidai de le trépaner tout de suite, car il semblait perdu. J'enlevai soigneusement les éclats d'os et recouvris l'ouverture avec une plaque d'argent désinfectée. Il guérit et vivait encore deux semaines plus tard, quand je quittai Thèbes, mais il avait de la peine à bouger les bras et ses paumes et la plante de ses pieds ne réagissaient plus aux chatouillements. Mais je crois qu'il a dû se remettre complètement avec le temps. Cette trépanation ne fit pas autant de sensation que la précédente, car chacun trouva mon succès naturel et loua mon habileté manuelle. Mais pourtant, à cause de

l'urgence, j'avais opéré sans raser la tête préalable-
ment, et quand j'eus recousu le cuir chevelu sur la
plaque d'argent, les cheveux poussèrent sur sa tête
comme auparavant.

On me traitait respectueusement dans la Maison de
la Vie à cause de mon rang, mais les vieux médecins
m'évitaient et n'osaient pas me parler avec confiance,
parce que je venais de la Cité de l'Horizon et que le
faux dieu les maintenait dans la crainte. Je ne leur
parlai pas d'Aton, mais seulement de questions médi-
cales. Jour après jour ils me flairaient comme un chien
qui cherche une trace, et je finis par m'en étonner.
Enfin, après la troisième trépanation, un chirurgien
très habile et intelligent vint me trouver et me dit :

— Sinouhé royal, tu as certainement constaté que la
Maison de la Vie est plus vide que jamais et qu'on
recourt moins à nos soins, bien que Thèbes ait plus de
malades qu'avant. Tu as voyagé dans bien des pays,
Sinouhé, et vu bien des guérisons, mais je crois que tu
n'as jamais vu de guérisons comme celles qui se
produisent en secret à Thèbes, car on n'y utilise ni
couteau ni feu, ni remèdes ni pansements. On m'a
chargé de te parler de ces guérisons et de te demander
si tu voulais en être le témoin. Mais du dois promettre
de ne souffler mot à âme qui vive de ce que tu verras.
Tu devras aussi te laisser bander les yeux, lorsqu'on te
conduira au lieu des guérisons miraculeuses.

Ces paroles ne me plurent guère, car je craignais des
complications avec le pharaon à ce sujet. Mais ma
curiosité était grande et je dis :

— J'ai en effet entendu parler des choses étonnantes qui se passent actuellement à Thèbes. Les hommes racontent des histoires et les femmes ont des rêves, mais je n'ai pas encore entendu parler de guérisons. Comme médecin, je doute fort des guérisons obtenues sans couteau ni feu, sans remèdes ni pansements. C'est pourquoi je ne veux pas intervenir dans cette charlatanerie, afin que mon nom ne soit pas mêlé à de faux témoignages possibles.

Il insista et dit :

— Nous pensions que tu n'avais pas de préjugés, après tes voyages à l'étranger où tu as appris tant de choses. Du reste, le sang cesse aussi de couler sans recours aux pinces ni au cautère. Pourquoi ne pourrait-on guérir sans couteau ni feu ? Ton nom ne sera point mêlé à l'affaire, nous te le promettons, car pour certaines raisons nous désirons que tu voies tout, afin que tu saches qu'il n'y a pas de fraude dans ces guérisons. Tu es solitaire, Sinouhé, et tu seras un témoin impartial, c'est pourquoi nous avons besoin de toi.

Ces paroles redoublèrent ma curiosité. Et je désirais augmenter mon savoir. C'est pourquoi j'acceptai sa proposition, et le soir il vint me prendre dans sa litière et il me banda les yeux. Quand la litière se fut arrêtée, nous en descendîmes et il me prit par le bras et me conduisit par de longs corridors, en montant et en descendant des escaliers, et je finis par lui dire que j'en avais assez de cette farce. Mais il me rassura et ôta mon bandeau et me fit entrer dans une salle où brûlaient de nombreuses lampes et dont les murs étaient de pierre. Trois malades étaient étendus sur des civières, et un prêtre s'approcha de moi, la tête rasée et le visage luisant d'huile sacrée. Il m'appela par mon nom et m'invita à bien examiner les malades, pour écarter toute fraude. Sa voix était ferme et douce, et ses yeux étaient intelligents. C'est pourquoi je suivis son exhortation et j'examinai les malades, et le chirurgien de la Maison de la Vie m'assista.

Je vis que ces trois malades étaient vraiment malades et qu'ils ne pouvaient se lever seuls. L'un d'eux était une jeune femme dont les membres étaient décharnés et maigres et complètement insensibles, et seuls ses yeux bougeaient dans son visage apeuré. L'autre était un garçon dont tout le corps était couvert d'une éruption terrible et de croûtes humides. Le troisième était un vieillard dont les jambes étaient paralysées, et il ne pouvait marcher, et ce n'était pas un simulant, car je le piquai avec une aiguille et il ne sentit rien. C'est pourquoi je dis au prêtre :

— J'ai examiné ces trois malades avec toute ma science, et si j'étais leur médecin, je ne pourrais que les envoyer à la Maison de la Vie. Mais cette Maison ne pourrait probablement pas guérir la femme et le vieillard, mais on diminuerait les souffrances du garçon avec des bains quotidiens de soufre.

Le prêtre sourit et m'invita à prendre un siège avec l'autre médecin au fond de la chambre et à attendre patiemment. Puis il appela des esclaves qui placèrent les civières sur un autel et allumèrent des encens engourdissants. Dans le corridor on entendit des chants et un groupe de prêtres entra en chantant les cantiques d'Amon. Ils se groupèrent autour des malades et se mirent à prier et à sauter et à danser. La sueur ruisselait sur leurs fronts, et ils ôtèrent leur tunique et agitèrent des grelots et se tailladèrent le corps avec des pierres pointues, et le sang ruisselait. J'avais vu des cérémonies pareilles en Syrie et j'observais froidement comme un médecin, mais ils commencèrent à crier encore plus fort et ils frappèrent des poings le mur de la salle qui s'ouvrit et à la lumière des lampes la statue d'Amon apparut, colossale et redoutable. Au même instant les prêtres se turent et le silence était effrayant après le bruit récent. Le visage d'Amon brillait d'une lumière céleste dans la voûte sombre, et soudain le plus élevé des prêtres s'approcha des malades et les appela par leur nom et dit :

— Levez-vous et marchez, car le grand Amon vous a bénis, parce que vous croyez en lui.

Alors je vis de mes propres yeux comment les trois malades, avec des gestes incertains, se levaient en fixant la statue d'Amon. Ils se mirent à genoux, puis sur leurs pieds et ils tâtèrent leurs jambes avec étonnement, puis ils fondirent en larmes et bénirent le nom d'Amon. Mais la muraille se referma, les prêtres sortirent et les esclaves emportèrent les encens et allumèrent d'autres lampes, afin que nous pussions examiner les malades. Et la jeune femme put bouger les membres et faire quelques pas devant nous, et le vieillard marchait sans peine, et l'éruption avait disparu sur tout le corps du garçon dont la peau était lisse et saine. Tout cela s'était produit en fort peu de temps, et si je ne l'avais vu de mes propres yeux, je ne croirais pas que ce fût possible.

Le prêtre qui nous avait reçus s'approcha de nous avec un sourire victorieux et dit :

— Que dis-tu maintenant, royal Sinouhé ?

Je le regardai droit dans les yeux et je répondis :

— Je comprends que la femme et le vieillard étaient victimes de pratiques magiques qui avaient lié leur volonté, et la magie est vaincue par la magie, si la volonté du sorcier est supérieure à celle de l'envoûteur. Mais une éruption est une éruption, et on ne la guérit pas par la magie, mais par des soins prolongés et des bains médicaux. C'est pourquoi je reconnais que je n'ai encore rien vu de pareil.

Il me regarda et son regard flamboya et il dit :

— Reconnais-tu, Sinouhé, qu'Amon reste le roi de tous les dieux ?

Mais je lui dis :

— Je te prie de ne pas prononcer à haute voix le nom de ce faux dieu, parce que le pharaon l'a interdit et que je suis à son service.

Je vis que mes paroles l'irritaient, mais il était prêtre du degré supérieur et sa volonté l'emporta sur ses sentiments. C'est pourquoi il se domina et dit en souriant :

— Mon nom est Hribor, afin que tu puisses me dénoncer aux gardes, mais je ne crains pas les gardes du faux pharaon et je ne redoute point son fouet ni ses mines, et je guérirai quiconque viendra me trouver au nom d'Amon. Mais ne nous disputons pas sur ces choses, parlons comme des gens cultivés. Permets-moi de t'inviter dans ma cellule pour prendre une coupe de vin, car tu es certainement fatigué d'être resté si longtemps assis à la dure.

Il m'emmena par de longs corridors dans sa cellule et je sentis à l'air lourd des couloirs que nous étions sous terre, et je devinais que nous étions dans les cavernes d'Amon dont on racontait tant de légendes, mais qu'aucun profane n'avait vues. Hribor congédia le médecin de la Maison de la Vie et nous entrâmes dans sa cellule où ne manquait aucun confort propre à réjouir le cœur de l'homme. Un baldaquin recouvrait le lit, et les coffres et boîtes étaient en ivoire et en ébène, les tapis étaient moelleux et la chambre embaumait les parfums précieux. Il me versa poliment de l'eau parfumée sur les mains et me fit asseoir et m'offrit des gâteaux au miel, des fruits et du vieux vin lourd des vignobles d'Amon dans lequel on avait mélangé de la myrrhe. Nous bûmes ensemble et il me parla en ces termes :

— Sinouhé, nous te connaissons et nous avons suivi tes pas et nous savons que tu aimes beaucoup le faux pharaon et que son dieu ne t'est pas aussi indifférent que nous le voudrions. Cependant, je t'assure que ce dieu n'a rien de plus qu'Amon, car la persécution a purifié Amon et l'a rendu plus fort qu'avant. Mais je ne veux pas aborder les questions théologiques avec toi, je désire te parler comme à un homme qui, sans exiger de cadeaux, a guéri des pauvres, et comme à un Egyptien qui aime la terre noire plus que les terres rouges. C'est pourquoi je te dis : Le pharaon Akhenaton est un fléau pour les pauvres et une malédiction pour l'Egypte, et il doit être abattu avant que ses méfaits ne soient irrémédiables.

Je bus du vin et dis :

— Les dieux me sont indifférents et j'en suis las, mais le dieu du pharaon se distingue de tous les autres, car il n'a pas d'images et tous les hommes sont égaux devant lui et chacun, qu'il soit pauvre ou esclave ou même étranger, a de la valeur à ses yeux. C'est pourquoi je crois que l'année du monde touche à sa fin et qu'une autre commence. L'incroyable peut arriver et aussi ce qui est contraire à la raison humaine. Car jamais encore il ne s'est présenté une occasion pareille de renouveler tout et de faire que les hommes soient des frères entre eux.

Hribor fit un geste de protestation et sourit et dit :

— Je constate, Sinouhé, que tu rêves les yeux ouverts, alors que je te croyais un homme sensé. Mes buts sont plus modestes. J'espère seulement que tout redeviendra comme avant et que le pauvre aura sa pleine mesure et que les lois resteront en vigueur. Je veux seulement que chacun puisse exercer sa profession en paix et ait la foi qu'il désire. Je veux que se conserve tout ce qui perpétue la vie, la différence entre l'esclave et le maître, entre le serviteur et le patron. Je veux que la puissance et l'honneur de l'Egypte restent intacts, je veux que les enfants naissent dans un pays

où chacun a sa place, avec une tâche fixée à l'avance
jusqu'à la fin de sa vie, et où aucune inquiétude ne
ronge le cœur. Voilà ce que je veux, et c'est pourquoi le
pharaon Akhenaton doit disparaître.

« Toi, Sinouhé, tu es un homme bon et docile, tu
ne veux de mal à personne. Mais nous vivons une
époque où chacun doit prendre parti. Quiconque n'est
pas avec nous est contre nous et en souffrira, car tu n'es
pas assez simple pour croire que le pharaon conservera
longtemps le pouvoir. Peu importe quel dieu tu
honores, car Amon n'a pas besoin de toi. Mais il est en
ton pouvoir, Sinouhé, d'annihiler la malédiction qui
pèse sur l'Egypte. Il est en ton pouvoir de supprimer la
famine et la misère et l'inquiétude dans la terre noire.
Il est en ton pouvoir de restaurer la puissance de
l'Egypte.

Ces paroles me rendirent le cœur inquiet. C'est
pourquoi je pris du vin et ma bouche et mes narines
s'emplirent du parfum exquis de la myrrhe. J'essayai
de rire en lui disant :

— Un chien enragé t'a mordu, ou un scorpion, car
mon pouvoir n'est pas aussi étendu et je ne suis pas
même aussi habile que toi pour guérir les malades.

Il se leva et dit :

— Je veux te montrer quelque chose.

Il prit une lampe et me mena dans le corridor et
ouvrit une porte fermée de plusieurs verrous et il
éclaira une pièce où chatoyaient l'or et l'argent et les
pierres précieuses. Et il dit :

— Ne crains pas. Je ne veux pas chercher à te

corrompre, je ne suis pas aussi bête, bien qu'il ne soit pas mauvais que tu voies qu'Amon est plus riche que le pharaon. Non, je ne cherche pas à te séduire avec de l'or.

Il ouvrit une lourde porte de cuivre et éclaira une petite chambre où reposait sur un lit de pierre une image de cire dont la poitrine et les tempes étaient percées d'aiguilles pointues. Instinctivement je levai le bras et récitai les formules contre la magie, telles que je les avais apprises avant mon initiation de prêtre du premier degré. Hribor me regarda en souriant et sa main ne tremblait pas.

— Crois-tu maintenant que le temps du pharaon touche à sa fin, dit-il, car nous l'avons envoûté au nom d'Amon et nous avons transpercé sa tête et son cœur avec les aiguilles sacrées d'Amon. Mais le sortilège est lent et bien des malheurs peuvent encore arriver et son dieu peut le protéger dans une certaine mesure. C'est pourquoi je voudrais encore discuter avec toi, maintenant que tu as vu ceci.

Il referma soigneusement toutes les portes et me ramena dans sa cellule et remplit ma coupe de vin, mais le vin rejaillit sur mon menton et la coupe tinta contre mes dents, car j'avais vu de mes propres yeux un sortilège plus funeste que tous les autres et contre lequel tout le monde est impuissant. Hribor dit :

— Tu vois que la puissance d'Amon s'étend jusqu'à la Cité de l'Horizon, et ne me demande pas comment nous avons pu nous procurer des cheveux et des rognures d'ongles du pharaon pour les mettre dans l'image de cire, mais je puis te dire que nous ne les avons pas achetés à prix d'or, nous les avons reçus pour Amon.

Il me jeta un regard scrutateur et pesa ses mots et dit enfin :

— La force d'Amon croît de jour en jour, comme tu l'as vu pendant que je guérissais les malades au nom d'Amon. De jour en jour la malédiction d'Amon s'appesantit sur l'Egypte. Plus le pharaon vivra longtemps, plus le peuple souffrira, car le sortilège agit lentement. Tu sais que le pharaon souffre de maux de tête qui usent ses forces. Que dirais-tu, Sinouhé, si je te donnais une drogue qui guérisse le pharaon de ses maux de tête, à tout jamais ?

— L'homme est toujours sujet aux maladies, dis-je. Seul un mort en est libéré à jamais.

Il me regarda de ses yeux flamboyants et sa volonté me cloua sur place, si bien que je ne pus lever le bras quand il dit :

— C'est probable, mais cette drogue ne laisse pas de traces et personne ne pourra t'accuser et même les embaumeurs ne remarqueront rien d'insolite dans les entrailles. Mais tu n'aurais qu'à donner au pharaon un remède qui guérisse ses maux de tête. Il s'endormira et il ne connaîtra plus ni douleur ni chagrin.

Il leva la main et dit encore :

— Je ne veux pas t'offrir de l'or, mais si tu le fais, ton nom sera béni éternellement et ton corps ne se décomposera jamais, et tu vivras éternellement. Des mains invisibles te protégeront tous les jours de ta vie et il n'y a pas de souhait humain qui ne se réalise pour toi. Je te le promets, car j'en ai le pouvoir.

Il leva les deux bras et me regarda de ses yeux flamboyants et je ne pouvais éviter son regard. Sa volonté m'enchaînait, si bien que je ne pouvais ni bouger, ni lever le bras, ni me lever. Il dit :

— Si je te dis : Lève-toi, tu te lèveras. Si je te dis : Lève le bras, tu lèveras le bras. Mais je ne peux t'ordonner d'adorer Amon, si tu ne le veux pas, et je ne peux te contraindre à accomplir des actes qui sont contraires à la volonté de ton cœur. Ainsi, mon pouvoir sur toi est limité. C'est pourquoi je te conjure, Sinouhé, au nom de l'Egypte, de prendre la drogue que j'ai préparée et de la lui donner.

Il abaissa le bras, et je pus de nouveau bouger et porter la coupe à mes lèvres et je ne tremblais plus. Le parfum de la myrrhe envahit ma bouche et mes narines et je lui dis :

— Hribor, je ne te promets rien, mais donne-moi la drogue. Donne-moi ce remède pitoyable, car il est peut-être meilleur que le suc des pavots et peut-être qu'un jour viendra où le pharaon ne désirera plus se réveiller.

Il me remit la drogue dans une fiole bigarrée et dit :

— L'avenir de l'Egypte est entre tes mains, Sinouhé. Il ne convient pas qu'on lève la main sur le pharaon, mais la misère et l'impatience du peuple sont grandes, et le moment peut venir où quelqu'un se rappellera que le pharaon est aussi un mortel et que son sang coule si on lui perce la peau avec une lance ou un poignard. Mais cela ne doit pas arriver, car alors la puissance des pharaons chancellera. C'est pourquoi le destin de l'Egypte est maintenant entre tes mains.

Je pris la drogue et dis ironiquement :

— Le destin de l'Egypte était peut-être, au jour de ma naissance, entre des mains noires qui tissaient des roseaux. Mais il est des choses que tu ignores, Hribor, bien que tu croies tout savoir. En tout cas, j'ai la drogue, mais rappelle-toi que je ne promets rien.

Il sourit et leva la main en signe d'adieu et dit selon la coutume :

— Ta récompense sera grande.

Puis il m'accompagna par de longs couloirs sans rien me cacher, car ses yeux voyaient dans le cœur des hommes et il savait que je ne le dénoncerais pas. C'est pourquoi je peux dire que les cavernes d'Amon se trouvent sous le grand temple, mais je ne peux pas dire comment on y pénètre, car ce secret n'est pas à moi.

6

Quelques jours plus tard, la grande mère royale Tii mourut dans le palais doré. Elle avait été mordue par un petit céraste, tandis qu'elle visitait ses pièges à oiseaux dans le jardin du palais. On ne put trouver son médecin, comme c'est habituellement le cas lorsqu'on en a le plus urgent besoin. C'est pourquoi on vint me

chercher dans ma maison, mais à mon arrivée au palais
je pus simplement constater le décès. Son médecin ne
saurait en être rendu responsable, car la morsure de ce
serpent est toujours mortelle, à moins qu'avant les cent
premières pulsations on n'ouvre la morsure et ne
ligature les veines.

Je dus m'occuper de faire remettre le corps aux
embaumeurs de la Maison de la Mort. C'est pourquoi
je rencontrai aussi le sombre prêtre Aï et il toucha les
joues enflées de la mère royale et dit :

— C'était le moment qu'elle meure, car elle n'était
plus qu'une vieille femme ennuyeuse qui intriguait
contre moi. Ses propres actes la condamnent et j'espère
que le peuple se calmera, maintenant qu'elle est morte.

Je ne crois pas toutefois qu'Aï l'ait tué, car il ne
l'aurait pas osé. Les crimes communs et les sombres
secrets unissent en effet les gens plus solidement que
l'amour, et je sais que malgré ses paroles cyniques, Aï
regrettait la défunte, car au cours des années ils
s'étaient habitués l'un à l'autre.

Quand la nouvelle de cette mort se répandit à
Thèbes, le peuple mit ses habits de fête et s'amassa
tout joyeux sur les places et dans les rues. Des
prédictions passaient de bouche en bouche, et de
nombreuses saintes femmes se mirent à raconter des
présages encore plus funestes. La foule se porta sous
les murs du palais, et pour la calmer et gagner sa
faveur, Aï fit chasser à coups de fouets les sorciers
noirs des caves du palais. Ils étaient cinq, et l'un était
une femme laide et grosse comme un hippopotame, et

les gardes les expulsèrent par la porte de papyrus, après quoi la foule se jeta sur eux et les mit en pièces et leur magie ne put les protéger. Aï fit aussi détruire et brûler dans les caves tous leurs objets magiques et leurs drogues et leur tronc sacré, ce qui était dommage, car j'aurais bien voulu étudier leurs philtres et leurs grimoires.

Et personne au palais ne pleurait la mort de la mère royale et le sort de ses sorciers. La princesse Baketaton vint toutefois voir le corps de sa mère et lui toucha les mains de ses belles mains et dit :

— Ton mari a mal agi, en laissant le peuple déchirer tes sorciers noirs.

Et elle me dit :

— Ces sorciers n'étaient pas méchants et ils ne se plaisaient point ici, ils voulaient regagner leurs forêts et leurs cabanes. Il n'aurait pas fallu les châtier pour les actes de ma mère.

C'est ainsi que je rencontrai Baketaton et elle me plut vivement à cause de sa fière allure et de sa beauté. Elle me parla de Horemheb et se moqua de lui et dit :

— Horemheb est de basse extraction et ses paroles sont grossières, mais s'il prenait femme, il pourrait être l'ancêtre d'une famille noble. Peux-tu me dire pourquoi il ne s'est pas marié ?

Je lui dis :

— Tu n'es pas la première à le demander, royale Baketaton, mais à cause de ta beauté, je vais te raconter ce que je n'ai osé dire à personne. Quand, tout enfant, Horemheb arriva pour la première fois au palais, il

regarda par mégarde la lune. Et dès lors il n'a plus pu
regarder une femme ni casser une cruche. Mais qu'en
est-il de toi, Baketaton ? Aucun arbre ne fleurit sans
arrêt, mais il doit porter des fruits, et comme médecin
je verrais volontiers tes flancs se gonfler de fertilité.

Elle releva la tête et dit :

— Tu sais bien, Sinouhé, que mon sang est trop
sacré pour s'unir même au sang le plus noble d'Egypte.
C'est pourquoi mon frère aurait mieux fait de me
prendre pour femme selon la bonne coutume, et je lui
aurais certainement donné un fils. En outre, si j'avais
le pouvoir, je ferais crever les yeux à cet Horemheb,
car il est infamant de penser qu'il a osé lever le regard
sur moi. Je te dis franchement que la simple pensée
d'un homme m'épouvante, car leur contact est brutal
et honteux, et leurs membres durs broient les femmes
frêles. C'est pourquoi je crois qu'on exagère beaucoup
le plaisir qu'un homme peut donner à une femme.

Mais ses yeux brillaient et elle respirait fort, et je vis
que cette conversation lui plaisait. C'est pourquoi je la
poussai en disant :

— J'ai vu comment mon ami Horemheb, en ban-
dant ses muscles, brisait un bracelet de cuivre. Ses
membres sont longs et robustes et sa poitrine résonne
comme un tambour, lorsqu'il se la bat dans sa colère.
Et les dames de la cour le poursuivent de leurs
assiduités, en miaulant comme des chattes, et il peut en
faire ce qu'il veut.

Baketaton me regarda, sa bouche peinte frémissait et
ses yeux flamboyaient, puis elle dit :

— Sinouhé, tes paroles me sont très déplaisantes, et je ne comprends pas pourquoi tu me vantes ton Horemheb. Il est né avec du fumier entre les orteils et son nom même me déplaît. Pourquoi me parler ainsi de lui devant le corps de ma mère ?

Je renonçai à relever que c'était elle qui avait commencé. Mais je dis, en feignant l'étonnement :

— O Baketaton, reste comme un arbre en fleur, ton corps ne s'usera pas et tu fleuriras encore bien des années. Mais ta mère n'a-t-elle donc aucune suivante fidèle pour pleurer et lamenter près de son corps, jusqu'à ce que la Maison de la Mort vienne l'emporter et que les pleureuses rétribuées s'arrachent les cheveux autour d'elle ? Si je le pouvais, je pleurerais, mais un médecin ne sait plus pleurer devant la mort. La vie est une chaude journée, Baketaton, la mort est peut-être une nuit froide. La vie est un golfe stagnant, Baketaton, la mort est peut-être une onde profonde et claire.

Elle dit :

— Ne me parle pas de la mort, quand la vie est encore délicieuse à ma bouche. Mais c'est vraiment scandaleux que personne ne pleure à côté du corps de ma mère. Je ne peux pas pleurer, car cela ne convient point à ma dignité et la couleur coulerait de mes sourcils et abîmerait le fard de mes joues, mais je vais envoyer une femme pleurer avec toi, Sinouhé.

Je plaisantai et lui dis :

— Divine Baketaton, ta beauté m'a séduit et tes paroles ont versé de l'huile sur mon feu. C'est pourquoi envoie-moi une femme vieille et laide, afin que je

ne la séduise pas dans mon excitation, ce qui serait une
profanation pour la maison mortuaire.

Elle secoua la tête et dit :

— Sinouhé, Sinouhé, n'as-tu pas honte des bêtises
que tu débites ? Car si même tu ne crains pas les dieux,
à ce qu'on dit, tu devrais au moins respecter la mort.

Mais comme elle était femme, elle ne s'offensa point
de mes paroles, et elle sortit à la recherche d'une
pleureuse.

J'avais eu mon idée en parlant avec tant d'impiété
devant le corps de la défunte, et j'attendais avec
impatience la suivante et elle vint et elle était plus
vieille et plus laide que j'avais osé l'espérer, car dans le
gynécée vivaient encore toutes les femmes de son mari
royal et celles du pharaon Akhenaton et leurs nourrices
et leurs dames de compagnie. Le nom de cette vieille
femme était Mehunefer, et je vis à son visage qu'elle
aimait les hommes et le vin. Par devoir, elle se mit à
pleurer et à geindre et à s'arracher les cheveux. J'allai
chercher du vin, et elle accepta d'en prendre, lorsque
je lui eus assuré que ce serait utile dans son chagrin.
Puis je la taquinai et vantai son ancienne beauté. Et je
lui parlai des enfants et aussi des filles du pharaon, et
pour finir je lui demandai, en feignant la bêtise :

— Est-il vraiment exact, comme on le dit, que la
grande mère royale était la seule femme du pharaon qui
lui ait donné un fils ?

Mehunefer jeta un regard effrayé sur la défunte et
secoua la tête pour m'empêcher de poursuivre. C'est
pourquoi je recommençai de la flatter et je parlai de ses

cheveux et de ses habits et de ses bijoux. Et je louai
aussi ses yeux et ses lèvres, et elle finit par oublier ses
larmes et m'écouta avec ravissement. Car une femme
croit toujours les compliments, même si elle sait qu'ils
sont mensongers, et plus elle est vieille et laide, plus
sûrement elle les croit, parce qu'elle veut croire. Ainsi
nous devînmes bons amis et lorsque les hommes de la
Maison de la Mort eurent emporté le corps, elle
m'invita dans sa chambre avec toute sorte de minaude-
ries et elle m'offrit du vin. Le vin lui délia la langue et
elle me caressa les joues en m'appelant joli garçon et
elle me raconta les histoires les plus croustillantes du
palais pour m'encourager. Elle me laissa aussi entendre
que la mère royale s'était souvent divertie avec les
sorciers noirs, et elle dit en pouffant :

— Elle, la mère royale, était une femme terrible, et
je respire, maintenant qu'elle est morte, et je ne
comprends pas du tout son goût, puisqu'il existe de
beaux jeunes Egyptiens dont la chair est brune et
tendre et qui sentent bon.

Elle me flaira les épaules et les oreilles, mais je
l'écartai en disant :

— La grande reine Tii était une habile tisseuse de
roseaux, n'est-ce pas ? Elle tressait de petites barques,
n'est-ce pas ? et elle les posait de nuit sur le fleuve ?

Ces paroles l'inquiétèrent, et elle dit :

— Comment le saurais-je ?

Mais le vin lui fit perdre toute réserve et elle sentit le
besoin de se vanter et elle dit :

— J'en sais cependant plus que toi et je sais qu'en

tout cas trois nouveau-nés sont descendus le fleuve
dans de petites barques comme des enfants de pauvres,
car cette vieille sorcière redoutait les dieux et ne voulait
pas tremper ses mains dans le sang. C'est Aï qui lui
enseigna l'usage des poisons, si bien que la princesse de
Mitanni mourut en pleurant et en réclamant son fils.

— O belle Mehunefer, lui dis-je en touchant ses
joues couvertes d'un maquillage épais, tu profites de
ma jeunesse et de mon inexpérience pour me raconter
des histoires inventées. La princesse de Mitanni n'a
pas eu de fils, et si elle en eut un, quand cela est-il
arrivé ?

— Tu n'es ni jeune ni inexpérimenté, Sinouhé, au
contraire tes mains sont délurées et dangereuses et tes
yeux sont perfides, mais c'est surtout ta langue qui est
perfide et habile à mentir. Mais tes mensonges sont
délicieux à mes vieilles oreilles, et c'est pourquoi je vais
te dire tout ce que je sais de la princesse de Mitanni,
qui aurait pu devenir la grande épouse royale, mais ces
paroles risqueraient de passer autour de mon cou un
mince fil, si Tii vivait encore. La princesse Tadu-Hépa
n'était qu'une fillette quand elle arriva de son lointain
pays. Elle jouait encore avec des poupées en grandis-
sant dans le harem, tout comme la petite princesse
mariée à Akhenaton et qui mourut. Le pharaon
Amenophis ne la toucha pas, il la considérait comme
une enfant et jouait à la poupée avec elle et il lui
donnait des jouets dorés. Mais Tadu-Hépa grandit et à
l'âge de quatorze ans elle était belle à voir et ses
membres étaient fins et lisses et ses yeux foncés

brillaient et son teint était blanc comme celui des femmes de Mitanni. Alors le pharaon remplit ses devoirs envers elle, comme il le faisait envers toutes ses femmes en dépit des intrigues de Tii, car un homme ne se laisse pas facilement retenir dans ces affaires, tant que les racines de son arbre ne sont pas desséchées. C'est ainsi que le grain d'orge se mit à germer pour Tadu-Hépa, mais au bout de quelque temps il germa aussi pour Tii et Tii en éprouva une grande joie, car elle avait donné au pharaon une fille, qui est cette insupportable et arrogante Baketaton.

Elle s'humecta le gosier et reprit :

— Tous les gens bien informés savent que le grain d'orge de Tii venait de Heliopolis, mais il vaut mieux ne pas insister sur ce point. En tout cas, Tii était grandement tourmentée par la grossesse de Tadu-Hépa et elle essaya par tous les moyens de la faire avorter, comme elle l'a fait pour bien des femmes avec l'aide de ses sorciers noirs. Auparavant, elle avait envoyé deux enfants sur le fleuve dans des barques de roseau, mais ces enfants étaient les fils de concubines peu importantes et les femmes redoutaient Tii qui les apaisait par des cadeaux, si bien qu'elles se résignaient à trouver une fille au lieu de leur fils. Mais la princesse de Mitanni était une adversaire plus redoutable, car elle était de famille royale et elle avait des amis qui la protégeaient et qui espéraient qu'elle deviendrait la grande épouse royale à la place de Tii, si elle donnait le jour à un fils. Mais le pouvoir de Tii était si grand et sa passion si violente depuis que son sein avait été fertilisé que personne n'osait lui résister, et Aï, qu'elle avait amené de Héliopolis, se tenait à côté d'elle. Et quand la princesse de Mitanni accoucha, on renvoya tous ses amis et les sorciers nègres l'entourèrent sous le prétexte de calmer ses maux, et quand elle voulut voir son fils, on lui montra une fille mort-née, mais elle refusa de croire Tii. Moi aussi je sais qu'elle avait mis au monde un fils et ce fils vivait et il partit sur le fleuve cette même nuit.

Je ris bruyamment et dis :

— Comment pourrais-tu le savoir, belle Mehunefer ?

Elle se fâcha et renversa du vin sur son menton en buvant et dit :

— Par tous les dieux, c'est moi qui ai coupé les roseaux de mes propres mains, parce que Tii ne voulait pas entrer dans l'eau à cause de sa grossesse.

Ces paroles me bouleversèrent et je me levai et je versai du vin sur le tapis et je le foulai aux pieds pour montrer mon horreur. Mais Mehunefer me prit le bras et me fit asseoir de force à côté d'elle et dit :

— J'ai eu tort de te raconter cette histoire qui pourrait me causer des ennuis, mais tu as je ne sais quoi d'attirant et mon cœur n'a plus de secrets pour toi, Sinouhé. C'est pourquoi je l'avoue : c'est moi qui ai coupé les roseaux et Tii en tressa une barque, car elle n'avait pas confiance dans les serviteurs et moi elle m'avait attachée à elle par des pratiques magiques et elle connaissait les bêtises que j'avais commises dans ma jeunesse et pour lesquelles on m'aurait fouettée et chassée de la maison dorée, si on les avait connues, mais tout le monde agissait ainsi dans le palais. Quoi qu'il en soit, j'étais liée à elle, et elle tressa la barque dans l'obscurité et elle riait en le faisant et elle disait des paroles impies, car elle était heureuse d'avoir ainsi écarté la princesse de Mitanni. Mais je me calmais le cœur en me disant que quelqu'un recueillerait l'enfant, et pourtant je savais que cela n'arriverait pas, car les enfants confiés au fleuve périssent au grand soleil ou encore les crocodiles et les oiseaux de proie les dévorent. Mais la princesse de Mitanni refusa de reconnaître la fillette placée à côté d'elle, car son teint était différent du sien et la forme de la tête différait aussi. C'est qu'en effet la peau des femmes de Mitanni est lisse comme une pelure de fruit et couleur de fumée ou de cendre blanche et leurs têtes sont petites et fines. C'est pourquoi elle se mit à gémir et à s'arracher les cheveux en accusant les sorciers noirs et Tii, mais Tii lui administra des calmants et dit qu'elle avait perdu l'esprit dans la douleur d'avoir mis au monde un enfant mort. Et le pharaon crut plutôt Tii que Tadu-Hépa, alors celle-ci dépérit rapidement et mourut, mais avant sa mort elle essaya maintes fois de se sauver du palais doré pour aller chercher son fils et c'est pourquoi tout le monde crut qu'elle était devenue réellement folle.

Je regardai mes mains, et elles étaient blanches à côté des mains de guenon de Mehunefer et elles avaient la couleur de la fumée. Mon émotion était si grande que je demandai à voix basse :

— Belle Mehunefer, te rappelles-tu quand tout cela est arrivé.

Elle me caressa le cou de ses doigts secs et dit en minaudant :

— O mon joli mignon, pourquoi gaspiller notre temps à ces vieilles histoires ? Mais comme je ne peux rien te refuser, je te dirai que tout cela est arrivé dans la vingt-deuxième année du règne du grand pharaon, en automne, alors que la crue battait son plein. Si tu te demandes comment je m'en souviens avec tant de précision, je puis te dire que le pharaon Akhenaton naquit la même année, mais un peu plus tard, au printemps, lors des semailles.

Ces paroles me glacèrent d'effroi au point que je fus incapable de me défendre et que je ne sentis rien quand elle me toucha de ses lèvres vineuses et teignit mes joues en rouge avec son maquillage. Elle passa son bras à ma taille et me serra contre elle et m'appela petit taureau et joli pigeon. Je la repoussais distraitement et mes pensées bouillonnaient comme la mer et tout en moi se regimbait contre cette terrible histoire, car si ce qu'elle avait dit était vrai, le sang du grand pharaon coulait dans mes veines et j'étais le demi-frère d'Akhenaton et je serais peut-être devenu pharaon avant lui, si la perfidie de Tii ne l'avait pas emporté sur l'amour de ma mère. Je regardais fixement devant moi et je croyais comprendre pourquoi j'avais toujours été aussi solitaire et étranger sur la terre, car le sang royal est solitaire parmi les hommes. Mais les agaceries de Mehunefer me ramenèrent à la réalité et je me dominai pour supporter ses caresses et ses paroles qui m'effrayaient maintenant. Et je lui versai à boire, pour qu'elle s'enivrât complètement et oubliât tout ce qu'elle m'avait confié. Mais le vin l'excitait toujours davantage, et je dus y verser du suc de pavot, si bien qu'elle s'assoupit et que je pus me débarrasser d'elle.

Quand je sortis du gynécée, la nuit était venue et les serviteurs et les gardes de la maison dorée me montrèrent du doigt et pouffèrent de rire, mais je crus que c'était parce que mes pas étaient chancelants et mes habits froissés. Merit m'attendait chez moi, inquiète et troublée, pour avoir des nouvelles de la mort de la mère royale, et en me voyant elle mit la main sur sa bouche et Muti le fit aussi et elles échangèrent un regard. Puis Muti dit à Merit d'un ton acide :

— Ne t'ai-je pas dit mille fois que tous les hommes sont pareils et qu'on ne peut s'y fier ?

Mais j'étais fatigué et je voulais rester seul avec mes pensées. C'est pourquoi je leur dis avec impatience :

— La journée a été pénible et je me passe de vos observations.

Alors les yeux de Merit se firent durs et son visage noircit de colère et elle me présenta un miroir d'argent en disant :

— Regarde-toi, Sinouhé ! Je ne t'ai pas défendu de te divertir avec d'autres femmes, mais tu devrais le faire à mon insu pour ne pas me froisser le cœur. Tu ne peux pas prétendre que tu étais solitaire et triste en quittant ta maison aujourd'hui.

Je me regardai et je fus effrayé, car mon visage était

souillé par le fard de Mehunefer et ses lèvres avaient laissé des traces rouges sur mes joues et sur ma nuque et sur mon cou. Pour cacher sa laideur et ses rides, elle s'était peint le visage d'une couche si épaisse qu'on aurait dit du crépi sur un mur, et chaque fois qu'elle avait bu, elle s'était remis du rouge aux lèvres. C'est pourquoi mon visage était tout marbré de rouge comme celui d'un malade et j'en eus honte et je me nettoyai rapidement, tandis que Merit tenait impitoyablement le miroir devant moi.

Une fois lavé avec de l'huile, je dis d'un ton repentant :

— Tu te trompes dans ton appréciation, Merit, ma chérie, je vais tout t'expliquer.

Mais elle me regarda froidement et dit :

— Je n'ai pas besoin de tes explications, Sinouhé, et je ne désire pas que tu souilles ta bouche par des mensonges pour moi, car dans cette affaire il est impossible de se tromper après t'avoir vu. Tu ne pensais pas que je veillais et t'attendais, puisque tu ne t'es pas même débarbouillé après ta débauche. Ou bien voulais-tu te glorifier devant moi de tes conquêtes et me montrer que les dames du palais doré sont faibles comme des roseaux devant toi ? Ou bien t'es-tu simplement enivré comme un porc, au point que tu ne vois plus combien ta conduite est indécente ?

J'eus fort à faire pour la calmer et Muti fondit en larmes et se retira dans sa cuisine avec un mépris redoublé pour tous les hommes. En vérité, j'eus plus de peine à apaiser Merit qu'à me débarrasser de

Mehunefer, si bien que pour finir je pestai contre toutes les femmes et dis :

— Merit, tu me connais mieux que personne d'autre et tu pourrais avoir confiance en moi. Crois-moi donc, si je le voulais, je pourrais tout t'expliquer et tu comprendrais tout, mais le secret n'est pas à moi, c'est un secret de la maison dorée et c'est pourquoi il vaut mieux pour toi que tu l'ignores.

Mais sa langue était plus pointue qu'un aiguillon de guêpe, lorsqu'elle dit ironiquement :

— Je croyais te connaître, Sinouhé, mais je constate maintenant que ton cœur recèle des abîmes dont je ne me doutais pas. Mais tu as certainement raison de respecter l'honneur d'une femme et je ne veux pas t'extorquer tes secrets. En effet, pour moi, tu es libre d'aller et venir à ta guise, et je remercie les dieux d'avoir su préserver ma liberté en refusant de casser une cruche avec toi, si même tu étais sérieux en me le proposant. Ah, Sinouhé, que j'ai été stupide de croire tes paroles mensongères, car tu en as certainement murmuré de semblables toute cette nuit à de jolies oreilles. C'est pourquoi je voudrais être morte.

Je voulus la caresser pour la calmer, mais elle sursauta et dit :

— Ne me touche pas, Sinouhé, car tu es certainement fatigué après cette nuit sur les tendres tapis du palais doré. Je ne doute pas qu'ils ne soient plus moelleux que ma natte et que tu n'y trouves des compagnes plus jeunes et plus belles que moi.

C'est ainsi qu'elle parlait et m'enfonçait dans le cœur

des traits brûlants qui étaient propres à m'affoler. Alors seulement elle me laissa en paix et elle sortit en refusant que je l'accompagne. Son départ m'aurait affecté encore plus vivement, si je n'avais pas eu l'esprit tout bouillonnant et si je n'avais pas préféré rester seul avec mes pensées. C'est pourquoi je la laissai partir et je crois qu'elle en fut très surprise.

Je veillai toute la nuit en ruminant mes pensées, et ces pensées devenaient toujours plus froides et plus lointaines, à mesure que l'action du vin se dissipait et que le froid me saisissait les membres, puisque je n'avais personne pour me les réchauffer. J'écoutais l'eau s'écouler lentement dans la clepsydre et elle ne s'arrêtait jamais et le temps roulait sur moi sans fin et je me sentais éloigné de tout. Et je disais à mon cœur :

— Moi, Sinouhé, je suis ce que mes actes ont fait de moi, et tout le reste est vain. Moi, Sinouhé, j'ai précipité mes parents adoptifs dans un trépas prématuré à cause d'une femme cruelle. Moi, Sinouhé, je conserve encore un ruban d'argent de Minea, ma sœur. Moi, Sinouhé, j'ai vu le minotaure mort dans la mer et ma bien-aimée dévorée par les crabes. Qu'importe mon sang, puisque tout cela fut écrit dans les étoiles déjà avant ma naissance et que je fus destiné à être un étranger dans ce monde. C'est pourquoi la paix de la Cité de l'Horizon ne fut pour moi qu'un mirage doré et j'avais besoin de cette terrible connaissance pour tirer mon cœur de son engourdissement et pour savoir que je serai toujours solitaire.

Mais en se levant tout jaune derrière les montagnes

de l'est, le soleil dissipa en un instant toutes les ombres nocturnes, et le cœur humain est si bizarre que je ris amèrement de mes chimères. Car chaque nuit bien des enfants avaient descendu le fleuve dans des barques de roseau avec des nœuds d'oiseleur. Et si mon teint était couleur de fumée, c'est que les médecins travaillent surtout à l'ombre et que leur teint pâlit. Non, à la claire lumière du jour, je ne trouvais aucune preuve formelle de ma naissance.

Je me lavai et m'habillai et Muti m'apporta de la bière et du poisson salé, les yeux rougis par les larmes, et pleine de mépris pour moi qui étais un homme. Je me fis porter à la Maison de la Vie et j'y examinai des malades, mais je n'en trouvai pas un seul que j'eusse pu trépaner. Je sortis de la Maison de la Vie en passant devant le grand temple désert sur le toit duquel croassaient les corbeaux gras.

Mais une hirondelle vola devant moi vers le temple d'Aton et je la suivis et dans le temple des prêtres chantaient des hymnes à Aton et lui offraient de l'encens, des fruits et du blé. Le temple n'était pas vide, il y avait beaucoup de gens qui écoutaient les hymnes et levaient la main pour louer Aton et les prêtres leur enseignaient la vérité du pharaon. Mais cela ne signifiait pas grand-chose, car Thèbes était une ville très peuplée et la curiosité attirait les gens un peu partout. Je regardai les images gravées sur les parois du temple, et du haut de dix colonnes le pharaon Akhenaton me contemplait de son regard effrayant de passion. Cette image avait été sculptée selon les règles de l'art nouveau, et j'y vis le pharaon Aménophis assis sur son trône doré, vieux et malade, la tête inclinée sous le poids des couronnes et la reine Tii était assise à son côté. Je trouvai aussi toutes les images de la famille royale et je m'arrêtai longuement devant celle où la princesse Tadu-Hépa de Mitanni sacrifiait aux dieux de l'Egypte, mais l'inscription primitive avait été martelée et la nouvelle inscription affirmait qu'elle sacrifiait à Aton, bien que ce dieu ne fût pas encore honoré à Thèbes de son vivant.

Cette image avait été sculptée selon le style ancien, et la princesse était une belle jeune fille, avec une coiffure royale, ses membres étaient frêles et jolis et son visage était racé et élégant. Je regardai longtemps cette image et une hirondelle volait parfois au-dessus de ma tête en poussant des cris joyeux, mais une émotion terrible s'empara de mon esprit fatigué par les pensées de la dernière nuit, et je penchai la tête et je pleurai sur le sort de cette princesse solitaire venue de son lointain pays. Non, en comparant à elle ma tête chauve et mon corps alourdi par la bonne chère de la Cité de l'Horizon et mon visage ridé, je ne pouvais me croire son fils ; mais malgré tout une émotion intense me faisait verser des larmes, en pensant à sa vie solitaire dans le palais doré, et l'hirondelle tournoyait toujours autour de moi. J'évoquais les belles maisons de Mitanni et les habitants mélancoliques, j'évoquais aussi les routes poussiéreuses de Babylonie et les aires d'argile, et je sentais que ma jeunesse avait fui vers l'inaccessible et que ma

virilité avait sombré dans la fange et l'eau stagnante de
la Cité de l'Horizon.

Ainsi passa la journée, le soir vint et je retournai au
port et j'entrai à la « Queue de Crocodile » pour me
réconcilier avec Merit. Mais elle m'accueillit froidement et me traita comme un étranger et m'offrit à
manger sans me parler. Puis elle me dit :

— As-tu revu ton amante ?

Je répondis avec humeur que je n'étais pas allé voir
des femmes, mais que j'avais pratiqué mon art dans la
Maison de la Vie et passé au temple d'Aton. Pour bien
lui montrer mon courroux, je lui exposai tout ce que
j'avais fait dans la journée, mais tout le temps elle
m'observa avec un sourire moqueur. Quand j'eus
terminé, elle dit :

— Je pensais bien que tu n'avais pas couru après des
femmes, car après tes exploits de la nuit dernière tu en
es incapable, chauve et gras comme tu es. Mais ton
amante est venue te chercher ici et je l'ai envoyée à la
Maison de la Vie.

Je me levai si brusquement que mon siège se
renversa et je criai :

— Que veux-tu dire, femme insensée ?

Merit s'arrangea les cheveux, sourit malicieusement
et dit :

— En vérité, ton amante est venue ici te chercher,
elle était vêtue comme une fiancée, elle avait des bijoux
et elle était peinte comme une guenon et elle empestait
les aromates. Elle a laissé une lettre pour toi, et je te
prie de lui dire de ne plus revenir ici, car c'est une

maison respectable et elle a l'air d'une patronne de
maison de joie.

Elle me tendit une lettre qui n'était pas cachetée, et
je l'ouvris en tremblant. Quand je l'eus lue, le sang
me monta à la tête et mon cœur palpita. Voici ce que
m'écrivait Mehunefer :

*— Au médecin Sinouhé, le salut de Mehunefer, sœur de
son cœur, surveillante de l'aiguillier de la maison dorée du
pharaon. Mon petit taurillon, mon délicieux pigeon,
Sinouhé. Je me suis réveillée seule sur mon tapis, la tête
malade, mais mon cœur était encore plus malade que ma
tête, car mon tapis était vide et tu n'étais pas à côté de moi
et je ne sentais plus que le parfum de ton onguent sur mes
mains. Que ne suis-je un pagne à ta ceinture, que ne suis-je
un onguent sur tes cheveux, que ne suis-je du vin dans ta
bouche, Sinouhé. Je me fais porter de maison en maison
pour te chercher et je n'y renoncerai pas avant de t'avoir
trouvé, car mon corps est plein de fourmis quand je pense à
toi, et tes yeux sont délicieux à mes yeux. Et tu n'as pas à te
gêner de venir chez moi, bien que tu sois timide, comme je
le sais, car dans le palais doré tout le monde connaît déjà
mon secret et les serviteurs te regarderont entre leurs doigts.
Accours vers moi, dès que tu auras lu cette lettre, viens
avec les ailes de l'oiseau, car mon cœur a besoin de toi. Si
tu n'accours pas vers moi, je volerai vers toi plus rapide
qu'un oiseau. Mehunefer, sœur de ton cœur, te salue.*

Je relus plusieurs fois cette affreuse missive, sans
oser regarder Merit, qui finit par me l'arracher des

mains et cassa le bâton à laquelle elle était fixée et la
déchira et la foula aux pieds en disant :

— Je pourrais à la rigueur te comprendre, si elle
était belle et jeune, mais elle est vieille et ridée et laide
comme un sac, bien qu'elle se peigne comme on crépit
un mur. Je ne comprends vraiment pas ton goût,
Sinouhé, à moins que l'éclat de la maison dorée t'ait
aveuglé au point que tu vois tout de travers. Ta
conduite va te rendre ridicule dans tout Thèbes, et moi
avec toi.

Je déchirai mes vêtements et m'égratignai la poitrine
et je criai :

— Merit, j'ai commis une grande bêtise, mais
j'avais mes raisons et je ne pensais pas que le châtiment
serait si terrible. En vérité, Merit, envoie chercher mes
rameurs et ordonne-leur de hisser les voiles, car je dois
fuir. Sinon cette affreuse vieille viendra coucher de
force avec moi et je ne peux me défendre contre elle,
puisqu'elle écrit qu'elle volera plus vite qu'un oiseau,
et je la crois.

Merit vit ma peine et mon désarroi, et je crois qu'elle
fut enfin persuadée de mon innocence, car brusquement elle se mit à rire et son rire était cordial et en
pouffant encore elle me dit :

— Cela t'apprendra à être plus prudent avec les
femmes, Sinouhé, je l'espère ; car nous autres femmes
nous sommes des vases fragiles et je sais moi-même
quel charmeur tu es, mon cher Sinouhé.

Elle se moquait cruellement de moi et elle affectait
l'humilité, et elle dit :

— Je pense que cette dame te plaît plus que moi sur ta natte, elle est deux fois plus âgée que moi et elle a eu le temps de développer ses talents amoureux, si bien que je ne saurais rivaliser avec elle, et c'est pourquoi je pense que tu vas m'abandonner froidement.

Mon tourment était si grand que j'emmenai Merit avec moi dans la maison du fondeur et je lui racontai tout. Je lui révélai le secret de ma naissance et je lui répétai tout ce que j'avais appris de Mehunefer, et je lui dis aussi pourquoi je me refusais à croire que ma naissance fût en connexion avec le palais doré et avec la princesse de Mitanni. En m'écoutant, elle devint sérieuse et ne rit plus. Elle regardait au loin, et au fond de ses yeux le chagrin s'amassait, et enfin elle me toucha l'épaule et dit :

— Je comprends bien des choses, maintenant, Sinouhé, et je comprends pourquoi ta solitude m'a parlé sans paroles, lorsque je t'ai vu pour la première fois, et pourquoi je me suis sentie faible en te regardant. Moi aussi j'ai un secret, et ces jours j'ai souvent été tentée de te le raconter, mais à présent je remercie les dieux de ne l'avoir pas révélé, car les secrets sont lourds à porter et ils sont dangereux et c'est pourquoi il vaut mieux les porter seul que les confier à autrui. Et pourtant je suis contente que tu m'aies tout raconté. Mais comme tu le dis, il est plus sage de ne pas user ton cœur à ruminer tout ce qui n'est peut-être jamais arrivé, et d'oublier tout, comme si c'était un songe, et moi aussi je l'oublierai.

Ma curiosité était éveillée et je lui demandai son

secret, mais elle ne voulut pas me le révéler, elle toucha
ma joue de ses lèvres et mit son bras à mon cou et
pleura un peu. Puis elle dit :

— Si tu restes à Thèbes, tu ne pourras te débarrasser de cette femme, et elle te poursuivra avec acharne-
ment et ta vie sera insupportable, car je connais ce
genre de femmes et je sais qu'elles peuvent être
terribles. Tu as eu tort de la flatter trop habilement.
C'est pourquoi tu vas retourner à la Cité de l'Horizon,
puisque tu as déjà exécuté les trépanations nécessaires
et que rien d'important ne te retient ici. Mais tu devras
lui écrire une lettre avant ton départ pour la conjurer
de te laisser en paix, sinon elle te suivra pour casser une
cruche avec toi, et tu seras incapable de lui résister, et
je ne te souhaite pas un tel sort.

Son conseil était bon et je chargeai Muti d'emballer
mes effets et de les enrouler dans des nattes et j'envoyai
un esclave chercher mes rameurs dans les tavernes à
bière et dans les maisons de joie. Entre-temps j'écrivis
une lettre à Mehunefer, et j'écrivis très poliment, car je
ne voulais pas l'offenser.

*Le trépanateur royal Sinouhé salue Mehunefer, gar-
dienne de l'aiguillier de la maison dorée à Thèbes. Mon
amie, je regrette vivement que mon ardeur t'ait donné une
fausse image de mon cœur, car je ne puis jamais te revoir,
puisque cette rencontre pourrait m'entraîner à des péchés et
que mon cœur est déjà lié. C'est pourquoi je pars en voyage
et je ne te reverrai jamais, mais j'espère que tu garderas de
moi le souvenir d'un ami et je t'envoie avec cette lettre une*

cruche d'une boisson nommée queue de crocodile qui, je
l'espère, apaisera ton chagrin, bien que je puisse t'assurer
que tu n'aies pas à t'en faire pour moi, car je suis vieux et
las et flasque et incapable de réjouir une femme comme toi.
Je suis très heureux de pouvoir ainsi nous protéger tous
deux du péché et je compte ne jamais te revoir. C'est ce que
souhaite ardemment ton ami Sinouhé, médecin royal.

Merit lut cette lettre et dit en secouant la tête que le
ton en était trop poli. A son avis j'aurais dû écrire plus
catégoriquement et dire que Mehunefer était à mes
yeux une femme laide et vieille et que je fuyais pour
échapper à ses assiduités. Mais je ne pouvais écrire
ainsi à une femme, et après un moment de discussion
Merit me permit de plier la lettre et de la cacheter, bien
qu'elle continuât à hocher la tête. J'envoyai un esclave
porter la lettre à la maison dorée et il prit aussi une
cruche de queue de crocodile qui devait à mon avis
assurer la tranquillité au moins pour cette soirée. C'est
ainsi que je me crus débarrassé de Mehunefer et je
soupirai de soulagement.

J'avais été si absorbé par mon angoisse que j'en avais
oublié Merit, mais une fois la lettre partie, alors que
Muti préparait mes effets et mes caisses, je regardai
Merit et une mélancolie indicible s'empara de mon
cœur à l'idée que par ma bêtise j'allais la perdre, alors
que j'aurais fort bien pu rester encore à Thèbes. Merit
aussi était songeuse et soudain elle me dit :

— Aimes-tu les enfants, Sinouhé ?

Cette question m'embarrassa, et Merit me regardait

droit dans les yeux et elle souriait tristement, puis elle dit :

— Oh, ne t'effraye pas, Sinouhé. Je n'ai pas l'intention de te donner des enfants. Mais j'ai une amie qui a un fils de quatre ans, et elle dit souvent que ce garçon aimerait tellement aller sur le fleuve et voir les prairies vertes et les champs ondoyants et les oiseaux aquatiques et le bétail au lieu des rues poussiéreuses de Thèbes et des chats et des chiens.

Je pris peur et dis :

— Tu ne penses pas que je devrais prendre à bord le garnement d'une de tes amies, si bien que ma tranquillité disparaîtrait et pendant tout le voyage je devrais veiller à ce qu'il ne tombe pas à l'eau et ne se fasse pas prendre la main par un crocodile ?

Merit me regarda en souriant, mais le chagrin assombrit son regard, et elle dit :

— Je ne voudrais pas te causer des désagréments, mais un voyage sur le fleuve ferait du bien à cet enfant et je l'ai porté moi-même à la circoncision, si bien que j'ai des devoirs envers lui, tu le comprends. Naturellement je l'accompagnerais sur le bateau pour le surveiller, et ainsi j'aurais eu un motif pour t'accompagner, mais je ne veux rien faire contre ta volonté, et ne parlons plus de ce projet.

A ces mots, je poussai un cri de joie et je battis des mains au-dessus de ma tête et je dis :

— Dans ce cas, tu peux emmener avec toi tous les enfants de l'école du temple. En vérité, c'est un jour de joie pour moi, et j'étais assez bête pour ne pas me dire

que tu pourrais m'accompagner à la Cité de l'Horizon.
Et ta réputation n'aura rien à craindre à cause de moi,
puisque tu auras l'enfant avec toi.

— Mais oui, Sinouhé, dit-elle avec un sourire irri-
tant, comme celui des femmes qui saisissent ce qu'un
homme ne comprend pas. Mais oui, ma réputation
n'aura rien à craindre, puisque l'enfant sera avec moi et
que je serai sous son égide. Tu l'as dit. Ah, comme les
hommes sont bêtes ! Mais je te pardonne.

Notre départ fut précipité, car je redoutais Mehunefer, et nous partîmes à l'aube. Merit apporta l'enfant
endormi et bien emmitouflé, et sa mère ne l'accompagna pas, et pourtant j'aurais bien voulu voir cette
femme qui avait osé donner à son fils le nom de Thot,
car on ose rarement donner à un enfant le nom d'un
dieu. Thot est en outre le dieu de l'écriture et de tout le
savoir humain et divin, si bien que l'effronterie de cette
femme n'en était que plus grande. Mais l'enfant
dormait sur les genoux de Merit sans éprouver le poids
de son nom, et il ne se réveilla qu'au moment où les
éternels gardiens de Thèbes disparaissaient à l'horizon
et où le soleil dorait l'eau du fleuve. C'était un beau
garçon, ses boucles étaient noires et soyeuses, et il
n'avait pas peur de moi, il aimait à venir sur mes
genoux et j'aimais le garder, car il était tranquille et ne
se débattait pas, il me regardait de ses yeux sombres et
pensifs, comme s'il avait médité dans sa petite tête tous
les problèmes du savoir. Je m'attachai vite à lui à cause
de sa tranquillité et je lui tressai de petites barques de
roseau et je le laissai jouer avec mes instruments de

médecin et flairer toutes les fioles, car il en aimait l'odeur.

Cet enfant ne nous dérangea pas du tout à bord et il ne tomba pas à l'eau et ne se laissa pas happer un bras par un crocodile et ne cassa pas mes plumes de roseau, mais notre voyage fut lumineux et heureux, car j'étais en compagnie de Merit et chaque nuit elle reposait à côté de moi et l'enfant respirait doucement non loin de nous. Ce voyage fut heureux et jusqu'au dernier jour de ma vie j'en conserverai le souvenir. Par moments, mon cœur se gonflait de bonheur, comme un fruit regorgeant de suc, et je disais à Merit :

— Merit, ma bien-aimée, cassons ensemble une cruche, afin de vivre toujours ensemble et peut-être que tu me donneras un fils qui ressemblera à ce petit Thot. En vérité, jamais jusqu'ici je n'avais désiré avoir un fils, mais ma jeunesse est passée et mon sang a perdu son ardeur, et en regardant Thot j'ai envie d'avoir un fils de toi, Merit.

Mais elle mettait sa main sur ma bouche et se détournait de moi en disant à voix basse :

— Sinouhé, ne dis pas de bêtises, car tu sais que je suis née dans une taverne et je ne peux peut-être plus avoir d'enfants. Il vaut mieux aussi, pour toi qui portes ton destin dans ton cœur, rester seul pour pouvoir arranger ta vie à ton gré sans être lié à une femme et à un enfant, car c'est ce que j'ai lu dans tes yeux le jour où nous nous sommes rencontrés. Non, Sinouhé, ne me parle pas ainsi, car tes paroles me rendent faible et j'ai envie de pleurer et je ne voudrais pas pleurer maintenant que le bonheur m'entoure. Moi aussi j'aime beaucoup ce petit garçon et nous aurons encore bien des journées de clair bonheur sur le fleuve. C'est pourquoi imaginons-nous que nous avons cassé une cruche ensemble et que nous sommes mari et femme et que Thot est notre fils. Je lui apprendrai à nous appeler père et mère, car il est encore petit et il oubliera vite et il n'en subira aucun tort. Ainsi nous déroberons aux dieux une petite vie qui sera à nous pendant ces journées. Qu'aucun souci n'assombrisse notre joie !

C'est ainsi que je chassai de mon esprit toutes les mauvaises pensées et que je fermai les yeux à la misère de l'Egypte et aux gens affamés dans les villages riverains, et je vivais un jour à la fois en descendant le fleuve. Le petit Thot passait ses bras à mon cou et mettait sa joue contre la mienne et me disait : « Père », et son frêle corps était délicieux sur mes genoux. Chaque nuit je sentais sur mon cou les cheveux de Merit et elle tenait mes mains dans les siennes et elle respirait contre ma joue et elle était mon amie et aucun cauchemar ne troublait mon sommeil. Ainsi passèrent ces journées, rapides comme un rêve, et elles ne furent plus. Je ne veux plus en parler, car les souvenirs me brûlent la gorge et mes larmes tachent la page que j'écris. L'homme ne devrait jamais être trop heureux.

C'est ainsi que je rentrai à la Cité de l'Horizon, mais je n'étais plus le même qu'au départ, et je revis la ville avec des yeux différents, et les légères maisons aux couleurs chatoyantes sous le soleil doré me firent l'effet d'une bulle fragile ou d'un mirage passager. Et la vérité ne vivait pas dans la Cité de l'Horizon, elle vivait ailleurs, et cette vérité était la famine, la misère, la souffrance et le crime. Merit et Thot rentrèrent à Thèbes en emportant mon cœur. C'est pourquoi je voyais de nouveau tout avec des yeux froids et sans voiles trompeurs, et tout ce que je voyais était mauvais.

· Mais peu de jours après mon arrivée la vérité pénétra dans la Cité de l'Horizon et le pharaon dut l'accueillir sur la terrasse de son palais et la regarder en face. En effet, Horemheb avait envoyé de Memphis une bande de fugitifs de Syrie dans toute leur misère pour parler au pharaon, et je crois qu'il leur avait recommandé d'exagérer encore leurs souffrances, si bien que leur arrivée fit sensation et les nobles en furent malades de peur et s'enfermèrent dans leurs maisons et les gardiens leur interdirent l'accès du palais doré. Mais ils poussèrent des cris et lancèrent des pierres contre les murs du palais, si bien que le pharaon finit par les entendre et les fit entrer dans la cour.

Et ils dirent :

— Ecoute les cris de douleur des peuples par nos bouches torturées, car la puissance du pays de Kemi n'est plus qu'un fantôme qui vacille au bord de la tombe, et dans le fracas des béliers et l'horreur des incendies, le sang de tous ceux qui eurent confiance en toi et mirent leur espoir en toi coule maintenant dans les villes de Syrie.

Ils levèrent leurs moignons de bras vers la terrasse du pharaon et ils dirent encore :

— Regarde nos bras, pharaon Akhenaton ! Où sont nos mains ?

Ils firent avancer des hommes aux yeux crevés et des vieillards à la langue coupée qui poussaient des meuglements informes. Et ils ajoutèrent :

— Ne demande pas où sont nos femmes et nos filles, car leur destin est plus terrible que la mort, entre les mains des soldats d'Aziru et des Hittites. Ils nous ont crevé les yeux et coupé les mains, parce que nous avons eu confiance en toi, pharaon Akhenaton.

Mais le pharaon se cacha le visage dans ses mains et il frémit de faiblesse et il leur parla d'Aton. Alors ils se moquèrent de lui et l'injurièrent en disant :

— Nous savons bien que tu as envoyé une croix de vie aussi à nos ennemis. Ils ont accroché cette croix au poitrail de leurs chevaux et à Jérusalem ils ont coupé les pieds de tes prêtres et les ont fait danser ainsi en l'honneur de ton dieu.

Alors Akhenaton poussa un cri terrible et le mal sacré s'empara de lui et il s'effondra sur la terrasse et perdit connaissance. Les gardes affolés voulurent refouler les fugitifs, mais ils résistèrent dans leur désespoir et leur sang coula entre les pavés de la cour du palais et leurs corps furent jetés dans le fleuve. Nefertiti et Meritaton, la chétive Anksenaton et la petite Meketaton contemplaient ce spectacle du haut de la terrasse, et elles ne l'oublièrent plus jamais, car c'était la première fois qu'elles voyaient les traces de la guerre, la misère et la mort.

Mais je fis mettre des compresses froides au pharaon

et je lui donnai des remèdes calmants et des soporifiques, car cette crise était si forte que j'en redoutais une
issue fatale. Le pharaon s'endormit, mais à son réveil il
me dit le visage décomposé et les yeux rougis par les
maux de tête :

— Sinouhé, mon ami, cela ne peut continuer ainsi.
Horemheb m'a dit que tu connaissais Aziru. Va le
trouver et achète-lui la paix. Achète la paix pour
l'Egypte, même si cela coûte tout mon or et même si
l'Egypte ne doit plus être qu'un pays pauvre.

Je protestai vivement en disant :

— Pharaon Akhenaton, envoie ton or à Horemheb,
il t'achètera rapidement la paix avec les lances et les
chars de guerre et l'Egypte ne subira aucune honte.

Il se prit la tête à deux mains et dit :

— Par Aton, Sinouhé, ne comprends-tu pas que la
haine suscite la haine et que la vengeance engendre la
vengeance et que le sang appelle le sang ? A quoi sert
aux victimes de venger leurs souffrances par les
souffrances d'autrui, et ce que tu dis de la honte n'est
qu'un préjugé. C'est pourquoi je t'ordonne d'aller chez
Aziru pour acheter la paix.

J'essayai de protester contre cette lubie en disant :

— Pharaon Akhenaton, on me crèvera les yeux et
on m'arrachera la langue avant que je sois parvenu chez
Aziru, et il a certainement déjà oublié notre amitié, et
je ne suis pas habitué aux fatigues de la guerre, car je
déteste les combats. Mes membres sont raides et je ne
peux plus voyager rapidement et je ne sais pas arranger
mes phrases aussi habilement que les gens dressés à

mentir dès leur enfance et qui te servent chez les rois
étrangers. C'est pourquoi je te demande d'envoyer
quelqu'un d'autre à ma place.

Mais il dit avec obstination :

— Exécute mes ordres, le pharaon a parlé.

J'avais vu les fugitifs dans la cour du palais, j'avais
vu leurs bouches mutilées et leurs yeux crevés et leurs
moignons de bras, et je n'avais aucun désir de partir
pour la Syrie. C'est pourquoi je décidai de rentrer chez
moi et de simuler une maladie, jusqu'à ce que le
pharaon eût oublié son caprice. Mais mon serviteur
sortit à ma rencontre et me dit d'un air tout étonné :

— Heureusement que tu reviens, Sinouhé mon
maître, car un bateau vient d'arriver de Thèbes avec
une femme dont le nom est Mehunefer, et elle prétend
être ton amie. Elle t'attend à la maison et elle est
habillée comme une fiancée et toute la maison est
pleine de son parfum.

Je fis demi-tour et rentrai au palais et je dis au
pharaon :

— Tu seras obéi. Je pars pour la Syrie, mais que
mon sang retombe sur ta tête. Je veux partir tout de
suite, c'est pourquoi ordonne à tes scribes de rédiger
toutes les tablettes nécessaires pour établir mon rang et
mes pouvoirs, car Aziru tient les tablettes en haute
estime.

Pendant que les scribes travaillaient, je me réfugiai
dans l'atelier de Thotmès, qui était mon ami et qui ne
me repoussa pas. Il venait d'achever la statue de
Horemheb en grès brun, et dans le style nouveau, et

elle était très vivante, quoique à mon avis Thotmès eût quelque peu exagéré la puissance des muscles et la largeur de la poitrine, si bien que Horemheb avait plus l'air d'un lutteur que d'un chef royal. Mais le nouvel art avait tendance à exagérer tout ce que voyaient les yeux, jusqu'à la laideur, par souci de vérité, car l'art ancien avait dissimulé la laideur humaine pour souligner les beaux côtés, tandis que l'art nouveau voyait l'homme sous son aspect le plus laid pour être fidèle à la réalité. Je ne sais pas s'il est spécialement véridique de souligner la laideur de l'homme, mais Thotmès en était convaincu et je ne voulus point le contredire, car il était mon ami. Il frotta la statue avec un linge mouillé pour me montrer comment le grès brillait dans les muscles de Horemheb et comment la couleur de la pierre correspondait au teint du modèle, et il me dit :

— Je crois que je t'accompagnerai jusqu'à Hetnet-sut avec cette statue, pour veiller qu'on la dresse dans le temple à une place digne du rang de Horemheb et aussi de mon renom de sculpteur. En vérité, je t'accompagne, Sinouhé, et le vent du fleuve dissipera dans ma tête les vapeurs des vins de la Cité de l'Horizon, car mes mains tremblent en tenant le marteau et le ciseau et la fièvre me ronge le cœur.

Les scribes apportèrent les tablettes et l'or pour le voyage, avec la bénédiction du pharaon, et nous fîmes porter la statue de Horemheb dans la cange royale et nous partîmes sans retard. Mais j'avais ordonné à mon serviteur de dire à Mehunefer que j'étais parti pour la Syrie et que j'y étais mort à la guerre, et ce n'était guère un mensonge, car j'étais certain d'y succomber à un trépas cruel. Je lui dis aussi de reconduire respectueusement Mehunefer à bord d'un bateau en partance pour Thèbes, même en employant la force. Car, lui dis-je, si contre toute probabilité je revenais de Syrie et trouvais cette femme chez moi, je ferais battre tous mes serviteurs et esclaves avant de leur faire couper le nez et les oreilles et de les envoyer aux mines pour le reste de leurs jours. Mon serviteur vit à mon regard que je parlais sérieusement, c'est pourquoi il prit peur et jura que je serais obéi. C'est ainsi que je m'embarquai le cœur léger avec Thotmès, et comme j'étais sûr de périr entre les mains des hommes d'Aziru et des Hittites, nous ne fûmes pas chiches de vin. Thotmès aussi disait qu'il ne fallait pas économiser le vin lorsqu'on partait pour la guerre, et il devait le savoir, puisqu'il était né dans la maison des soldats.

Mais pour narrer mon voyage jusqu'en Syrie et tout ce qui se passa ensuite, je dois commencer un nouveau livre.

LIVRE XII

La clepsydre mesure le temps

1

C'est ainsi que se réalisa le vœu que Kaptah avait émis lorsque je l'avais envoyé distribuer du blé aux colons d'Aton, mais mon sort était bien plus terrible que le sien, car je devais non seulement renoncer à ma maison, à mon lit et à mes aises, mais encore m'exposer à toutes les horreurs de la guerre à cause du pharaon. L'homme devrait bien réfléchir aux vœux qu'il exprime à haute voix, car les souhaits formulés ainsi ont un fâcheux penchant à se réaliser, et ils se réalisent très facilement s'ils visent le malheur de notre prochain. Quand on souhaite du mal à autrui, ce mal se réalise beaucoup plus facilement que si on lui souhaite du bien.

C'est ce que je disais à Thotmès pendant que nous descendions le fleuve et buvions du vin. Mais Thotmès me fit taire et se mit à dessiner des oiseaux en plein vol. Il dessina aussi mon portrait, et sans me flatter, si bien que je lui adressai de vifs reproches en lui disant qu'il n'était pas mon ami, puisqu'il me dessinait ainsi. Mais il répliqua qu'un artiste, en dessinant et en peignant, n'est l'ami de personne et qu'il ne doit obéir qu'à son œil.

Bientôt, nous arrivâmes à Hetnetsut, qui est une petite ville au bord du fleuve, si petite que les moutons et le bétail circulent dans les rues et que le temple est construit en briques. Les autorités nous accueillirent avec un grand respect, et Thotmès dressa la statue de Horemheb dans un temple qui avait été consacré à Horus, mais qui, maintenant était voué à Aton. Cela ne dérangeait nullement les habitants qui continuaient à y adorer Horus à la tête de faucon, bien que l'image du dieu eût été enlevée. Ils furent très heureux de voir la statue de Horemheb, et je suppose qu'ils ne tardèrent pas à l'associer à Horus et à lui apporter des offrandes, parce qu'Aton n'avait pas d'image et que seuls de rares habitants de la ville savaient lire.

Nous rencontrâmes aussi les parents de Horemheb qui habitaient une maison de bois, après avoir été parmi les plus pauvres de la ville. Dans sa vanité, Horemheb les avait fait nommer à de hautes fonctions honorifiques, comme s'ils avaient été nobles, alors qu'ils avaient gagné leur vie en paissant les troupeaux et en préparant du fromage. Le père était maintenant gardien du sceau et surveillant des constructions dans de nombreuses villes et bourgades, et la mère était dame de la cour et gardienne des vaches royales, et pourtant ni l'un ni l'autre ne savait écrire. Mais, grâce à ces titres, Horemheb pouvait prétendre descendre de parents nobles, et nulle part ailleurs en Egypte, on ne pouvait mettre en doute sa haute naissance. Telle était la vanité de Horemheb.

Le voyage jusqu'à Memphis fut ennuyeux, et je restais assis sur le pont et les oriflammes du pharaon flottaient au-dessus de moi et je regardais les roseaux et le fleuve et les canards et je disais à mon cœur : « Est-ce que tout cela mérite d'être vécu et vu ? » Et je disais encore : « Le soleil est ardent et les mouches piquent et la joie humaine est minime à côté des peines. L'œil se fatigue à regarder, les bruits et les vaines paroles cassent les oreilles, et le cœur a trop de rêves pour être heureux. » C'est ainsi que je calmais mon cœur pendant le voyage, et je mangeais les bons plats préparés par le cuisinier royal et je buvais du vin, et pour finir la mort n'était plus qu'un vieil ami sans rien d'effrayant, tandis que la vie était pire que la mort, avec tous ses tourments, et la vie était comme une cendre chaude, et la mort comme une onde fraîche.

Horemheb me reçut avec les honneurs dus à mon rang d'envoyé du pharaon et il s'inclina profondément devant moi, car son palais était encombré de dignitaires fugitifs de Syrie et de nobles Egyptiens des villes syriennes et d'envoyés et de représentants des pays étrangers qui n'avaient pas pris part à la guerre, et en leur présence il devait honorer le pharaon en ma personne. Mais dès que nous fûmes en tête à tête, il se mit à se battre les mollets avec sa cravache dorée et il me questionna avec impatience :

— Quel mauvais vent t'amène ici comme envoyé du

pharaon et quelle maudite fiente sa folle cervelle a-
t-elle de nouveau pondu ?

Je lui exposai que je devais aller en Syrie et acheter à
Aziru la paix à n'importe quel prix. A ces paroles,
Horemheb jura et pesta, puis il dit :

— J'avais bien pensé qu'il allait compromettre tous
mes plans, car sache que grâce à mes mesures Ghaza
est encore en notre pouvoir, si bien que l'Egypte
possède une tête de pont pour des opérations en Syrie.
Par des cadeaux et des menaces, j'ai obtenu que la
flotte crétoise protège nos communications avec
Ghaza, parce qu'une union syrienne puissante et
indépendante n'est pas conforme aux intérêts de la
Crète, mais qu'elle menacerait leur suprématie maritime. Sache qu'Aziru a beaucoup de peine à contenir
ses propres alliés et de nombreuses villes syriennes se
font la guerre après avoir chassé les Egyptiens. En
outre, les Syriens qui ont perdu leurs maisons et leurs
biens, leurs femmes et leurs enfants, ont formé des
corps francs, et de Ghaza à Tanis, ces corps dominent
le désert et luttent contre les troupes d'Aziru. Je les ai
équipés avec des armes égyptiennes et de nombreux
Egyptiens les ont rejoints. Ce sont surtout d'anciens
soldats, des brigands et des esclaves fugitifs, et ils
exposent leur vie dans les déserts pour former une
muraille devant l'Egypte. Il est clair qu'ils font la
guerre contre tout le monde et qu'ils vivent aux dépens
du pays où ils se battent et qu'ils y détruisent toute vie,
mais c'est bien ainsi, car ils causent plus de dommages
à la Syrie qu'à l'Egypte, et c'est pourquoi je continue à

les ravitailler en armes et en blé. Mais l'essentiel est que les Hittites ont enfin attaqué Mitanni de toutes leurs forces et qu'ils ont anéanti le peuple de Mitanni, si bien que ce pays n'existe plus. Mais leurs lances et leurs chars sont occupés à Mitanni et Babylone s'inquiète et équipe des troupes pour protéger ses frontières, et les Hittites n'ont pas le temps d'assister Aziru. Il est probable qu'Aziru, maintenant que les Hittites ont conquis Mitanni, commence à les craindre, parce qu'il n'y a plus de bouclier entre leur pays et la Syrie. C'est pourquoi la paix que tu vas offrir à Aziru est actuellement pour lui le cadeau le plus précieux qu'il puisse espérer pour consolider son pouvoir et pour souffler un peu. Mais donne-moi une demi-année au plus, et j'achèterai une paix honorable pour l'Egypte, et avec des flèches sifflantes et au grondement des chars de guerre, je forcerai Aziru à redouter les dieux de l'Egypte.

Je protestai et dis :

— Tu ne peux faire la guerre, Horemheb, parce que le pharaon l'a interdit et qu'il ne te donnera pas de l'or pour cela.

Mais Horemheb dit :

— Je pisse sur son or. En vérité, j'ai emprunté de tous les côtés pour équiper une armée à Tanis. Certes, ce sont des troupes misérables et leurs chars de guerre sont lourds et les chevaux boitent, mais avec les corps francs, elles peuvent former la pointe de lance qui pénétrera jusqu'au cœur de la Syrie et jusqu'à Jérusalem et à Megiddo, sous ma conduite. Ne comprends-tu

pas, Sinouhé, que j'ai emprunté à tous les riches
d'Egypte qui s'engraissent et gonflent comme des
grenouilles, tandis que le peuple souffre et soupire sous
le fardeau des impôts. Je leur ai emprunté de l'or et j'ai
fixé à chacun la somme qu'il doit me prêter et ils m'ont
volontiers remis leur or, car je leur ai promis un intérêt
de cinq par an, mais je me réjouis de voir leur binette
s'ils ont le toupet de me réclamer un jour leur or et
leurs intérêts, car j'ai agi ainsi pour conserver la Syrie à
l'Egypte, et c'est précisément les riches qui en profite-
ront, parce que les riches retirent toujours un avantage
des guerres et du butin, et le plus curieux est que les
riches feraient du bénéfice même si je perdais. C'est
pourquoi je n'ai pas pitié de leur or.

Horemheb rit avec satisfaction et se frappa les
mollets de sa cravache dorée et il mit la main sur mon
épaule et m'appela son ami. Mais il reprit vite son
sérieux et dit :

— Par mon faucon, Sinouhé, tu n'as pas l'intention
de tout gâter en partant pour la Syrie conclure la paix ?

Mais je lui expliquai que le pharaon avait parlé et
qu'il m'avait remis toutes les tablettes nécessaires pour
faire la paix. Mais j'étais heureux d'apprendre qu'A-
ziru aussi désirait la paix, si Horemheb avait dit vrai,
car dans ce cas il serait disposé à vendre la paix pour un
prix raisonnable.

Mais Horemheb s'emporta et renversa sa chaise et
cria :

— En vérité, si tu achètes la paix à Aziru pour la
honte de l'Egypte, je t'écorcherai vif et te donnerai aux

crocodiles à ton retour, bien que tu sois mon ami. Parle d'Aton à Aziru et fais la bête et dis que dans sa bonté incompréhensible, le pharaon veut lui pardonner. Certes, Aziru ne te croira pas, car il est rusé, mais il ruminera la chose avant de te renvoyer et il tâchera de te lasser par des marchandages à la syrienne, et de te faire prendre des vessies pour des lanternes. Garde-toi bien de jamais lui céder Ghaza et explique-lui que le pharaon n'est pas responsable des corps francs et de leurs pillages. Car ces corps francs ne déposeront en aucun cas leurs armes, ils feront leurs besoins sur les tablettes du pharaon. J'y veillerai. Naturellement, tu n'as pas besoin de le rapporter à Aziru. Dis-lui simplement que les corps francs sont formés d'hommes doux et patients que le chagrin a aveuglés, mais qui, une fois la paix revenue, changeront certainement leurs lances contre des houlettes de leur propre gré. Mais n'abandonne pas Ghaza, sinon je t'écorcherai vif. Il m'en a fallu de la peine et de l'or et des espions avant d'arriver à mes fins à Ghaza pour y maintenir une porte ouverte à l'Egypte.

Je restai plusieurs jours à Memphis pour discuter avec Horemheb les conditions de paix. Je rencontrai l'ambassadeur de Crète et celui de Babylone et aussi des nobles réfugiés de Mitanni. Leurs paroles me laissèrent deviner tout ce qui s'était passé, et pour la première fois je sentis s'éveiller mon ambition en constatant que je pouvais jouer un grand rôle dans une partie où étaient en jeu les destinées de villes et de peuples.

Horemheb avait raison : en ce moment, la paix était plus avantageuse pour Aziru que pour l'Egypte, mais dans la situation présente, ce ne serait qu'une trêve, car dès qu'Aziru aurait consolidé sa position en Syrie, il se retournerait contre l'Egypte. La Syrie était en effet la clef du monde, et l'Egypte ne pouvait pas permettre, pour sa sécurité, que ce pays tombât au pouvoir d'un prince versatile, vénal et hostile, maintenant que les Hittites avaient conquis Mitanni. Tout dépendait de savoir si les Hittites, une fois leur pouvoir consolidé à Mitanni, s'en prendraient à Babylone ou, à travers la Syrie, à l'Egypte. Le bon sens disait qu'ils porteraient leur effort sur le point de moindre résistance, et la Babylonie s'armait déjà, tandis que l'Egypte était faible et sans armes. Le pays des Khatti était certainement un allié désagréable, mais en s'entendant avec les Hittites Aziru s'assurait un appoint de forces, tandis qu'en s'alliant à l'Egypte contre les Hittites, il marchait au-devant d'un désastre certain, puisque sous le règne d'Akhenaton l'Egypte n'avait rien à lui offrir.

Horemheb me dit que je trouverais Aziru quelque part entre Tanis et Ghaza où ses chars donnaient la chasse aux corps francs. Il me parla aussi de la situation à Simyra et m'énuméra les maisons incendiées et les noms des nobles massacrés, ce qui suscita mon vif étonnement. Alors, il me parla des espions qui pénétraient dans les villes syriennes et qui suivaient les troupes d'Aziru comme avaleurs de sabres, prestidigitateurs et charlatans, ou comme marchands de bière ou acheteurs de butin. Mais il ajouta qu'Aziru possédait aussi des espions qui venaient jusqu'à Memphis et qui suivaient les corps francs et les gardes-frontières comme prestidigitateurs, marchands de bière et acheteurs d'esclaves. Aziru avait aussi engagé des vierges d'Astarté, et ces espionnes étaient dangereuses, car en se divertissant avec les officiers égyptiens, elles leur soutiraient d'importants renseignements, mais heureusement pour nous, elles étaient peu compétentes en matières militaires. Il existait aussi des espions qui servaient à la fois Aziru et Horemheb, et c'étaient les plus habiles.

Mais les réfugiés et les officiers de Horemheb m'avaient raconté tant d'horreurs sur les soldats d'Amourrou et sur les corps francs qu'au moment du départ mon cœur se mit à trembler et mes genoux se changèrent en eau. Horemheb me dit :

— Tu peux à ton gré voyager par terre ou par mer. Si tu prends la mer, les navires crétois te protégeront peut-être jusqu'à Ghaza, mais il se peut qu'ils prennent la fuite en apercevant au large les bateaux de guerre de Sidon et de Tyr. Dans ce cas, ton navire sera coulé, si tu te défends, et tu seras noyé. Si tu te rends, tu seras fait prisonnier et tu seras condamné à ramer sur un bateau syrien où tu périras en quelques jours sous les coups de fouet et sous l'ardeur du soleil. Mais tu es Egyptien et noble, c'est pourquoi il est plus probable qu'on t'écorchera vif et que ta peau séchée servira à faire des sacs et des portefeuilles. Je ne veux nullement t'effrayer, et il est bien possible que tu parviennes sain et sauf à Ghaza, où un bateau d'armes vient d'arriver, tandis qu'un navire de blé a été coulé en route. Quant à savoir comment tu forceras le blocus de Ghaza pour rejoindre Aziru, je l'ignore absolument.

— Il vaudrait peut-être mieux que je parte par terre, dis-je en hésitant.

Horemheb secoua la tête et dit :

— Je te donnerai une escorte depuis Tanis, quelques lanciers et quelques chars légers. Mais, dès qu'ils auront pris contact avec les troupes d'Aziru, ils t'abandonneront dans le désert et s'enfuiront à toute vitesse. Mais il est naturellement possible que les soldats d'Aziru, en te reconnaissant pour Égyptien et pour noble, t'empalent à la mode hittite et pissent sur tes tablettes d'argile. Il est aussi possible que, malgré ton escorte, tu tombes entre les mains des corps francs qui te dépouilleront et te feront tourner la meule à blé jusqu'à ce que tu puisses te racheter, mais tu ne tiendras pas longtemps à ce régime, car leurs fouets sont en lanières d'hippopotame. Du reste, ils peuvent aussi fort bien te crever la panse à coups de lance et laisser ton corps pourrir dans le désert, ce qui est en somme un trépas pas trop douloureux.

A ces paroles, mes craintes redoublèrent et je tremblai de tout mon corps, bien qu'il fît une chaleur estivale. C'est pourquoi je dis :

— Je déplore d'avoir laissé mon scarabée à Kaptah, car il me serait d'un secours plus efficace que l'Aton du pharaon dont le pouvoir ne s'étend manifestement pas à ces régions maudites. Mais en somme, je rencontrerai plus rapidement la mort ou Aziru en voyageant par

terre, avec une escorte. Mais je t'en conjure, Horemheb, si jamais tu apprends que je suis prisonnier
quelque part, rachète-moi vite sans discuter le prix, car
je suis riche, plus riche que tu ne crois.

Horemheb répondit :

— Je connais ta fortune et je t'ai emprunté une
grosse somme d'or par Kaptah, comme aux autres
riches, car je suis juste et équitable et je ne voulais pas
te priver de ce mérite. Mais au nom de notre amitié,
j'espère que tu ne me réclameras jamais cet or, car
notre amitié en serait troublée et peut-être rompue.
Pars donc, Sinouhé mon ami, pars pour Tanis et
prends-y une escorte et pénètre dans le désert où mon
faucon te protégera peut-être, car mon pouvoir ne
s'étend pas jusque-là. Si tu es fait prisonnier, je te
rachèterai, et si tu meurs, je te vengerai. Que ce soit
pour toi une consolation au moment où une lance te
percera le ventre.

— Si tu apprends ma mort, ne perds pas ton temps
à me venger, lui dis-je amèrement. Mon crâne rongé
par les corbeaux n'éprouverait aucune joie à être arrosé
de sang par toi. Mais salue la princesse Baketaton de
ma part, car elle est belle et désirable, bien qu'un peu
hautaine, et elle m'a questionné sur toi auprès du lit de
mort de sa mère.

Après avoir décoché cette flèche empoisonnée par-
dessus mon épaule, je partis un peu désolé et je
rédigeai mon testament en faveur de Kaptah, Merit et
Horemheb. Ce testament fut déposé dans les archives
royales de Memphis, après quoi je pris le bateau pour

Tanis et au bord du désert, dans un fort rôti par le
soleil, je rencontrai des soldats de Horemheb.

Ils buvaient de la bière en pestant contre leur
existence, ils chassaient des antilopes et buvaient de
nouveau de la bière. Leurs cabanes étaient sales et
empestées, et les plus misérables des femmes, qui
n'étaient plus assez bonnes même pour les marins dans
les ports du Bas-Pays, égayaient leur solitude. Ils
espéraient que bientôt Horemheb les conduirait à la
guerre en Syrie, car même la mort leur était préférable
à cette existence monotone et crasseuse. Depuis des
années, on ne voyait plus arriver de caravanes, car les
corps francs les pillaient en route.

Tandis que l'escorte se préparait au départ, j'observais la vie des soldats. Bientôt je compris le secret de
toute éducation militaire. En effet, un bon capitaine
impose à ses hommes une discipline si effrayante et il
les épuise par des manœuvres si dures et il leur rend la
vie si insupportable que tout autre sort, même la
bataille et la mort, leur semble préférable à la vie de
caserne. Mais le plus étonnant est que les soldats ne
détestent pas pour cela leur chef, au contraire, ils
l'admirent et le louent et se vantent de toutes leurs
souffrances endurées et des marques de coups sur leur
dos.

Selon les ordres de Horemheb, on me prépara une
escorte de dix chars de guerre tirés par deux chevaux
chacun, avec un cheval de réserve, et sur le char, en
plus du cocher, se tenaient un écuyer et un lancier. En
m'annonçant sa troupe, le chef s'inclina devant moi,

les mains à la hauteur des genoux, et je l'observai attentivement, car j'allais lui confier ma vie. Son pagne était aussi sale que celui de ses soldats, et le soleil du désert lui avait noirci le visage et le corps, et seul un fouet tressé d'argent le différenciait de ses hommes. Malgré son apparence, j'eus plus de confiance en lui que dans un officier qui aurait été vêtu d'étoffe précieuse et qui aurait fait porter un parasol sur sa tête. Il oublia tout respect et éclata de rire quand je lui parlai d'une litière. Je le crus quand il me dit que notre seule sécurité résidait dans la rapidité et que pour cette raison je devais monter sur son char et renoncer aux litières et à tout confort. Il me promit que je pourrais m'asseoir sur un sac de fourrage, mais il m'assura que je ferais mieux de m'habituer à rester debout, car les cahots ne tarderaient pas à me fracasser les os.

Je lui répondis que ce n'était pas la première fois que je montais sur un char de guerre et que jadis j'avais accompli en un temps record le voyage de Simyra à Amourrou, ce qui avait suscité l'admiration des hommes d'Aziru. Mais alors j'étais plus jeune et je n'avais pas à redouter les efforts physiques exagérés. L'officier, qui s'appelait Juju, m'écouta poliment, puis je confiai mon âme à tous les dieux d'Egypte et je montai sur son char. L'escorte s'engagea sur le chemin des caravanes, et je sautais sur le sac de fourrage, en me cramponnant des deux mains aux bords du char et en gémissant sur mon sort.

Les chars coururent ainsi toute la journée, et je passai la nuit sur des sacs, plus mort que vif. Le lendemain, j'essayai de me tenir debout dans le char, en prenant Juju par la taille, mais une pierre me fit perdre l'équilibre et je décrivis un arc de cercle pour tomber sur la tête dans le sable où des plantes épineuses me déchirèrent le visage. Le soir, Juju fut inquiet à mon sujet, il me versa de l'eau sur la tête, bien qu'il refusât d'en donner à ses hommes, et il m'assura que notre voyage se déroulait sous d'heureux auspices et que, si la chance nous souriait, nous rencontrerions les hommes d'Aziru le quatrième jour.

La journée se passa sans incident, mais nous traver-sâmes un camp dont tous les hommes avaient été massacrés peu auparavant, et les corbeaux dépeçaient les corps. La nuit suivante, nous aperçûmes au loin la lueur de feux de bivouac ou de maisons incendiées. Juju me dit que nous approchions de la Syrie et, au clair de lune, nous avançâmes prudemment, après avoir fourragé les chevaux. Je finis par m'endormir sur mon sac de fourrage, et à l'aube je fus brusquement réveillé quand Juju me saisit et me jeta à bas du char, avec mes tablettes d'argile et mon coffre de voyage, puis il fit demi-tour et me confia à la garde de tous les dieux d'Egypte. Les chars s'éloignèrent à toute vitesse, tirant des étincelles des pierres de la piste.

Après avoir secoué le sable qui m'aveuglait, je vis accourir entre deux collines un groupe de chars de guerre syriens qui se disposèrent en éventail pour la bataille. Je me levai et j'agitai sur ma tête un rameau de palmier en signe de paix, bien que le rameau fût passablement sec et ratatiné après le voyage. Mais les

chars me dépassèrent sans s'arrêter, une flèche me
frôla la tête avant de se ficher dans le sable. Ils
poursuivirent Juju qui réussit cependant à leur
échapper.

Après cette vaine poursuite, les chars d'Aziru revinrent vers moi et les conducteurs descendirent. Je leur
exposai qui j'étais et je leur montrai les tablettes du
pharaon. Mais ils ne s'en soucièrent pas et ils me
dévalisèrent et prirent mon or et ouvrirent mon coffre
et m'attachèrent derrière un char, si bien que je dus
courir à en perdre haleine et que le sable m'arracha la
peau des genoux.

J'aurais certainement succombé en route si le camp
d'Aziru ne s'était pas trouvé derrière la première
colline. De mes yeux aveuglés par le sable, j'aperçus de
nombreuses tentes, et des chevaux paissaient non loin
dans un enclos formé de chars de guerre et de traîneaux
à bœufs. Puis je ne vis plus rien, et je ne revins à moi
qu'au moment où des esclaves me versaient de l'eau sur
le visage et me frottaient les membres avec de l'huile,
car un officier qui savait lire avait vu mes tablettes, et
dès lors, on me traita avec les égards qui m'étaient dus
et on me rendit mes vêtements.

Dès que je pus marcher, on me conduisit à la tente
d'Aziru qui puait le suif et la laine et l'encens, et Aziru
vint à ma rencontre en rugissant comme un lion, des
chaînes d'or au cou et sa barbe dans un filet d'argent. Il
m'embrassa et dit :

— Je suis désolé que mes hommes t'aient malmené,
mais tu aurais dû leur dire ton nom et ton rang et que

tu es l'envoyé du pharaon et mon ami. Tu aurais dû aussi, selon la bonne coutume, agiter une branche de palmier sur ta tête en signe de paix, mais mes hommes m'ont dit que tu t'es précipité sur eux un poignard à la main et en hurlant, si bien qu'ils ont dû te calmer au risque de leur vie.

Les genoux me brûlaient et mes poignets étaient douloureux, aussi dis-je à Aziru avec amertume :

— Regarde-moi et dis-moi si j'ai l'air dangereux pour la vie de tes hommes. Ils ont brisé mon rameau de palmier et m'ont dévalisé et ont foulé aux pieds les tablettes du pharaon. C'est pourquoi tu dois les faire battre de verges, afin de leur apprendre à respecter les envoyés du pharaon.

Mais Aziru eut un sourire railleur et leva les bras en disant :

— Tu as certainement eu un cauchemar, et ce n'est pas ma faute si tu t'es blessé les genoux au cours de ton pénible voyage. Je n'entends nullement faire battre les meilleurs de mes hommes pour un misérable Égyptien, et les paroles de l'envoyé du pharaon sont un bourdonnement de mouche à mes oreilles.

— Aziru, lui dis-je, toi qui es le roi de nombreux rois, fais au moins battre l'homme qui m'a ignominieusement lardé les fesses pendant que je courais derrière le char. Je me déclarerai satisfait, et sache que je t'apporte en cadeau la paix pour toi et pour la Syrie.

Aziru éclata de rire et se frotta la poitrine de ses poings en disant :

— Que m'importe que ton misérable pharaon se

prosterne dans la poussière devant moi et implore la
paix. Mais tes paroles sont sensées, et puisque tu es
mon ami et l'ami de ma femme et de mon fils, je ferai
battre l'homme qui t'a piqué de sa lance pour te faire
avancer, car c'est contraire aux bonnes mœurs et,
comme tu le sais, je me bats avec des armes propres et
pour des buts élevés.

C'est ainsi que j'eus la satisfaction de voir mon
tourmenteur fustigé devant les troupes réunies en
présence d'Aziru, et ses camarades ne le plaignirent
point, au contraire, ils se moquèrent de lui et pouffèrent de rire à ses hurlements et le montrèrent du doigt,
car ils étaient des soldats et appréciaient tout divertissement dans leur existence monotone. Aziru l'aurait
fait succomber sous les coups, mais en voyant la chair
se détacher de ses côtes et le sang ruisseler, je levai la
main et fis cesser le supplice. Je fis porter l'homme
dans une tente qu'Aziru m'avait assignée pour loge-
ment à la grande colère des officiers qui l'occupaient,
et les soldats hurlèrent de joie en s'imaginant que
j'allais torturer leur camarade avec raffinement. Mais
je lui oignis le dos et les membres, et je pansai ses plaies
et je lui donnai de la bière, si bien qu'il me crut fou et
perdit tout respect pour moi.

Le soir, Aziru m'offrit un rôti de mouton et du
gruau cuit dans la graisse, et je mangeai avec lui et avec
ses nobles et avec les officiers hittites présents dans le
camp et dont la poitrine et les manteaux étaient ornés
de haches doubles et d'images d'un soleil ailé. Nous
bûmes du vin ensemble et tous me traitèrent aimable-

ment, en m'estimant stupide, puisque je leur apportais la paix au moment précis où ils en avaient le plus pressant besoin. Ils parlaient avec fougue de la liberté de la Syrie et de leur future puissance et du joug qu'ils avaient secoué. Mais quand ils eurent assez bu, ils commencèrent à se quereller et un homme de Joppe tira son poignard et le planta dans la gorge d'un Amorrite. Mais la blessure n'était pas grave et je pus la guérir facilement. Cet acte renforça ma réputation de bêtise.

J'aurais mieux fait de laisser mourir le blessé, car cette même nuit, il fit assassiner l'homme de Joppe par ses serviteurs, et Aziru le fit pendre au mur, la tête en bas pour maintenir la discipline parmi ses troupes. En effet, Aziru traitait ses hommes plus durement que les autres Syriens, parce qu'ils jalousaient davantage sa puissance et intriguaient contre lui, si bien qu'il était sans cesse assis sur une fourmilière.

2

Après le repas, Aziru renvoya ses nobles et les officiers hittites se disputer dans leurs tentes. Il me montra son fils qui l'accompagnait à la guerre, bien qu'il n'eût que sept ans. C'était un beau garçon dont les joues étaient duveteuses comme des pêches et les yeux brillants et vifs. Ses cheveux étaient bouclés et noirs comme la barbe de son père, et il avait le teint de sa mère. Aziru lui caressa les cheveux et me dit :

— As-tu jamais vu un enfant plus superbe ? Je lui ai rassemblé plusieurs couronnes et il sera un grand roi et je n'ose penser jusqu'où s'étendra son pouvoir, car il a déjà percé de sa petite épée un esclave qui l'avait offensé, et il sait lire et écrire et il n'a pas peur dans le combat, car je le prends avec moi à la bataille, mais seulement quand nous punissons des villages rebelles et que je n'ai pas à craindre pour sa précieuse vie.

Keftiou était restée à Amourrou et Aziru se désolait de son absence, et c'est en vain qu'il cherchait une diversion chez les femmes prisonnières ou chez les vierges d'Astarté, car quiconque avait connu l'amour de Keftiou ne pouvait jamais l'oublier, et sa beauté s'était épanouie à un tel point que je ne la reconnaîtrais plus.

Pendant notre conversation, on entendit des hurlements dans le camp, et Aziru me dit d'un ton irrité :

— Ce sont de nouveau les officiers hittites qui torturent des femmes, car c'est dans leurs habitudes. Je n'ose pas le leur interdire, car j'ai besoin d'eux. Mais je n'aimerais pas qu'ils apprennent leurs mauvaises manières à mes hommes.

Je savais déjà ce qu'on pouvait attendre des Hittites, c'est pourquoi je profitai de l'occasion pour dire à Aziru :

— O roi des rois, renonce à temps à l'alliance des Hittites, avant qu'ils t'arrachent tes couronnes, car on ne peut se fier à eux. Conclus la paix avec le pharaon,

maintenant que les Hittites sont liés par leur guerre à
Mitanni. La Babylonie aussi s'arme contre eux, comme
tu le sais sûrement, et tu ne recevras plus de blé de
Babylonie, si tu restes l'ami des Hittites. C'est pourquoi à l'entrée de l'hiver la famine pénétrera en Syrie
comme un loup maigre, si tu ne fais pas la paix avec le
pharaon qui pourra t'envoyer du blé comme jadis.

Mais Aziru protesta en disant :

— Tes paroles sont insensées, car les Hittites sont
bons pour leurs amis, mais terribles pour leurs ennemis. Aucune alliance ne me lie à eux, bien qu'ils
m'envoient de beaux cadeaux et de riches armures, si
bien que je peux toujours songer à la paix sans
m'inquiéter d'eux. Les Hittites se sont emparés de
Kadesh contrairement à nos accords, et ils utilisent le
port de Byblos comme s'il était à eux. D'autre part ils
m'ont envoyé tout un navire d'armes forgées avec un
métal nouveau et qui rendront mes hommes invincibles au combat. En tout cas j'aime la paix et je préfère
la paix à la guerre et je fais la guerre seulement pour
obtenir une paix honorable. C'est pourquoi je conclu-
rai volontiers la paix, si le pharaon me cède Ghaza qu'il
a prise par ruse, et s'il désarme les brigands du désert
et s'il indemnise avec du blé et de l'huile et de l'or tous
les dommages subis pendant cette guerre par les villes
de Syrie, car c'est l'Egypte qui est seule responsable de
cette guerre, comme tu le sais bien.

Il m'observait à la dérobée en souriant, mais je
m'emportai et lui dis :

— Aziru, espèce de bandit et de voleur de trou-

peaux et de bourreau des innocents ! Ignores-tu que
dans tout le Bas-Pays on forge des fers de lance et que
les chars de guerre de Horemheb sont plus nombreux
que les poux dans ton camp, et ces poux te mordront
cruellement, quand le moment sera venu. Cet Horemheb que tu connais à craché à mes pieds quand je lui ai
parlé de paix, mais à cause de son dieu le pharaon
désire la paix et ne veut pas verser du sang. C'est
pourquoi je t'offre une dernière chance, Aziru. Ghaza
restera à l'Egypte et tu pourras toi-même mâter les
brigands du désert, car l'Egypte n'est point responsable de leurs actes puisque ce sont des fuyards chassés
de Syrie par ta cruauté. Tu devras aussi libérer tous les
prisonniers égyptiens et compenser les dommages
subis par les commerçants égyptiens dans les villes de
Syrie et leur restituer leurs biens.

Mais Aziru déchira ses vêtements et s'arracha des
poils de sa barbe et s'écria :

— As-tu été mordu par un chien enragé, Sinouhé,
pour proférer de telles insanités ? Ghaza appartient à la
Syrie et les marchands égyptiens pourront se dédom-
mager eux-mêmes de leurs pertes, et les prisonniers
seront vendus comme esclaves, selon la coutume
respectable, ce qui n'empêche pas le pharaon de les
racheter, s'il a assez d'or pour cela.

Je lui dis :

— Si tu obtiens la paix, tu pourras élever les
murailles de tes villes et fortifier tes places, si bien que
tu n'auras rien à redouter des Hittites, et l'Egypte te
soutiendra. En vérité, les commerçants de tes villes

s'enrichiront dans les affaires avec l'Egypte, sans payer
d'impôts, et les Hittites ne pourront gêner le commerce, puisqu'ils n'ont pas de navires de guerre. Tous
les avantages sont pour toi, Aziru, si tu fais la paix, car
les conditions du pharaon sont raisonnables, et je ne
peux rien en rabattre.

Jour après jour nous discutâmes et marchandâmes
ainsi, et maintes fois Aziru déchira ses vêtements et
répandit des cendres sur sa tête, en me traitant de
voleur impudent et en gémissant sur le sort de son fils
qui allait certainement mourir de misère, ruiné par
l'Egypte. Une fois, je quittai la tente et appelai une
litière et demandai une escorte pour gagner Ghaza,
mais Aziru me rappela. Je crois qu'en bon Syrien il
jouissait de ces marchandages, dans la croyance qu'il
me dupait et me roulait. Il ne se doutait pas que le
pharaon m'avait enjoint d'acheter la paix à tout prix.

Mais je gardai mon sang-froid et pus ainsi sauvegar-
der les intérêts du pharaon, et le temps travaillait pour
moi, car la discorde naissait au camp et chaque jour des
hommes partaient pour regagner leur ville et Aziru ne
pouvait les retenir, car sa puissance n'était pas encore
assez consolidée. Pour finir, il me proposa la solution
suivante : Les murailles de Ghaza seraient rasées et il y
désignerait un roi de son choix, qui serait assisté d'un
conseiller du pharaon, et les bateaux syriens et égyptiens pourraient entrer librement dans le port et y
commercer sans payer de droits. Mais je ne pus y
consentir, car sans murailles Ghaza n'avait plus aucune
valeur pour l'Egypte.

Comme je repoussais cette proposition, il s'emporta et me chassa de sa tente et lança derrière moi toutes mes tablettes, mais il ne me permit pas de quitter le camp. Je me mis à soigner les malades et les blessés et à racheter des prisonniers égyptiens. Je rachetai aussi quelques femmes, mais à d'autres je donnai une potion pour les faire mourir, car après les violences des Hittites la mort était pour elles une délivrance. Ainsi passaient les jours, et je n'avais qu'à y gagner, tandis qu'Aziru perdait du terrain, en pestant contre mon intransigeance et en s'arrachant la barbe.

Une nuit, deux hommes tentèrent d'assassiner Aziru dans sa tente, mais il tua un des agresseurs et son fils blessa l'autre par-derrière. Le lendemain il me convoqua et après m'avoir copieusement injurié, il consentit à faire la paix et au nom du pharaon je conclus un traité avec lui et avec toutes les villes de Syrie, et Ghaza resta à l'Egypte et Aziru devrait détruire les corps francs, et le pharaon se réservait le droit de racheter les prisonniers. Ces conditions furent consignées sur des tablettes d'argile comme un traité de paix perpétuelle entre l'Egypte et la Syrie, et on le plaça sous la protection des mille dieux de l'Egypte et des mille dieux de la Syrie, sans oublier Aton. Aziru pesta effroyablement en imprimant son cachet dans l'argile, et moi aussi je déchirai mes vêtements et pleurai amèrement en apposant mon sceau égyptien, mais au fond nous étions très contents tous les deux, et Aziru me donna de nombreux cadeaux et je promis de lui envoyer, ainsi qu'à son fils et à sa femme, de riches présents par les premiers navires qui aborderaient à Ghasa après la paix.

Nous nous quittâmes en bonne concorde et Aziru m'embrassa en m'appelant son ami, et avant de partir je soulevai son fils dans mes bras pour déposer un baiser sur ses joues rondes. Mais Aziru et moi nous savions bien, au fond de notre cœur, que le traité conclu pour durer éternellement ne valait pas même l'argile sur lequel il était écrit. Aziru avait fait la paix parce qu'il y était forcé, et l'Egypte, parce que le pharaon le voulait. En somme, tout dépendait de ce que feraient les Hittites à partir de Mitanni, et aussi de la résolution des Babyloniens et des navires crétois qui protégeaient le commerce maritime.

Aziru voulait licencier ses troupes. Il me donna une escorte pour aller à Ghaza et ordonner de cesser le siège de cette place. Mais avant de pénétrer à Ghaza, je courus un danger extrême, car tandis que nous approchions de la ville en brandissant des rameaux de palmier, la garnison égyptienne nous accueillit à coups de flèches et de javelots, si bien que je crus ma dernière heure venue. Je me cachai sous un bouclier, au pied des murailles, mais les défenseurs, qui ne pouvaient m'atteindre avec des flèches, versèrent de la poix bouillante qui me causa des brûlures aux mains et aux genoux. Les hommes d'Aziru se tordirent de rire à ce spectacle, malgré mes cris pitoyables, puis ils sonnèrent de la trompette et finalement les Egyptiens acceptèrent de m'accueillir en ville. Mais ils ne voulurent pas ouvrir les portes, ils descendirent une corbeille où je dus prendre place et ils me hissèrent ainsi sur les murailles avec mes tablettes et mes rameaux de palmier.

Je protestai énergiquement auprès du commandant de la place, mais c'était un homme violent et entêté qui me dit avoir éprouvé tant de trahisons de la part des Syriens qu'il n'ouvrirait pas les portes de la ville sans un ordre exprès de Horemheb. Il ne voulut pas même me croire quand je lui assurai que la paix était signée et qu'il eut vu les tablettes. Car c'était un homme simple et borné, et c'est sûrement à ces qualités qu'était due la résistance héroïque de Ghaza.

Un bateau m'emporta vers l'Egypte, et pour toute sûreté je fis hisser aux mâts l'oriflamme du pharaon et tous les oriflammes de paix, si bien que les marins me méprisèrent et dirent que leur navire était peint et fardé comme une gourgandine. Mais une fois dans le fleuve, les gens accoururent sur la rive avec des rameaux de palmier et ils me louèrent de ramener la paix, de sorte que les matelots finirent par me respecter aussi et oublièrent qu'on m'avait hissé à Ghaza dans une corbeille.

Parvenu à Memphis, je fus reçu par Horemheb qui loua fort mon habileté, ce qui était contraire à ses habitudes envers moi. Je le compris en apprenant que les navires crétois avaient reçu l'ordre de rejoindre leur île, si bien que Ghaza n'aurait pas tardé à tomber entre les mains d'Aziru, si la guerre avait continué, car sans communications maritimes, la ville était perdue. C'est

pourquoi Horemheb se hâta d'y envoyer de nombreux
navires avec des troupes, des vivres et des armes.

Pendant mon séjour à Memphis arriva un ambassadeur de Bourrabouriash, roi de Babylonie, et je le pris
à bord de la cange du pharaon pour le conduire à
Thèbes, et ce voyage nous fut très agréable, car c'était
un respectable vieillard dont la barbe blanche tombait
sur la poitrine, et son savoir était grand. Nous
parlâmes des étoiles et du foie de mouton, et les sujets
de conversation ne nous manquèrent point.

Mais je constatai qu'il redoutait grandement la
puissance croissante des Hittites. Il me dit cependant
que les prêtres de Mardouk avaient prédit que la
puissance des Hittites avait ses limites et qu'elle ne
durerait pas un siècle, mais que de l'ouest viendrait un
peuple barbare et blanc qui balayerait le peuple hittite.
L'idée que cela se passerait dans une centaine d'années
ne me rassurait guère, et je me demandais aussi
comment un peuple pourrait venir de l'ouest où il n'y
avait que les îles de la mer. Mais je devais croire,
puisque les étoiles l'avaient prédit, car j'avais vu de
mes yeux tant de merveilles à Babylone que j'avais plus
de confiance dans les étoiles que dans mon intelligence.

Il avait du vin le plus délicieux pour nous réjouir le
cœur et il m'assura que tous les signes indiquaient que
l'année du monde touchait à sa fin. Ainsi, lui et moi
nous savions que nous vivions le crépuscule d'un
monde, et la nuit était devant nous et bien des
bouleversements surviendraient et des peuples entiers
seraient effacés de la surface de la terre, comme celui

de Mitanni, et les anciens dieux périraient, mais il en
naîtrait de nouveaux et un nouveau millénaire commencerait.

Il me questionna sur Aton et secoua la tête et caressa
sa barbe blanche en m'écoutant. Il déclara que jamais
encore on n'avait vu un dieu pareil sur la terre, et que
pour cette raison l'apparition d'Aton pourrait bien
marquer la fin de l'année du monde, car jamais encore
on n'avait entendu une doctrine aussi dangereuse.

3

Pendant mon absence, les maux de tête du pharaon
avaient recommencé, et l'inquiétude lui rongeait le
cœur, car il voyait que toutes ses entreprises
échouaient, et son corps enflammé par les rêves et les
visions maigrissait et s'étiolait. Pour le calmer, le
prêtre Aï avait décidé d'organiser une fête trentenaire
après les moissons, au moment de la crue. Peu
importait que le pharaon n'eût régné que treize ans, car
depuis longtemps la coutume permettait au pharaon de
célébrer un trentenaire quand cela lui convenait.

Tous les présages étaient favorables, car la récolte
avait été satisfaisante, bien que le blé restât tacheté, et
les pauvres avaient eu leur mesure pleine. Je revenais
avec la paix et tous les marchands se réjouissaient de la
reprise du commerce avec la Syrie. Mais le plus

important pour l'avenir était que l'ambassadeur de
Babylonie amenait comme épouse du pharaon une des
nombreuses demi-sœurs du roi Bourrabouriash et qu'il
demandait une fille du pharaon comme épouse de son
roi. Cela signifiait que la Babylonie recherchait une
alliance durable avec l'Egypte, par crainte des Hittites.

Bien des gens pensaient que l'idée même d'envoyer
une fille de pharaon dans le gynécée de Babylone était
une injure pour l'Egypte, parce que le sang sacré du
pharaon ne doit pas s'unir à du sang étranger. Mais
Akhenaton n'y vit rien d'injurieux. Certes, il déplora le
sort de sa fillette dans la cour lointaine, et il pensa aux
petites princesses de Mitanni qui étaient mortes à
Thèbes. Mais l'amitié de Bourrabouriash lui était si
précieuse qu'il consentit à sa requête. Mais comme la
fillette n'avait pas deux ans, il promit de la marier au
roi par procuration, et la princesse ne partirait pour
Babylone qu'une fois parvenue à l'âge nubile. L'ambassadeur accepta avec empressement cette proposition.

Tout ragaillardi par ces bonnes nouvelles, le pharaon
oublia ses maux de tête et fêta dignement le trentenaire
dans la Cité de l'Horizon. Aï avait organisé la cérémonie avec splendeur. Des messagers arrivèrent du pays
de Koush avec des ânes rayés et des girafes tachetées,
portant de petits singes qui tenaient des perroquets.
Des esclaves remirent au pharaon de l'ivoire et du sable
d'or, des plumes d'autruche et des écrins en ébène, et
rien ne manquait de tout ce que le pays de Koush peut
offrir en tribut à l'Egypte. Et peu de gens savaient que

Aï avait prélevé tous ces présents dans le trésor du pharaon et que les corbeilles tressées dans lesquelles on portait l'or étaient vides à l'intérieur. Le pharaon n'en sut rien et il se réjouit à la vue de tous ces riches présents et il loua la fidélité des gens de Koush. On lui apporta aussi les cadeaux du roi de Babylone et l'ambassadeur de Crète lui remit des coupes merveilleuses et des jarres pleines de l'huile la plus fine, et Aziru aussi avait envoyé des présents, parce qu'on lui en avait promis en retour s'il consentait à le faire et parce que son ambassadeur aurait ainsi une occasion d'espionner l'Egypte et de sonder les dispositions du pharaon.

Après les défilés et les cérémonies, Akhenaton conduisit sa fillette, qui n'avait pas encore deux ans, dans le temple d'Aton et il la plaça à côté de l'ambassadeur de Babylone, puis les prêtres cassèrent une cruche entre eux selon la coutume. C'était un moment solennel, car cet acte confirmait l'amitié et l'alliance entre l'Egypte et la Babylonie et dissipait maintes ombres sur la voie de l'avenir. Les visages déconfits de l'ambassadeur d'Aziru et du délégué des Khatti auraient suffi à dissiper nos craintes et à renforcer notre joie.

L'ambassadeur de Babylonie s'inclina profondément devant la princesse qui, dès cet instant, était l'épouse royale de son maître. La fillette se comporta très bien pendant la cérémonie, après laquelle elle se baissa pour ramasser les tessons de la cruche. Chacun y vit un heureux présage.

Après cette cérémonie, le pharaon était si excité qu'il

ne put rester au lit, mais il se leva et se promena en
parlant d'Aton et il leva les bras au ciel comme s'il avait
eu le pouvoir de libérer le monde de la peur et des
ténèbres. J'eus beau lui donner des calmants et des
soporifiques, il ne s'endormit pas et me parla ainsi :

— Sinouhé, Sinouhé, c'est la journée la plus heureuse de ma vie et ma force me fait trembler. Regarde,
Aton crée des millions d'êtres de lui-même, de sa
propre force, les villes, les villages, les champs et les
chemins et le fleuve. Aton, tous les regards te voient
quand tu brilles comme un soleil sur la terre. Mais
quand tu as disparu, quand les hommes ferment les
yeux dans les visages que tu as créés, quand ils
dorment profondément sans te voir, alors tu brilles de
tous tes rayons dans mon cœur.

Il plongea dans la clarté de ses visions qui lui
brûlaient le corps, si bien que son cœur battait à se
rompre dans sa poitrine. Puis il pleura d'extase et leva
le bras et chanta avec ferveur :

> *Il n'y a personne qui te connaisse vraiment,*
> *Seul ton fils, le pharaon Akhenaton, te connaît*
> *Et tu brilles éternellement dans son cœur,*
> *Jour et nuit, nuit et jour.*
> *A lui seul tu révèles tes intentions et ta force,*
> *Le monde entier repose dans tes mains*
> *Tel que tu l'as créé.*
> *A ton lever, l'homme renaît à la vie,*
> *Quand tu caches ta lumière, il meurt.*
> *C'est toi qui mesures sa vie,*
> *C'est en toi seul que l'homme vit.*

Son excitation était telle que je l'aurais certainement écouté et que la magie de son cœur aurait captivé mon esprit, si je n'avais pas été son médecin et comme tel responsable de sa santé. C'est pourquoi je tentai de le calmer, et la nuit s'écoula ainsi, et les étoiles se mouvaient lentement au firmament, tandis que je veillais avec le pharaon.

Soudain un petit chien se mit à aboyer au loin et ses cris perçaient les murailles, puis le chien hurla à la mort comme un chacal. Ces jappements tirèrent le pharaon de son extase, et il revint brusquement à lui, et il se leva et courut à travers le palais, tandis que je le suivais avec une lampe, jusque dans la chambre de la petite princesse Meketaton. Tous les domestiques dormaient après la fête, et seul le petit chien avait veillé sur la fillette malade qui avait commencé à tousser, et son corps épuisé n'avait pu résister à l'effort, et le sang coulait de ses petites lèvres pâles, pendant que le chien lui léchait les mains et le visage dans sa tendresse impuissante. Puis il avait aboyé à la mort, car les chiens sentent la mort avant les hommes. C'est ainsi que la petite princesse mourut dans les bras de son père avant le point du jour, et toute ma science était impuissante. C'était la seconde des enfants, et elle avait tout juste dix ans.

Le pharaon ne pouvait trouver le sommeil et il errait dans les chambres du palais et sortait seul dans le jardin, en renvoyant les gardes. Un matin, alors qu'il se promenait près de l'étang sacré, deux hommes tentèrent de l'assassiner, mais un élève de Thotmès, qui dessinait des canards d'après nature, car Thotmès voulait que ses élèves apprissent à dessiner ce qu'ils voyaient de leurs yeux et non pas d'après des modèles, se jeta devant le pharaon et appela au secours. Le pharaon s'en tira avec une blessure à l'épaule, mais le dessinateur fut tué sous ses yeux et son sang jaillit sur les mains du pharaon. Ainsi, la mort poursuivait le pharaon.

On m'appela pour panser le pharaon, dont la blessure n'était pas grave, et je vis les deux meurtriers. L'un d'eux était rasé et avait le visage luisant d'huile, et l'autre avait eu les oreilles coupées pour quelque méfait. Ligotés et frappés, ils continuaient à invoquer Amon, bien que le sang leur coulât de la bouche. Les prêtres d'Amon les avaient certainemant envoûtés pour les rendre insensibles à la douleur.

C'était un forfait inouï, car jamais encore personne n'avait osé lever la main sur un pharaon. Certes, il se peut que jadis des pharaons aient péri de mort violente dans leur palais doré, soit par le poison, soit avec une fine cordelette ou étouffés dans un tapis, sans qu'on aperçût de traces. Et parfois on avait aussi trépané un pharaon contre sa volonté, comme je l'avais entendu dire au palais. Mais publiquement jamais personne n'avait attenté aux jours d'un pharaon.

Les deux prisonniers furent interrogés en présence du pharaon, mais ils refusèrent de dire qui les avait envoyés. Malgré les coups des gardiens, ils se bornèrent à invoquer Amon et à maudire le faux pharaon.

Excédé d'entendre le nom maudit du dieu, Akhenaton les fit torturer, et bientôt les deux hommes eurent le visage en sang et les dents leur tombèrent de la bouche, mais ils ne cessaient de clamer le nom d'Amon et ils criaient aussi :

— Fais-nous torturer, faux pharaon ! Fais arracher nos membres et taillader notre chair, fais brûler notre peau, car nous ne sentons pas la douleur !

Leur endurcissement était tel que le pharaon se détourna d'eux et reprit son calme. Il eut honte d'avoir permis aux gardiens de maltraiter les hommes et c'est pourquoi il dit :

— Relâchez-les, car ils ne savent ce qu'ils font.

Mais une fois libérés de leurs liens, ils se remirent à jurer et l'écume leur sortait de la bouche et ils crièrent ensemble :

— Donne-nous la mort, maudit pharaon. Par Amon, donne-nous la mort, pour que nous obtenions la vie éternelle !

Voyant qu'on allait les remettre en liberté sans les punir, ils se dégagèrent brusquement et se précipitèrent contre le mur de la cour où ils se fracassèrent le crâne. Tel était le pouvoir secret d'Amon sur le cœur des hommes.

Dès lors chacun sut dans le palais que la vie du pharaon n'était plus en sûreté. C'est pourquoi ses fidèles renforcèrent les postes de garde et ne le perdirent plus de vue, même quand il désirait se promener seul dans le parc, à cause de son chagrin. L'attentat eut en outre pour conséquence d'augmenter le fanatisme aussi bien chez les partisans d'Aton que chez ceux d'Amon.

A Thèbes, où eurent aussi lieu des fêtes pour le trentenaire, le peuple ne montra aucun enthousiasme en voyant défiler le cortège avec les panthères en cages et les girafes, avec les petits singes et les perroquets aux plumes brillantes. Des bagarres éclatèrent dans les rues, on arracha des croix d'Aton aux passants, et deux prêtres d'Aton qui s'étaient perdus dans la foule furent assommés.

Mais le pire fut que les ambassadeurs étrangers purent constater tout et qu'ils connurent l'attentat contre le pharaon. C'est pourquoi je crois que l'émissaire d'Aziru eut bien des choses intéressantes à rapporter à son maître, en plus des présents que le pharaon lui envoyait. De mon côté je remis à l'ambassadeur les cadeaux promis à Aziru. A son fils, je donnai toute une petite armée de lanciers et d'archers en bois peint, des chevaux et des chars, et une moitié étaient peints en Hittites et l'autre moitié en Syriens, dans l'espoir qu'il les ferait lutter les uns contre les autres en s'amusant. Ces jouets étaient artistiquement sculptés par les habiles artisans d'Amon qui n'avaient plus de travail, depuis que les riches ne commandaient plus de serviteurs ni de barques pour leurs tombes. Ce cadeau me coûta plus cher que celui que je fis à Aziru.

Ce fut un temps de grandes souffrances pour le pharaon Akhenaton qui se sentait effleuré par le doute et qui déplorait que ses visions eussent cessé. Mais il finit par se persuader que l'attentat était pour lui un signe d'avoir à redoubler d'efforts pour dissiper les ténèbres qui régnaient encore en Egypte. Et il se laissa aller à goûter le pain amer de la vengeance et l'eau salée de la haine, mais ce pain n'apaisa pas sa faim et cette eau n'étancha pas sa soif, et c'est par pure bonté et amour qu'il s'imagina agir en ordonnant d'intensifier les persécutions contre les prêtres d'Amon et d'envoyer aux mines tous ceux qui prononçaient le nom maudit. Ce furent naturellement les pauvres et les simples qui eurent le plus à souffrir, car le pouvoir occulte des prêtres d'Amon restait immense et les gardiens n'osaient pas s'en prendre à eux. C'est pourquoi la colère et la haine grondèrent bientôt dans toute l'Egypte.

Pour consolider son pouvoir, puisqu'il n'avait pas de fils, le pharaon maria deux de ses filles à des nobles de sa cour. Meritaton cassa une cruche avec un jeune homme nommé Smenkhkarê qui était échanson du palais royal, et qui croyait en Aton avec une ferveur aveugle. Il rêvait les yeux ouverts et était agréable à Akhenaton qui lui fit ceindre la couronne royale et le désigna comme son successeur.

Anksenaton cassa une cruche avec un garçon de dix ans, Tout, qui fut nommé gardien des chevaux royaux et surveillant des bâtiments et des carrières du roi. C'était un enfant maladif et frêle qui jouait avec des poupées, aimait les douceurs et était obéissant et docile en tout. On ne pouvait dire de lui ni mal ni bien. En donnant ainsi ses filles à des nobles égyptiens, le pharaon espérait s'attacher leurs puissantes familles et les gagner à la cause d'Aton. Ces enfants lui plaisaient, parce qu'ils n'avaient pas de volonté propre, car le pharaon ne supportait plus la contradiction et n'écoutait plus ses conseillers.

Ainsi, tout semblait continuer sans changements, mais la mort de la princesse et de son chien et l'attentat manqué étaient de funestes présages, et le pire était que le pharaon fermait les oreilles à toutes les voix terrestres pour n'écouter que ses propres voix. C'est pourquoi la vie dans la Cité de l'Horizon devint accablante, et le bruit cessa dans les rues et les gens riaient moins qu'avant et redoutaient de parler à haute voix, comme si un danger avait menacé la ville. Parfois la Cité semblait vraiment morte, tant le silence y était lourd, et je n'entendais que le bruit calme de ma clepsydre qui mesurait le temps et semblait indiquer que la fin approchait. Mais brusquement un char passait dans la rue, avec les chevaux portant des aigrettes peintes, et le bruit des roues se mêlait aux appels de la cuisinière plumant une volaille dans la cour. Et alors je croyais sortir d'un mauvais rêve.

Et pourtant, dans certains moments de froide lucidité, je me disais que la Cité de l'Horizon n'était qu'une superbe coquille dont l'amande avait été rongée par un ver. Le ver du temps détruisait la moelle de toute vie joyeuse et la joie s'éteignait et le rire mourait dans la Cité. C'est pourquoi je commençai à regretter Thèbes où d'ailleurs des affaires importantes m'appelaient. Du reste, bien des gens quittaient ainsi la Cité de l'Horizon, les uns pour aller surveiller leurs domaines, d'autres pour marier des parents. Quelques-uns revenaient, mais beaucoup ne craignaient plus de perdre la faveur du pharaon par une absence prolongée et songeaient à ménager la puissance redoutable d'Amon. Je demandai à Kaptah de m'envoyer de nombreux papiers d'affaires et de me réclamer à Thèbes, si bien que le pharaon ne s'opposa point à mon départ.

4

Une fois à bord et en route vers Thèbes, mon cœur fut comme libéré d'une sorcellerie, et c'était le printemps et les hirondelles fendaient l'air et la crue avait baissé. Le limon fertile s'était déposé sur les champs et les arbres étaient en fleurs et j'étais impatient d'arriver comme un fiancé qui accourt chez sa belle. C'est ainsi que l'homme est esclave de son cœur et qu'il ferme les yeux à ce qui lui déplaît et qu'il croit ce qu'il espère. Affranchi de la magie et de la crainte subreptice de la Cité de l'Horizon, mon cœur s'égayait comme un oiseau échappé de sa cage, car il est dur pour un homme de vivre lié à la volonté d'un autre, et tous les habitants de la Cité étaient soumis à la tyrannie ardente du pharaon et à ses caprices colériques. Pour moi, il n'était qu'un homme, car j'étais son médecin, et c'est pourquoi mon esclavage était plus dur que celui des autres pour qui il était un dieu.

Je me réjouissais de pouvoir de nouveau voir de mes propres yeux et entendre de mes propres oreilles et parler de ma propre langue et vivre à ma guise. Et cette liberté n'est point nuisible à l'homme, car elle lui permet de voir plus clairement en lui. C'est ainsi qu'en remontant le fleuve, je me fis une image plus exacte du pharaon, et à mesure que je m'éloignais de lui, je percevais mieux sa grandeur et je l'aimais davantage dans mon cœur.

Je me rappelai comment Amon dominait les hommes par la crainte et comment il interdisait de demander : Pourquoi ? Je me rappelais aussi le dieu mort de la Crète qui flottait dans l'eau corrompue et dont les victimes étaient dressées à danser devant des taureaux, afin de réjouir le monstre marin. Tous ces souvenirs accroissaient ma haine pour les anciens dieux, et la lumière et la clarté d'Aton prenaient un éclat éblouissant à côté de tout le passé, car Aton libérait les hommes de la peur, et il était en moi et hors de moi et hors de tout savoir, et il était un dieu vivant, comme la nature vivait et respirait en moi et hors de moi et comme les rayons du soleil réchauffaient la terre qui se couvrait de fleurs. Mais dans le voisinage d'Akhenaton, cet Aton était imposé aux gens, ce qui le rendait déplaisant, et nombreux étaient ceux qui le servaient seulement par crainte et par contrainte.

C'est ce que je compris en remontant le fleuve sous un ciel d'azur à travers des paysages fleuris. Rien n'éclaircit mieux l'esprit qu'une longue traversée sans occupations précises. Je m'aperçus que mon séjour à la Cité de l'Horizon m'avait engourdi dans le confort et que mon voyage en Syrie m'avait rendu vaniteux et vantard, parce que je croyais y avoir appris comment on gouverne les royaumes et dirige les peuples. Et la compagnie de l'ambassadeur de Babylonie m'avait bourré de sagesse terrestre, et maintenant les écailles tombaient de mes yeux et je voyais que toute la sagesse de Babylone était uniquement terrestre et n'avait que des fins terrestres.

C'est pourquoi je finis par m'humilier et par m'incliner devant la divinité qui vivait en moi et dans chaque être humain et que le pharaon Akhenaton appelait Aton et proclamait dieu unique. Je reconnus qu'il y avait autant de dieux que de cœurs humains au monde et que bien des gens marchaient de la naissance à la tombe sans avoir jamais connu le dieu dans leur cœur. Et ce dieu n'était pas savoir ni compréhension, il était davantage encore.

Pour être franc et vivre dans la vérité, je dois avouer que ces idées m'incitèrent à me montrer bon, meilleur même que le pharaon Akhenaton, car je me refuserais à les imposer à mon prochain et à lui nuire. Et déjà dans ma jeunesse j'avais soigné gratuitement les pauvres.

Durant le voyage, je pus constater partout les traces du nouveau dieu. Bien que ce fût l'époque des semailles, la moitié des champs d'Egypte étaient en friche, les mauvaises herbes et les orties envahissaient le sol et les fossés et canaux d'irrigation n'étaient pas curés. C'est qu'Amon avait lancé des malédictions terribles contre les colons de ses anciennes terres, si bien que les esclaves s'enfuyaient dans les villes pour y échapper. Quelques misérables colons étaient restés dans leurs cabanes de pisé, craintifs et découragés, et je leur demandai pourquoi ils ne semaient point, s'exposant ainsi à mourir de faim.

Mais ils me jetèrent des regards hostiles et dirent, en voyant mes habits de lin fin :

— Pourquoi semer, puisque le pain qui lèvera dans nos champs sera maudit et empoisonné comme le blé taché qui a déjà tué nos enfants ?

La Cité de l'Horizon vivait si loin de la réalité que c'est ici seulement que j'entendis parler de ce blé taché qui tuait les enfants. Je n'avais jamais vu pareille épidémie, et les enfants avaient le ventre ballonné et ils mouraient en gémissant et les médecins étaient impuissants à les guérir, tout comme les sorciers. Et je me disais que cette maladie ne pouvait provenir du blé, mais qu'elle était causée par l'eau de crue, comme les autres maladies contagieuses de l'hiver, bien que seuls les enfants en fussent atteints. Quant aux adultes, ils n'osaient plus cultiver leurs champs et préféraient attendre la mort. Mais je n'en accusais pas Akhenaton, j'en attribuais la responsabilité à Amon qui terrorisait les paysans.

Dans mon impatience à revoir Thèbes, je pressais les rameurs qui me montrèrent leurs mains pleines de cals et d'ampoules. Je leur offris de l'or et de la bière, parce que je voulais être bon. Mais je les entendis discuter entre eux, et ils disaient :

— Pourquoi ramer pour ce voyageur gras comme un porc, puisque devant son dieu nous sommes tous égaux ? Qu'il rame lui-même, et il verra ce que ça veut dire et si ses mains se guériront avec une goutte de bière et une pièce d'argent !

Le bras me démangeait de lever ma canne, mais je voulais être bon, parce que j'approchais de Thèbes. C'est pourquoi je descendis vers eux et je leur dis :

— Rameurs, donnez-moi un aviron.

Et je manœuvrai la lourde rame et mes mains se couvrirent d'ampoules et les ampoules crevèrent. Mon dos était douloureux et toutes mes articulations grinçaient et je croyais que mon échine allait se casser et ma respiration me déchirait la poitrine. Mais je dis à mon cœur : « Vas-tu abandonner le travail à peine entrepris, pour que les esclaves se moquent de toi ? Ils en supportent bien davantage chaque jour. Endure jusqu'au bout la sueur et les mains saignantes, afin que tu saches comment est la vie du rameur. C'est toi, Sinouhé, qui as réclamé une fois une coupe pleine. » C'est pourquoi je ramai jusqu'à tomber évanoui, et on me porta sur mon lit.

Mais le lendemain je ramai de nouveau avec mes mains meurtries, et les rameurs ne se moquèrent plus de moi, ils m'invitèrent à renoncer et ils me dirent :

— Tu es notre maître et nous sommes tes esclaves. Ne rame plus, sinon le plancher deviendra le plafond et nous marcherons en arrière les pieds en l'air. Cesse de ramer, cher maître Sinouhé, pour ne pas étouffer, car il faut de l'ordre en tout et chaque homme a sa place que les dieux lui ont assignée et le banc du rameur n'est pas fait pour toi.

Jusqu'à Thèbes je ramai avec eux et leur nourriture fut la mienne, et chaque jour je ramais mieux et chaque jour je m'assouplissais davantage et je jouissais de la vie, en constatant que je ne m'essoufflais plus en ramant. Mais mes serviteurs étaient inquiets pour moi et ils murmuraient entre eux :

— Un scorpion a certainement mordu notre maître ou bien il est devenu fou, comme on le devient à la Cité de l'Horizon, parce que la folie est contagieuse. Mais nous n'avons pas peur de lui, car nous avons une corne d'Amon cachée sous notre pagne.

Mais je n'étais pas fou, car je ne songeais nullement à ramer plus loin que Thèbes.

C'est ainsi que nous arrivâmes à Thèbes, et de loin le fleuve nous en apporta les effluves, et rien n'est plus délicieux que cette odeur de Thèbes pour quiconque y est né. Je me fis oindre les mains d'un onguent spécial, je revêtis mes meilleurs habits après m'être bien lavé. Mais mon pagne était trop large, car j'avais maigri, ce qui désolait mes serviteurs. Mais je me moquai d'eux et les envoyai à l'ancienne maison du fondeur de cuivre pour annoncer mon retour à Muti, car je n'osais plus me présenter sans avis chez moi. Je distribuai de l'argent aux rameurs et aussi de l'or, et je leur dis :

— Par Aton, allez et mangez pour vous remplir la panse, et réjouissez-vous le cœur avec de la bière douce et divertissez-vous avec les jolies filles de Thèbes, car Aton est dispensateur de joie et il aime les plaisirs simples et il préfère les pauvres aux riches, parce que leur joie est plus simple que celle des riches.

Mais à ces paroles les rameurs s'assombrirent et grattèrent le sol de leurs orteils et soupesèrent leur or et leur argent, puis ils me dirent :

— Nous ne voulons pas t'offenser, ô maître, mais ton argent ne serait-il pas maudit, puisque tu nous parles d'Aton ? Nous ne pouvons l'accepter, car il brûle la main et chacun sait qu'il se change en limon.

Ils ne m'auraient jamais parlé ainsi, si je n'avais pas ramé avec eux, ce qui leur avait inspiré confiance en moi.

Je les calmai en leur disant :

— Dépêchez-vous d'aller changer votre or et votre argent contre de la bière, si vous craignez qu'il se mue en limon. Mais soyez tranquilles, mon argent n'est pas maudit, vous pouvez voir au sceau que c'est du bon vieil argent sans mélange avec du cuivre de la Cité de l'Horizon. Mais je dois vous dire que vous êtes stupides de craindre Aton, car Aton n'a rien de redoutable.

Mais ils me répondirent ainsi :

— Nous ne craignons pas Aton, car qui craindrait un dieu sans force ? Mais tu sais bien qui nous redoutons, ô maître, bien que nous n'osions pas prononcer son nom.

Je renonçai à discuter davantage avec eux et je les congédiai, et ils s'éloignèrent en chantant gaiement comme des matelots. J'avais aussi envie de sauter et de gambader, mais c'était contraire à ma dignité. Je me dirigeai aussitôt vers la « Queue de Crocodile », sans attendre une litière. C'est ainsi que je revis Merit après une longue absence, et elle me parut encore plus belle que naguère. Mais je dois reconnaître que l'amour fausse la vue des gens, comme toutes les passions, et Merit n'était plus très jeune, mais dans la radieuse maturité de son été elle était mon amie et personne au monde ne m'était plus proche qu'elle. En me voyant, elle s'inclina profondément et leva le bras, puis elle s'approcha et me toucha l'épaule et la joue et me dit en souriant :

— Sinouhé, Sinouhé, que t'est-il arrivé, puisque tes yeux sont si brillants et que tu as perdu ta bedaine ?

Je lui répondis en ces termes :

— Merit, ma chérie, mes yeux sont brillants de désir et mes yeux luisent d'amour et ma bedaine a fondu d'ennui et disparu, tant j'accourais vite vers toi, ô ma sœur.

Elle s'essuya les yeux et dit :

— O Sinouhé, comme le mensonge est plus délicieux que la vérité, lorsqu'on est seule et que le printemps est défleuri. Mais ton retour me ramène le printemps et je crois aux légendes, ô mon ami.

Mais venons-en à Kaptah. Sa bedaine n'avait pas fondu, et il était plus imposant que jamais, et de nombreux bibelots et anneaux pendaient à son cou, à ses poignets et à ses cuisses, et il avait fait fixer des pierres précieuses à la plaque d'or qui masquait son œil borgne. En me voyant, il fondit en larmes et pleura de joie en criant :

— Béni soit le jour qui ramène mon maître !

Il m'entraîna dans une pièce séparée et m'installa sur de moelleux tapis et Merit m'offrit ce qu'il y avait de mieux dans le cabaret, et nous passâmes ensemble de joyeux instants. Kaptah me rendit compte de ma richesse et dit :

— O mon maître Sinouhé, tu es plus sage que tous les hommes, parce que tu es plus malin que tous les marchands de blé, car jusqu'ici rares sont ceux qui les ont roulés, mais le printemps dernier tu les as roulés par ton habileté, à moins que ce ne soit un mérite de notre scarabée. Comme tu t'en souviens, tu m'avais ordonné de distribuer tout ton blé aux colons et de leur demander seulement mesure pour mesure, si bien que je t'ai traité de fou, et j'avais raison selon les apparences. Sache donc que, grâce à ton habileté, tu es plus riche qu'avant de la moitié, si bien que je n'arrive plus à garder en mémoire le montant de ta fortune et que je suis empoisonné par les percepteurs du pharaon dont la cupidité et l'effronterie ne cessent d'augmenter. En effet, le prix du blé baissa dès que les blatiers surent que les colons recevraient des semences, et quand le bruit se répandit que la paix allait être signée, les prix tombèrent encore, car chacun voulait vendre pour se libérer de ses engagements, et bien des blatiers se ruinèrent. C'est alors que j'ai acheté du blé à bas prix, avant même qu'il fût récolté. En automne j'ai encaissé mesure pour mesure, selon tes ordres, et j'ai récupéré tout ce que j'avais distribué. Du reste, je puis te confier sous le sceau du secret que c'est un mensonge de dire que le blé des colons est taché, car il est aussi bon et inoffensif que l'autre. Je crois que les prêtres ont versé secrètement du sang sur le blé des colons, mais il faut bien se garder de le répéter, du reste personne ne te croirait, car tout le monde est convaincu que le blé des colons est maudit et que leur pain est maudit. Puis en hiver les prix montèrent encore, lorsque le prêtre Aï ordonna de charger du blé pour la Syrie afin d'y concurrencer le blé babylonien sur les marchés. Si bien que jamais encore le prix du blé n'a été aussi élevé que maintenant, et notre bénéfice est immense et il augmentera encore si nous gardons nos réserves, car l'hiver prochain la famine rampera en Egypte, puisque les champs des colons sont incultes et que les esclaves fuient les terres du pharaon et que les paysans cachent leur blé pour qu'on ne l'exporte pas en Syrie. C'est pourquoi je dois porter aux nues ta sagacité, ô mon maître, car tu t'es montré encore plus malin que moi, alors que je te croyais fou.

Kaptah était débordant d'enthousiasme et il poursuivit ainsi :

— Je bénis les temps qui rendent le riche encore plus riche et qui l'enrichissent presque contre son gré. Et on tire même de l'or de cruches vides, comme je vais te l'exposer. J'ai en effet appris que des hommes parcouraient le pays pour acheter des cruches vides, n'importe lesquelles. Aussitôt je me mis en chasse à Thèbes et mes esclaves y achetèrent des centaines de cruches à vil prix, et si je te disais que j'en ai revendu mille fois mille cet hiver, je n'exagérerais pas de beaucoup.

— Qui est assez fou pour acheter des cruches vides ? demandai-je.

Kaptah cligna de l'œil et dit :

— Les acheteurs prétendent que dans le Bàs-Pays on a découvert un nouveau procédé pour conserver le poisson dans l'eau salée, mais je me suis informé et j'ai appris que ces cruches partent pour la Syrie. On a déchargé à Tanis des cargaisons de cruches vides, et des caravanes les emportent en Syrie, et on en a aussi déchargé à Ghaza, mais personne ne peut dire à quoi les Syriens les utilisent. Et on ignore aussi ce qui les pousse à payer des cruches usées aussi cher que des neuves.

Cette histoire était fort étrange, mais je renonçai à me creuser la tête à ce sujet, car l'affaire du blé me semblait plus importante. Quand Kaptah eut terminé son exposé, je lui dis :

— Vends tout ce que tu as, si c'est nécessaire, et achète du blé, tant que tu pourras et à n'importe quel prix. Mais achète seulement du blé que tu vois de tes yeux, pas celui qui n'a pas encore germé. Considère aussi s'il ne conviendrait pas de racheter le blé exporté en Syrie, car si même le pharaon doit y exporter du blé selon le traité de paix, la Syrie peut en recevoir de Babylonie. En vérité, l'automne prochain la famine se faufilera dans le pays de Kemi, et c'est pourquoi

maudit soit quiconque vend du blé en Syrie pour y
concurrencer les Babyloniens.

A ces mots, Kaptah loua de nouveau ma sagesse et
dit :

— Tu as raison, ô mon maître, car tu seras l'homme
le plus riche de l'Egypte, quand ces achats seront
conclus. Mais le quidam que tu maudis n'est autre que
le prêtre Aï qui a vendu dans sa bêtise à la Syrie assez
de blé pour couvrir les besoins de plusieurs années, et à
des prix tout à fait bas. C'est que la Syrie payait
comptant et en or, et il avait besoin de sommes
énormes pour les fêtes du trentenaire. Mais les Syriens
ne veulent pas revendre ce blé, car ils sont de rusés
marchands et je crois qu'ils attendent que le blé se paye
au poids de l'or en Egypte. Et alors ils nous le
revendront et entasseront dans leurs coffres tout l'or de
l'Egypte.

Mais bientôt j'oubliai le blé et la disette menaçante et
aussi l'avenir incertain, en regardant Merit, et mon
cœur se régala de sa beauté et elle était le vin dans ma
bouche et le parfum dans mes cheveux. Kaptah se
retira et Merit étendit son tapis et je n'hésitai pas à
l'appeler ma sœur, bien que j'eusse parfois douté de le
refaire jamais. Dans l'obscurité nocturne elle tenait
mes mains dans les siennes et sa tête reposait contre
mon épaule et mon cœur n'avait plus de secrets pour
elle. Mais elle conserva sa discrétion et ne me confia
point son mystère. En reposant à côté de Merit, je ne
me sentais plus un étranger sur cette terre, mais ses
bras étaient un foyer pour moi et sa bouche chassait ma

solitude. Mais ce n'était qu'un mirage passager que je devais connaître, pour que ma mesure fût pleine.

Je revis aussi le petit Thot et sa présence me réchauffa le cœur, et il me passa les bras au cou et me dit : « Papa », si bien que je fus ému de sa bonne mémoire. Merit me dit que sa mère était morte et qu'elle l'avait pris avec elle, parce qu'elle l'avait porté à la circoncision et s'était ainsi engagée selon la tradition à veiller à son éducation, au cas où ses parents ne pourraient s'en charger. Thot était vite devenu le favori des clients de la « Queue de Crocodile » qui lui apportaient des cadeaux et des jouets pour faire plaisir à Merit. Pendant mon séjour à Thèbes, je pris Thot chez moi, ce qui causa un vif plaisir à Muti, et en l'entendant jouer sous le sycomore ou en le regardant se disputer avec les gamins de la rue, je me rappelais mes années d'enfance à Thèbes et je l'enviais. Il se plut tellement chez moi qu'il y passa même la nuit, et pour m'amuser je lui donnais des leçons, bien qu'il fût encore trop jeune pour étudier. Ayant constaté qu'il était intelligent et qu'il apprenait facilement les images et les signes, je décidai de le mettre dans la meilleure école de Thèbes, avec les enfants des nobles, ce qui réjouit grandement Merit. Et Muti ne se lassait pas de lui cuire des friandises au miel et de lui conter des légendes, car elle était parvenue à ses fins, puisqu'elle avait à la maison un enfant sans mère pour la déranger et pour lui lancer de l'eau chaude dans les jambes, comme le font les femmes après s'être disputées avec leur mari.

Ainsi, j'aurais pu être heureux, mais à Thèbes l'excitation était grande et je ne pouvais y échapper. Il ne se passait pas de jour sans bagarre dans les rues et sur les places, et les gens se blessaient et se fendaient le crâne en discutant d'Amon et d'Aton. Les gardiens et les juges ne chômaient pas, et chaque semaine on amenait au port des hommes et des femmes ligotés pour les expédier aux mines ou dans les champs du pharaon, après les avoir arrachés à leur famille. Mais ces condamnés ne partaient pas comme des coupables, la foule les acclamait et leur jetait des fleurs, et ils disaient en levant leurs mains liées :

— Nous reviendrons bientôt.

Et d'autres ajoutaient :

— Nous reviendrons et nous goûterons le sang d'Aton.

Les gardiens n'osaient intervenir à cause de la foule.

La discorde régnait à Thèbes, et le fils quittait son père et la femme son mari à cause d'Aton. Alors que les serviteurs d'Aton portaient une croix sur leurs vêtements ou au cou, les fidèles d'Amon avaient une corne pour symbole et ils la portaient bien visible et personne ne pouvait les en empêcher, car de tout temps la corne avait été un ornement licite. J'ignore pourquoi ils avaient choisi ce symbole, c'est peut-être qu'il se rattachait à l'un des nombreux noms d'Amon. Quoi qu'il en soit, les porteurs de cornes renversaient les paniers des marchands de poisson et cassaient les vitres des fenêtres en criant :

— Nous tapons de la corne, nous crèverons Aton avec les cornes.

Mais les serviteurs d'Aton commencèrent à porter des poignards ornés de croix sous leur pagne, et ils se défendirent en criant :

— En vérité, notre croix est plus tranchante que votre corne et avec nos croix de vie nous vous donnerons la vie éternelle.

C'est ainsi que les meurtres et les agressions se multiplièrent rapidement dans toute la ville.

Je fus surpris de constater combien l'influence d'Aton avait grandi à Thèbes depuis une année. C'est que beaucoup de colons qui s'étaient réfugiés en ville après avoir tout perdu s'étaient mis à accuser les prêtres d'empoisonner leur blé et les nobles d'ostruer leurs canaux et de piétiner leurs champs, et ils s'étaient ralliés à Aton. D'autre part, beaucoup de jeunes s'étaient passionnés pour la doctrine nouvelle, par réaction contre la génération précédente. De même, les esclaves et les débardeurs du port se disaient :

— Notre mesure a diminué de moitié et nous n'avons plus rien à perdre. Devant Aton il n'y a plus de maîtres et d'esclaves, de patrons et de serviteurs, mais à Amon nous devons payer pour tout.

Mais les plus ardents partisans d'Aton étaient les voleurs, les pilleurs de tombeaux et les dénonciateurs qui s'étaient enrichis et qui redoutaient la vengeance. Et aussi tous ceux qui profitaient d'Aton ou qui voulaient conserver la faveur du pharaon. Quant aux gens respectables et paisibles, ils finirent par se lasser de tout et ne crurent plus aux dieux, mais ils se lamentaient tristement :

— Amon ou Aton, peu importe. Nous désirons seulement travailler en paix, pour gagner notre vie, mais on nous tiraille d'un côté et de l'autre, si bien que nous ne savons plus que croire.

C'est qu'à cette époque les plus malheureux étaient ceux qui voulaient garder les yeux ouverts et laisser à chacun sa foi. On les assaillait de toute part, on les brimait et on les critiquait, on les traitait de lâches ou d'indifférents, de benêts ou de renégats, si bien que pour finir ils prenaient la croix ou la corne, selon ce qu'ils jugeaient leur être le moins pernicieux.

Et ainsi on en vint à ce que les croix buvaient dans leurs propres cabarets et les cornes dans les leurs, et les filles de joie qui exerçaient leur métier au pied des murailles sortaient la croix ou la corne selon les exigences du client. Et chaque soir, les cornes et les croix sortaient ivres des cabarets et parcouraient les rues en brisant les lampes et en éteignant les torches, et ils heurtaient aux volets des maisons et blessaient leurs adversaires, si bien que je ne saurais dire lesquels étaient pires, des cornes ou des croix, et je les détestais tous les deux.

La « Queue de Crocodile » avait aussi dû choisir son signe, bien que Kaptah eût préféré s'abstenir de prendre parti pour prélever son tribut sur les deux camps. Mais cela ne dépendait plus de lui, et chaque nuit on dessinait une croix sur les murs du cabaret, avec des dessins obscènes. C'était très naturel, car les blatiers détestaient Kaptah qui les avait appauvris en distribuant des semences aux colons, et peu importait qu'il eût inscrit le cabaret au nom de Merit dans le registre des impôts. On prétendait aussi que des prêtres d'Amon avaient été maltraités dans sa taverne. Les clients habituels étaient surtout des individus louches qui n'avaient pas regardé aux moyens de s'enrichir, et les chefs des pillards de tombeaux aimaient à y siroter des queues de crocodile en vendant leur butin dans les chambres de derrière. Tous ces gens avaient adhéré à Aton, parce qu'il les enrichissait, et les pillards déclaraient même qu'ils pénétraient dans les tombes seulement pour y effacer le nom maudit d'Amon.

Je ne tardai pas à remarquer que peu de malades venaient me trouver et que dans mon quartier les gens m'évitaient ou fuyaient mon regard. Quand ils me croisaient dans un endroit solitaire, ils me disaient :

— Nous n'avons rien contre toi, Sinouhé, et nos femmes et nos enfants sont malades, mais nous n'osons pas recourir à ton art, parce que ta cour est maudite et que nous ne voulons pas nous attirer des ennuis.

Et ils disaient encore :

— Nous ne craignons pas la malédiction, car nous sommes las des dieux et de leurs querelles et nous ne savons plus si nous vivons ou si nous sommes morts, tant notre mesure est maigre. Mais nous craignons les cornes, car ils cassent les portes de nos maisons et battent nos enfants pendant que nous sommes au travail. Tu sais bien que tu as trop parlé d'Aton et tu portes cette malheureuse croix à ton collet.

Mais les esclaves et les portefaix continuaient à venir se soigner chez moi, et ils me questionnaient prudemment :

— Est-ce vrai que cet Aton, que nous ne comprenons pas, parce qu'il n'a pas d'image, ne fait pas de différence entre les riches et les pauvres ? Nous voudrions bien reposer sous des baldaquins et boire du vin dans des coupes d'or et avoir des gens qui travaillent pour nous. Il y eut un temps où les riches trimaient dans les mines et où leurs femmes mendiaient aux carrefours, et ceux qui ne possédaient rien trempaient leur pain dans le vin et dormaient dans des lits dorés. Pourquoi ce temps ne reviendrait-il pas, si Aton le voulait ?

J'essayais de leur expliquer qu'un homme peut être esclave et pourtant se sentir libre. Mais ils riaient narquoisement et disaient :

— Si tu avais reçu des coups de canne sur le dos, tu ne parlerais pas ainsi. Mais nous t'aimons parce que tu es bon et simple et que tu nous soignes sans exiger de cadeau. C'est pourquoi, quand les troubles commenceront, viens au port et nous te cacherons. Car ce temps arrivera bientôt.

Mais personne n'osa m'inquiéter, parce que j'étais médecin royal et que tous mes voisins me connaissaient. C'est pourquoi on ne dessinait pas de croix ni d'obscénités sur ma maison. Tel était encore le respect populaire pour ceux qui portaient l'insigne royal.

Or un jour le petit Thot rentra à la maison couvert de contusions, il saignait du nez et avait une dent cassée. Muti pleura en le lavant, puis elle prit son battoir et sortit en disant :

— Amon ou Aton, les gosses du tisserand le payeront.

Bientôt des cris de douleur retentirent dans la rue, et nous vîmes comment Muti rossait les cinq fils du tisserand et s'attaquait même à leur mère et à leur père. Puis elle rentra toute bouillonnante de colère, et c'est en vain que je lui expliquai que la haine sème la haine. Mais plus tard elle se calma et alla porter des gâteaux au miel au tisserand et fit la paix avec lui et sa femme.

Dès lors, la famille du tisserand éprouva un vif respect pour Muti et ses fils devinrent les meilleurs amis de Thot et chipaient des friandises dans la cuisine, et ils allaient ensemble jouer dans la rue et se battre avec les autres enfants, sans s'inquiéter des croix et des cornes.

5

Mon séjour à Thèbes se prolongeait, et je dus une fois aller au palais doré, sur l'ordre du pharaon, bien que je redoutasse d'y rencontrer Mehunefer. Je m'y glissai comme un lièvre qui fuit d'un buisson à l'autre par peur de l'aigle ravisseur. J'y vis Aï, le porteur du

sceptre, il était très sombre et inquiet et il me parla
avec franchise :

— Sinouhé, des troubles éclatent partout, et je
crains que demain ne soit pire qu'aujourd'hui. Essaye
de ramener le pharaon à la raison, si tu le peux, et si
c'est impossible, administre-lui des stupéfiants pour
qu'il reste dans l'hébétude, car ses ordres sont de plus
en plus insensés et je crois qu'il en ignore la portée. En
vérité le pouvoir est amer et ce maudit Horemheb
intrigue contre moi et retient à Memphis les cargaisons
de blé que j'envoie en Syrie pour obtenir de l'or.
L'autorité chancelle, car le pharaon a interdit la peine
de mort et aucun criminel ne peut plus être fouetté.
Comment pense-t-il assurer le respect des lois, quand
le voleur n'a plus la main coupée pour servir d'exemple ? Et comment maintenir le respect pour des lois qui
changent sans cesse selon les caprices du pharaon ?

Il s'assombrit et leva le bras en disant :

— Si seulement j'étais resté tranquillement prêtre à
Héliopolis ! Mais cette maudite femme m'a amené ici et
m'a communiqué sa soif du pouvoir, si bien que je ne
suis plus libre et même dans mes rêves son âme m'est
apparue à maintes reprises. Non, Sinouhé, quiconque
a goûté du pouvoir en veut toujours davantage, et cette
passion est la plus terrible de toutes, mais elle donne
aussi la plus haute jouissance possible. Certes, si je
détenais le pouvoir en Egypte, je saurais bien apaiser le
peuple et ramener l'ordre, et l'autorité du pharaon
serait plus grande que jamais en face d'un Amon et

d'un Aton rivaux. Mais il faudrait faire d'Aton une image que le peuple puisse adorer.

Je lui demandai de nouveau s'il avait déjà choisi le successeur du pharaon Akhenaton, et il leva le bras pour protester et dit :

— Je ne suis pas un traître, tu le sais, et si je discute avec les prêtres, c'est pour son bien et pour sauver son pouvoir. Mais un homme prudent a plusieurs flèches dans son carquois. Et je me permets de te rappeler en passant que je suis le père de la reine Nefertiti et qu'ainsi mon sang s'est allié à la famille royale. Je te dis cela pour ta gouverne. C'est que je sais que tu es fort lié avec ce vaniteux et encombrant Horemheb, mais il est assis sur des pointes de lances et c'est un siège assez incommode d'où l'on peut choir et se fracasser la tête. Seul le sang des pharaons unit les royaumes, et ce sang doit se transmettre de siècle en siècle, mais il peut régner aussi par les femmes, si le pharaon n'a pas d'héritier.

Ces paroles me remplirent de stupéfaction et je dis :

— Crois-tu vraiment que Horemheb, mon ami Horemheb, cherche à accaparer la double couronne ? C'est une idée folle, tu sais bien qu'il est né avec du fumier entre les orteils et qu'il est arrivé à la cour dans la tunique grise du pauvre.

Mais Aï me scruta de ses yeux enfoncés dans le visage sombre, sous des sourcils épais, et il me dit :

— Qui peut lire dans le cœur des hommes ? L'ambition est la plus grande passion, mais si Horemheb vise si haut, je l'abattrai rapidement.

Je passai dans le gynécée saluer la princesse de Babylone qui avait cassé une cruche avec le pharaon Akhenaton, car Nefertiti l'avait immédiatement envoyée à Thèbes. C'était une belle jeune fille, qui avait déjà appris l'égyptien qu'elle parlait d'une manière vraiment amusante. Bien qu'elle fût fort fâchée que le pharaon n'eût pas rempli son devoir envers elle, elle était contente à Thèbes et s'y plaisait mieux qu'à Babylone. Elle me dit :

— Je ne savais pas que la femme pouvait être aussi libre qu'elle l'est en Egypte. Je n'ai pas besoin de me voiler le visage devant les hommes, et je peux adresser la parole à qui je veux, et je n'ai qu'à donner un ordre et on me conduit à Thèbes et je suis la bienvenue dans les banquets des nobles, et personne ne me juge mal si je permets à de beaux hommes de me prendre par le cou et de me toucher la joue de leurs lèvres. Mais je voudrais bien que le pharaon remplisse son devoir envers moi, pour que je sois encore plus libre et puisse me divertir avec qui je voudrais, car à ce que j'ai compris, c'est la coutume en Egypte que chacun se divertisse avec qui lui plaît, à condition qu'on n'en sache rien. Crois-tu que le pharaon m'appellera bientôt, car c'est très ennuyeux de rester vierge, alors que la cruche est cassée depuis longtemps.

J'oubliai que j'étais médecin et je la regardai en homme et je pus lui assurer qu'elle n'avait aucun défaut et que la plupart des hommes préfèrent un tapis moelleux à un dur. Mais je lui conseillai cependant de renoncer aux sucreries et à la crème, parce que le pharaon et l'épouse royale étaient maigres et que les convenances exigeaient que les dames de la cour le fussent aussi, et du reste la mode s'en inspirait. Mais elle ajouta :

— J'ai sous le sein gauche une petite marque, comme tu le vois. Elle est si petite qu'on la remarque à peine, et il faut t'approcher pour l'examiner mieux. Malgré sa petitesse, elle me gêne beaucoup, et je voudrais que tu l'opères. Des dames qui ont été à la Cité de l'Horizon m'ont dit que tu manies habilement le bistouri et que tu sais rendre l'opération aussi agréable pour la malade que pour toi.

Sa poitrine juvénile était vraiment superbe et méritait d'être vue, mais je constatai que la princesse avait déjà été saisie par la passion de Thèbes et je n'avais aucun désir de briser les cachets des jarres du pharaon. C'est pourquoi je lui dis que malheureusement je n'avais pas mes instruments avec moi, et je sortis rapidement.

J'étais resté à Thèbes tout le printemps, et l'été approchait, avec la chaleur et les mouches, mais je ne songeais pas à quitter la ville. Pour finir, le pharaon Akhenaton me réclama, parce que ses maux de tête avaient empiré, et je ne pus plus différer mon départ. C'est pourquoi je pris congé de Kaptah qui me dit :

— O mon maître, j'ai acheté pour toi tout le blé disponible, et il est entreposé dans plusieurs villes, et j'ai aussi caché du blé, car un homme prudent reste sur ses gardes en prévision de tout ce qui peut arriver, comme par exemple si on séquestrait le blé en cas de

famine pour le vendre aux pauvres, et le fisc empoche-
rait tout le bénéfice, ce qui serait profondément injuste
et contraire aux usages. Mais je crois que les événements vont se précipiter, car on vient d'interdire
l'envoi de cruches vides en Syrie, si bien qu'il faut les
charger en cachette, ce qui diminue mon bénéfice. On
a aussi défendu d'exporter du blé en Syrie, mais c'est
un ordre naturel et compréhensible, qui cependant
vient trop tard, car on ne trouverait plus dans toute
l'Egypte un grain à acheter pour la Syrie. Cette
dernière interdiction est raisonnable, ce qui n'est pas le
cas pour les cruches vides. Il est vrai qu'on peut
toujours tourner la loi en remplissant les cruches d'eau,
si bien qu'elles ne sont pas vides, et les percepteurs
n'ont pas encore mis un droit d'exportation sur l'eau,
mais ils en sont fort capables.

Je fis mes adieux à Merit et au petit Thot, car
malheureusement je ne pouvais les emmener avec moi,
le pharaon m'ayant ordonné de rentrer en toute hâte.
Mais je dis à Merit :

— Rejoins-moi avec le petit Thot, et nous passerons
ensemble des jours heureux dans la Cité de l'Horizon.

Merit dit :

— Prends une fleur du désert et plante-la dans un
sol gras et arrose-la chaque jour, elle se flétrira et
mourra. Il en irait ainsi de moi dans la Cité de
l'Horizon, et ton amitié pour moi se fanerait et périrait,
car les femmes de la cour te signaleraient tout ce qui
me sépare d'elles, et je crois connaître bien les femmes
et aussi les hommes. En outre, il n'est pas conforme à

ton rang d'avoir chez toi une femme née dans un cabaret et dont les hommes ivres ont palpé les flancs au cours des années.

Je lui dis :

— Merit, ma chérie, je reviendrai dès que je pourrai, car j'ai faim et soif dès que je suis loin de toi. Peut-être que je reviendrai pour ne jamais repartir.

Mais elle dit :

— Tu ne parles pas selon ton cœur, Sinouhé, car je te connais assez pour savoir que tu n'abandonneras pas le pharaon au moment où tant de nobles le quittent. Tu ne l'abandonneras pas dans les mauvais jours. Tel est ton cœur, Sinouhé, et c'est peut-être la raison pour laquelle je suis ton amie.

Ces paroles me révoltèrent et ma gorge se serra en pensant que je la perdrais peut-être. C'est pourquoi je lui dis :

— Merit, l'Egypte n'est pas le seul pays du monde. Je suis las des querelles des dieux et de la folie du pharaon. Fuyons donc ensemble très loin, nous trois, sans nous soucier du lendemain.

Mais elle sourit tristement et son regard s'assombrit en me parlant :

— Tes paroles sont vaines, et tu sais fort bien que ton mensonge m'est agréable, parce qu'il me prouve que tu m'aimes. Mais je ne crois pas que tu pourrais vivre heureux ailleurs qu'en Egypte, et moi je ne peux être heureuse qu'à Thèbes. Non, Sinouhé, quand je serai vieille et ridée et grasse, tu me délaisseras et tu me

détesteras pour tout ce que tu auras fait à cause de moi.
C'est pourquoi je préférerais renoncer à toi.

— Tu es pour moi le foyer et la patrie, Merit, lui
dis-je. Tu es le pain dans ma main et le vin dans ma
bouche, et tu le sais. Tu es la seule femme au monde
avec laquelle je ne suis pas solitaire, c'est pourquoi je
t'aime.

— Oui, c'est vrai, dit-elle avec un peu d'amertume.
Je ne suis vraiment que la couverture de ta solitude, en
attendant d'être un tapis usé. Mais c'est bien ainsi.
C'est pourquoi je ne te dirai pas le secret qui me ronge
le cœur et que tu devrais peut-être connaître. Mais
c'est pour toi que je le garde caché, Sinouhé, et pas
pour moi.

Ainsi, elle ne me révéla point son secret, car elle était
plus fière que moi et peut-être plus solitaire que moi,
bien que je ne l'aie pas compris alors, car au fond je
pensais surtout à moi. Je crois que tous les hommes
sont ainsi en amour, mais ce n'est pas une excuse.

Peu après je quittai Thèbes et regagnai la Cité de
l'Horizon, et depuis ce moment je n'ai que de tristes
choses à raconter. C'est pourquoi je me suis étendu si
longuement sur mon séjour à Thèbes, bien qu'il ne s'y
soit rien passé de bien remarquable, mais je l'ai évoqué
pour moi.

LIVRE XIII

Le royaume d'Aton sur la terre

1

A mon retour à la Cité de l'Horizon, le pharaon Akhenaton était vraiment malade et avait besoin de mes soins. Ses joues étaient creuses et les pommettes saillantes, et son cou semblait encore plus long ; dans les cérémonies il ne supportait plus le poids de la double couronne, qui lui courbait la tête. Ses cuisses étaient boursouflées et ses mollets minces comme des verges et il avait les yeux cernés et battus par les veilles. Il ne regardait plus les gens en face, et souvent il oubliait à cause de son dieu les personnes avec lesquelles il s'entretenait. Il accroissait encore ses maux de tête en sortant au soleil sans coiffure ni ombrelle pour s'offrir aux rayons bénissants de son dieu. Mais ceux-ci, loin de le bénir, l'empoisonnaient, si bien qu'il délirait et avait des cauchemars. Son dieu était comme lui, il offrait sa bonté et son amour avec trop de générosité et de violence, et cet amour semait les ruines autour de lui.

Mais dans ses moments de lucidité, quand j'avais

mis des compresses froides sur son front et qu'il avait
pris des potions calmantes, il me regardait de ses yeux
sombres et amers, comme si une indicible déception lui
avait envahi l'esprit, et ce regard me pénétrait jusqu'au
cœur, si bien que je l'aimais dans sa faiblesse et que
j'aurais donné beaucoup pour lui épargner sa déception. Il me disait :

— Sinouhé, mes visions auraient-elles été mensongères ? Si c'est le cas, la vie est plus effrayante que je le
pensais, et le monde est gouverné non par la bonté,
mais par un mal immense. C'est pourquoi mes visions
doivent être vraies. Tu m'entends, Sinouhé, elles
doivent être vraies, même si le soleil ne brille plus dans
mon cœur et si mes amis crachent dans mon lit. Je ne
suis pas aveugle, je vois dans les cœurs, dans le tien
aussi, Sinouhé, dans ton cœur tendre et faible, et je sais
que tu me tiens pour fou, mais je te pardonne, parce
que la lumière a une fois illuminé ton cœur.

Mais quand la douleur le tourmentait, il gémissait et
disait :

— Sinouhé, on achève un animal malade ou un lion
blessé, mais personne ne donne le coup de grâce à un
être humain. Ma déception est plus cruelle que la mort
que je ne crains point, car mon esprit vivra à jamais. Je
suis né du soleil et je retournerai au soleil et j'y aspire
après toutes mes déceptions.

Vers l'automne, grâce à mes soins, il alla mieux,
mais je me demandai si je n'aurais pas dû le laisser
mourir. Un médecin ne doit pas abandonner ses
malades, si son art est suffisant pour les guérir, et c'est

souvent la malédiction du médecin, mais il n'y peut rien, il doit soigner les bons et les méchants, les justes et les coupables, sans faire de différence entre eux. Ainsi, le pharaon se remit vers l'automne, et il se replia sur lui-même et ne parla plus à son entourage, ses yeux étaient durs et il restait souvent seul.

Mais il avait eu raison de dire que ses amis crachaient dans son lit, car après avoir mis au monde une cinquième fille, la reine Nefertiti se lassa de lui et se mit à le haïr et ne songea plus qu'à lui nuire. C'est pourquoi, lorsque le grain d'orge commença à germer pour la sixième fois pour elle, l'enfant qu'elle portait dans son sein n'était que nominalement de sang royal, car elle avait permis à une semence étrangère de la féconder, et elle ne connaissait plus de limites à ses déportements, mais elle se divertissait avec n'importe qui et même avec mon ami Thotmès. Sa beauté était restée royale, bien que son printemps fût défleuri, et son regard et son sourire railleur avaient un charme qui attirait les hommes. Elle s'appliquait à séduire les familiers du pharaon pour les détourner de lui.

Sa volonté était ferme et son intelligence terriblement vive, et comme elle y joignait la beauté et la puissance, elle était très dangereuse. Pendant des années il lui avait suffi de sourire et de dominer par sa beauté, elle s'était contentée des bijoux et des vins, des poésies et des galanteries. Mais après la naissance de sa cinquième fille, elle rendit son mari responsable. Et n'oublions pas que dans ses veines circulait le sang ambitieux du prêtre Aï, son sang noir de mensonge, de ruse et de perfidie.

Il faut cependant dire à sa décharge que pendant toutes les années passées, sa conduite avait été irréprochable et qu'elle avait entouré le pharaon Akhenaton de toute sa tendresse de femme aimante et qu'elle avait cru à ses visions. C'est pourquoi bien des gens furent surpris de ce changement et ils l'attribuèrent à la malédiction qui planait sur la Cité de l'Horizon comme une ombre mortelle. Car son dévergondage allait si loin qu'on racontait qu'elle se divertissait avec des domestiques et des Shardanes et des ouvriers, bien que je refuse de le croire. En effet, les gens ont toujours tendance à exagérer.

Quant au pharaon, il se renferma dans sa solitude et sa nourriture était le pain et le gruau du pauvre et sa boisson était l'eau du Nil, car il voulait se purifier pour retrouver sa clarté et il croyait que le vin et la viande troublaient ses visions.

Les nouvelles de l'étranger étaient toutes mauvaises. Aziru envoyait de Syrie de nombreuses tablettes d'argile pour se plaindre. Il disait que ses hommes voulaient regagner leurs foyers pour paître leurs moutons et soigner leur bétail, cultiver les terres et se divertir avec leur femme, parce qu'ils aimaient la paix. Mais les voleurs du désert du Sinaï franchissaient à tout instant les frontières et pillaient la Syrie et ces bandits étaient munis d'armes égyptiennes et commandés par des officiers égyptiens, et ils constituaient un danger constant pour la paisible Syrie, si bien qu'Aziru ne pouvait licencier ses troupes. Le commandant de Ghaza avait adopté une attitude inconvenante, contraire à la lettre et à l'esprit du traité, parce qu'il fermait les portes de la ville aux commerçants et aux caravanes, n'y admettant que ses protégés. Les plaintes d'Aziru étaient incessantes, et il écrivait que tout autre que lui aurait depuis longtemps perdu patience, mais il aimait la paix par-dessus tout. Il fallait pourtant en finir, sinon il ne répondait pas des conséquences.

La Babylonie était très mécontente de la concurrence égyptienne sur les marchés syriens du blé, et Bourrabouriash était déçu des cadeaux du pharaon et il présentait une longue liste de revendications. L'ambassadeur de Babylone en Egypte haussait les épaules, écartait les bras et se déchirait la barbe en disant :

— Mon maître est comme un lion qui hume le vent dans sa tanière pour sentir ce qu'il lui apporte. Il a placé son espoir dans l'Egypte, mais si l'Egypte est vraiment si pauvre qu'elle ne peut lui envoyer assez d'or pour enrôler des hommes solides et construire des chars de guerre, je ne sais ce qui arrivera. Mon maître désire rester l'ami d'une Egypte forte et riche, et cette alliance assurerait la paix du monde, car l'Egypte et la Babylonie sont assez riches pour n'avoir pas à désirer la guerre. Mais l'amitié d'une Egypte faible et pauvre n'a aucune importance, elle n'est qu'un fardeau, et je dois avouer que mon maître a été abasourdi de voir l'Egypte renoncer par faiblesse à la Syrie. Bien que j'aime beaucoup l'Egypte et lui souhaite tout le bonheur possible, l'intérêt de mon pays l'emporte sur mes sentiments, et je ne serais pas étonné d'être bientôt rappelé à Babylone, ce qui me ferait beaucoup de peine.

C'est ainsi qu'il parlait, et aucun homme raisonnable ne pouvait lui donner tort. Et le roi Bourrabouriash cessa d'envoyer des jouets et des œufs teints à son épouse de trois ans, bien qu'elle fût la fille du pharaon et qu'un sang sacré coulât dans ses veines.

Et voici qu'une ambassade hittite arriva à la Cité de l'Horizon, avec de nombreux nobles. Ils dirent qu'ils venaient confirmer l'amitié traditionnelle entre l'Egypte et le pays des Khatti et aussi se familiariser avec les mœurs égyptiennes dont ils avaient entendu dire beaucoup de bien, et avec l'armée égyptienne dont la discipline et l'armement ne manqueraient pas de leur donner des renseignements utiles. Leur attitude était déférente et courtoise, et ils avaient de nombreux cadeaux pour les personnages de la cour. C'est ainsi qu'ils donnèrent au jeune Tout, gendre d'Akhenaton, un poignard en métal bleu qui était plus tranchant et solide que tous les autres. Or, j'avais chez moi un poignard identique que j'avais reçu du capitaine du port, ainsi que je l'ai raconté, et je conseillai à Tout de le faire dorer et argenter à la mode syrienne. Il fut enchanté de ce beau cadeau et il déclara qu'il faudrait le mettre dans sa tombe, car il était frêle et malingre et pensait souvent à la mort, plus que les jeunes de son âge.

Ces chefs hittites étaient de beaux hommes agréables et cultivés. Leur nez aquilin, leur menton énergique et leurs yeux de bêtes fauves leur valurent de nombreux succès, car les femmes s'emballent facilement pour tout ce qui est nouveau. Et au cours des soirées où ils étaient invités, ils s'exprimaient ainsi :

— Nous savons qu'on raconte des tas de légendes atroces sur notre pays, mais c'est l'œuvre de perfides envieux. C'est pourquoi nous sommes heureux de vous montrer que nous sommes des gens cultivés qui savent lire et écrire. Nous ne mangeons pas la viande crue et ne buvons pas le sang des enfants, comme on le raconte, mais nous apprécions la cuisine syrienne et l'égyptienne. Nous sommes des gens paisibles qui détestons les querelles, et en échange de nos cadeaux nous ne vous demandons que des informations qui puissent nous être utiles dans nos efforts pour développer le niveau culturel de notre peuple. Nous sommes vivement intéressés par la façon dont vos Shardanes utilisent leurs armes et par vos beaux chars de guerre dorés auxquels on ne saurait comparer nos chars lourds et primitifs. Et vous ne devez pas croire les calomnies répandues sur nous par les fugitifs de Mitanni, car ils sont aigris par le malheur que leur a valu leur lâcheté. Nous pouvons vous assurer qu'il ne leur serait arrivé aucun mal, s'ils étaient restés chez eux, et nous leur conseillons de rentrer au pays et d'y vivre en bonne entente avec nous et nous ne leur gardons pas rancune de leurs calomnies, car nous comprenons leur déception. Mais vous devez admettre que notre pays est trop étroit pour nous, car nous avons beaucoup d'enfants, parce que notre grand roi Shoubbilouliouma les aime énormément. Et nous avons besoin d'espace pour eux et de pâturages pour notre bétail, et à Mitanni il y avait de la place pour nous, parce que les femmes n'y ont qu'un ou deux enfants. En outre, nous ne pouvions supporter de voir régner dans ce pays l'injustice et l'oppression, et en vérité les habitants de Mitanni nous ont appelés à leur aide et nous sommes entrés chez eux en libérateurs et non pas en conquérants. Maintenant, nous avons à Mitanni assez d'espace vital pour nous et pour nos enfants et pour notre bétail, et nous ne songeons pas à de nouvelles conquêtes, parce que nous sommes un peuple paisible et pacifique.

Ils levaient leurs coupes à bras tendus et louaient hautement l'Egypte et les femmes admiraient leurs nuques puissantes et leurs yeux sauvages. Et ils disaient :

— L'Egypte est un pays merveilleux et nous l'admirons. Mais venez aussi chez nous, pour apprendre à connaître notre pays et nos mœurs.

C'est grâce à ces flatteries qu'ils réussirent à s'acquérir la faveur générale de la cour, et rien ne leur resta caché. Je songeais à leur pays aride et aux sorciers empalés le long des routes, et je me disais que leur séjour en Egypte ne présageait rien de bon pour nous. Aussi fus-je ravi de les voir partir.

La Cité de l'Horizon avait changé profondément, et jamais encore on ne s'y était autant diverti, jamais encore on y avait tant bu et mangé, joué et folâtré avec tant d'ardeur. Du soir à l'aube les torches brûlaient devant les palais des nobles et du matin au soir retentissaient les chants et la musique et les rires, et cette fureur avait saisi les serviteurs et les esclaves que l'on voyait rôder ivres dans les rues. Mais c'était une joie maladive et malsaine, on cherchait à oublier le présent et à ne pas songer à l'avenir. Souvent, un silence de mort s'appesantissait brusquement sur la ville.

Les artistes aussi étaient saisis d'une rage de créer, comme s'ils avaient perçu que le temps leur fuyait entre les doigts. Ils exagéraient leur vérité qui se muait en caricature sous leurs pinceaux et leurs ciseaux, et ils rivalisaient pour trouver des formes toujours plus bizarres, au point qu'ils finirent par prétendre que quelques traits et taches suffisaient à exprimer le modèle. Ils faisaient du pharaon Akhenaton des images qui épouvantaient les gens âgés, en exagérant ses cuisses enflées et la maigreur de son cou. On eût dit qu'ils détestaient le pharaon, mais ils prétendaient que jamais encore on n'avait exprimé la vie avec tant de vérité. Je m'en entretins avec Thotmès :

— Le pharaon Akhenaton t'a tiré de la boue et a fait de toi son ami. Pourquoi le représentes-tu comme s'il était ton ennemi, et pourquoi as-tu craché dans son lit et profané son amitié ?

Thotmès dit :

— Ne te mêle pas de ce que tu ne connais pas, Sinouhé. Peut-être bien que je le hais, mais je me hais encore davantage. En moi brûle la fièvre de la création et mes mains n'ont jamais été plus habiles que maintenant, et il se peut qu'un artiste mécontent et plein de haine crée de plus grandes œuvres qu'un artiste repu et satisfait de soi. Je suis un créateur et je trouve tout en moi et chaque statue que je sculpte est une image de moi qui vivra éternellement. Personne ne peut m'égaler et je vaux plus que tous les hommes et il n'existe pas pour moi de lois que je ne puisse violer, mais dans mon art je suis au-dessus de toutes les lois et je suis plus un dieu qu'un homme. En créant formes et couleurs, je rivalise avec son Aton et je l'emporte sur son Aton, car tout ce qu'Aton crée est condamné à disparaître, mais ce que je crée vivra éternellement.

Mais pour parler ainsi, il avait bu du vin dès le matin, et je lui pardonnais ses divagations, car un véritable tourment se peignait sur son visage et je lisais dans ses yeux qu'il était très malheureux.

Sur ces entrefaites, ce furent les moissons et la crue monta et baissa, puis vint l'hiver qui amena la disette en Egypte, si bien que chacun se demandait quel malheur apporterait le lendemain. Au début de l'hiver se répandit la nouvelle qu'Aziru avait ouvert la plupart des villes syriennes aux Hittites et que les chars légers hittites avaient traversé le désert du Sinaï et attaqué Tanis, en ravageant toute la région.

2

A ces nouvelles, Aï accourut de Thèbes et Horemheb de Memphis pour discuter avec le pharaon. J'assistai aux entretiens en qualité de médecin, parce que je craignais que le pharaon ne s'excitât et n'eût une rechute à cause de tout ce qu'il devrait entendre. Mais il resta renfermé et froid et ne perdit pas son calme.

Le prêtre Aï lui dit :

— Les greniers du pharaon sont vides et cette année le pays de Koush n'a pas payé son tribut, dans lequel je plaçais tous mes espoirs. Une grande famine règne dans tout le pays et les gens arrachent des racines pour s'en nourrir et ils écorcent les arbres fruitiers et ils mangent des sauterelles, des scarabées et même des grenouilles. Beaucoup sont morts et un plus grand nombre mourront encore, car même strictement rationné le blé du pharaon ne suffit pas à nourrir tout le monde, et le blé des marchands est trop cher pour que les pauvres puissent en acheter. L'inquiétude gagne tout le pays, et les campagnards affluent dans les villes et les citadins fuient à la campagne, et tous disent : « C'est la malédiction d'Amon et nous souffrons à cause du dieu du pharaon. » C'est pourquoi, Akhenaton, réconcilie-toi avec les prêtres et rends à Amon son pouvoir, afin que les gens puissent l'adorer, ce qui les calmera. Rends à Amon ses terres, pour qu'il les

cultive, car le peuple n'ose pas ensemencer les terres
d'Amon et les tiennes aussi sont restées en friche, parce
que le peuple dit qu'elles sont maudites. C'est pourquoi tu dois conclure un accord avec Amon, et sans
perdre de temps, sinon je me lave les mains de tout ce
qui arrivera.

Et Horemheb dit :

— Bourrabouriash a acheté la paix aux Hittites et
Aziru a cédé à leur pression et s'est allié à eux. Le
nombre des soldats hittites en Syrie est comme le sable
de la mer et leurs chars sont nombreux comme les
étoiles au ciel, et c'est la fin de l'Egypte, car dans leur
malice ils ont placé dans le désert des cruches pleines
d'eau, puisqu'ils n'ont pas de flotte. Ils disposent
d'énormes quantités d'eau dans le désert, si bien qu'au
printemps une armée immense pourra traverser le
désert sans mourir de soif. Et c'est en Egypte qu'ils ont
acheté la plus grande partie de ces cruches, si bien que
les marchands qui les leur ont vendues ont creusé leur
propre tombe par cupidité. Dans leur impatience, les
chars des Hittites et d'Aziru ont fait des incursions
jusqu'à Tanis et en territoire égyptien, violant ainsi la
paix. Certes, ces incursions sont peu graves, mais j'ai
fait répandre dans le peuple le bruit de destructions
terribles et de cruautés hittites, si bien que le peuple
est prêt pour la guerre. Il est encore temps, pharaon
Akhenaton. Ordonne de souffler dans les trompettes,
hisse les oriflammes et déclare la guerre. Convoque
tous les hommes aptes au combat, rassemble tout le
cuivre du pays pour en fabriquer des lances, et ton

pouvoir sera sauvé. Je le sauverai et j'assurerai à l'Egypte un triomphe et je battrai les Hittites et reprendrai la Syrie. Mais il me faut pour cela toutes les ressources de l'Egypte. Foin d'Aton ou d'Amon ! Dans la guerre, le peuple oubliera ses maux et sa colère se déchargera à l'extérieur et une guerre victorieuse consolidera ton trône. Je te promets une guerre victorieuse, car je suis Horemheb, le fils du faucon, et j'ai été créé pour de grands exploits et mon heure a enfin sonné.

A ces paroles, Aï se hâta d'ajouter :

— Ne crois pas Horemheb, pharaon Akhenaton, mon cher fils, car le mensonge parle par sa bouche et il convoite ton pouvoir. Réconcilie-toi avec les prêtres d'Amon et déclare la guerre, mais ne confie pas le commandement suprême à Horemheb, mais bien à un vieux chef expérimenté qui a étudié dans les écrits la stratégie des anciens pharaons et en qui tu peux avoir toute confiance.

Horemheb dit :

— Si nous n'étions pas devant le pharaon, j'appliquerais ma main sur ta sale figure, prêtre Aï. Tu me mesures à ton aune, et c'est toi qui es menteur, car en secret tu as déjà négocié avec le clergé d'Amon et conclu un accord. Mais moi je ne tromperai pas l'enfant que j'ai naguère protégé de ma tunique dans le désert des montagnes de Thèbes, et mon but est la grandeur de l'Egypte et moi seul peux sauver l'Egypte.

Le pharaon Akhenaton leur demanda :

— Avez-vous parlé ?

Et ils dirent d'une seule voix :

— Nous avons terminé.

Alors le pharaon dit :

— Je dois veiller et prier avant de prendre une décision. Mais convoquez pour demain tout le peuple, tous ceux qui m'aiment, nobles et vilains, maîtres et domestiques, et appelez aussi les mineurs des carrières, car je veux parler à mon peuple et lui communiquer ma décision.

Cet ordre fut exécuté et le peuple fut convoqué pour le lendemain. Mais toute la nuit le pharaon veilla et pria en errant dans son palais, sans manger ni parler à qui que ce fût, si bien que j'étais fort inquiet pour lui. Le lendemain, il se fit porter devant le peuple et il prit place sur le trône, et son visage brillait comme le soleil, lorsqu'il leva le bras et se mit à parler :

— A cause de ma faiblesse la famine règne en Egypte, et à cause de ma faiblesse l'ennemi menace les frontières, car sachez que les Hittites se préparent à attaquer l'Egypte par la Syrie et leurs pieds fouleront bientôt la terre noire. Tout cela arrive par ma faiblesse, parce que je n'ai pas clairement compris la voix de mon dieu ni exécuté ses volontés. Mais enfin mon dieu m'est apparu, Aton m'est apparu, et sa vérité brûle dans mon cœur, si bien que je ne suis plus faible ni hésitant. J'ai renversé le faux dieu, mais dans ma faiblesse j'ai laissé tous les autres dieux régner à côté de l'unique Aton et leur ombre a obscurci l'Egypte. Aussi, qu'en cette journée tombent tous les vieux dieux du pays de Kemi et que la clarté d'Aton règne comme une lumière unique sur tout le pays. Qu'en cette journée tous les anciens dieux disparaissent et que commence le règne d'Aton sur la terre.

A ces paroles, le peuple frémit d'angoisse et bien des gens se prosternèrent. Mais le pharaon éleva la voix et cria :

— Vous qui m'aimez, allez et renversez tous les anciens dieux de Kemi, brisez leurs autels, cassez leurs images, répandez leur eau sacrée, démolissez leurs temples, effacez leurs noms dans toutes les inscriptions, pénétrez jusque dans les tombeaux pour les marteler, afin que l'Egypte soit sauvée. Nobles, prenez une massue, artistes, échangez le pinceau pour la hache, ouvriers, prenez vos marteaux et allez dans tous les pays et dans toutes les villes et villages pour y renverser les anciens dieux et effacer leurs noms. C'est ainsi que je purifierai l'Egypte du mal.

Bien des gens s'enfuirent épouvantés, mais le pharaon respira profondément et son visage brilla d'extase et il cria encore :

— Que le règne d'Aton sur la terre commence ! Que dès aujourd'hui il n'y ait plus de maîtres ni d'esclaves, de seigneurs ni de serviteurs ! Car tous les hommes sont égaux et libres devant Aton et personne n'est plus obligé de cultiver la terre d'autrui ni de tourner la meule d'autrui, mais chacun peut choisir son métier à sa convenance et est libre d'aller et venir à sa guise. Le pharaon a parlé.

Le peuple gardait un silence atterré, mais l'éclat qui

se dégageait du visage du pharaon était si puissant que
les gens se mirent bientôt à crier d'ardeur en se disant :

— Il n'est encore jamais arrivé rien de pareil, mais
en vérité son dieu parle en lui et nous devons lui obéir.

C'est ainsi que la foule se dispersa et les gens
commencèrent à échanger des coups de poing et on
assomma des vieillards qui avaient osé s'élever contre
les paroles du pharaon.

Une fois la foule dispersée, Aï dit au pharaon :

— Akhenaton, lance ta couronne au loin et brise ton
sceptre, car tes paroles viennent de renverser ton
trône.

Le pharaon Akhenaton lui répondit :

— Les paroles que j'ai prononcées assureront l'immortalité à mon nom et mon pouvoir vivra dans le
cœur des hommes d'éternité en éternité.

Alors Aï se frotta les mains et cracha par terre devant
le pharaon et écrasa sa salive du pied et dit :

— Si c'est ainsi, je m'en lave les mains et j'agirai à
ma convenance, car devant un fou je ne m'estime plus
responsable de mes actes.

Il allait s'éloigner quand Horemheb le retint par le
bras, bien qu'il fût un homme robuste. Horemheb dit :

— Il est ton pharaon et tu dois lui obéir, Aï, et tu ne
le trahiras pas, car si tu le trahis, je te transpercerai le
ventre de mon épée, même s'il me fallait pour cela
lever une armée à mes frais. Crois-moi, car je n'ai pas
l'habitude de mentir. En vérité sa folie est grande et
dangereuse, mais même dans sa folie je l'aime et je lui
reste fidèle, parce que je lui ai prêté serment. Et il y a

un brin de sagesse dans sa folie, car s'il s'était borné à renverser les dieux, ce serait la guerre civile ; mais en libérant les esclaves des moulins et les serfs, il bouleverse les plans des prêtres et gagne l'appui du peuple, quand bien même la confusion ne fera que croître dans le pays. Tout le reste m'est égal, mais qu'allons-nous faire aux Hittites, pharaon Akhenaton ?

Le pharaon était assis, les bras croisés sur les genoux, et il ne répondit rien. Horemheb reprit :

— Donne-moi de l'or et du blé, des armes, des chars et des chevaux et le droit d'enrôler des soldats et de convoquer les gardes dans le Bas-Pays, et je pourrai repousser l'attaque des Hittites.

Alors le pharaon leva ses yeux rougis, et toute extase avait disparu de son visage, et il dit :

— Je t'inderdis de déclarer la guerre, Horemheb. Mais si le peuple veut défendre la terre noire, je ne peux l'en empêcher. Je n'ai ni or ni blé, pour ne pas parler d'armes, et je ne t'en donnerais pas si j'en avais, parce que je ne veux pas répondre au mal par le mal. Mais tu peux préparer à ta guise la défense de Tanis, pourvu que tu ne répandes pas de sang et te bornes à la défensive.

— D'accord, dit Horemheb. Ainsi, je mourrai à Tanis, car sans blé ni or l'armée la plus habile et la plus courageuse ne peut se défendre longtemps. Mais je pisse sur toute hésitation, pharaon Akhenaton, et je me défendrai comme je l'entends. Porte-toi bien.

Il s'en alla, et Aï partit aussi et je restai seul avec le

pharaon. Il me regarda de ses yeux indiciblement las et dit :

— Maintenant que j'ai parlé, toute ma force a disparu ; mais malgré tout je suis heureux dans ma faiblesse. Que vas-tu faire, Sinouhé ?

Cette question me surprit, et je lui jetai un regard étonné. Il sourit avec lassitude et dit :

— M'aimes-tu, Sinouhé ?

Lorsque je lui eus assuré que je l'aimais en dépit de toute sa folie, il dit :

— Si tu m'aimes, tu sais ce que tu dois faire, Sinouhé.

Je regimbai contre sa volonté, bien que mon cœur sût parfaitement ce qu'il désirait que je fisse. Je lui répondis avec un peu d'humeur :

— Je croyais que tu avais besoin de moi comme médecin, mais si tu peux te passer de moi, je partirai. A la vérité, je ne vaux rien pour renverser les images des dieux et mes bras sont trop faibles pour manier le marteau, mais que ta volonté soit faite. Le peuple me crèvera certainement la peau et me fracassera le crâne et me pendra aux murs la tête en bas, mais cela ne m'inquiète guère. Je vais donc aller à Thèbes, où il y a beaucoup de temples et où les gens me connaissent.

Il ne me répondit rien, et je le quittai sans dire un mot. Il resta seul sur son trône, et j'allai trouver Thotmès, parce que j'avais envie de me vider le cœur. Horemheb était assis dans l'atelier avec un vieil artiste ivrogne nommé Bek, ils buvaient du vin, et les serviteurs de Thotmès préparaient ses bagages pour le départ.

— Par Aton, disait Thotmès en levant sa coupe dorée, il n'y a plus de nobles ni de vilains, et moi qui suis un artiste faisant vivre la pierre, je vais briser avec joie de vilaines statues. Buvons ensemble, chers amis, car je crois que nous n'avons plus longtemps à vivre.

Nous bûmes et Bek dit :

— Il m'a tiré de la fange et m'a appelé son ami, et chaque fois que j'avais bu jusqu'à mon pagne, il m'a donné de nouveaux vêtements. Pourquoi ne pas lui faire plaisir ? J'espère seulement que la mort ne me sera pas trop pénible, car dans mon village les paysans ont mauvais caractère et ils ont la sale habitude de recourir à leurs faucilles quand ils se fâchent et d'en fendre la panse à ceux qui leur déplaisent.

Horemheb dit :

— Je ne vous envie vraiment pas, bien que je puisse vous assurer que les Hittites ont des habitudes encore plus désagréables. En tout cas, je vais leur faire la guerre et les repousser, car j'ai confiance en ma chance et naguère j'ai vu dans le désert un buisson ardent qui ne se consumait pas, et j'ai su alors que j'étais destiné à de grandes choses. Mais c'est difficile d'accomplir des exploits avec ses mains nues, car il est peu probable que les Hittites se laisseront effrayer par les crottes que leur lanceront mes soldats.

Je dis :

— Par Seth et tous les démons, dites-moi pourquoi nous l'aimons et lui obéissons, bien que nous sachions qu'il est fou et que ses paroles sont insensées. Expliquez-moi ce mystère, si vous le pouvez.

— Il n'a aucune action sur moi, dit Bek, mais je suis un vieil ivrogne et ma mort ne fera de peine à personne. C'est pourquoi je lui obéis et je payerai ainsi pour toutes les années d'ivresse que j'ai vécues près de lui.

— Je ne l'aime pas, au contraire je le déteste, affirma Thotmès. Et c'est justement pour cette raison que je pars exécuter ses ordres, car je veux hâter sa fin. En vérité je suis las de tout et j'espère que la fin viendra bientôt.

Mais Horemheb dit :

— Vous mentez, pourceaux. Avouez que lorsqu'il vous regarde dans les yeux, votre échine crasseuse commence à trembler et que vous voudriez être de nouveau des enfants et jouer avec des moutons. Je suis le seul sur qui son regard n'ait pas d'effet, mais ma destinée est liée à la sienne et je dois reconnaître que je l'aime, bien qu'il se conduise comme une vieille femme et qu'il parle d'une voix aiguë.

C'est ainsi que nous parlions en buvant du vin, et nous voyions les barques monter ou descendre le fleuve, et bien des gens quittaient la Cité de l'Horizon. Certains nobles fuyaient avec leurs meilleurs effets, mais d'autres allaient renverser les dieux et chantaient des hymnes à Aton en partant. Je crois qu'ils ne chantèrent pas très longtemps, mais les sons se glacèrent dans leur gorge quand ils affrontèrent les foules excitées dans les temples. Nous bûmes du vin toute la journée, mais ce vin ne nous réjouissait pas le cœur, parce que l'avenir s'étendait devant nous comme un gouffre noir, et nos propos devenaient toujours plus amers.

Le lendemain, Horemheb s'embarqua pour regagner Memphis et se rendre à Tanis. Avant son départ, je promis de lui prêter tout l'or que je pourrais réunir à Thèbes et de lui envoyer la moitié du blé que je possédais. L'autre moitié resterait à ma disposition. C'est probablement cette erreur de jugement qui détermina mon sort, car je donnais la moitié à Akhenaton et l'autre moitié à Horemheb, mais aucun d'eux n'en fut satisfait.

3

Thotmès et moi nous partîmes pour Thèbes ensemble, et de loin déjà nous vîmes des cadavres flotter sur le fleuve. Ils étaient gonflés et on reconnaissait des têtes rasées de prêtres, des nobles et des vilains, des gardiens et des esclaves. Les crocodiles festoyaient tous le long des rives, car partout on se massacrait et on jetait les corps dans le fleuve, et les crocodiles, qui sont des animaux intelligents, devenaient difficiles et choisissaient les bons morceaux, préférant la chair des enfants et des femmes à celles des esclaves et des porteurs. Si les crocodiles ont une raison, comme je le

crois, ils ont certainement dû louer Aton en ces
journées.

A notre arrivée à Thèbes, des incendies sévissaient
en maints endroits et une fumée épaisse s'élevait aussi
de la cité des morts où la plèbe pillait les tombes des
prêtres et brûlait les momies. Des « croix » tout excités
jetaient des « cornes » dans le fleuve et les frappaient
avec des perches jusqu'à ce qu'ils fussent noyés. Cela
nous montra que les vieux dieux étaient déjà renversés
à Thèbes et qu'Aton avait vaincu.

Nous allâmes tout droit à la « Queue de Crocodile »
où se trouvait Kaptah. Il avait quitté ses beaux
vêtements et était déguisé en pauvre. Il avait aussi ôté
la plaque d'or de son œil aveugle, il offrait à boire à des
esclaves loqueteux et à des portefaix armés et il leur
disait :

— Amusez-vous et réjouissez-vous, frères, car c'est
un grand jour de joie et il n'y a plus de maîtres et
d'esclaves, de nobles et de vilains, mais tous les
hommes sont libres d'aller et venir à leur guise. Buvez
aujourd'hui à mon compte, et j'espère que vous vous
souviendrez de mon cabaret, si la chance vous sourit et
si vous arrivez à chiper de l'or dans les temples des faux
dieux ou dans les maisons des mauvais maîtres. Je suis
esclave comme vous et je suis né esclave, et mon œil a
été crevé par mon maître, un jour que j'avais vidé sa
cruche de bière pour la remplir de mon urine. Mais ces
injustices ne se produiront plus et personne ne sera
caressé des verges parce qu'il est esclave, et personne
n'aura à travailler de ses mains, parce qu'il est esclave,

mais il n'y aura plus que joie et allégresse, danses et amusements, tant que cela durera.

C'est alors seulement qu'il me vit avec Thotmès, il se hâta de nous emmener dans une chambre isolée et dit :

— Il serait sage de vous vêtir plus modestement et de vous tacher les mains de boue, car les esclaves et les porteurs parcourent les rues en louant Aton et en assommant au nom d'Aton tous ceux qu'ils trouvent trop gras ou trop propres. Mais ils m'ont pardonné mon embonpoint, parce que je suis un ancien esclave et que je leur ai distribué du blé et que je les régale gratuitement. Mais quel mauvais vent vous amène à Thèbes, où le climat est fort malsain pour les nobles ?

Nous lui montrâmes notre marteau et notre hache en lui disant que nous venions renverser les images des faux dieux et effacer leurs noms dans les inscriptions. Kaptah hocha la tête et dit :

— Votre projet est peut-être intelligent et plaira au peuple, à condition qu'on ne sache pas qui vous êtes, car des revirements sont toujours possibles et les cornes se vengeront, s'ils reprennent le pouvoir. Je ne crois pas que ce système puisse durer longtemps, car où les esclaves vont-ils prendre le blé pour vivre, et dans leur excitation ils ont commis des actes qui ont incité bien des croix à réfléchir et à se rallier aux cornes pour maintenir l'ordre. Cependant, la décision du pharaon de libérer les esclaves est très sage, car ainsi je puis renvoyer tous les esclaves âgés ou incapables qui consomment pour rien mon précieux blé et mon huile. Je n'ai plus besoin d'entretenir des esclaves à grands frais, mais je peux engager des ouvriers quand cela me convient et les renvoyer quand je le veux, sans être lié à eux, et je paye ce que je veux. Le blé est plus cher que jamais, et une fois leur ivresse dissipée ils viendront me supplier de leur donner du travail, et cela me coûtera moins cher que la main-d'œuvre servile, car ils accepteront n'importe quelles conditions pour avoir du pain.

— Tu as parlé de blé, Kaptah, lui dis-je. Sache donc que j'ai promis la moitié de mon blé à Horemheb pour qu'il puisse partir en guerre contre les Hittites, et tu dois charger immédiatement ce blé pour Tanis. L'autre moitié, tu la feras moudre et panifier, pour la répartir entre les affamés dans toutes les villes où notre blé est entreposé. En distribuant ce pain, tes serviteurs ne demanderont pas de payement, mais ils diront : « Voici le pain d'Aton, prenez-le et mangez-le au nom d'Aton et louez le pharaon Akhenaton. »

A ces mots, Kaptah déchira ses vêtements, parce que c'était seulement un costume d'esclave. Il s'arracha ensuite les cheveux, faisant voler le limon en poussière, et il pleura amèrement en disant :

— Cet acte te ruinera, ô mon maître, et où prendrai-je mon profit ? La folie du pharaon t'a saisi, tu te tiens sur la tête et tu marches à l'envers. Hélas, pauvre de moi, qui dois vivre cette journée, et notre scarabée ne peut pas nous aider, car personne ne nous remerciera pour cette distribution de pain, et ce maudit Horemheb répond effrontément aux lettres où je lui réclame mon or et il m'invite à venir le chercher en personne. Il est pire qu'un brigand, ton ami Horemheb, car un brigand se contente de voler, mais lui il promet de rembourser avec intérêt, puis il tourmente ses créanciers à les faire crever de dépit. Mais je peux lire dans tes yeux que tu parles sérieusement, ô mon maître, et je ne puis que t'obéir, bien que tu te ruines.

Nous laissâmes Kaptah avec ses clients et avec ses trafiquants d'objets et de vases précieux volés dans les temples. Tous les gens respectables s'étaient calfeutrés chez eux et les rues étaient désertes et quelques temples où des prêtres s'étaient barricadés étaient en flammes. Nous entrâmes dans les temples pillés pour effacer les noms des dieux dans les inscriptions et nous y trouvâmes d'autres fidèles du pharaon, et nos marteaux faisaient voler des étincelles de la pierre. Jour après jour, notre zèle croissait et nous avions parfois à nous battre contre des prêtres acharnés à protéger leurs dieux.

Le peuple souffrait de la famine et de la misère, et les porteurs et les esclaves ivres de leur liberté formèrent des bandes pour piller les maisons des riches et se partager le fruit de leurs rapines. Les gardes du pharaon étaient impuissants. Kaptah avait engagé des gens pour moudre le blé et faire du pain, mais la foule arrachait les pains à ses serviteurs en disant : « Ce pain a été volé aux pauvres et c'est juste qu'il leur soit distribué. » Et personne ne bénissait mon nom, bien que je me fusse ruiné en une seule lunaison.

Quand il se fut écoulé quarante jours et quarante nuits et que la confusion était extrême à Thèbes et que les hommes qui naguère pesaient de l'or mendiaient aux carrefours, tandis que leurs femmes vendaient leurs bijoux aux esclaves pour acheter du pain à leurs enfants, Kaptah vint me trouver de nuit et me dit :

— O mon maître, il est temps pour toi de fuir, car la puissance d'Aton va bientôt s'écrouler et je crois qu'aucun homme respectable ne la regrettera. Il faut restaurer les lois et l'ordre et les anciens dieux, mais d'ici là les crocodiles auront encore de beaux festins, car les prêtres se proposent d'extirper le mauvais sang de toute l'Egypte.

Je lui demandai :

— Comment le sais-tu ?

Il prit un air innocent et dit :

— N'ai-je pas toujours été un corne fidèle qui adorait Amon en secret ? J'ai également prêté beaucoup d'or aux prêtres, car ils payent de bons intérêts et donnent en gage les terres d'Amon. Pour sauver sa peau, Aï s'est entendu avec les prêtres. Et tous les riches et les nobles sont revenus à Amon, et les prêtres attirent des nègres du pays de Koush et enrôlent des Shardanes. En vérité, Sinouhé, le moulin va bientôt tourner et broyer les grains, mais le pain qu'on en tirera sera le pain d'Amon et pas celui d'Aton. Les dieux reviendront, l'ordre ancien sera restauré, grâces en soient rendues à Amon, car je suis déjà las de cette confusion, bien qu'elle m'ait fortement enrichi.

Ces paroles m'émurent vivement et je criai :

— Le pharaon Akhenaton ne cédera jamais.

Mais Kaptah eut un sourire rusé et se frotta son œil aveugle et dit :

— On ne lui demandera pas la permission. La Cité de l'Horizon est déjà maudite et tous ceux qui y resteront sont condamnés à périr. Une fois au pouvoir, les prêtres feront couper toutes les routes qui y mènent, et on y mourra de faim. C'est qu'ils exigent que le pharaon rentre à Thèbes et s'incline devant Amon.

Alors mes idées s'éclaircirent et je revis devant moi le visage du pharaon et ses yeux qui exprimaient une déception plus amère que la mort. C'est pourquoi je dis :

— Cette honte n'arrivera pas, Kaptah. Nous avons couru bien des routes ensemble, toi et moi, et nous suivrons aussi celle-ci jusqu'au bout ensemble. Alors que je suis pauvre maintenant, tu es très riche. C'est pourquoi achète des armes, des lances et des flèches, et achète aussi des massues et soudoie les gardes et distribue les armes aux esclaves et aux portefaix. Je ne sais trop quel en sera le résultat, mais jamais encore le monde n'a eu pareille occasion de tout réformer. Quand la terre aura été partagée et que les richesses auront été réparties et que les maisons des riches seront habitées par les pauvres et que leurs jardins serviront de places de jeu pour les enfants des esclaves, alors le peuple se calmera et chacun aura sa part et chacun travaillera à sa guise et tout sera mieux qu'avant.

Mais Kaptah se mit à trembler et dit :

— O mon maître, je ne tiens nullement dans mes vieux jours à travailler de mes mains, et ils ont déjà forcé des nobles à tourner les meules et ils les battent à coups de cannes et ils ont obligé les femmes et les filles des riches à servir les esclaves et les porteurs dans les maisons de joie, ce qui est très mal. O mon maître Sinouhé, ne me demande pas de t'accompagner cette fois, car je pense à la sombre maison où je t'ai suivi un jour. Tu m'as ordonné de ne plus jamais t'en parler, mais aujourd'hui je dois le faire. O mon maître, tu te prépares à entrer de nouveau dans une sombre maison et tu ignores ce qui t'y attend, et si tu y entres, tu y découvriras peut-être un monstre en décomposition. Car selon tout ce que nous avons pu voir, le dieu du pharaon Akhenaton est aussi terrible que celui de la Crète et il fait danser les meilleurs et les plus doués des Egyptiens devant des taureaux et il les envoie dans une sombre maison sans espoir de retour. Non, ô mon maître, je ne te suivrai plus dans l'antre du Minotaure.

Il ne pleurait et ne gémissait pas comme d'habitude, mais il me parlait sérieusement, pour me convaincre de renoncer à mes intentions, et il ajouta :

— Si tu ne veux penser ni à toi, ni à moi, pense au moins à Merit et au petit Thot qui t'aiment. Emmène-les loin d'ici, à l'abri, car leur vie ne sera plus en sécurité ici, lorsque le moulin d'Amon se mettra à broyer.

Mais la passion m'avait aveuglé et les avertissements étaient vains, et je répondis avec assurance :

— Qui persécuterait une femme et un enfant ? Ils seront en sûreté dans ma maison, car Aton vaincra. Sinon, la vie ne méritera plus d'être vécue. Le peuple a du bon sens et il sait que le pharaon ne lui veut que du bien. Il est impossible qu'il consente à retomber dans la crainte et dans l'obscurité. C'est la maison d'Amon qui est le sombre palais dont tu parles, et pas celle d'Aton. Quelques gardiens achetés et quelques nobles peureux ne suffiront pas à renverser Aton, qui a tout le peuple derrière lui.

Kaptah dit :

— Je t'ai dit ce que j'avais à dire, et je n'y reviens pas. Certes, l'envie me démange de te révéler un petit secret, mais comme il n'est pas à moi, j'y renonce, et du reste il serait inefficace sur toi, puisque tu es en proie à la folie. Tu ne m'accuseras pas par la suite, si un jour tu es amené à te déchirer la poitrine et le visage dans ton désespoir. Ne m'adresse pas de reproches, si le monstre te dévore. Je ne suis qu'un ancien esclave, sans enfants pour pleurer sur moi. C'est pourquoi je t'accompagnerai cette fois aussi, bien que je sache que tout est inutile. Ainsi, nous pénétrerons ensemble dans cette sombre maison, et, avec ta permission, j'emporterai aussi une cruche de bon vin.

Dès lors Kaptah se mit à boire du matin au soir, mais sans négliger mes ordres, et il distribua des armes aux anciens esclaves et aux portefaix et il eut des conciliabules avec certains chefs des gardes, pour les gagner à la cause des pauvres.

La faim et la violence régnaient à Thèbes en ces jours où le royaume d'Aton descendait sur la terre, et bien des gens étaient saisis par la malignité des temps et ils se disaient : « Notre vie n'est qu'un cauchemar et la mort est un éveil délicieux. Quittons donc l'obscur

couloir de la vie pour l'aurore de la mort. » Et ils se
tuaient et quelques-un tuaient aussi leur femme et
leurs enfants. D'autres buvaient sans arrêt pour trouver l'oubli, et on ne s'inquiétait plus des croix ni des
cornes, mais si quelqu'un rencontrait dans la rue une
personne portant un pain, il arrachait le pain et disait :

— Donne-moi ce pain, car ne sommes-nous pas
tous frères devant Aton ?

Et si l'on apercevait un homme vêtu de lin fin, on lui
disait :

— Donne-moi ta tunique, car nous sommes frères
devant Aton, et il n'est pas juste qu'un frère soit mieux
vêtu que son frère.

Les porteurs de croix, s'ils n'étaient pas mis à mort
et jetés aux crocodiles qui venaient battre l'eau jusque
devant les quais de Thèbes, étaient envoyés aux mines
ou aux moulins, et il n'existait plus aucun ordre dans la
ville, et les pillages et les vols redoublaient.

Ainsi passèrent deux fois trente jours, et le royaume
d'Aton sur la terre ne dura pas davantage, car il
s'effondra. Les nègres amenés du pays de Koush et les
Shardanes enrôlés par Aï cernèrent enfin la ville pour
empêcher toute fuite. Les cornes se révoltèrent et les
prêtres leur distribuèrent des armes provenant des
cavernes d'Amon, et ceux qui n'avaient pas d'armes
durcissaient des perches au feu ou munissaient de
cuivre leurs rouleaux à pâte et fondaient les bijoux en
pointes de lances. Les cornes se révoltèrent et entraînè-
rent tous ceux qui voulaient le bien de l'Egypte, et
même les gens paisibles et pondérés disaient :

— Nous voulons le retour de l'ordre ancien, car nous en avons assez de l'ordre nouveau et Aton nous a assez tourmentés.

4

Mais je disais aux gens :

— Il se peut que l'injustice l'ait emporté sur le droit en ces jours et bien des innocents ont pâti pour des coupables, mais malgré tout Amon est le dieu des ténèbres et de la peur et il domine les hommes à cause de leur ignorance. Aton est le seul dieu, car il vit en chacun de nous et hors de nous, et il n'y a pas d'autres dieux. C'est pourquoi luttez pour Aton, esclaves et pauvres, porteurs et serviteurs, car vous n'avez rien à perdre, et si Amon l'emporte, vous connaîtrez la servitude et la mort. Luttez pour le pharaon Akhenaton, car il n'existe pas au monde d'homme comme lui et le dieu parle par sa bouche et il n'y a jamais eu et il n'y aura plus jamais une telle occasion de renouveler tout l'univers.

Mais les esclaves et les porteurs riaient bruyamment et disaient :

— Cesse de nous débiter des bêtises sur Aton, Sinouhé, car tous les dieux se valent et tous les pharaons sont semblables. Mais tu es un brave homme, bien qu'un peu naïf, et tu as bandé nos mains écrasées et guéri nos plaies sans demander de cadeau. C'est pourquoi jette cette massue que tu n'as pas la force de brandir, car tu n'es pas fait pour le combat et les cornes te tueront s'ils te voient avec cette massue. Pour nous, peu importe que nous mourions, car nous avons trempé nos mains dans le sang et vécu de belles journées et dormi sous des baldaquins et bu dans des coupes dorées. Notre fête est finie et nous allons mourir les armes à la main, car après avoir goûté de la liberté, nous ne voulons plus retomber dans l'esclavage.

Ces paroles me remplirent de confusion et je jetai ma massue et allai chez moi prendre ma trousse de médecin. On se battit trois jours et trois nuits à Thèbes et d'innombrables croix prirent la corne et bien des gens se cachèrent dans les maisons et les caves et dans les entrepôts de blé et les corbeilles vides du port. Mais les esclaves et les portefaix se battirent courageusement. Trois jours et trois nuits on se battit à Thèbes, et on incendia des maisons pour éclairer les combats, et les nègres et les Shardanes mettaient aussi le feu aux maisons et pillaient et volaient et abattaient les gens au hasard, que ce fussent des cornes ou des croix. Leur chef était le même Pepitaton qui avait massacré la foule sur le chemin des béliers et devant le temple d'Amon, mais il s'appelait de nouveau Pepitamon et Aï l'avait choisi parce qu'il était le plus instruit des chefs du pharaon.

Quant à moi, je pansais les blessures des esclaves et des porteurs et je les soignais à la « Queue de

Crocodile » et Merit coupait mes vêtements et les siens et ceux de Kaptah pour faire des pansements, et le petit Thot portait du vin à ceux dont il fallait adoucir les douleurs. Le dernier jour, on se battit seulement dans le quartier du port et dans celui des pauvres, et les nègres et les Shardanes dressés à la guerre fauchaient les gens comme du blé, et le sang ruisselait dans les ruelles. Jamais encore la mort n'avait fait une aussi riche moisson dans le pays de Kemi, car on ne faisait pas de quartier et les esclaves se battaient jusqu'à la mort.

Les chefs des esclaves et des portefaix venaient parfois se restaurer au cabaret, et ils me dirent :

— Nous t'avons préparé dans le port une corbeille convenable où tu pourras te réfugier, Sinouhé, car tu ne tiens certainement pas à être pendu la tête en bas avec nous aux murs de la ville ce soir. C'est le moment de te cacher, Sinouhé, car il est inutile de soigner des blessés qui seront bientôt égorgés.

Mais je leur répondis :

— Je suis médecin royal et personne n'osera porter la main sur moi.

Alors ils éclatèrent de rire et me tapèrent sur l'épaule de leurs grosses mains noueuses, puis ils burent du vin et retournèrent se battre.

Enfin Kaptah s'approcha de moi et dit :

— Ta maison brûle, Sinouhé, et les cornes ont éventré Muti qui les menaçait de sa batte. Il est grand temps de reprendre tes habits fins et de mettre tous les insignes de ta dignité. C'est pourquoi abandonne ces blessés et suis-moi dans la chambre de derrière, afin de nous y préparer à accueillir les prêtres et les officiers.

Merit aussi me passa le bras au cou et me supplia en disant :

— Sauve-toi, Sinouhé, et si tu ne veux le faire pour toi, fais-le pour moi et pour Thot.

Mais les veilles et la déception et la mort, le bruit de la bataille m'avaient engourdi au point que je ne connaissais plus mon propre cœur, et je dis :

— Que m'importe ma maison, que m'importent toi et Thot ! Le sang qui coule est le sang de mes frères en Aton, et je ne veux plus vivre si le royaume d'Aton s'écroule.

Mais j'ignore pourquoi je prononçai ces paroles insensées, qui n'exprimaient pas les sentiments de mon cœur.

Je ne sais si j'aurais eu le temps de fuir, car au bout d'un instant des Shardanes enfoncèrent la porte du cabaret et entrèrent sous la conduite d'un prêtre dont la tête était rasée et le visage luisant d'huile. Ils se mirent à massacrer les blessés et le prêtre leur crevait les yeux de sa corne et les nègres peints sautaient à pieds joints sur leur ventre, si bien que le sang jaillissait des blessures. Le prêtre hurlait :

— C'est un repaire d'Aton, nettoyons-le par le feu !

Sous mes yeux ils fracassèrent la tête du petit Thot et abattirent Merit à coups de lance, et tandis que je volais à son secours, le prêtre me frappa sur la tête et je tombai et je ne sus plus ce qui se passait autour de moi.

Je repris connaissance dans la ruelle devant la

« Queue de Crocodile », et tout d'abord je ne sus pas où j'étais, je croyais rêver ou être mort. Le prêtre était parti et les soldats avaient déposé les armes et buvaient du vin que leur offrait Kaptah, et leurs officiers les pressaient à coups de cravache de reprendre le combat et la « Queue de Crocodile » était en flammes. Alors je me souvins de tout et j'essayai de me lever, mais les forces me manquèrent. Je me mis à ramper sur les genoux et les mains et je pénétrai dans la maison en feu pour rejoindre Merit et Thot, et mes cheveux prirent feu et mes vêtements aussi, mais Kaptah accourut en criant et me tira des flammes et me roula dans la poussière jusqu'à ce que mes habits fussent éteints. A ce spectacle, les soldats éclatèrent de rire, et Kaptah leur dit :

— Il est certainement un peu timbré, car le prêtre lui a donné un coup de corne sur la tête et il en sera puni. C'est que cet homme est un médecin royal et qu'on ne doit pas toucher à sa personne et il est aussi prêtre du premier degré, bien qu'il ait dû se déguiser en pauvre et cacher ses insignes pour échapper à la rage du peuple.

Assis dans la poussière, je me pris la tête entre les mains et les larmes ruisselèrent sur mes joues et je gémis :

— Merit, ma Merit !

Mais Kaptah me donna un coup et me souffla :

— Tais-toi, fou ! N'as-tu pas causé déjà assez de dommages avec ta folie ?

Comme je ne me taisais point, il se pencha sur moi et
dit :

— Que tout cela te ramène à la raison, ô mon
maître, car ta mesure est plus que pleine maintenant.
Sache donc, bien que ce soit trop tard, que Thot était
ton fils, né de toi, et qu'il fut conçu la première fois
que tu as embrassé Merit et reposé près d'elle. C'est
pour que tu reprennes tes esprits que je te dis ce secret,
car elle n'a pas voulu t'en parler, parce qu'elle était
fière et solitaire et que tu l'as abandonnée pour
Akhenaton et sa Cité. Il était de ton sang, ce petit
Thot, et si tu n'étais pas complètement fou, tu aurais
reconnu tes yeux dans ses yeux et ta bouche dans sa
bouche. J'aurais donné ma vie pour sauver la sienne,
mais à cause de ta folie je n'ai pu sauver ni Merit ni lui.
C'est à cause de ta folie qu'ils ont péri tous les deux, et
c'est pourquoi j'espère que tu vas reprendre tes esprits,
ô mon maître.

Ces paroles m'imposèrent le silence et je le regardai
en face et je demandai :

— Est-ce vrai ?

Mais cette question était inutile. C'est pourquoi je
restai dans la poussière de la ruelle, et je ne pleurais
plus et je ne sentais plus de douleur, mais tout se
glaçait en moi et mon cœur se fermait, si bien que je ne
savais plus ce qui se passait.

La « Queue de Crocodile » continuait à brûler
devant moi, avec le petit corps de Thot et avec le beau
corps de Merit. Leurs corps se consumaient parmi les
cadavres d'esclaves et de portefaix et je ne pourrais les

faire conserver éternellement. Thot était mon fils, et il se pouvait que du sang royal eût coulé dans ses veines comme dans les miennes. Si je l'avais su, j'aurais peut-être agi autrement, car pour un fils un père est capable de bien des actes qu'il ne ferait pas pour lui-même. Mais c'était trop tard et je restais assis à contempler les flammes qui dévoraient les deux corps et qui me rôtissaient le visage.

Kaptah m'emmena chez Aï et Pepitamon, car la bataille était terminée, et tandis que le quartier des pauvres brûlait encore, ils rendaient la justice sur des trônes d'or, et les soldats et les gardes leur amenaient des prisonniers. Quiconque avait été pris les armes à la main était pendu aux murs la tête en bas, et quiconque était trouvé en possession de butin était jeté en pâture aux crocodiles, et quiconque portait une croix d'Aton était roué de coups et envoyé aux mines, et les femmes étaient données aux soldats et aux nègres qui se divertissaient avec elles, et les enfants étaient remis à Amon pour être élevés dans les temples. C'est ainsi que la mort régnait sur la rive de Thèbes, et Aï ne connaissait pas la pitié, car il voulait gagner la faveur des prêtres et il disait :

— J'extirpe le mauvais sang de toute l'Egypte.

Pepitamon était au comble de la colère, car les esclaves et les portefaix avaient pillé son palais et emporté la nourriture des chats pour leurs enfants, et les chats avaient souffert de la faim et étaient redevenus sauvages. C'est pourquoi lui non plus ne connaissait pas la pitié, et en deux jours les murs furent couverts de corps pendus la tête en bas.

Mais les prêtres relevèrent avec allégresse la statue d'Amon et lui offrirent de grands sacrifices. On remit en place les images des autres dieux et les prêtres dirent au peuple :

— Il n'y aura plus de famine ni de larmes dans le pays de Kemi, car Amon est revenu et Amon bénira tous ceux qui croient en lui. Ensemençons les champs d'Amon et le blé d'Amon fructifiera au centuple, et la richesse et l'abondance reviendront en Egypte.

Mais malgré tout la famine restait effrayante à Thèbes, et les Shardanes pillaient et volaient sans faire de différence entre les croix et les cornes, et ils violaient les femmes et vendaient les enfants comme esclaves et Pepitamon était hors d'état de les retenir et le pouvoir d'Aï était insuffisant pour ramener la discipline. C'est que l'Egypte n'avait plus de pharaon, puisque les prêtres avaient déclaré qu'Akhenaton était un faux pharaon, et son successeur devait rentrer à Thèbes et s'incliner devant Amon avant d'être reconnu par le clergé comme souverain légitime.

Devant cette confusion, Aï nomma Pepitamon gouverneur de Thèbes et se rendit d'urgence à la Cité de l'Horizon pour inciter Akhenaton à renoncer à la double couronne. Il me dit :

— Accompagne-moi, Sinouhé, car j'aurai peut-être besoin des conseils d'un médecin pour faire céder le pharaon.

Je lui répondis :

— En vérité, je t'accompagnerai, Aï, car je veux que
ma mesure soit comble.

Mais il ne comprit pas ce que je voulais dire.

5

C'est ainsi que je regagnai la Cité de l'Horizon avec
le prêtre Aï, mais Horemheb avait appris à Tanis les
événements de Thèbes et des autres villes le long du
fleuve, si bien qu'il accourut aussi vers le pharaon.
Tandis qu'il remontait le fleuve, les villes et les villages
se calmaient sur son passage, car on rouvrait les
temples et on remettait en place les images des dieux et
je crois que les crocodiles bénirent de nouveau son
nom. Mais il avait hâte d'arriver en même temps
qu'Aï, pour lui disputer le pouvoir, et c'est pourquoi il
gracia tous les esclaves qui déposaient les armes et il ne
punissait pas ceux qui changeaient la croix d'Aton pour
la corne d'Amon. C'est pourquoi le peuple loua sa
générosité, bien que son seul but fût de conserver des
hommes valides pour son armée.

Mais la Cité de l'Horizon était une terre maudite, et
prêtres et cornes surveillaient tous les chemins qui y
conduisaient et assommaient tous ceux qui en sortaient, s'ils ne consentaient pas à sacrifier à Amon. Ils
avaient aussi barré le fleuve avec des chaînes de cuivre.
Et je ne reconnus pas la Cité en la regardant du bateau,

286 Sinouhé l'Égyptien

car un silence de mort y régnait et les fleurs étaient
fanées dans les parcs et le gazon était brûlé par le soleil,
car personne n'arrosait plus. Les oiseaux ne gazouillaient plus dans les arbres étiolés par le soleil, et une
fade odeur de mort planait sur la ville. Les nobles
avaient abandonné leurs palais, et leurs serviteurs
s'étaient enfuis les premiers, et chacun avait tout laissé
en place, ne voulant rien emporter de cette cité
maudite. Les chiens étaient morts dans leurs niches et
les chevaux avaient péri dans leurs écuries, les jarrets
tranchés par les esclaves fuyards.

Mais le pharaon Akhenaton et sa famille n'avaient
pas quitté le palais doré et quelques serviteurs fidèles
étaient aussi restés, avec de vieux courtisans qui ne
pouvaient imaginer une existence loin de la cour. Ils
ignoraient tout ce qui s'était passé, car depuis deux
lunaisons aucun messager n'était parvenu à la Cité de
l'Horizon. Et les vivres commençaient à manquer dans
le palais, et chacun se nourrissait de pain et de gruau,
selon la volonté du pharaon.

Le prêtre Aï m'envoya chez le pharaon, qui avait
confiance en moi, pour lui raconter tout ce qui s'était
passé. C'est ainsi que je me présentai de nouveau
devant Akhenaton, mais tout était glacé en moi et je ne
connaissais ni chagrin ni joie, et mon cœur était fermé.
Il leva vers moi son visage rongé par la consomption et
me regarda de ses yeux éteints, et il dit :

— Sinouhé, es-tu le seul qui revienne vers moi ? Où
sont tous mes fidèles ? Où sont tous ceux qui m'aimaient et que j'aimais ?

Je lui dis :

— Les anciens dieux règnent de nouveau sur l'Egypte et les prêtres sacrifient à Amon à Thèbes, tandis que le peuple jubile. Ils t'ont maudit, pharaon Akhenaton, et ils ont maudit ta ville et ils ont maudit ton nom jusqu'à la consommation des siècles et ils l'effacent dans toutes les inscriptions.

Il agita la tête avec impatience et l'excitation lui rougit le visage, puis il dit :

— Je ne demande pas ce qui se passe à Thèbes, je demande où sont mes fidèles, tous ceux que j'aimais ?

Je lui répondis :

— Tu as toujours près de toi la belle Nefertiti, et aussi tes filles. Le jeune Smenkhkarê pêche des poissons dans le fleuve et Tout joue à l'enterrement avec des poupées. Que t'importe le reste ?

Il demanda :

— Où est mon ami Thotmès, qui est aussi ton ami ? Où est-il, cet artiste qui fait vivre éternellement la pierre ?

— Il est mort pour toi, pharaon Akhenaton, lui dis-je. Des nègres l'ont percé à coups de lance et ont jeté son corps en pâture aux crocodiles, parce qu'il t'était fidèle. Il a peut-être craché dans ton lit, mais n'y pense pas, maintenant que le chacal aboie dans son atelier désert.

Akhenaton remua la main, comme s'il avait enlevé une toile d'araignée devant son visage. Puis il me nomma un grand nombre de personnes qu'il avait aimées. A quelques noms, je répondais : « Il est mort

pour toi », mais le plus souvent je disais : « Il sacrifie à
Amon et maudit ton nom. » Pour finir, je dis :

— Le royaume d'Aton s'est effondré sur la terre, et
Amon règne de nouveau.

Il regarda fixement devant lui et agita ses mains
exsangues en disant :

— Oui, oui, je sais tout. Mes visions me l'ont dit.
Le royaume de l'éternel n'a pas de place dans les
limites terrestres. Tout sera comme avant, et la peur, la
haine et l'injustice continueront à régner. C'est pourquoi il vaudrait mieux que je fusse mort, et mieux
encore que je ne fusse jamais né pour voir tout le mal
qui s'accomplit sur la terre.

Alors son aveuglement m'irrita et je lui dis avec
emportement :

— Tu n'as vu qu'une fraction du mal causé par toi,
pharaon Akhenaton. Le sang de ton fils n'a pas coulé
sur tes mains et ton cœur n'a pas été figé par les râles de
la femme que tu aimes. C'est pourquoi tes paroles sont
creuses.

Il me dit avec lassitude :

— Va, quitte-moi, puisque je suis si méchant.
Quitte-moi, pour que tu n'aies pas à souffrir davantage
à cause de moi. Quitte-moi, car je suis las de voir ta
face, et je suis las de tous les visages humains, parce
que sous tous les visages je discerne les traits de la bête.

Mais je m'assis à ses pieds et je dis :

— Je ne te quitterai pas, pharaon Akhenaton, car je
veux ma mesure pleine. Sache donc que le prêtre Aï va
arriver, et Horemheb a fait sonner ses trompettes sur le

fleuve et coupé les chaînes de cuivre pour aborder à la Cité de l'Horizon.

Il sourit faiblement et étendit les bras et dit :

— Aï et Horemheb, le crime et la lance, ils sont donc les seuls fidèles qui viennent vers moi.

Puis il garda le silence, jusqu'au moment où les deux hommes firent leur entrée. Ils s'étaient querellés avec violence, et leurs visages étaient rouges d'excitation et ils respiraient avec force et parlaient sans égard pour le pharaon. Aï dit :

— Tu dois abdiquer, pharaon Akhenaton, si tu veux sauver ta vie. Que Smenkhkarê règne à ta place et qu'il rentre à Thèbes pour sacrifier à Amon. Et les prêtres l'oindront pharaon et placeront la double couronne sur sa tête.

Mais Horemheb dit :

— Mes lances sauveront ta couronne, pharaon Akhenaton, si tu rentres à Thèbes et sacrifies à Amon. Les prêtres grogneront un peu, mais je les calmerai avec mon fouet et ils oublieront de grogner, quand tu déclareras la guerre sainte pour reconquérir la Syrie.

Le pharaon les regarda longuement avec un sourire mort.

— Je vivrai et mourrai en pharaon, dit-il. Jamais je ne consentirai à sacrifier au faux dieu et jamais je ne déclarerai la guerre pour sauver mon trône dans le sang. Le pharaon a parlé.

Ayant dit ces mots, il se couvrit le visage d'un pan de sa tunique et sortit en nous laissant seuls dans la grande salle, avec l'odeur de mort qui pénétrait partout.

Aï écarta les bras et regarda Horemheb, qui fit de même. J'étais assis sur le plancher, n'ayant plus de force dans les genoux, et je les observais. Soudain Aï sourit finement et dit :

— Horemheb, les lances sont à ta disposition et le trône est à toi. Mets sur ta tête la double couronne que tu désires.

Mais Horemheb eut un rire railleur et dit :

— Je ne suis pas si bête. Prends ces sacrées couronnes, si tu en veux. Tu sais bien que rien ne pourra revenir comme par le passé, mais que l'Egypte est menacée de la famine et de la guerre, et si je prenais maintenant le pouvoir, le peuple m'accuserait de tous les maux qu'il aura à supporter, et il te serait facile de me renverser au moment propice.

Aï dit :

— Donc, Smenkhkarê, s'il accepte de rentrer à Thèbes. Sinon, Tout, qui consentira certainement. Leurs femmes sont de sang royal. Qu'ils supportent la colère populaire, jusqu'à ce que les temps s'améliorent.

— Tu te proposes de régner sous leur nom, dit Horemheb.

Mais Aï dit :

— Tu oublies que tu as une armée et que tu dois repousser les Hittites. Si tu arrives à le faire, personne ne sera plus puissant que toi dans le pays de Kemi.

C'est ainsi qu'ils se disputaient, mais ils finirent par constater que leur sort était lié et qu'ils ne pouvaient réussir l'un sans l'autre. C'est pourquoi Aï dit enfin :

— Je reconnais franchement que j'ai fait de mon

mieux pour te renverser, Horemheb, mais tu es maintenant plus fort que moi, fils du faucon, et je ne peux me passer de toi, car si les Hittites envahissent le pays, le pouvoir manquera de charme pour moi, car je sais fort bien qu'un Pepitamon est incapable de résister aux Hittites, il est tout juste bon comme bourreau. Que ce jour scelle donc notre alliance, Horemheb, car ensemble nous pouvons gouverner l'Egypte, mais séparés nous échouons. Sans moi ton armée est impuissante et sans ton armée l'Egypte succombe. Jurons donc au nom de tous les dieux d'Egypte qu'à partir d'aujourd'hui nous avons partie liée. Je suis déjà vieux, Horemheb, et je désire goûter la griserie du pouvoir, mais tu es jeune et tu as le temps d'attendre.

— Je ne convoite pas les couronnes, mais bien une bonne campagne pour mes bousiers, dit Horemheb. Mais je veux un gage, Aï, sinon tu me trahiras à la première occasion, ne proteste pas. Je te connais.

Aï étendit les bras et dit :

— Quel gage puis-je te donner ? Est-ce que l'armée n'est pas un gage durable à jamais ?

Horemheb se rembrunit et il regarda les murs d'un air embarrassé et gratta le plancher de sa sandale, comme s'il avait voulu planter ses orteils dans le sable. Puis il parla :

— Je veux la princesse Baketaton pour épouse. En vérité, je veux casser une cruche avec elle, même si le ciel et la terre se déchiraient, et tu ne pourras m'en empêcher.

Aï s'exclama et dit :

— Aha. Je comprends à quoi tu vises, et tu es plus rusé que je le pensais, si bien que je te respecte. Elle a déjà repris son nom de Baketamon et les prêtres n'ont rien contre elle et dans ses veines coule le sang sacré du grand pharaon. En vérité, en l'épousant tu aurais un droit légitime au trône, Horemheb, et un droit plus direct que les maris des filles d'Akhenaton, car ils n'ont que le sang du faux pharaon derrière eux. En vérité, tu as bien combiné ton coup, Horemheb, mais je ne peux souscrire à ta condition, en tout cas pas encore, car alors je serais entièrement entre tes mains et je n'aurais plus aucun pouvoir sur toi.

Mais Horemheb cria :

— Garde tes sales couronnes, Aï. Plus que les couronnes, c'est elle que je désire et je l'ai désirée depuis le jour où je l'ai vue pour la première fois dans la maison dorée. Je désire mêler mon sang à celui du grand pharaon, afin que de mes flancs sortent de grands rois pour l'Egypte. Tu ne désires que la couronne, Aï. Prends-la donc, quand tu jugeras le moment venu, et mes lances soutiendront ton trône, mais donne-moi la princesse, et je ne régnerai qu'après toi, car j'ai le temps d'attendre, comme tu l'as dit.

Aï se frotta le visage de sa main et réfléchit longtemps, et son expression se teintait peu à peu de satisfaction, car il avait trouvé un moyen de tenir Horemheb. C'est pourquoi il dit :

— Tu as attendu longtemps ta princesse, et tu l'attendras encore un peu, car tu dois d'abord gagner une guerre difficile. Et il faudra aussi du temps pour amener la princesse à consentir, parce qu'elle te méprise grandement, car tu es né avec du fumier entre les orteils. Mais moi et moi seul possède les moyens de la faire céder, et par tous les dieux de l'Egypte, je te jure que le jour où je placerai sur ma tête la couronne rouge et la couronne blanche, je casserai de mes mains la cruche entre la princesse et toi. Je ne peux aller plus loin dans les concessions, tu le comprends bien.

Horemheb l'admit et dit :

— D'accord. Menons à chef cette entreprise, et je crois que tu ne traîneras pas les choses en longueur, tant tu es impatient de ceindre ces couronnes qui ne sont que des jouets d'enfants.

Dans leur ardeur à discuter, ils avaient entièrement oublié ma présence sur le plancher, et Horemheb s'écria en me découvrant :

— Sinouhé, tu es encore ici ? C'est dommage pour toi, car tu as entendu des choses qui ne conviennent pas à tes oreilles indignes, et c'est pourquoi je dois te tuer, bien que sans aucun plaisir, car tu es mon ami.

Ces paroles me firent sourire, car je me disais que tous les deux, Aï et lui, étaient de basse extraction et se partageaient des couronnes, tandis que moi j'étais peut-être le seul héritier mâle du grand pharaon. C'est pourquoi je ne pus me retenir de rire, et je mis ma main devant ma bouche et je pouffai comme une vieille femme. Aï en fut vexé et dit :

— Tu n'as pas à rire, Sinouhé, car il s'agit d'affaires sérieuses. Mais nous ne te ferons pas périr, comme tu le mériterais, car il est bon que tu aies tout entendu et puisses nous servir de témoin. Et tu ne répéteras à personne ce que tu as entendu aujourd'hui. Nous avons besoin de toi et nous t'attacherons à nous, car tu comprends bien qu'il est grand temps pour le pharaon Akhenaton de mourir. C'est pourquoi tu vas le trépaner aujourd'hui encore, et tu veilleras que ton bistouri pénètre assez profondément pour qu'il meure selon la bonne vieille coutume.

Mais Horemheb dit :

— Je ne me mêle pas de cette affaire. Mais Aï a raison. Le pharaon doit mourir, pour que l'Egypte soit sauvée. Il n'y a pas d'autre moyen.

Je finis par me calmer et je dis :

— Comme médecin, je ne puis le trépaner, car rien dans son état ne l'exige et les devoirs de ma profession me lient. Mais soyez tranquilles, comme ami je lui administrerai une bonne potion. Il s'endormira et ne se réveillera plus et ainsi je serai lié à vous et vous n'aurez pas à redouter que je dise du mal de vous.

Ayant ainsi parlé, je pris la fiole que m'avait remise Hribor, et j'en versai le contenu dans le vin d'une coupe d'or, et on ne sentait aucune odeur. Je pris la coupe et nous allâmes vers le pharaon. Il avait ôté les couronnes, déposé le sceptre et le fouet et il reposait sur son lit, le visage terreux et les yeux gonflés. Aï alla soupeser les couronnes et le fouet doré, et il dit :

— Pharaon Akhenaton, ton ami Sinouhé t'a préparé une potion. Bois-la pour guérir, et demain nous reparlerons de toutes ces affaires ennuyeuses.

Le pharaon se mit sur son séant et prit la coupe et

nous regarda l'un après l'autre et son regard épuisé me
transperça, si bien que mon échine en frémit. Puis il
me dit :

— On donne le coup de grâce à un animal malade.
Est-ce toi qui me le donnes, Sinouhé ? Si c'est le cas, je
t'en remercie, car ma déception est pire que la mort et
aujourd'hui la mort m'est plus délicieuse que le parfum
de la myrrhe.

— Bois, pharaon Akhenaton, lui dis-je. Bois pour
ton Aton.

Horemheb dit aussi :

— Bois, Akhenaton, mon ami. Bois, pour sauver
l'Egypte. Je couvrirai ta faiblesse de ma tunique,
comme jadis dans le désert.

Le pharaon Akhenaton but, mais sa main tremblait
si fortement que le vin gicla sur son menton. Alors il
prit la coupe à deux mains et la vida et il se recoucha. Il
ne nous adressa plus la parole, il nous regarda de ses
yeux éteints et rougis. Au bout d'un moment, il se mit
à trembler de tout son corps, comme s'il avait eu froid,
et Horemheb enleva sa tunique et l'étendit sur lui,
tandis qu'Aï essayait les couronnes sur sa tête.

C'est ainsi que mourut le pharaon Akhenaton et
qu'il but la mort de ma main. J'ignore quels furent mes
véritables mobiles, car l'homme ne connaît pas son
propre cœur. Je crois que ce fut surtout à cause de
Merit et du petit Thot qui était mon fils. Et non tant
par pitié pour lui que par haine et amertume pour tout
le mal qu'il avait commis. Mais surtout parce qu'il était
certainement écrit dans les étoiles que je devrais agir

ainsi pour combler ma mesure. En le voyant mourir, je crus avoir ma mesure pleine, mais l'homme ne se connaît pas et son cœur est insatiable, plus insatiable qu'un crocodile du fleuve.

Une fois le pharaon mort, nous sortîmes du palais en interdisant aux domestiques de le déranger, car il dormait. C'est seulement le matin que les serviteurs poussèrent des lamentations en le trouvant mort, et les pleurs remplirent le palais, bien qu'au fond sa mort apportât un soulagement à chacun. Mais la reine Nefertiti se tenait immobile près du lit, sans verser de larmes et personne ne pouvait déchiffrer son expression. De sa belle main elle toucha les doigts amaigris du pharaon et lui caressa les joues, ainsi que je le vis en arrivant pour remplir mon office. Le corps fut emporté à la Maison de la Mort, où les embaumeurs se mirent au travail pour le conserver éternellement.

Ainsi, selon la loi et la coutume, le jeune Smenkhkarê était pharaon, mais il était accablé par le chagrin et jetait des regards anxieux autour de lui, car il avait pris l'habitude de ne penser que par Akhenaton. Aï et Horemheb lui parlèrent et lui dirent qu'il devait immédiatement partir pour Thèbes afin d'y sacrifier à Amon, s'il désirait conserver les couronnes sur sa tête. Mais il refusa de les croire, car il était naïf et rêvait les yeux ouverts. C'est pourquoi il dit :

— Je proclamerai la clarté d'Aton à tous les peuples et je construirai un temple à mon père Akhenaton, et je l'adorerai comme un dieu dans ce temple, car il n'était pas semblable aux autres hommes.

Devant son entêtement, Aï et Horemheb le quittèrent, et le lendemain, selon son habitude, le jeune homme alla pêcher dans le fleuve, mais il y tomba et fut dévoré par les crocodiles. C'est ce qu'on raconta, mais je ne sais ce qui se passa vraiment. Je ne crois cependant pas que Horemheb l'ait fait mettre à mort, ce serait plutôt Aï qui était pressé de retourner à Thèbes pour y consolider son pouvoir.

Aï et Horemheb se rendirent alors chez le jeune Tout qui jouait à l'enterrement avec ses poupées, et son épouse Anksenaton jouait avec lui. Horemheb dit :

— Allons, Tout, c'est le moment de te lever, tu es pharaon !

Tout se leva docilement et prit place sur le trône doré et dit :

— Est-ce que je suis le pharaon ? Cela ne me surprend pas, car je me suis toujours senti supérieur aux autres et c'est juste que je sois pharaon. Mon fouet punira tous les malfaiteurs et mon sceptre gouvernera les bons et les pieux.

Aï lui dit :

— Foin de ces bêtises, Tout. Tu feras tout ce que je te dirai, et sans murmurer. Tout d'abord, nous allons partir pour Thèbes où tu t'inclineras devant Amon dans son grand temple en lui offrant un sacrifice, et les prêtres t'oindront et placeront sur ta tête la double couronne rouge et blanche. Tu comprends ?

Tout réfléchit un instant et dit :

— Si je me rends à Thèbes, me construira-t-on une tombe comme celle de tous les grands pharaons, et les

prêtres la rempliront-ils de jouets et de sièges dorés et
de beaux lits, car les tombes de la Cité de l'Horizon
sont étroites et ennuyeuses et je veux autre chose que
des peintures sur les murs, je veux de vrais jouets et
aussi le beau poignard bleu que j'ai reçu des Hittites.

— Les prêtres te construiront certainement une
belle tombe, assura Aï. Tu es très sage en pensant
d'abord à ta tombe, Tout, en devenant pharaon, tu es
plus sage que tu ne le penses. Mais tu dois changer de
nom. Toutankhaton déplaît au clergé d'Amon. Que
ton nom soit dès maintenant Toutankhamon.

Tout ne fit aucune objection, il désirait seulement
apprendre à écrire son nouveau nom, parce qu'il ne
connaissait pas le signe représentant Amon. C'est ainsi
que ce nom fut écrit pour la première fois dans la Cité
de l'Horizon. Mais en voyant que Toutankhamon était
devenu pharaon et qu'elle était entièrement oubliée,
Nefertiti revêtit ses plus beaux atours et oignit ses
cheveux et son corps, bien qu'elle fût une veuve
éplorée, et elle alla trouver Horemheb à bord de son
navire et lui dit :

— C'est ridicule de faire un pharaon d'un enfant
mineur, et mon maudit père Aï va lui arracher tout le
pouvoir et gouverner à sa place, bien que je sois la
grande épouse royale et la mère royale. Les hommes
aimaient à me regarder et me jugeaient belle et
m'appelaient la plus belle femme d'Egypte, bien que ce
soit exagéré. C'est pourquoi regarde-moi, Horemheb,
bien que le chagrin ait terni mes yeux et courbé mon
dos. Regarde-moi, Horemheb, car le temps est pré-

cieux et tu as les lances pour toi, et à nous deux nous pourrions combiner toute sorte de projets qui seraient utiles pour l'Egypte. Je te parle franchement, car je ne pense qu'au bien de l'Egypte et je sais que mon père, ce maudit Aï, est cupide et bête et qu'il nuira à l'Egypte.

Horemheb la regarda et Nefertiti écarta ses vêtements et chercha à le séduire, en disant qu'il faisait très chaud dans la cabine. C'est qu'elle ignorait l'accord secret conclu entre Horemheb et Aï, et si comme femme elle devinait peut-être que Horemheb convoitait Baketamon, elle s'imaginait que sa beauté l'emporterait facilement sur cette princesse orgueilleuse et inexpérimentée. Elle s'était habituée à des succès faciles dans la maison dorée.

Mais sa beauté fut sans effet sur Horemheb, qui la regarda froidement en disant :

— Je me suis déjà assez encrassé dans cette maudite ville, et je n'ai aucune envie de m'encrasser davantage avec toi, belle Nefertiti. Du reste, je dois dicter à mon scribe des lettres au sujet de la guerre, si bien que je n'ai pas le temps de m'amuser avec toi.

C'est Horemheb qui me raconta cette scène, et il est probable qu'il exagéra, mais je crois que l'essentiel était vrai, car dès ce jour Nefertiti montra une haine implacable pour Horemheb et s'efforça sans cesse de lui nuire et de noircir sa réputation, et à Thèbes elle se lia avec Baketamon, ce qui causa bien des ennuis à Horemheb, comme nous le verrons plus tard. Horemheb aurait mieux fait de ne point l'offenser, afin de

s'assurer son appui. Mais c'est qu'il ne voulait pas
cracher sur le corps d'Akhenaton, car, si étrange que
cela puisse paraître, il continuait à aimer le pharaon
mort, bien qu'il fît disparaître son nom dans toutes les
inscriptions et qu'il détruisît le temple d'Aton à
Thèbes. Comme preuve de cet amour, je puis mentionner que Horemheb chargea ses hommes de confiance
de transférer le corps d'Akhenaton, en secret, de la
Cité de l'Horizon dans la tombe de sa mère à Thèbes,
afin qu'il ne tombât pas entre les mains des prêtres qui
auraient voulu le brûler et disperser ses cendres dans le
fleuve. Mais ceci se passa beaucoup plus tard.

6

Ayant obtenu le consentement de Toutankhamon,
Aï fit préparer des navires et toute la cour y monta,
délaissant la Cité de l'Horizon, si bien qu'il n'y resta
âme qui vive, à part les embaumeurs de la Maison de la
Mort qui préparaient le corps du pharaon. Les derniers
habitants s'enfuirent avec tant de hâte qu'ils abandonnèrent tout, et que les plats restèrent sur les tables de la
maison dorée et que les jouets de Tout continuèrent
sur le plancher à jouer éternellement au cortège
funèbre.

Le vent du désert enfonça les volets et le sable plut
sur les planchers où les canards brillants volaient

éternellement dans les roseaux verts et où les poissons bigarrés nageaient dans l'eau fraîche. Le désert envahit de nouveau les jardins de la Cité de l'Horizon et les étangs s'asséchèrent et les canaux s'obstruèrent et les arbres fruitiers périrent. La glaise s'effrita, les toits s'effondrèrent et les chacals rôdèrent dans les ruines et nichèrent dans les lits tendres sous les baldaquins luxueux. C'est ainsi que mourut la Cité de l'Horizon d'Aton, aussi vite qu'elle avait grandi par la volonté du pharaon Akhenaton. Et personne n'osa s'y aventurer pour voler les objets précieux qui furent ensevelis sous le sable, car cette terre était maudite à jamais et Amon frappait d'une langueur mortelle quiconque s'y serait aventuré. Ainsi, la Cité de l'Horizon disparut comme un songe et un mirage.

Précédant les navires royaux, Horemheb remonta le fleuve en rétablissant l'ordre sur les deux rives, et il fit cesser les désordres à Thèbes, et le brigandage disparut et on ne pendit plus de gens la tête en bas à cause d'Aton, car il avait besoin pour la guerre de tout homme en état de porter les armes. Aï fit hisser les oriflammes du nouveau pharaon dans l'avenue des béliers et les prêtres lui préparèrent un accueil splendide dans le grand temple. Le pharaon passa dans sa litière dorée, et il était suivi de Nefertiti et des filles d'Akhenaton, et la victoire d'Amon était complète. Les prêtres oignirent le nouveau pharaon devant l'image du dieu dans le saint des saints et ils placèrent sur sa tête, en présence de la foule, la couronne rouge et la blanche, celle de lys et celle de papyrus, pour bien

montrer au peuple que le pharaon recevait son pouvoir
de la main des prêtres. Leur crâne était rasé et leur
visage luisait d'huile sacrée et le pharaon offrit à Amon
toutes les richesse qu'Aï avait pu tirer du pays
appauvri. Mais Hribor avait convenu avec Horemheb
de lui prêter les richesses d'Amon pour la guerre, car
des nouvelles alarmantes arrivaient du Bas-Pays et
Horemheb les exagérait encore pour semer la crainte
dans le peuple.

Les Thébains furent enchantés d'Amon et du nouveau pharaon qui n'était pourtant qu'un enfant, car le
cœur humain est si insensé qu'il place sa confiance et
son espoir en l'avenir, sans rien apprendre de ses
erreurs et en s'imaginant que le lendemain sera meilleur que la veille. C'est pourquoi le peuple s'entassa
dans l'avenue des Béliers pour acclamer le nouveau
pharaon et il sema des fleurs sur son passage.

Mais dans le port et dans le quartier des pauvres, les
incendies couvaient encore et une âcre fumée s'en
dégageait et le fleuve empestait la sanie et le cadavre.
Sur le toit du temple, les corbeaux et les vautours
tendaient le cou, si rassasiés qu'ils n'avaient plus la
force de s'envoler. Entre les décombres erraient des
femmes apeurées et des enfants qui fouillaient dans les
ruines pour y découvrir leurs ustensiles de ménage, et
je parcourais les quais dans l'odeur du sang corrompu,
et je regardais les corbeilles vides et je pensais à Merit
et au petit Thot qui étaient morts à cause d'Aton et de
ma folie.

Mes pas me conduisirent vers les ruines de la

« Queue de Crocodile ». Dans la fumée et la poussière, je croyais revoir le corps transpercé de Merit et les boucles ensanglantées du petit Thot, et je me disais que la mort du pharaon Akhenaton avait été bien douce. Je me disais aussi que rien au monde n'est plus dangereux que les rêves d'un pharaon, parce qu'ils sèment le sang et la mort. Je percevais au loin les acclamations du peuple qui saluait le nouveau roi et qui s'imaginait que cet enfant uniquement préoccupé de sa tombe serait capable de supprimer l'injustice et de restaurer la paix et la prospérité.

Ainsi j'étais de nouveau solitaire à Thèbes et je savais que mon sang s'était éteint avec Thot et que je n'avais plus à espérer l'immortalité, mais la mort me serait un repos et un sommeil, comme une chaufferette par une nuit froide. Le dieu du pharaon Akhenaton m'avait dépouillé de tout mon espoir et de toute ma joie, et je savais que tous les dieux habitent dans un sombre palais d'où l'on ne revient pas. Le pharaon avait bu la mort offerte par ma main, mais cela ne me rendait rien, et pour lui la mort avait été un oubli miséricordieux. Moi, je vivais et ne pouvais oublier. C'est pourquoi l'amertume me rongeait le cœur et m'emplissait de dégoût pour la foule vulgaire qui beuglait devant le temple, sans avoir rien appris.

Le port était désert, mais soudain un petit homme rampa d'entre les tas de corbeilles et me dit :

— N'es-tu pas Sinouhé, le médecin royal, qui pansait les blessures au nom d'Aton ?

Il ricana et me montra du doigt et dit :

— N'es-tu pas le Sinouhé qui distribuait du pain au peuple en disant : « C'est le pain d'Aton, prenez et mangez le pain d'Aton. » C'est pourquoi, au nom de tous les dieux infernaux, donne-moi un morceau de pain, car depuis des jours je vis caché ici et je n'ose sortir, et la salive a séché dans ma bouche.

Mais je n'avais pas de pain à lui donner, et il n'en attendait pas, car il s'était approché seulement pour me moquer. Il dit :

— J'avais une cabane, et même si elle était sordide et puait le poisson pourri, elle était à moi. J'avais une femme, et même si elle était laide et maigre, elle était à moi. J'avais des enfants, et même s'ils connaissaient la faim, ils étaient à moi. Où est ma cabane et où sont ma femme et mes enfants ? C'est ton dieu qui les a pris, Sinouhé, cet Aton funeste qui détruit tout, et bientôt je mourrai, mais je n'en suis pas fâché.

Il s'affaissa sur le quai et se mit à pleurer, et comme je ne pouvais pas l'aider, je m'éloignai et passai devant la maison de l'ancien fondeur de cuivre dont les murs noircis se dressaient près de l'étang desséché et du sycomore aux branches calcinées. Mais un abri avait été installé contre un mur, et j'y vis une cruche d'eau et Muti sortit à ma rencontre, les cheveux en désordre, et elle boitait en marchant. Je crus voir son kâ, mais elle s'inclina devant moi et dit ironiquement :

— Béni soit le jour qui me ramène mon maître !

Elle n'en put dire davantage, car l'amertume lui étouffait la voix, et elle s'assit et se cacha le visage dans ses mains. Son corps maigre portait des blessures de

cornes et son pied était démis. Je la soignai de mon
mieux, et je lui demandai où était Kaptah.

Elle dit :

— Kaptah est mort. On dit que les esclaves l'ont
massacré en voyant qu'il donnait du vin aux soldats de
Pepitamon et qu'il les trahissait.

Mais je n'en crus rien, car je savais que Kaptah ne
pouvait mourir ainsi.

Muti fut irritée de mon incrédulité et dit :

— Sans doute tu es heureux, maintenant que tu as
vu le triomphe de ton Aton. Les hommes sont tous les
mêmes, et c'est d'eux que proviennent tous les maux,
car ils ne deviennent jamais adultes, ils restent enfants
et se lancent des pierres et se battent et leur plus grand
plaisir est d'attrister ceux qui les aiment. Je ne parle
pas de moi, qui n'ai pour récompense de mon dévouement que des plaies et des grains de blé pourris, mais
bien pour Merit, qui était trop bonne pour toi et que tu
as jetée sciemment dans la gueule de la mort. J'ai aussi
pleuré toutes mes larmes sur le petit Thot, qui était un
fils pour moi et qui aimait tant mes gâteaux au miel.
Mais que t'importe ? Tu arrives sûrement très content
de toi, après avoir gaspillé tout ton bien, pour reposer
sous l'abri que j'ai construit à grand-peine, et pour
réclamer de la nourriture. Je parie qu'avant le soir déjà
tu me réclameras de la bière et demain tu me donneras
des coups de canne, parce que je ne te sers pas assez
vite, mais les hommes sont ainsi, et je ne t'en veux pas.

C'est ainsi qu'elle me parlait, et ses paroles me
rappelèrent ma mère Kipa et mon cœur fondit de

mélancolie et des larmes coulèrent sur mes joues. Alors
Muti en fut décontenancée et elle dit :

— Tu comprends bien, Sinouhé, homme fier, que
je parle ainsi pour ton bien. Il me reste encore une
poignée de grains et je vais les moudre, et je te
préparerai une molle couche de roseaux et tu pourras te
remettre à exercer ta profession, pour gagner notre vie.
Mais ne t'inquiète pas, car je suis allée laver le linge
chez les riches où il y a beaucoup d'habits ensanglantés, et j'emprunterai une cruche de bière dans une
maison de joie où les soldats ont logé, si bien que tu
pourras te réjouir le cœur. Cesse de pleurer, Sinouhé
mon fils, car tu ne changeras rien à rien, et les enfants
sont les enfants et doivent faire des farces pour briser le
cœur de leur mère et de leur femme, comme ce fut
toujours le cas. Mais je te supplie de ne plus introduire
de nouveaux dieux dans cette maison, car il ne resterait
plus pierre sur pierre dans tout Thèbes. Quant à Merit,
que j'aimais comme ma fille, bien que je n'aie pas
d'enfants, car je suis laide et je déteste les hommes, je
veux seulement te dire qu'elle n'est pas la seule femme
au monde. En vérité, Sinouhé, le temps est un remède
miséricordieux, et tu verras qu'il existe bien des
femmes capables de calmer le petit objet qui est sous
ton pagne, puisque c'est une chose essentielle pour les
hommes. Mais comme tu as maigri, Sinouhé, tes joues
sont creuses et je te reconnais à peine. Mais je vais te
soigner, à condition que tu cesses de pleurer.

Je finis par me calmer et je lui dis :

— Je ne suis pas venu t'importuner, chère Muti, je

vais repartir et je ne reviendrai pas de longtemps. Mais
j'ai voulu revoir la maison où j'ai été heureux et
caresser le tronc rugueux du sycomore et toucher le
seuil franchi tant de fois par Merit et le petit Thot. Ne
te mets pas en peine pour moi, Muti, et je vais te faire
envoyer un peu d'argent pour que tu puisses subsister
pendant mon absence. Et je te bénis pour tes paroles,
comme si tu étais ma mère, car tu es bonne, bien que
parfois ta langue pique comme une guêpe.

Muti se mit à sangloter et refusa de me laisser partir,
elle alluma le feu et me prépara un repas et je dus
manger pour ne pas l'offenser, mais chaque bouchée
me restait à la gorge. Elle me regardait en hochant la
tête et en reniflant, et elle dit :

— Mange, Sinouhé, mange, homme fier, même si
mon repas est raté, mais je n'ai rien de meilleur à
t'offrir aujourd'hui. Je devine que tu vas de nouveau
fourrer bêtement la tête dans tous les pièges, mais je
n'y peux rien. Mange donc, pour reprendre des forces,
et reviens au plus vite, car je t'attendrai fidèlement. Et
ne sois pas en souci pour moi, car bien que je sois
vieille et boiteuse, je suis robuste et je gagnerai ma
pitance en faisant la lessive et en cuisant le pain, dès
qu'il en reviendra à Thèbes.

Je restai assis jusqu'au soir dans les ruines de ma
maison, et le feu allumé par Muti brillait faiblement
dans l'obscurité. Je me disais que mieux vaudrait ne
jamais revenir ici et mourir seul, puisque je ne causais
que des tourments à ceux qui m'aimaient.

Quand les étoiles s'allumèrent, je pris congé de Muti

pour aller encore une fois dans la maison dorée du pharaon. En longeant les rues vers la rive, je voyais de nouveau la rougeur nocturne planer sur la ville, et dans les rues principales brillaient les lumières et le bruit des orchestres retentissait dans la nuit, car c'était le jour du couronnement du pharaon Toutankhamon et Thèbes était en liesse.

7

Mais cette même nuit les vieux prêtres travaillaient avec ardeur dans le temple de Sekhmet et arrachaient l'herbe qui avait poussé entre les dalles et remettaient en place l'image à tête de lionne en la vêtant de lin rouge et en l'ornant de ses emblèmes de guerre et de destruction. Aï avait dit à Horemheb, après le couronnement :

— Ton heure a sonné, fils du faucon. Fais retentir les trompettes et déclare que la guerre a commencé. Fais couler le sang pour nettoyer le pays de Kemi, afin que tout soit comme par le passé et que le peuple oublie le faux pharaon.

Et le lendemain, tandis que le pharaon jouait au cortège funèbre avec son épouse et que les prêtres d'Amon enivrés par la victoire encensaient leur dieu et maudissaient le nom d'Akhenaton pour toute l'éternité, Horemheb fit sonner les trompettes dans tous les carrefours et on ouvrit toutes grandes les portes de cuivre du temple de Sekhmet, et Horemheb s'avança par l'avenue des Béliers avec ses troupes d'élite pour offrir un sacrifice à la déesse. Partout à coups de marteau et de ciseau on effaçait le nom du pharaon Akhenaton. Le pharaon Toutankhamon avait aussi reçu sa part, car les architectes royaux discutaient déjà la place de son tombeau. Aï avait sa part, car assis à la droite du pharaon il gouvernait le pays de Kemi, réglant les impôts, la justice, les cadeaux, les faveurs et les champs royaux. C'était au tour de Horemheb, et lui aussi eut sa part et je le suivis dans le temple de Sekhmet, car il voulait me montrer toute l'étendue de son pouvoir.

Mais je dois dire à son honneur qu'au moment du triomphe il méprisa tout luxe extérieur et voulut impressionner le peuple par sa simplicité. Il se rendit au temple dans un solide char de guerre, sans plumes flottantes sur la tête des chevaux et sans or aux rayons des roues. Mais deux faux tranchantes fendaient l'air de chaque côté de son char, et ses lanciers et archers marchaient en bon ordre, et le bruit de leurs pieds nus sur les pavés de l'avenue était rythmé et puissant comme le grondement de la mer, et les nègres scandaient leur marche avec des tambours en peau humaine.

Silencieux et craintif, le peuple admirait sa stature imposante et ses troupes éclatant de bien-être, quand toute la ville avait faim. Silencieux, il regarda Horemheb entrer dans le temple, en sentant obscurément que ses souffrances ne faisaient que commencer. Devant le temple, Horemheb descendit de son char et entra, suivi de ses chefs, et les prêtres l'accueillirent avec leurs mains tachées de sang frais et le menèrent devant la satue de la déesse. Sekhmet était vêtue de lin rouge et son vêtement imprégné du sang des offrandes collait à son corps de pierre et sa poitrine dure se dressait fièrement. Dans la pénombre du temple, elle semblait remuer sa tête de lionne et ses yeux flamboyants regardaient Horemheb, tandis qu'il broyait sur l'autel les cœurs chauds des victimes et implorait la victoire pour ses armes. Les prêtres dansaient autour de lui en signe d'allégresse et ils se blessaient avec des poignards et criaient à l'unisson :

— Reviens vainqueur, Horemheb, fils du faucon ! Reviens vainqueur et la déesse descendra vivante près de toi et t'embrassera de son corps nu.

Horemheb ne se laissa pas distraire par les cris et les danses des prêtres, il accomplit avec une froide dignité les cérémonies rituelles et s'éloigna. Devant le temple, en présence de la foule accourue, il leva ses mains ensanglantées et dit au peuple :

— Ecoute-moi, peuple de Kemi, écoute-moi, car je suis Horemheb, le fils du faucon, et je porte dans mes mains la victoire et un honneur immortel pour tous ceux qui veulent me suivre à la guerre sainte. En cet instant, les chars hittites grondent dans le désert du Sinaï et leurs avant-gardes ravagent le Bas-Pays et la terre de Kemi n'a jamais connu un danger plus redoutable, car à côté des Hittites l'ancienne domination des Hyksos était douce. Les Hittites arrivent, et leur nombre est infini et leur cruauté est une horreur pour tout le peuple. Ils détruiront vos villes et vous crèveront les yeux, ils violeront vos femmes et emmèneront vos fils en esclavage. Le blé ne pousse plus sur les traces de leurs chars et la terre devient un désert sous les sabots de leurs chevaux. C'est pourquoi la guerre que je leur déclare est une guerre sainte, car c'est une guerre pour vos vies et pour les dieux de Kemi, et si tout va bien, nous reprendrons la Syrie et la prospérité du pays de Kemi renaîtra et chacun aura sa mesure pleine. Trop longtemps déjà les étrangers ont offensé le pays de Kemi, trop longtemps on s'est moqué de notre faiblesse et gaussé de notre armée. L'heure a sonné et je vais restaurer l'honneur guerrier de Kemi. Quiconque veut me suivre recevra une pleine mesure de blé et sa part du butin, et en vérité le butin sera riche. Mais ceux qui ne me suivront pas volontairement me suivront de force, et ils devront ployer sous le faix des charges et supporter les brocards et les plaisanteries, sans avoir droit au butin. C'est pourquoi je crois et j'espère que chaque Egyptien ayant un cœur d'homme et capable de brandir une lance me suivra volontairement. Maintenant, nous manquons de tout et la famine rampe sur nos talons, mais la victoire sera accompagnée de jours d'abondance, et quiconque sera mort pour la liberté du pays de Kemi entrera directement dans les champs des bienheureux, car les dieux de l'Egypte prendront soin de son corps. Il faut tout tenter pour gagner tout. C'est pourquoi, femmes d'Egypte, tissez des cordes d'arc avec vos cheveux et envoyez avec allégresse vos maris et vos fils à la guerre. Hommes d'Egypte, transformez les bijoux en pointes de lances et suivez-moi, car je vous offre une guerre comme on n'en vit jamais de pareille. L'esprit des grands pharaons combattra à nos côtés. Tous les dieux de l'Egypte, et surtout le puissant Amon, sont avec nous. Nous repousserons les Hittites, comme l'inondation balaye les fétus de paille. Nous reconquerrons les richesses de la Syrie et nous laverons dans le sang la honte de l'Egypte. Ecoute-moi, peuple de Kemi. Horemheb, le fils du faucon, le vainqueur, a parlé.

Il baissa ses mains rougies de sang et sa puissante poitrine haletait, car il avait parlé d'une voix très forte. Les trompettes retentirent et les soldats frappèrent leurs lances contre leurs boucliers et battirent le sol de leurs pieds, et la foule se mit à pousser des cris qui se transformèrent en clameurs d'allégresse. Horemheb sourit et remonta sur son char. Les soldats lui frayèrent un passage dans la cohue qui l'acclamait. Je compris alors que la plus grande joie du peuple est de pouvoir crier ensemble, et peu importe ce qu'on crie et pourquoi l'on crie, mais en criant avec les autres on se sent fort et on est convaincu de la justesse de la cause pour laquelle on crie. Horemheb était très satisfait, et il levait le bras pour saluer le peuple.

Il se rendit tout droit au port et monta dans le bateau du commandant en chef pour regagner rapidement Memphis, car il s'était attardé à Thèbes et selon les dernières nouvelles les Hittites campaient déjà à Tanis.

Je partis sur son bateau, et personne ne m'empêcha de l'aborder et de lui parler :

— Horemheb, le pharaon Akhenaton est mort et il n'y a plus de trépanateur royal, mais je suis libre d'aller où je veux et rien ne me retient. C'est pourquoi je désire t'accompagner et partir avec toi pour la guerre, car tout m'est égal et rien ne me réjouit plus. Je suis curieux de voir quelle bénédiction apportera cette guerre dont tu as parlé toute ta vie. En vérité je désire voir si ta puissance est meilleure que celle d'Akhenaton ou si ce sont seulement les esprits des enfers qui dirigent le monde.

Horemheb me dit en souriant :

— C'est un bon présage, car jamais je n'aurais pensé que tu serais le premier volontaire à s'annoncer pour cette guerre. Je sais que tu aimes le confort, et j'avais pensé te laisser à Thèbes pour veiller à mes intérêts dans la maison dorée, bien que tu sois solitaire et naïf et qu'on puisse facilement te rouler. Mais c'est bien ainsi, car j'aurai au moins un médecin de qualité avec moi, et je crois qu'on en aura besoin. Mes soldats n'avaient point tort de t'appeler le Fils de l'onagre dans la guerre contre les Khabiri, car vraiment tu as un esprit belliqueux, puisque tu n'as pas peur des Hittites.

Les matelots plongèrent les rames dans l'eau et le bateau descendit le courant sous le grand pavois. Les quais de Thèbes étaient blancs de monde, et les acclamations nous étaient apportées par le vent. Horemheb respira profondément et dit :

— Mon discours a fait une forte impression sur le peuple, comme tu le vois. Mais entrons dans ma cabine, car je veux me laver les mains.

Je le suivis, et il fit sortir son scribe et lava le sang de ses mains qu'il flaira en disant froidement :

— Par Seth et tous les démons, je n'aurais pas cru que les prêtres de Sekhmet faisaient encore des sacrifices humains. Mais ces bonshommes ont certainement fait du zèle, car les portes de leur temple n'avaient pas été ouvertes depuis plus de quarante ans. Je comprends pourquoi ils m'ont demandé des prisonniers hittites et syriens pour leur cérémonie.

Ces paroles me causèrent un tel effroi que mes genoux tremblèrent, mais Horemheb poursuivit placidement :

— Si je l'avais su, j'aurais refusé, car tu peux bien penser que je fus fort surpris de recevoir devant l'autel un cœur humain encore chaud. Mais si Sekhmet se montre reconnaissante en soutenant nos armes, je passerai là-dessus, car vraiment j'ai besoin de toute l'aide possible, bien qu'une lance bien trempée soit peut-être plus efficace que la bénédiction de Sekhmet. Mais rendons aux prêtres ce qui est aux prêtres, et ils nous laisserons en paix pour le reste.

Il recommença de parler de son discours au peuple, et je lui dis que je préférais celui qu'il avait prononcé à Jésuralem devant ses troupes. Il fut un peu vexé de cette remarque et dit :

— Ce n'est pas la même chose de parler à des soldats ou au peuple. Mon discours devant le temple de

Sekhmet était aussi destiné à la postérité, car on le gravera sûrement dans la pierre. Et alors il faut bien choisir ses mots et il convient de lancer de belles phrases qui fassent tourner la tête du peuple et lui en mettent plein la vue. Puisque tu n'y comprends rien, je te ferai remarquer que mon discours se bornait à reproduire les déclarations qui ont été faites de tous les temps au début d'un conflit. Tout d'abord, j'ai affirmé que la guerre contre les Hittites était purement défensive et j'ai excité le peuple à repousser l'envahisseur qui ravage l'Egypte. En gros, c'est conforme à la réalité, et je n'ai pas caché que je me proposais par la même occasion de reprendre la Syrie. Deuxièmement, j'ai montré que tous ceux qui me suivront volontairement n'auront pas à s'en repentir, tandis que ceux qu'il faudra forcer à se battre auront un triste sort. Troisièmement, j'ai affirmé que c'était une guerre sacrée, et j'ai invoqué le secours de tous les dieux. En vérité je ne crois pas que les dieux des Egyptiens soient plus puissants que ceux des Hittites et qu'un pays soit plus sacré qu'un autre, mais j'ai lu dans toutes les anciennes proclamations des grands pharaons et capitaines qu'il est de bon ton d'invoquer le secours des dieux, et tout éminent capitaine ne néglige pas cette formalité. Et le peuple y tient et en est content, comme tu as pu le constater. Du reste, j'avais placé des hommes à moi dans la foule, afin de donner le signal des acclamations, car il vaut mieux être prudent. Tu auras aussi pu t'apercevoir que je n'ai pas trop parlé des difficultés qui nous attendent, car le peuple aura bien le temps de

les constater et il n'est pas sage de l'effrayer à l'avance.
Car cette guerre sera très dure, puisque je n'ai pas assez
de troupes entraînées et de chars de guerre. Mais je ne
doute pas de la victoire finale, car j'ai foi en ma
destinée.

— Horemheb, lui dis-je, y a-t-il quelque chose de
sacré pour toi ?

Il réfléchit un instant et dit :

— Un grand capitaine et souverain doit savoir
percer les paroles et les images, afin de les utiliser à son
profit. Je reconnais que c'est pénible et que cela rend la
vie triste, bien que le sentiment de dominer autrui par
sa volonté pour le contraindre à de grandes choses soit
peut-être une compensation. Quand j'étais jeune,
j'avais foi en ma lance et en mon faucon. Maintenant je
ne crois plus qu'en ma volonté, mais cette volonté
m'use, comme la meule ronge la pierre. C'est pourquoi
je n'ai pas un instant de repos, et pour me distraire je
puis seulement boire jusqu'à l'ivresse. Quand j'étais
jeune, je croyais à l'amitié et je croyais aussi aimer une
femme dont le mépris et la résistance m'irritaient, mais
à présent je sais que les hommes ne sont que des
instruments entre mes mains et cette femme aussi n'est
plus un but pour moi, mais seulement un moyen. C'est
moi qui suis le centre de tout. C'est moi qui suis
l'Egypte et le peuple. Et en assurant la grandeur de
l'Egypte, j'assure la mienne. Me comprends-tu ?

Ces paroles restèrent sans effet sur moi, car je l'avais
connu jadis comme un jeune vantard et j'avais rencontré ses parents qui sentaient le fumier et le fromage,

bien qu'il en eût fait des nobles. C'est pourquoi j'avais peine à le prendre au sérieux, en dépit de ses effort de m'en imposer comme un dieu. Mais je lui cachai mes réflexions et je lui parlai de la princesse Baketamon qui avait été très vexée de n'avoir pas eu une place digne d'elle dans le cortège de Toutankhamon. Horemheb m'écouta avidement et il m'offrit du vin, pour que je lui parle plus longuement de la princesse. C'est ainsi que nous passions le temps en naviguant vers Memphis, pendant que les chars hittites ravageaient déjà le Bas-Pays.

LIVRE XIV

La guerre sainte

1

Horemheb convoqua à Memphis les nobles et les
riches et il leur tint ce discours :

— Vous êtes tous riches, et je ne suis qu'un pauvre
berger né avec du fumier entre les orteils. Mais Amon
m'a béni et le pharaon m'a confié la conduite des
opérations et l'ennemi qui menace le pays est très cruel
et terrible, comme vous le savez. J'ai appris avec plaisir
que vous disiez que la guerre exige de chacun de
grands sacrifices, et c'est pourquoi vous avez réduit la
mesure de blé de vos esclaves et de vos paysans et
haussé tous les prix dans le pays. Vos actes et vos
paroles me prouvent que vous aussi vous êtes prêts à
des sacrifices. C'est bien et je vous en félicite, car pour
trouver de l'argent pour la conduite de la guerre, pour
les armements et pour la solde des troupes, j'ai décidé
de vous emprunter une partie de votre fortune et j'ai
demandé au fisc vos listes d'imposition, et en outre j'ai
pris d'autres informations sur vous, si bien que je crois
connaître tous les biens que vous avez cachés aux

percepteurs du faux pharaon. Or à présent un vrai pharaon règne au nom d'Amon et vous n'avez plus de raison de dissimuler vos biens, mais vous devez les offrir ouvertement et joyeusement pour la guerre. C'est pourquoi chacun de vous va me remettre immédiatement la moitié de sa fortune, et peu m'importe que cela soit en or, en argent ou en blé, ou en bétail, chevaux et chars de guerre, pourvu que vous vous hâtiez.

A ces paroles, les riches se lamentèrent à haute voix et déchirèrent leurs habits en disant :

— Le faux pharaon nous a appauvris et nous sommes presque ruinés, et les informations que tu as prises sur nous sont certainement mensongères. Mais quelles garanties nous donneras-tu pour nos avances, et quel intérêt nous verseras-tu ?

Horemheb les regarda d'un air souriant et dit :

— Ma garantie est la victoire, que je compte obtenir au plus vite avec votre bienveillant appui, chers amis. En effet, si je ne remporte pas la victoire, les Hittites vous prendront tout, si bien qu'à mon avis la garantie est tout à fait suffisante. Quant aux intérêts, j'en discuterai avec chacun de vous en particulier, et j'ose espérer que mes propositions vous agréeront. Mais vous avez pleuré trop vite, car je n'ai pas encore terminé. J'exige donc immédiatement la moitié de votre fortune en prêt, seulement en prêt, chers amis. Dans quatre lunaisons, vous devrez de nouveau me remettre en prêt la moitié de ce qui vous restera, et dans une année la moitié de ce reste. Vous êtes assez intelligents pour calculer vous-mêmes combien il vous restera alors, mais je suis certain que vous serez encore assez riches pour remplir vos marmites jusqu'à la fin de vos jours, si bien que je ne vous ruine pas.

Alors les riches se jetèrent à ses pieds en gémissant et frappèrent le sol de leur front et crièrent qu'ils préféraient se rendre aux Hittites. Horemheb leur dit en feignant l'étonnement :

— Si c'est ainsi, je me conformerai à votre désir et je crois que mes soldats, qui exposent leur peau et leur vie, seront très irrités d'apprendre que vous ne voulez consentir aucun sacrifice pour la guerre. Je suis sûr qu'ils n'auront aucune objection à vous ligoter avec des cordes et à vous embarquer pour vous remettre aux Hittites, comme vous le désirez. J'en serais fort affligé, et vraiment je ne comprends pas quel plaisir vous retirerez de votre fortune abandonnée que je confisquerai, puisque vous tournerez les meules chez les Hittites, les yeux crevés. Mais c'est votre volonté, et je vais en avertir mes soldats.

A ces mots, les riches crièrent de peur et ils lui embrassèrent les genoux et acceptèrent toutes ses propositions, tout en le maudissant dans leur for intérieur. Mais il les consola en disant :

— Je vous ai convoqués, parce que je savais que vous aimiez l'Egypte et que vous étiez prêts à de grands sacrifices pour elle. Vous êtes les hommes les plus riches du pays, et vous avez acquis votre fortune par votre habileté. C'est pourquoi je suis certain que vous vous enrichirez de nouveau rapidement, car un riche s'enrichit toujours, même si on le presse parfois pour

extraire de lui son jus superflu. Vous êtes, chers amis,
un précieux verger pour moi, et si je vous serre comme
une grenade dont les graines me coulent entre les
doigts, je ne songe nullement, en bon jardinier, à
arracher les arbres qui me donnent des fruits, mais je
me contente de faire parfois la cueillette. En outre,
pendant les guerres, les riches s'enrichissent toujours,
et rien ne peut l'empêcher, pas même le fisc. C'est
pourquoi vous devriez m'être reconnaissants de vous
fournir une bonne longue guerre, et je vous congédie
en vous exprimant ma gratitude. Allez en paix et
travaillez à vous engraisser comme de la vermine,
puisque c'est inévitable. Et je ne protesterai pas si de
temps en temps vous m'envoyez, en plus de votre prêt,
des contributions volontaires, car je vais reconquérir la
Syrie, et vous savez fort bien quel en sera le profit pour
l'Egypte et en premier lieu pour vous, si après la
conquête je suis content de vous. Geignez donc à votre
guise, si cela vous amuse et vous soulage le cœur, car
vos gémissements tintent à mes oreilles avec un bruit
d'or.

Les riches sortirent, et dès qu'ils furent dehors, ils
cessèrent de gémir et se mirent à compter leurs pertes
et à combiner les moyens de les compenser. Mais
Horemheb me dit :

— Grâce à la guerre, les riches pourront accuser les
Hittites de tous les malheurs qui frapperont le pays, et
le pharaon pourra leur imputer la famine et la misère
qui régneront cet hiver. C'est en effet le peuple qui
supportera et payera tout, et les riches sauront encore

lui soutirer de quoi combler leurs pertes, et je pourrai de nouveau les saigner. Ce système est meilleur que de lever des impôts de guerre, car ainsi le peuple bénit mon nom et me juge équitable. C'est que je dois veiller soigneusement à ma réputation en prévision de l'avenir.

Entre-temps, les Hittites ravageaient le delta et affourageaient leurs chevaux dans le blé vert, et des fugitifs affluaient à Memphis et racontaient des histoires horribles sur la fureur destructrice des ennemis. Horemheb me dit :

— L'Egypte doit connaître la cruauté hittite, afin que le peuple se persuade qu'il n'y a pas de pire sort que l'esclavage des Hittites. Je serais fou de partir contre eux avec des troupes mal exercées et sans chars de guerre. Mais sois sans crainte, Sinouhé, Ghaza est encore à nous, et Ghaza est la pierre d'angle sur laquelle repose cette guerre, et les Hittites n'oseront pas s'aventurer dans le désert avec le gros de leurs troupes, tant que cette place tiendra, car ils n'ont pas la suprématie sur mer. Je ne reste pas inactif, comme tu as l'air de le penser, et j'ai des hommes dans le désert pour inquiéter et harceler les patrouilles hittites. Du reste, le danger n'est pas bien grand pour l'Egypte, tant que l'infanterie hittite n'a pas franchi le désert. Les Hittites fondent leur stratégie sur la guerre des chars, mais dans le pays noir les canaux d'irrigation gênent les mouvements de la charrerie, et ils perdent leur temps à brûler de pauvres villages et à fouler les champs de blé. Moins il y aura de blé en Egypte, et

plus les hommes s'engageront volontiers sous mes
queues de lions où chacun sait qu'il recevra pleine
mesure de blé et même de bière.

De toute l'Egypte les volontaires affluaient à Memphis, hommes affamés ou ayant tout perdu à cause
d'Aton, aventuriers avides de butin. Horemheb, sans
se soucier des prêtres, publia une aministie générale
pour tous ceux qui avaient travaillé à l'édification du
royaume d'Aton, et il libéra les condamnés des carrières pour les enrôler. Memphis fut bientôt un vaste
camp militaire, et la vie y devint vite agitée, car on se
battait dans les maisons de joie et dans les cabarets et
chaque soir des bagarres éclataient, si bien que la
population paisible s'enfermait chez elle et vivait dans
la crainte et l'angoisse. Mais les forges retentissaient du
bruit des marteaux, et la peur des Hittites était si
grande que même les femmes pauvres donnaient leurs
bijoux en cuivre pour forger des pointes de lance.

Des îles de la mer et de Crète arrivaient de nombreux navires, et Horemheb les achetait de force et
engageait matelots et capitaines à son service. Il
s'empara aussi de navires de guerre crétois et en décida
les équipages à servir l'Egypte. C'est que les navires
crétois erraient de port en port et n'osaient plus
regagner la Crète, où, disait-on, avait éclaté une révolte
d'esclaves, et des incendies avaient fait rage dans toute
l'île. Mais on ne savait rien de précis sur ces événements, car les marins crétois continuaient à mentir
selon leur habitude. Certains affirmaient que les Hittites avaient envahi la Crète, ce qui était incroyable,

puisqu'ils n'étaient pas un peuple marin. D'autres prétendaient qu'un peuple blanc inconnu venu du nord avait conquis et ravagé la Crète. Mais tous s'accordaient à attribuer ces malheurs au fait que le dieu de leur pays était mort. C'est pourquoi ils s'engagèrent volontiers au service de l'Egypte, tandis que les navires crétois qui avaient abordé en Syrie passaient aux Hittites et à Aziru.

Cette situation était favorable à Horemheb, car la plus grande confusion régnait sur mer et chacun cherchait à s'emparer des navires. A Tyr, une révolte avait éclaté contre Aziru, et les rebelles capturèrent des navires et rejoignirent les forces égyptiennes. C'est ainsi que Horemheb put constituer une flotte où il plaça des équipages entraînés.

Ghaza continuait à tenir bon en Syrie, et après les moissons, lors de la crue, Horemheb quitta Memphis avec ses troupes. Par terre et par mer, il envoya des messagers à Ghaza assiégée, et un bateau qui put forcer le blocus avec des sacs de blé apporta le message suivant : « Tenez Ghaza ! Tenez Ghaza à tout prix ! » Tandis que les béliers ébranlaient les murailles de la ville et que les maisons brûlaient sans qu'on eût le temps de les éteindre, un message tombait avec une flèche : « Tenez Ghaza, c'est l'ordre de Horemheb ! » Et tandis que les Hittites lançaient dans la ville des cruches pleines de serpents venimeux, l'une d'elles se trouvait contenir du blé et un billet de Horemheb : « Tenez Ghaza ! » Je ne comprends pas comment cette ville réussit à soutenir le siège des Hittites et d'Aziru, et le commandant bourru qui m'avait vu hissé sur les murailles dans un panier mérite certainement la réputation que lui valut la défense de Ghaza.

Horemheb fit avancer ses troupes sur Tanis et coupa un régiment de chars hittites dans une boucle du fleuve. Il fit curer les canaux d'irrigation embourbés, et lors de la crue les chars hittites se trouvèrent cernés dans un îlot. Nos soldats purent alors détruire les chars et massacrer les chevaux, ce qui mit Horemheb hors de lui, car il avait espéré s'emparer de tout ce matériel. C'est pourquoi il ordonna une attaque dans laquelle ses soldats mal entraînés réussirent tout de même à vaincre les Hittites combattant à pied. Il s'empara ainsi d'une centaine de chars et de trois cents chevaux, et il fit immédiatement peindre sur les chars les emblèmes de l'Egypte et marquer les chevaux. Mais l'effet moral fut encore plus important, car on savait maintenant que les Hittites n'étaient pas invincibles.

Horemheb marcha alors sur Tanis avec tous ses chars de guerre, laissant en arrière l'infanterie lourde et les colonnes du ravitaillement. Une ardeur folle animait son visage, et il me dit :

— Si tu veux frapper, frappe le premier et frappe fort.

C'est pourquoi il marcha sur Tanis, sans s'inquiéter des troupes hittites qui ravageaient le Bas-Pays, et de Tanis il s'enfonça directement dans le désert où il battit les postes hittites chargés de garder les dépôts de cruches d'eau. Ainsi, il s'empara rapidement de plusieurs dépôts d'eau dans le désert. Les Hittites avaient transporté des milliers et des centaines de milliers de cruches d'eau pour ravitailler leurs troupes durant la traversée du désert, parce qu'ils n'osaient pas entreprendre un débarquement en Egypte. Sans ménager les chevaux, Horemheb poussait à l'avant, et bien des chevaux périrent durant cette folle randonnée, mais ceux qui virent cette avance racontèrent que les centaines de chars de guerre soulevaient un nuage de poussière qui montait jusqu'au ciel, si bien que Horemheb avait l'air de survenir comme une violente tempête. Chaque nuit des signaux convenus s'allumaient sur les montagnes du Sinaï, et les corps francs sortaient de leurs cachettes et attaquaient les postes hittites et les dépôts aménagés dans le désert. La légende ne tarda pas à se répandre que Horemheb marchait contre la Syrie, le jour tel un ouragan de sable et la nuit tel une colonne de feu. Après cette campagne, sa réputation devint si grande que le peuple se mit à raconter des légendes sur lui, comme on en débite sur les dieux.

Horemheb conquit ainsi tous les dépôts d'eau du Sinaï, en surprenant les Hittites qui n'avaient pu s'imaginer qu'il oserait se lancer à travers le désert, alors que leurs avant-gardes ravageaient le Bas-Pays et qu'ils savaient la faiblesse de l'Egypte. En outre, leur armée n'était pas encore rassemblée, ils avaient dû l'éparpiller dans les villes de Syrie en attendant la prise de Ghaza, puisque les environs de cette ville et le bord du désert ne pouvaient nourrir l'immense armée qu'ils avaient levée pour soumettre l'Egypte. C'est que les

Hittites étaient très minutieux dans leurs préparatifs
militaires et ils ne passaient à l'offensive qu'une fois
assurés de la supériorité, et leurs chefs possédaient une
liste de tous les pâturages et abreuvoirs de la contrée
qu'ils devaient attaquer. C'est pourquoi ils furent
surpris par la brusque offensive de Horemheb, car
jusqu'ici personne n'avait osé les attaquer et ils pensaient que les Egyptiens n'avaient pas assez de chars
pour une offensive de cette envergure.

Horemheb lui-même n'avait eu pour objectif primi-
tif que de détruire les dépôts d'eau des Hittites dans le
désert, afin de gagner du temps pour entraîner ses
troupes à une guerre pénible. Mais son succès inattendu le grisa et il marcha sur Ghaza où il prit à revers
les assiégeants, il les massacra et détruisit leurs machi-
nes de siège, mais il ne put entrer dans la ville, car les
Hittites, voyant la faiblesse de sa charrerie, se retournèrent contre lui. Horemheb aurait été perdu, si les
assiégeants avaient des chars de guerre, mais il réussit à
battre en retraite dans le désert et à détruire les
réserves d'eau de la frontière syrienne, avant que les
Hittites furieux eussent pu rassembler leurs chars
épars.

Après cette expédition risquée, Horemheb se dit que
son faucon ne l'avait pas abandonné, et en songeant au
buisson ardent qu'il avait vu jadis, il ordonna à ses
lanciers et à ses archers d'accourir à marches forcées
par la voie que les Hittites avaient jalonnée de dépôts
d'eau suffisants pour ravitailler une grande armée. Il se
proposait ainsi de faire la guerre dans le désert, bien

que ce terrain fût favorable aux évolutions des chars de combat. Mais je crois qu'il y fut forcé par les circonstances, car lorsqu'il eut réussi à échapper aux Hittites et à regagner le désert, les hommes et les chevaux étaient si épuisés qu'ils n'auraient peut-être pas été en état de retraverser le désert pour rentrer en Egypte. C'est pourquoi, ce qui ne s'était encore jamais vu, il concentra une grande armée dans le désert.

Ce que je viens de raconter de cette première campagne de Horemheb, je le tiens de lui-même et de ses hommes, car je ne l'accompagnai point cette fois. Il m'avait laissé dans le Bas-Pays, en disant que pendant cette expédition on n'aurait pas le temps de panser les blessés, mais que quiconque tomberait d'un char ou se blesserait en route devrait être abandonné et choisir lui-même son genre de mort : se couper la gorge ou s'en remettre aux Hittites.

Mais le butin de cette expédition fut fort maigre, car une cruche n'est qu'une cruche, même si, pleine d'eau, elle peut valoir son pesant d'or dans un désert. Quant aux hommes qui étaient descendus de leurs chars devant Ghaza pour piller le camp hittite, contre l'ordre de Horemheb, ils furent tous massacrés et leurs têtes coupées et plantées sur des perches grimacèrent longtemps contre les murailles de Ghaza, et leur peau servit à fabriquer des sacs et des bourses, car les Hittites sont très habiles dans ce genre de travaux manuels.

Il se peut que cette campagne ait sauvé l'Egypte, comme Horemheb le prétendit, et les soldats qui l'accompagnèrent méritent une gloire immortelle.

Mais pour l'instant ils se plaignaient de la maigreur du butin, et ils auraient volontiers échangé leur gloire contre une poignée d'argent.

En traversant le désert à marches forcées, dans la chaleur et la poussière, sur les traces de Horemheb, l'armée que j'accompagnais ne voyait ici et là que le corps à demi dévoré d'un soldat tombé de son char, ou encore les carcasses des chevaux crevés et les cruches brisées et les cadavres hittites dépouillés et empalés en signe de victoire. C'est pourquoi il est compréhensible que je doive rapporter ici les horreurs de la guerre et non pas l'enivrement des batailles.

Après une marche de deux semaines, épuisante en dépit de l'abondance de l'eau accumulée par les Hittites, on aperçut un soir une colonne de feu qui nous apprit que Horemheb nous attendait avec ses chars. Cette nuit-là, je ne dormis pas. Le désert est froid la nuit, après la chaleur étouffante de la journée, et les soldats qui ont marché nu-pieds pendant des semaines dans le sable brûlant, parmi les plantes épineuses, gémissent et crient en dormant, ce qui a probablement créé la légende selon laquelle le désert est peuplé de mauvais esprits.

Avant l'aube, on sonna les trompettes et les soldats reprirent leur marche harassante, et beaucoup tombaient de fatigue. Par petits groupes, des brigands et des corps francs rejoignaient aussi Horemheb dont le signal nous invitait à nous dépêcher.

Lorsque nous arrivâmes près du camp, nous vîmes que tout l'horizon était couvert de nuages de poussière,

car les Hittites arrivaient enfin pour reconquérir leurs
dépôts d'eau. Leurs éclaireurs parcouraient le désert
par petits groupes et tombaient dans le dos de nos
avant-gardes, semant la confusion et la crainte chez nos
soldats pas habitués à lutter contre des chars et pas
encore entraînés au combat. C'est pourquoi le désordre
se mit dans nos rangs, et bien des soldats épouvantés
s'enfuirent dans le désert où les Hittites les tuèrent à
coups de lance. Heureusement, Horemheb envoya à
notre secours ceux de ses chars qui étaient encore
utilisables, et le respect des Hittites pour les soldats de
Horemheb était si grand qu'ils nous laissèrent tranquilles et se replièrent.

Cette retraite remonta le moral de nos soldats, et les
lanciers brandirent leurs armes en criant et les archers
décochèrent en vain beaucoup de flèches contre les
chars en fuite. Et ils disaient, tout en observant les
nuages de poussière à l'horizon :

— Rien à craindre, car le bras puissant de Horemheb nous protège. Rien à craindre, car il fond comme
un faucon sur les Hittites et leur crève les yeux et les
aveugle.

Mais s'ils pensaient pouvoir se reposer en arrivant au
camp de Horemheb, ils furent cruellement déçus, et
s'ils s'imaginaient qu'il allait les féliciter pour leur
marche à travers le désert, avec leurs pieds écorchés, ils
se trompaient. Car Horemheb nous accueillit les yeux
rouges de fatigue et le visage renfrogné, et en brandissant une cravache tachée de sang et de poussière, il
hurla :

— Où donc avez-vous traîné, bougres de foireux ?
Pourquoi arrivez-vous si tard, enfants du malheur ? Je
n'ai pas d'objections à ce que vos crânes blanchissent
dès demain dans le sable, car j'ai honte en vous voyant.
Vous avancez comme des tortues et vous puez la sueur
et la foire, si bien que je dois me boucher les narines, et
pourtant les meilleurs de mes hommes perdent leur
sang par d'innombrables blessures et mes nobles
chevaux halètent à bout de forces. Mais mettez-vous à
creuser, creusez pour sauver votre peau, puisque vous
êtes habitués à brasser le limon, quand vous ne vous
curez pas le nez ou le derrière de vos doigts crasseux.

Et les soldats égyptiens sans entraînement ne se
fâchèrent pas de ce discours, ils en furent enchantés et
en rirent entre eux, et chacun avait le sentiment d'avoir
échappé au danger depuis qu'il voyait Horemheb. Ils
oublièrent leurs pieds écorchés et leur langue desse-
chée, et selon les ordres de Horemheb ils creusèrent de
profonds fossés et enfoncèrent des pieux dans le sol
entre les rochers et tendirent des cordes de roseau entre
les pieux et roulèrent des blocs dans le défilé entre les
montagnes.

Les hommes épuisés de Horemheb sortirent de leurs
tentes et de leurs abris et vinrent montrer leurs
blessures et raconter leurs prouesses, et sur les deux
mille cinq cents qui étaient partis avec Horemheb il
n'en restait plus que cinq cents en état de combattre.

Peu à peu toute l'armée arriva dans le camp, et
Horemheb envoyait aussitôt les hommes creuser des
tranchées et construire des obstacles pour fermer

l'accès du désert aux chars des Hittites. Il envoya des messagers aux retardataires pour leur enjoindre de gagner le camp au cours de la nuit au plus tard, car tous ceux qui resteraient dans le désert après ce délai seraient cruellement massacrés par les Hittites, si leurs chars réussissaient à forcer le passage.

Mais les soldats égyptiens se sentirent réconfortés en se voyant si nombreux à la lisière du désert, et ils avaient une confiance aveugle en Horemheb qui certainement saurait les sauver des Hittites. Tandis qu'ils creusaient des obstacles et tendaient des cordes de roseau entre les pieux, au ras du sol, et qu'ils roulaient des blocs de rocher, ils virent les chars hittites approcher dans un nuage de poussière et entendirent les cris de guerre. Alors leur nez se refroidit et ils recommencèrent à avoir peur des chars et de leurs faux.

Mais la nuit tombait et les Hittites n'osèrent pas attaquer en terrain inconnu et sans savoir la force des troupes de Horemheb. Ils campèrent dans le désert et allumèrent des feux et affourragèrent leurs chevaux avec des plantes à épines, et le désert était semé à perte de vue de petites lueurs. Toute la nuit, leurs éclaireurs reconnurent les obstacles avec des chars légers et tuèrent des sentinelles, et il y eut des escarmouches tout le long du front. Mais sur les deux ailes, où il n'y avait pas d'obstacles, les brigands et les corps francs surprirent les Hittites et s'emparèrent de plusieurs chars.

Cette nuit fut sans cesse troublée par le bruit des

chars, les plaintes des blessés, le sifflement des flèches
et le cliquetis des armes. Horemheb conseilla à ses
hommes de dormir, s'ils le pouvaient, mais je passai
toute la nuit à panser ses soldats, et il m'y encourageait
en disant :

— Soigne-les bien, Sinouhé, car il n'existe pas de
soldats plus valeureux et chacun d'eux vaut cent et
mille fantassins. Guéris-les, car j'aime mes bousiers, et
ils sont les seuls à savoir se battre, et tous les autres
devront apprendre au combat comment on se com-
porte. Je te donnerai un deben d'or pour chaque soldat
que tu rendras apte à se battre.

Mais j'étais très éprouvé par la traversée du désert,
bien que je l'eusse accomplie en litière, et ma gorge
était irritée par la poussière et je maudissais Horemheb
qui allait me contraindre à périr entre les mains des
Hittites. C'est pourquoi je lui répondis brusquement :

— Garde ton or ou distribue-le à tes pauvres
bousiers, pour qu'ils se sentent riches au moment de
mourir. Car demain nous serons certainement tous
morts, puisque tu nous as attirés dans ce désert
horrible. Si je soigne avec zèle ces hommes, c'est pour
moi, car à mon sens ils sont les seuls de toute l'armée à
savoir se battre, tandis que tous ceux qui sont venus
avec moi s'enfuiront dès qu'ils verront le premier
Hittite. Le plus sage serait de choisir les chevaux les
plus rapides et de fuir tous les deux, et tu pourrais
rassembler une autre armée meilleure que celle-ci.

Horemheb se frotta le nez et dit :

— Ton conseil est digne de ta sagesse, Sinouhé.

Mais je ne le suivrai pas. C'est très simple. Maintenant, nous n'avons pas d'autre moyen de salut que de battre les Hittites. Et nous les battrons, parce que nous n'avons pas d'autre moyen de nous sauver. Je vais aller dormir un moment et boire du vin, car lorsque j'ai un verre dans le nez, je suis très irritable et je me bats mieux.

Il me quitta et bientôt j'entendis glouglouter sa cruche de vin. Il en offrit aussi aux soldats qui passaient près de lui, et il les appelait par leur nom et leur donnait des claques sur l'épaule.

La nuit s'écoula ainsi, et l'aube blafarde se leva sur le désert. Devant les obstacles gisaient des chevaux morts et des chars renversés, et les corbeaux picoraient les crânes des Hittites tués. Horemheb massa ses troupes au pied de la montagne et il leur parla.

2

Pendant que les Hittites éteignaient les feux de bivouac avec du sable et harnachaient leurs chevaux et aiguisaient leurs armes, Horemheb, appuyé à un rocher rugueux et rongeant un morceau de pain sec et un oignon, fit un discours à ses troupes.

— En regardant devant vous, vous voyez un grand miracle, car en vérité Amon nous a livré les Hittites et nous accomplirons des exploits aujourd'hui. Comme

vous le voyez, l'infanterie hittite n'est pas encore
arrivée, elle attend à la lisière du désert, où il y a de
l'eau en abondance, que les chars lui aient frayé la voie
et reconquis les dépôts d'eau, pour envahir l'Egypte.
Leurs chevaux souffrent déjà de la soif et ils n'ont pas
de fourrage, car j'ai brûlé leurs dépôts et cassé leurs
cruches d'eau d'ici en Syrie. C'est pourquoi les chars
hittites doivent aujourd'hui forcer le passage ou bien
regagner la Syrie et y attendre d'avoir reconstitué leurs
dépôts. S'ils étaient intelligents, ils renonceraient à la
bataille et se replieraient sur la Syrie, mais ils sont
cupides et ils ont placé tout l'or de la Syrie dans les
cruches d'eau qui jalonnent la route vers l'Egypte, et
ils ne veulent pas les perdre sans combat. C'est
pourquoi je vous dis qu'Amon nous les a livrés, car
leurs chevaux se prendront les jambes dans nos cordes
et l'assaut des chars, qui est la force des Hittites, sera
brisé par les tranchées que vous avez creusées sans
épargner vos efforts.

Horemheb cracha une pelure d'oignon et mâcha un
morceau de pain, et les troupes se mirent à taper des
pieds et à réclamer, comme des enfants qui demandent
un conte. Alors Horemheb fronça les sourcils et cria :

— Par Seth et tous les démons, est-ce que les
cuisiniers ont fourré des crottes de chat dans mon pain,
pour que j'en aie la bouche si empestée ? J'en ferai
pendre deux la tête en bas, mais ne riez pas, bougres de
rats de vase, ce n'est pas pour vous que je les punirai,
car libre à eux de vous nourrir de bouses de vache, les
crottes de mes chevaux ont plus de valeur pour moi

que tout votre sale troupeau. C'est que vous n'avez rien du soldat, vous êtes des rats de vase puants. Rappelez-vous que les perches que vous tenez à la main sont des lances, et que leur pointe n'est pas faite pour se gratter les fesses, mais pour crever la panse des Hittites. Et je dis aux archers qui se croient des lurons parce qu'ils bandent leurs arcs et envoient une flèche haut dans l'air, comme des enfants : Tâchez de viser les Hittites en tirant, et si vous êtes de vrais soldats, vous leur crèverez les yeux. Mais c'est inutile de vous donner ces instructions, c'est pourquoi contentez-vous de viser les chevaux, qui sont une cible assez grande pour vous. Plus vous les laisserez approcher, plus facilement vous les atteindrez malgré votre maladresse, et rappelez-vous que je rosserai tout homme qui aura manqué le but, car nous n'avons pas les moyens de gaspiller nos flèches. Souvenez-vous que leurs pointes ont été forgées en Egypte avec les bijoux des femmes et les colliers des filles de joie, si ce renseignement vous intéresse. Et aux lanciers je dis : Quand un cheval approche, appuyez votre lance contre le sol et dirigez-en la pointe des deux mains contre le poitrail du cheval, car vous ne courez aucun danger, vous aurez toujours le temps de sauter de côté avant que le cheval ne s'abatte. Si vous tombez, prenez votre poignard et coupez les jarrets des chevaux, c'est votre seul moyen de salut, avant que les roues ne vous écrasent. Voilà l'affaire, rats du Nil.

Il flaira avec dégoût son morceau de pain et le lança

au loin, puis il leva sa cruche et but une bonne gorgée
de vin, avant de continuer :

— Au fond, c'est inutile que je vous parle, car dès
que vous entendrez les hurlements des Hittites et le
grondement de leurs chars, vous commencerez à
pleurer et vous cacherez votre tête dans le sable,
puisqu'il n'y a pas de robe maternelle à votre portée.
Mais je tiens à vous dire que si les Hittites forcent le
passage et atteignent les dépôts d'eau derrière nous,
vous serez tous perdus et dans quelque temps votre
peau servira de sac aux femmes de Byblos et de Sidon
quand elles iront au marché, à moins que, les yeux
crevés, vous ne tourniez la meule dans le camp
d'Aziru. Car alors nous serons cernés. Mais je vous fais
observer que maintenant déjà toute voie de retraite
nous est coupée, car si nous quittons notre position, les
chars Hittites nous harcèleront dans le désert et nous
disperseront comme la crue balaye les fétus de paille.
Je vous dis cela seulement pour vous ôter toute idée de
fuir. Et pour toute sûreté, je vais placer à bonne
distance derrière vous cinq cents de mes bousiers, pour
qu'ils aient l'occasion de bien rire en vous regardant
combattre, ce qu'ils ont amplement mérité, mais aussi
pour qu'ils massacrent sans pitié quiconque se trom-
pera de direction ou qu'ils lui fassent subir la petite
opération qui transforme un taureau sauvage en un
bœuf de trait placide. Vous savez maintenant que si
devant vous une mort possible vous guette, derrière
vous ce sera une mort certaine, mais devant vous il y a
en outre la victoire et la gloire, car je ne doute pas de

notre victoire sur les Hittites, si chacun fait son devoir.
Pour cela, il faut simplement leur tomber dessus et leur
fracasser la tête ou leur crever la peau avec les armes
qui vous ont été confiées. C'est votre seul moyen de
salut, et je me battrai à côté de vous, et si ma cravache
vous frappe plus souvent que les Hittites, c'est vous
qui l'aurez voulu, mes braves rats de fumier.

Les hommes l'écoutaient fascinés, et je dois avouer
que je me sentais inquiet, car les Hittites approchaient
déjà des obstacles, mais je crois que Horemheb parlait
seulement pour gagner du temps et pour communiquer
son calme aux soldats en abrégeant l'énervement de
l'attente. Il jeta un regard sur le désert, brandit sa
cravache et cria :

— Nos amis hittites approchent avec leurs chars, et
je remercie tous les dieux de l'Egypte d'avoir aveuglé
leur entendement. Allez, rats de vase du Nil, et que
chacun occupe son poste fixé, et personne ne le
quittera sans ordre. Et vous, mes chers bousiers,
placez-vous derrière ces lièvres et ces limaces et
châtrez-les comme il convient, s'ils essayent de fuir. Je
pourrais vous dire : Battez-vous pour les dieux de
l'Egypte, luttez pour la terre noire, luttez pour vos
femmes et vos enfants. Mais c'est inutile, parce que
vous seriez prêts à uriner sur vos femmes, si vous
pouviez fuir en sécurité. C'est pourquoi je vous dis :
Rats de vase de l'Egypte, luttez pour vous, luttez pour
votre peau, et ne reculez pas, car vous n'avez pas
d'autre chance de salut. Courez, mes gars, courez,

sinon les chars hittites arriveront aux obstacles avant vous, et la bataille finira avant d'avoir commencé.

Il congédia les hommes et les troupes coururent vers les obstacles en poussant des cris, je ne sais si c'était de courage ou de peur. Horemheb les suivit lentement, et je restai au pied de la montagne pour suivre l'évolution de la bataille à bonne distance, parce que j'étais médecin et que ma vie était précieuse.

Les Hittites avaient massé leur charrerie en ordre de bataille dans la plaine. C'était superbe et effrayant de voir briller les soleils ailés sur la poitrine des hommes et sur les chars, et les oriflammes et les plumes flottantes et les caparaçons bigarrés. Il était évident qu'ils allaient concentrer leur attaque sur le terrain découvert hâtivement fortifié par Horemheb, sans s'engager dans les gorges entre les collines et sans s'aventurer au loin dans le désert où les corps francs et les brigands protégeaient les flancs de Horemheb. Ils n'osaient pas s'aventurer trop loin dans le désert, car ils manquaient déjà d'eau et de fourrage, et ils comptaient sur leur force et sur leur tactique éprouvée pour forcer le passage gardé par des troupes inexpérimentées. Leurs chars combattaient par groupe de six, et une section de dix groupes formait un régiment, et je crois qu'ils avaient en tout soixante régiments. Et les chars lourds avec trois chevaux et trois hommes formaient le centre de leur ligne de bataille, et en observant ces chars lourds je n'arrivais pas à comprendre comment les troupes de Horemheb pourraient arrêter leur attaque, car ils se mouvaient avec une lenteur puissante, comme des navires dans le désert, en broyant tout sur leur passage.

Ils firent sonner les trompettes, et les chefs hissèrent leurs oriflammes et les chars se mirent en mouvement d'une allure accélérée, et quand ils approchèrent des obstacles, je vis avec surprise qu'entre eux couraient des chevaux détachés, et sur chaque cheval un homme cramponné à la crinière lui battait les flancs du talon. Je ne compris le sens de cette étrange chevauchée qu'en voyant ces hommes se baisser et couper les cordes tendues à ras de terre entre les pieux pour faire trébucher les chevaux des chars. Mais d'autres cavaliers avancèrent entre les obstacles et fichèrent dans le sol des lances munies de petits drapeaux de couleur. Tout cela se passa avec la vitesse de l'éclair, et je n'en compris pas le but. Bientôt les cavaliers eurent disparu derrière les chars, et seuls quelques chevaux blessés se débattaient devant les obstacles.

Soudain je vis Horemheb courir seul vers les obstacles et arracher une des lances et la jeter au loin, et alors je compris que les Hittites les avaient placées pour marquer les points faibles des obstacles et pour servir de repères aux chars lourds. D'autres hommes suivirent l'exemple de Horemheb, et la plupart rapportèrent les lances comme trophées. Je crois que l'intervention rapide de Horemheb sauva l'Egypte en cette journée, car si les Hittites avaient pu concentrer tout le poids de leur attaque sur les points marqués par les lances, les Egyptiens auraient été incapables de leur résister.

Bientôt les chars légers parvinrent aux obstacles et y firent des brèches. Cette première rencontre souleva de tels nuages de poussière qu'il me fut difficile d'en discerner tous les mouvements. Mais je pus cependant voir que de nombreux chars avaient été immobilisés devant les obstacles et que les conducteurs hittites les contournaient prudemment. En quelques points, les chars légers réussirent à franchir tous les obstacles, en dépit de lourdes pertes, mais ils ne poursuivirent pas leur avance, ils se groupèrent et les hommes descendirent pour déblayer le terrain et frayer la route aux chars lourds qui attendaient leur tour hors de portée des flèches.

Un soldat expérimenté aurait constaté que tout était perdu, mais les troupes de Horemheb ne virent que les chevaux abattus et les chars immobilisés, et ils crurent que l'assaut avait été enrayé par leur vaillance. C'est pourquoi ils se précipitèrent sur les chars légers arrêtés et certains rampèrent pour aller couper les jarrets des chevaux, tandis que d'autres archers tiraient sur les Hittites occupés à déplacer les blocs de rocher. Horemheb les laissa agir à leur guise, et grâce à leur nombre ils réussirent à s'emparer de beaucoup de chars qu'ils remirent aux bousiers de Horemheb en poussant des clameurs de triomphe. Horemheb savait que la bataille ne faisait que commencer, mais il gardait confiance en sa chance et aussi dans le large fossé qu'il avait fait creuser derrière les troupes, au milieu de la vallée, et qui était recouvert de branches et de sable. Les chars légers n'avaient pas poussé jusqu'à cette tranchée, croyant avoir déjà surmonté tous les obstacles.

Après avoir déblayé un espace suffisant pour les chars lours, les Hittites survivants remontèrent sur leurs chars et se replièrent rapidement, ce qui provoqua une immense allégresse dans les troupes égyptiennes déjà sûres d'avoir remporté la victoire. Mais Horemheb fit sonner les trompettes et ordonna de remettre les blocs de pierre à leur place et de planter des lances la pointe dirigée contre l'assaillant, car il était obligé de retirer ses troupes à l'abri des obstacles et de laisser les brèches dégarnies, pour éviter que les faux des chars lourds ne causent des ravages dans les rangs des défenseurs.

A peine cet ordre avait-il été exécuté que les chars lourds des Hittites, fleur et fierté de leur armée, s'ébranlèrent avec fracas. Ils étaient tirés par de grands chevaux qui étaient beaucoup plus hauts que ceux de l'Egypte et dont la tête était protégée par une plaque de métal et dont les flancs étaient couverts d'épaisses cuirasses de laine. Les larges roues écartèrent les pierres et le poitrail des chevaux brisa les lances fichées en terre, et des gémissements et des cris s'élevèrent, quand les roues écrasèrent les défenseurs et que les faux les taillèrent en pièces.

Bientôt je vis sortir du nuage de poussière les lourds chars dont les chevaux galopaient comme des monstres effrayants avec leurs caparaçons bigarrés et avec les pointes de bronze ornant leurs masques. Ils se ruaient en avant et aucune force au monde ne semblait capable

de les arrêter et de leur barrer le passage vers les dépôts
d'eau, car les soldats s'étaient retirés aux deux ailes sur
les premières pentes des collines, comme l'avait
ordonné Horemheb. Les Hittites poussèrent leur cri de
guerre et poursuivirent leur avance, en soulevant des
nuages de poussière, et je me jetai à terre en pleurant
sur l'Egypte et sur le pays sans protection et sur tous
les hommes qui allaient périr ici à cause de l'entêtement stupide de Horemheb.

Mais les Hittites ne se laissèrent pas éblouir par leur
succès, les freins de leurs chars labourèrent le sol et ils
envoyèrent des chars légers en reconnaissance, car ils
étaient prudents et redoutaient les surprises, bien
qu'ils n'eussent guère de respect pour les Egyptiens.
Mais il est difficile de ralentir l'assaut des chars lourds,
car les énormes chevaux lancés à toute vitesse brisent
les rênes et renversent les chars, si on les arrête trop
brusquement.

C'est ainsi que les chars continuèrent à avancer sur
un large front, dans le terrain découvert, jusqu'au
moment où brusquement le sol s'ouvrit sous eux et les
engloutit. La tranchée creusée par les rats de vase du
Nil s'étendait à travers toute la vallée, et les chars
lourds y tombèrent par dizaines, avant que les conducteurs eussent eu le temps de ralentir pour longer le
bord du fossé, si bien que le front d'attaque fut rompu.
En entendant les hurlements des Hittites, je levai la
tête et je vis leur défaite, mais bientôt la poussière
recouvrit le champ de bataille.

Si les Hittites avaient su se dominer et reconnaître

leur échec, ils auraient pu sauver au moins la moitié de
leurs chars et écraser les Egyptiens. Ils auraient en effet
pu retraverser les obstacles fracassés et lancer une
nouvelle attaque. Mais ils ne pouvaient admettre une
défaite, car c'était à leurs yeux une chose inconcevable.
C'est pourquoi il ne leur vint pas à l'idée d'échapper à
l'infanterie égyptienne dépourvue de chars, mais ils
gravirent les pentes des collines pour s'arrêter au
sommet et ils descendirent de leurs chars pour examiner comment ils pourraient franchir la tranchée et
sauver leurs camarades, dès que la poussière se serait
dissipée.

Mais Horemheb n'attendit pas qu'ils fussent remis
de leur surprise, il fit sonner les trompettes et déclarer
aux troupes que sa ruse avait anéanti les chars hittites
et que l'ennemi était désormais à leur merci. Il envoya
des archers sur les collines pour inquiéter les Hittites et
il chargea des hommes de battre le sol pour soulever
des nuages de poussière, en partie pour gêner les
Hittites et en partie pour empêcher ses hommes de voir
le nombre énorme des chars encore en état de combattre. Il ordonna aussi de rouler des pierres du haut des
collines dans la vallée pour refermer les brèches des
obstacles, afin de compléter sa victoire et de prendre
intacts les chars.

Entre-temps, les régiments de chars légers campaient dans la plaine pour abreuver les chevaux et
réparer les harnais et les roues. Ils entendaient les cris
et le fracas des armes et ils voyaient tourbillonner la
poussière, si bien qu'ils croyaient que les chars lourds

pourchassaient les Egyptiens pour les anéantir comme
des rats.

Sous la protection de la poussière, Horemheb
envoya ses meilleurs lanciers près de la tranchée pour
empêcher les Hittites de secourir leurs camarades et de
combler le fossé. Il ordonna aux autres hommes de
rouler de grosses pierres autour des chars lourds
immobilisés et, si possible, de les isoler par groupes
pour les enfermer dans un espace étroit où ils ne
pourraient évoluer librement. Et bientôt sur les pentes
des collines roulèrent de grosses pierres, car les
Egyptiens sont habiles à manier la pierre et dans les
troupes de Horemheb il n'y avait que trop d'hommes
qui avaient appris cet art dans les carrières.

Les Hittites s'étonnèrent grandement de voir que la
poussière ne se dissipait pas, et ils ne pouvaient voir ce
qui se passait autour d'eux, et des flèches pleuvaient
sur eux de toute part. Leurs chefs se disputaient, car ils
n'avaient encore jamais rien vu de pareil et ne savaient
qu'entreprendre, puisqu'on ne leur avait pas enseigné
lors des manœuvres comment il convenait d'agir dans
une situation pareille. C'est pourquoi ils perdirent leur
temps à discuter, et ils envoyèrent quelques chars dans
le nuage de poussière pour reconnaître les positions des
Egyptiens, mais ces chars ne revinrent pas, les chevaux
trébuchèrent sur les pierres et les lanciers abattirent les
conducteurs. Pour finir, les chefs hittites firent sonner
le rassemblement et lancèrent une attaque pour regagner la plaine afin de s'y préparer à un nouvel assaut.
Mais ils ne reconnurent pas le chemin qu'ils avaient

suivi, et leurs chevaux se prirent dans les cordes et dans les pièges et les chars culbutèrent, si bien que les hommes durent descendre et se battre à pied. Ils étaient courageux et entraînés, et ils tuèrent beaucoup d'Egyptiens, mais ils n'étaient pas habitués à la lutte à pied. C'est pourquoi les soldats de Horemheb les vainquirent, mais cette bataille dura jusqu'au soir.

A la tombée de la nuit, le vent souffla du désert et chassa les nuages de poussière et découvrit le champ de bataille et la terrible défaite des Hittites qui avaient perdu la plupart de leurs chars lourds, et un grand nombre de chars et de chevaux étaient tombés intacts entre les mains de Horemheb. Mais les vainqueurs épuisés et excités par l'ardeur du combat, par les blessures et par l'odeur du sang s'effrayèrent de voir leurs propres pertes, car les cadavres d'Egyptiens étaient beaucoup plus nombreux que ceux des Hittites. Les survivants dirent :

— Ce fut une journée terrible et il est heureux que nous n'ayons pas vu ce qui se passait autour de nous, car si nous avions aperçu la multitude des Hittites et constaté la grandeur de nos pertes, le cœur nous serait certainement monté à la gorge et nous ne nous serions pas battus comme des lions, ainsi que nous l'avons fait.

Les derniers Hittites cernés se rendirent, et Horemheb les fit attacher avec des cordes, et tous les rats de vase du Nil s'approchèrent d'eux pour les examiner et pour toucher du doigt leurs plaies et pour arracher les soleils ailés et les haches doubles qui ornaient les casques et les habits.

Au milieu de cette confusion terrible, Horemheb allait d'un groupe à l'autre et distribuait des claques aux hommes et louait ceux qui s'étaient bien battus, les appelant ses enfants et ses chers bousiers. Il leur fit distribuer du vin et de la bière et leur permit de dévaliser tous les morts, aussi bien les Egyptiens que les Hittites, afin qu'ils eussent l'impression de ramasser du butin. Mais le butin le plus précieux était constitué par les chars lourds et par les chevaux qui ruaient et mordaient rageusement, mais on leur donna de l'eau et du fourrage, et les hommes de Horemheb habitués à soigner les chevaux leur parlèrent doucement et les décidèrent à servir l'Egypte. C'est que le cheval est un animal très intelligent, bien que redoutable, et qu'il comprend le langage humain. C'est pourquoi ils consentirent à servir Horemheb, une fois qu'ils furent bien nourris. Mais je me demande comment ils purent comprendre l'égyptien, alors qu'ils étaient habitués seulement à l'incompréhensible langue hittite. Mais les hommes de Horemheb m'assurèrent que les chevaux comprennent tout ce qu'on leur dit, et je dus les croire, en voyant comment ces animaux puissants et sauvages se soumettaient et se laissaient enlever leurs lourds caparaçons.

La même nuit Horemheb envoya un message aux brigands du désert et aux corps francs pour inviter tous les hommes de cœur à s'engager dans ses troupes de chars, car les gens du désert savent soigner les chevaux mieux que ne le font les Egyptiens qui en ont peur. Ils répondirent avec empressement à cet appel et furent ravis de leurs chars et de leurs magnifiques chevaux.

Pour moi, je n'avais pas le temps de me reposer, car je devais soigner les blessés et recoudre les plaies et remettre en place les membres démis et trépaner les crânes enfoncés par les massues hittites. J'avais de nombreux aides chirurgiens, et pourtant le travail dura trois jours et trois nuits, et pendant ce temps moururent tous ceux dont les blessures étaient inguérissables. Il me fut impossible de travailler en paix, car le fracas du combat me déchirait les oreilles, les Hittites refusant encore de croire à leur défaite. Le lendemain ils lancèrent une attaque avec leurs chars légers pour reconquérir les chars perdus, et le troisième jour ils cherchèrent à forcer les obstacles, car ils n'osaient pas rentrer en Syrie et se présenter à leurs grands chefs.

Le troisième jour, Horemheb passa à l'offensive avec les chars pris à l'ennemi, et il réussit à disperser les chars hittites légers, mais les Egyptiens subirent de grandes pertes, parce que les Hittites étaient plus rapides et mieux entraînés à la guerre des chars. Mais ces pertes étaient nécessaires, m'expliqua Horemheb, car c'est seulement au combat que ses nouveaux bousiers pouvaient apprendre à manier les chars et les chevaux, et il valait mieux les entraîner contre un ennemi inférieur en nombre et découragé par la défaite que contre des troupes reposées et bien équipées.

— Nous ne reprendrons jamais la Syrie, si nous n'avons pas des chars à opposer aux chars, dit encore Horemheb. C'est pourquoi toute cette bataille à l'abri des obstacles n'était qu'un jeu d'enfants, et le seul avantage est d'avoir empêché l'invasion de l'Egypte.

Il espérait que les Hittites enverraient leur infanterie dans le désert, mais ils étaient trop avisés pour cela et ils gardaient leurs troupes en Syrie, en se disant que peut-être dans la griserie de sa victoire Horemheb envahirait ce pays, où ses hommes auraient été une proie facile pour leurs troupes reposées et aguerries. Mais leur défaite avait suscité une grande inquiétude en Syrie, et de nombreuses villes se révoltèrent contre Aziru et lui fermèrent leurs portes, car on était las de l'ambition d'Aziru et de la rapacité des Hittites et on songeait à se ménager la faveur de l'Egypte dont on escomptait la prompte victoire. En effet, les villes de Syrie ont toujours été désunies, et les émissaires de Horemheb y semaient le trouble et répandaient des bruits exagérés et effrayants sur la défaite des Hittites dans le désert.

Tandis que ses troupes se reposaient sur la Montagne de la Victoire, Horemheb ourdissait de nouveaux projets, et il envoya de nouveau des émissaires à Ghaza toujours assiégée : « Tenez Ghaza ! » C'est qu'il savait que si Ghaza succombait, il n'aurait aucun point d'appui sur le rivage de la Syrie. Et il fit aussi répandre parmi ses troupes des bruits sur la richesse de la Syrie et sur les prêtresses du temple d'Ishtar qui sont si habiles à cajoler les braves soldats. Je ne savais pas ce qu'il attendait, mais un beau jour, un homme à demi mort de faim et de soif se faufila entre les obstacles et se constitua prisonnier et demanda à être conduit vers

Horemheb. Les soldats se moquèrent de lui, mais Horemheb le reçut, et l'homme s'inclina profondément devant lui, les mains à la hauteur des genoux, bien qu'il fût vêtu à la syrienne. Puis il mit sa main sur son œil, comme s'il avait eu mal. Horemheb lui dit alors :

— Tiens, est-ce qu'un scarabée t'a piqué à l'œil ?

Je me trouvais à ce moment dans la tente, et je m'étonnai de ce stupide bavardage, parce qu'un scarabée est un animal inoffensif qui ne pique pas. Mais l'homme répondit :

— En vérité un scarabée m'a piqué à l'œil, car en Syrie il y a dix fois dix scarabées et ils sont tous très venimeux.

Horemheb dit :

— Je te salue, homme courageux, et tu peux parler franchement, car ce médecin est un homme bête qui ne comprend rien.

A ces paroles, l'émissaire dit :

— O mon maître Horemheb, le foin est arrivé.

Il ne dit rien d'autre, mais je devinai à ces paroles qu'il était un espion de Horemheb, et Horemheb sortit rapidement et fit allumer un feu sur la crête de la colline, et au bout d'un instant des feux brillèrent sur toutes les collines entre la Montagne de la Victoire et le Bas-Pays. C'est ainsi que Horemheb transmit à Tanis un message ordonnant à la flotte de se rendre à Ghaza et, s'il le fallait, d'engager le combat avec les forces navales syriennes.

Le lendemain matin, Horemheb fit sonner les

trompettes et l'armée partit à travers le désert vers la
Syrie, et les chars précédaient les troupes en nettoyant
la route et en préparant les étapes. Mais je n'arrivais
pas à comprendre comment Horemheb osait maintenant affronter les Hittites en terrain découvert. Les
soldats le suivaient sans murmurer, car ils rêvaient des
richesses de la Syrie et de l'abondant butin. Je montai
dans ma litière et suivis l'armée, et nous laissions
derrière nous la Montagne de la Victoire et les os des
Egyptiens et des Hittites qui blanchissaient en bonne
entente dans le désert.

3

Je dois maintenant parler de la guerre en Syrie, mais
mon récit sera bref, car je ne comprends pas grand-
chose aux affaires militaires et toutes les batailles se
ressemblent à mes yeux et toutes les villes incendiées et
les maisons pillées sont semblables, et les femmes en
pleurs et les corps déchiquetés sont identiques, où que
ce soit qu'on les voie. Mon récit serait très monotone,
si je racontais tout en détail, car la guerre en Syrie dura
trois ans, et ce fut une guerre cruelle et impitoyable, et
bien des villages syriens furent dépeuplés et les arbres
fruitiers étaient coupés dans les vergers et les villes se
vidaient.

Je veux d'abord raconter la ruse de Horemheb, qui

ne craignit pas de pénétrer en Syrie et de renverser les
bornes dressées par Aziru, tandis que les soldats
pillaient les villages et se divertissaient avec les femmes
syriennes pour avoir un avant-goût des fruits de la
victoire. Il marcha directement sur Ghaza, et dès qu'ils
connurent ce projet, les Hittites massèrent leurs troupes près de cette ville pour lui barrer la route et pour
l'anéantir dans une plaine favorable aux évolutions des
chars. Mais l'hiver était déjà venu, et ils durent
affourrager leurs chevaux avec du foin acheté aux
marchands syriens, et avant la bataille les chevaux
commencèrent à chanceler et leurs excréments étaient
verdâtres et liquides et beaucoup de bêtes périssaient.
C'est pourquoi Horemheb put engager la bataille à
forces égales, et une fois qu'il eut repoussé les chars
hittites, il vint facilement à bout de l'infanterie. Ses
lanciers et archers achevèrent la déroute, si bien que les
Hittites subirent la plus lourde défaite de leur histoire,
et il resta sur le champ de bataille plus de cadavres
syriens et hittites que d'égyptiens, et désormais cette
plaine fut appelée la Plaine des Ossements. Mais dès
qu'il eut pénétré dans le camp hittite, il fit immédiatement brûler le foin et le fourrage, car ils étaient
empoisonnés et on y avait mêlé des drogues qui
rendaient les chevaux malades. Mais j'ignorais alors
comment Horemheb avait combiné cette ruse de
guerre.

   C'est ainsi que Horemheb arriva devant Ghaza,
tandis que les Hittites et les Syriens abandonnaient en
hâte toute la Syrie du sud pour se réfugier dans leurs

places fortes, et il dispersa les assiégeants. En même temps, la flotte égyptienne pénétra dans le port de Ghaza, mais en fort mauvais état, et bien des navires étaient encore en feu après la bataille navale de deux jours qu'il avait fallu livrer au large de la ville. Cette bataille était restée indécise, car la flotte égyptienne s'était réfugiée à Ghaza, et bien des navires s'échouèrent avant que le commandant de la place eût consenti à ouvrir le port. Mais la flotte réunie de Syrie et des Hittites s'enfuit à Tyr et à Sidon pour réparer ses avaries.

Le jour où les portes de Ghaza invaincue s'ouvrirent aux troupes de Horemheb est encore célébré en Egypte comme une fête, c'est la journée de Sekhmet, et les enfants se battent avec des massues de bois et des lances de roseau en jouant au siège de Ghaza. Et certainement aucune ville ne fut jamais défendue aussi héroïquement que Ghaza, et le commandant de la place mérita amplement toute la gloire que lui valut sa résistance. C'est pourquoi je mentionnerai son nom, bien qu'il m'ait infligé la honte de me hisser dans une corbeille. Il s'appelait Roju.

Ses hommes le nommaient Nuque de Taureau, et cela donne une idée exacte de son physique et de son caractère, car je n'ai jamais rencontré d'homme plus entêté et plus méfiant. Après sa victoire, Horemheb dut attendre toute une journée avant de convaincre Roju de lui ouvrir les portes de la ville. Et pour commencer il n'admit que Horemheb et il s'assura de son identité, car il le prenait pour un Syrien déguisé.

Quand il comprit enfin que Horemheb avait battu les Hittites et que Ghaza n'était plus assiégée, il ne montra pas une bien grande joie, mais il resta revêche, et il trouva fort déplaisant que Horemheb fût son supérieur et lui donnât des ordres à Ghaza, car au cours de ce siège de plusieurs années il s'était habitué à être son propre chef.

Je veux encore raconter quelques anecdotes sur ce fameux Roju Nuque de Taureau, car ce personnage est très curieux et son entêtement causa bien des incidents. Je crois qu'il était un peu fou et détraqué, mais s'il n'avait pas été ainsi, les Hittites et Aziru auraient certainement pris Ghaza. Je ne pense pas qu'il aurait fait une belle carrière ailleurs qu'à Ghaza où les dieux et un destin propice lui avaient donné un poste approprié à ses moyens. On l'avait relégué à Ghaza à cause de ses éternelles jérémiades et plaintes, parce que cette ville était un vrai lieu de châtiment, mais plus tard les événements lui donnèrent de l'importance. En fait, c'est Roju qui lui fit jouer ce rôle, en refusant de la céder à Aziru.

Ghaza avait été sauvée par les hautes murailles en énormes blocs de pierre qu'on disait avoir été construites jadis par des géants. Les Hittites eux-mêmes furent impuissants contre ces murailles, mais ils avaient tout de même réussi, par leur habileté militaire, à y pratiquer quelques brèches, et en creusant une galerie ils avaient provoqué l'écroulement d'une tour de garde.

La vieille ville avait été en partie incendiée, et

aucune maison n'avait son toit intact. Quant à la nouvelle ville, qui se trouvait en dehors des remparts, Roju l'avait fait raser dès qu'il avait appris la révolte d'Aziru, et il avait donné cet ordre par simple esprit de contradiction, parce que tous ses conseillers l'en dissuadaient. Naturellement les habitants syriens de la ville en furent furieux et se révoltèrent prématurément, de sorte que Roju put mater la rébellion avant que les troupes d'Aziru ne pussent venir au secours des révoltés. La répression fut si brutale que plus personne n'osa désormais se dresser contre Roju.

Si quelqu'un était pris les armes à la main et demandait merci, Roju disait : « Assommez cet individu, car il offense mon équité en demandant merci. » Et si quelqu'un se rendait sans demander grâce, Roju se fâchait et disait : « Assommez ce rebelle entêté qui ose crâner devant moi. » Si des femmes venaient avec leurs enfants implorer la grâce de leurs maris, il les faisait tuer sans pitié en disant : « Tuez toute cette nichée de Syriens qui ne comprend pas que ma volonté est supérieure à la leur, comme le ciel est supérieur à la terre. » Ainsi, personne ne savait comment se le concilier, car il flairait une injure ou une résistance dans toute parole qu'on lui adressait.

Mais l'assaut d'Aziru n'avait été qu'un jeu d'enfants en comparaison du siège cruel et rationnel des Hittites. Car les Hittites lançaient jour et nuit des matières enflammées dans la ville et aussi des serpents venimeux enfermés dans des cruches et encore des charognes et des Egyptiens prisonniers qui se fracassaient contre les murailles. A notre entrée dans la ville, il n'y avait plus beaucoup d'habitants vivants, et seules quelques femmes et des vieillards affreusement émaciés sortirent des caves des maisons incendiées. Tous les enfants étaient morts et tous les hommes avaient péri en trimant pour réparer les murailles. Et les survivants ne nous accueillirent pas du tout avec joie, mais ils nous montraient le poing et juraient. Horemheb leur fit distribuer de la viande, du blé et du vin, et beaucoup moururent la nuit suivante, car leur ventre affamé n'avait pas supporté la nourriture abondante et riche.

Je voudrais décrire Ghaza telle qu'elle m'apparut le jour de notre entrée. Je voudrais dire les peaux humaines suspendues aux murs et les crânes noircis que les vautours picoraient. Je voudrais dire l'horreur des maisons détruites et les carcasses d'animaux dans les ruelles pleines de décombres. Je voudrais dire l'odeur épouvantable de la ville, le relent de mort et de peste qui forçait les soldats de Horemheb à se boucher le nez. Je voudrais décrire tout cela pour expliquer pourquoi, en cette journée de grande victoire pour l'Egypte, je ne pus me réjouir dans mon cœur.

Je voudrais aussi décrire les soldats survivants de Roju Nuque de Taureau, leurs côtes saillantes et leurs genoux tuméfiés et leurs dos marbrés de coups de fouet. Je voudrais dire leurs yeux qui n'avaient plus rien d'humain, mais qui luisaient dans les ruines comme ceux des fauves. Ils brandissaient des lances dans leurs mains impuissantes et ils criaient lamentablement en l'honneur de Horemheb : « Tenez

Ghaza. » Je ne crois pas que c'était de l'ironie, mais aucune autre pensée humaine n'existait dans leurs pauvres têtes. Ils étaient moins mal en point que les habitants de la ville, car Roju leur réservait les vivres, et Horemheb leur fit distribuer de la viande fraîche et de la bière et du vin, qu'il avait en abondance après avoir pillé le camp des Hittites et les provisions des assiégeants.

A chaque soldat de Ghaza, Horemheb remit une chaîne d'or et cela ne lui coûta pas bien cher, car il n'en restait pas deux cents. Il leur donna aussi des femmes syriennes, mais ils étaient si épuisés qu'ils étaient hors d'état de se divertir avec elles, et ils se mirent à les torturer à la manière hittite, car durant le siège ils avaient appris bien des coutumes nouvelles, comme par exemple d'écorcher vifs les prisonniers et de suspendre les peaux aux murs. Mais ils prétendaient qu'ils torturaient les femmes syriennes seulement par haine des Syriens, et ils disaient : « Ne nous montrez pas de Syrien, car si nous en voyons un, nous lui sauterons à la gorge et l'étranglerons. »

A Roju Nuque de Taureau, Horemheb donna une chaîne d'or émaillée et ornée de pierres précieuses et une cravache dorée, et il fit pousser à ses hommes des cris en l'honneur de Roju, ce que chacun fit volontiers, car on aimait sincèrement cet homme dont la vaillance avait sauvé Ghaza. Après la cérémonie, Roju dit à Horemheb :

— Me prends-tu pour un cheval, que tu me donnes

un harnais, et ce fouet est-il tressé avec de l'or véritable, ou n'est-ce que de l'or syrien mélangé ?

Et il dit encore :

— Emmène tes hommes hors de la ville, car leur nombre me tracasse et le bruit qu'ils font m'empêche de dormir, alors que mon sommeil était excellent pendant le siège, au fracas des béliers et à la lueur des incendies. En vérité, emmène tes hommes, car à Ghaza c'est moi qui suis le pharaon, et si je me fâche, je lancerai mes hommes sur les tiens pour les massacrer, s'ils ne cessent pas de troubler mon sommeil.

Et vraiment Roju ne pouvait plus dormir depuis que le siège avait cessé et les soporifiques restaient inopérants et le vin ne l'endormait pas. Il ruminait sans cesse et essayait de se rappeler où avait été employé tout le matériel des magasins militaires, et un jour il vint humblement trouver Horemheb et lui dit :

— Tu es mon supérieur. Inflige-moi une punition, car je dois rendre compte au pharaon de tout le matériel qui m'a été confié, et je ne puis le faire, parce que la plupart de mes papiers ont été brûlés dans les incendies et que ma mémoire baisse depuis que je dors si mal. Je peux rendre compte de tout, sauf de quatre cents croupières pour ânes que je ne sais où trouver, et mon chef du matériel l'ignore aussi, bien que je l'aie fait rosser au point qu'il ne peut plus s'asseoir. Où sont ces quatre cents croupières dont nous n'avons pas eu besoin, puisque tous les ânes de la garnison ont été mangés depuis longtemps ? Par Seth et tous les démons, Horemheb, fais-moi fustiger publiquement, car la colère du pharaon m'inquiète et jamais je n'oserai me présenter devant lui comme l'exige mon rang, si je ne retrouve pas ces croupières.

Horemheb essaya de le calmer et dit qu'il lui remettrait volontiers quatre cents croupières pour ânes, mais Roju se fâcha et dit :

— Tu cherches manifestement à m'inciter à la fraude, car si j'acceptais tes croupières, ce ne seraient pas celles qui m'ont été confiées par le pharaon. Tu agis certainement ainsi pour me faire renvoyer en m'accusant de prévarication devant le pharaon, parce que tu jalouses ma réputation et que tu désires devenir commandant de Ghaza. Tu as peut-être ordonné à tes soldats indisciplinés de voler ces croupières dans mon dépôt. Mais je refuse celles que tu m'offres, et je préfère démolir la ville pierre par pierre pour les retrouver.

Ces paroles inquiétèrent Horemheb pour l'état mental de Roju, et il lui proposa d'aller en Egypte chez sa femme et ses enfants se reposer des fatigues du siège. Mais ce fut une erreur, car désormais Roju fut convaincu que Horemheb voulait l'écarter et convoitait sa place, et il dit :

— Ghaza est mon Egypte, les murailles de Ghaza sont ma femme et les tours de Ghaza sont mes enfants. Mais en vérité je trancherai la gorge de ma femme et je couperai la tête de mes enfants, si je ne retrouve pas ces maudites croupières.

A l'insu de Horemheb, il fit pendre le scribe du matériel qui avait subi avec lui toutes les fatigues du siège, et il chargea des hommes de fouiller dans toutes les tours. Devant ces excès, Horemheb intervint et fit garder Roju à vue dans sa chambre, et il me demanda un conseil de médecin. Après avoir parlé amicalement à Roju, qui refusait de me considérer en ami, mais qui pensait que j'intriguais pour prendre sa place, je dis à Horemheb :

— Cet homme ne se calmera pas avant que tu aies quitté la ville avec tes troupes et qu'il puisse fermer les portes et gouverner Ghaza à sa guise.

Mais Horemheb s'écria :

— Par Seth et tous les démons, c'est impossible tant que les navires n'auront pas amené d'Egypte des renforts et des armes et des provisions, pour que je puisse commencer la campagne contre Joppé. Jusque-là les murailles de Ghaza sont ma seule protection, et si je sors avec mes troupes, je risque de perdre tout ce que j'ai gagné.

J'hésitai un peu et je dis :

— Pour Roju, il serait peut-être plus heureux que je le trépane pour essayer de le guérir, car il souffre énormément et il faut le lier sur son lit, sinon il serait capable de faire du mal, à lui ou à moi.

Mais Horemheb refusa de laisser trépaner le héros le plus illustre de l'Egypte, car sa propre réputation en aurait souffert, si Roju succombait à l'opération, car une trépanation est toujours incertaine et dangereuse. C'est pourquoi je retournai chez Roju avec quelques hommes solides et on réussit à l'attacher sur son lit, et je lui administrai des calmants et des narcotiques. Mais ses yeux luisaient dans l'obscurité de la chambre avec l'éclat verdâtre des yeux de fauves, il se tordait sur son lit et l'écume de la rage lui sortait de la bouche, tandis qu'il criait :

— Ne suis-je pas le commandant de Ghaza, chacal de Horemheb ? Je me rappelle que dans la prison de la tour croupit encore un espion syrien que j'ai pincé peu avant l'arrivée de ton maître et que des tâches urgentes m'ont fait oublier de pendre au mur. C'est un homme très rusé et je suis certain que c'est lui qui a dérobé les quatre cents croupières. Amène-le-moi ici, pour que je puisse lui faire avouer où il les a cachées, et je dormirai en paix.

Il insista et parla tellement de cet espion que je fis allumer une torche et descendis dans le cachot où de nombreux cadavres rongés par les rats étaient encore enchaînés aux murs. Le gardien était un vieillard aveugle. Je lui demandai de me conduire vers l'espion syrien qui avait été arrêté peu avant la fin du siège, mais il me jura ses grands dieux qu'il n'y avait pas un seul détenu vivant dans le cachot, car on les torturait pour les interroger et ensuite on les laissait périr de faim et de soif selon les ordres de Roju. Mais l'attitude du bonhomme m'inspira de la méfiance, et je le menaçai jusqu'à ce qu'il tombât à genoux en disant :

— Epargne ma vie, car j'ai toujours servi fidèlement l'Egypte et au nom de l'Egypte j'ai maltraité les prisonniers et détourné leur nourriture. Mais cet espion n'est pas un homme ordinaire et sa langue est merveilleuse et il gazouille comme un rossignol et il m'a promis de grandes richesses, si je lui donne à manger et le maintiens en vie jusqu'à l'arrivée de Horemheb, et il a promis de me rendre la vue, car il a lui-même été aveugle, mais un grand médecin a guéri un de ses yeux, et il a juré de me mener chez ce médecin, et je serai guéri et je pourrai sortir et jouir de ma richesse. C'est qu'il me doit déjà plus de deux millions de deben pour le pain et l'eau que je lui ai apportés, et je ne lui ai pas annoncé la fin du siège ni l'arrivée de Horemheb, afin que sa dette augmente encore chaque jour. Car il affirme que Horemheb le libérera et lui donnera des chaînes d'or, et j'en suis convaincu, car sa langue gazouille d'une manière irrésistible. Mais je ne le ménerai devant Horemheb que lorsque sa dette aura atteint trois millions, car c'est un chiffre rond et facile à retenir.

Tandis qu'il parlait, mes genoux tremblaient et mon cœur bondissait dans ma poitrine, car je croyais deviner peu à peu de qui il parlait. Mais je me raidis et je lui criai :

— Pauvre vieux, il n'existe pas autant d'or dans toute l'Egypte et la Syrie réunies. Mais tout indique que cet homme est un fieffé coquin qui mérite un châtiment. C'est pourquoi conduis-moi immédiatement vers lui, et malheur à toi s'il lui est arrivé du mal.

En geignant et en implorant Amon, le vieillard me fit entrer dans une cellule dont il avait masqué l'entrée avec des pierres, pour égarer les hommes de Roju. A la lueur d'une torche, je vis un homme vêtu de haillons syriens et enchaîné au mur, et son dos était tout

écorché, et son ventre pendait flasque sur les cuisses. Il
était borgne, et son œil clignotait à la lumière. Il me
dit :

— Est-ce bien toi, ô Sinouhé mon maître ? Béni soit
le jour qui t'amène ici, mais hâte-toi de faire briser mes
fers et apporter une cruche de vin, afin que j'oublie
mes peines, et dis à tes esclaves de me laver et de
m'oindre, car je suis habitué au confort et au luxe, et
les maudites dalles de cette prison m'ont usé la peau
des fesses. Je n'aurais pas d'objections à ce que tu
m'offres un bon lit, avec quelques vierges d'Ishtar, car
j'en ai été bien privé.

— Kaptah, Kaptah, dis-je en caressant son dos
meurtri. Tu es incorrigible. A Thèbes, on m'a affirmé
que tu étais mort, mais je ne l'ai pas cru, car je suis
persuadée que tu ne mourras jamais, et pour preuve je
te découvre dans cet antre plein de cadavres, et tu
respires et tu n'es pas trop mal en point, et pourtant il
est fort probable que les hommes qui sont morts ici
dans les fers étaient tous plus agréables aux dieux que
toi. Néanmoins je me réjouis grandement de te revoir
en vie.

Mais Kaptah reprit :

— Tu es resté le même bavard vaniteux, ô mon
maître Sinouhé. Ne me parle pas des dieux, car dans
ma misère je les ai tous invoqués, même ceux des
Babyloniens et des Hittites, et aucun ne m'a aidé, et
j'ai dû me ruiner pour obtenir à manger de mon
gardien. Seul notre scarabée m'a secouru en t'amenant
vers moi, car le commandant de cette place est un fou

et il ne croit rien de raisonnable et il m'a fait rosser et torturer, si bien que je hurlais comme un bœuf dans son appareil à question. Mais j'ai heureusement réussi à sauver notre scarabée, en le cachant dans un certain pertuis de mon corps qui est certes infamant pour y loger un dieu, mais qui est peut-être agréable pour un scarabée, puisque tu es arrivé ici. Un événement aussi miraculeux ne peut qu'être l'œuvre de notre scarabée.

Il me montra le scarabée qui portait encore les traces de son récent séjour. Des forgerons vinrent couper les fers et je conduisis Kaptah dans ma chambre, car il était faible et ses yeux ne supportaient pas la lumière. Je le fis laver et oindre par mes esclaves et je lui donnai des habits de lin fin et je lui prêtai une chaîne d'or et des bracelets, pour qu'il pût paraître conformément à sa dignité, et je fis couper ses cheveux et sa barbe. Pendant toutes ces opérations, il mangea de la viande et but du vin, en rotant de bien-être. Mais le gardien pleurait et gémissait derrière la porte et réclamait ses deux millions trois cent soixante-cinq mille deben d'or. Et il refusait de rabattre un seul deben de cette somme, en relevant qu'il avait risqué sa vie pour conserver celle de son prisonnier en dérobant de la nourriture. Pour finir, les gémissements du vieillard toqué me lassèrent, et je dis à Kaptah :

— Horemheb est depuis deux semaines à Ghaza, et le bonhomme t'a trompé et tu ne lui dois rien, mais je vais le faire battre par les soldats, et si c'est nécessaire on lui coupera le cou, car c'est un monstre qui est responsable de la mort de bien des prisonniers.

Mais Kaptah protesta énergiquement et dit :

— Je suis un homme honnête, et comme tel je dois tenir mes engagements, sinon je perdrai ma réputation. Certes, j'aurais pu discuter avec le vieux et obtenir une diminution de ses prix, mais quand je sentais l'odeur du pain, je renonçais à marchander et je lui promettais tout ce qu'il me demandait.

Je me frottai le front et lui dis :

— Es-tu vraiment Kaptah ? Non, ce n'est pas possible, il y a sûrement dans cette forteresse une malédiction qui rend fous les gens qui y restent un peu. Tu es certainement fou, toi aussi. As-tu vraiment l'intention de payer ta dette à ce vilain bonhomme, et avec quoi, car je pense qu'après le royaume d'Aton tu es aussi gueux que moi ?

Mais Kaptah était ivre et il dit :

— Je suis un homme pieux qui respecte les dieux et tient sa parole. Je payerai ma dette jusqu'au dernier deben, mais je demanderai un délai, et du reste le bonhomme est si stupide que si je lui faisais peser deux deben d'or, il s'en contenterait, car il n'en a jamais vu autant. Je crois même qu'il serait au comble de la joie si je lui donnais un seul deben, mais cela ne me libérerait pas. Je ne sais vraiment où prendre tout cet or, car la révolte de Thèbes m'a sérieusement appauvri et j'ai dû fuir honteusement et abandonner ma fortune, lorsque les esclaves se furent mis dans la tête que je les avais trahis et dénoncés à Amon. Mais ensuite j'ai rendu de grands services à Horemheb à Memphis, et quand j'ai dû quitter Memphis où me poursuivait la vengeance des esclaves, je lui en ai rendu de plus grands encore en Syrie en y vendant aux Hittites du blé et du fourrage. C'est pourquoi j'estime que Horemheb me doit déjà près d'un demi-million de deben d'or, sans compter que j'ai risqué ma vie en venant par mer à Ghaza. Pour comble, les Hittites ont été furieux contre moi, lorsque leurs chevaux tombèrent malades après avoir mangé le fourrage que je leur avais vendu. Mais à Ghaza un danger encore plus grand me menaçait, car le commandant de la place était fou et il me fit enfermer comme espion syrien et torturer et il m'aurait certainement fait pendre, si le vieux toqué de gardien ne m'avait caché en disant que j'étais mort dans le cachot. C'est pourquoi je dois lui payer ma dette.

Alors mes yeux s'ouvrirent et je compris que Kaptah avait été le meilleur serviteur de Horemheb en Syrie et le chef de ses espions, puisque sur la Montagne de la Victoire l'émissaire arrivé dans la tente de Horemheb avait caché un de ses yeux pour montrer qu'il venait de la part d'un borgne. Et je compris aussi que personne mieux que Kaptah n'aurait pu se débrouiller en Syrie, car personne ne l'égalait en astuce. Mais je lui dis :

— Admettons que Horemheb te doive beaucoup d'or, mais tu pourras plus facilement extraire de l'or d'une pierre en la pressant qu'obtenir de Horemheb le remboursement de ta créance. Tu sais bien que jamais il ne paye ses dettes.

Kaptah dit :

— Je sais bien que Horemheb est dur et ingrat, et plus ingrat encore que le commandant de Ghaza à qui j'ai pourtant fait lancer du blé par les Hittites qui croyaient que les cruches fermées contenaient des serpents venimeux. Pour les en convaincre, je cassai une cruche, et les serpents mordirent trois soldats qui moururent, et dès lors les Hittites ne voulurent plus ouvrir les cruches. Mais à défaut d'or, Horemheb peut me donner tous les droits portuaires dans les villes de Syrie qu'il conquerra, et il doit me céder tout le commerce du sel en Syrie, pour que je puisse récupérer mon bien.

Je lui demandai s'il comptait vraiment travailler toute sa vie pour payer sa dette au vieux gardien, mais il rit et dit :

— Après deux semaines de séjour sur la pierre dure dans un cachot obscur, on apprécie les sièges moelleux et le vin et la bonne lumière. Mais non, je ne suis pas fou à ce point, Sinouhé. Mais il faut tenir sa parole, et tu vas rendre la vue à ce bonhomme, pour que je puisse jouer aux dés avec lui, car avant de devenir aveugle il aimait ce jeu. Et ce ne sera pas ma faute si la chance ne lui sourit pas, et nous jouerons de fortes sommes.

C'était en effet pour Kaptah le seul moyen de s'acquitter honnêtement de sa dette, et il était un habile joueur, s'il pouvait choisir lui-même les dés. Je lui promis donc de rendre au gardien assez de vue pour qu'il puisse distinguer les trous des dés, et Kaptah me promit en revanche de donner à Muti assez d'argent pour reconstruire la maison de l'ancien fondeur de cuivre à Thèbes. On fit entrer le gardien, et il accorda à Kaptah un délai pour le payement, et j'examinai ses yeux et je vis que sa cécité ne provenait pas du séjour dans les caves, mais bien d'une maladie pas soignée. Et je pus lui rendre la vue avec une aiguille, comme je l'avais appris à Mitanni, mais je ne sais combien de temps il put jouir de la vue, car les yeux opérés avec l'aiguille se cicatrisent rapidement et ensuite on ne peut plus les opérer.

Je conduisis Kaptah chez Horemheb qui se réjouit vivement de le voir et qui l'embrassa et l'appela un héros et lui assura que toute l'Egypte lui était reconnaissante de ses exploits. Mais à ces paroles, Kaptah se mit à pleurnicher et dit :

— Regarde mon ventre qui est devenu un sac ridé à ton service, et regarde mon dos meurtri et mes épaules rongées par les rats à cause de toi dans les cachots de Ghaza. Tu me parles de reconnaissance, mais la reconnaissance ne me vaut ni un grain de blé ni un verre de vin, et je ne vois nulle part les sachets d'or que tu m'as promis. Non, Horemheb, je ne te demande pas de la reconnaissance, mais je te prie de me rembourser ma créance, parce que j'ai moi-même des dettes contractées à ton service et plus grandes que tu ne peux l'imaginer.

Mais Horemheb fronça le sourcil en entendant le mot « or » et il se battit la cuisse de sa cravache et dit :

— Tes paroles sont un bourdonnement de mouche à mes oreilles, et tu parles comme un imbécile et ta bouche est sale. Tu sais bien que je n'ai pas de butin à te donner et que tout l'or disponible doit être utilisé pour la guerre contre les Hittites, et moi-même je suis pauvre et la gloire est ma seule récompense. C'est pourquoi tu pourrais choisir un moment plus convenable pour me parler d'or, mais pour te rendre service je puis emprisonner tes créanciers et les accuser de crimes et les faire pendre aux murs la tête en bas, et tu seras libéré de tes dettes.

Kaptah protesta, mais Horemheb lui demanda d'un ton assez ironique :

— Je serais heureux de savoir comment il est possible que Roju t'ait fait torturer comme espion syrien et enfermer dans un cachot, car si même il est fou, il est un bon soldat et il n'a pas agi ainsi sans raison.

Alors Kaptah déchira ses vêtements en signe d'innocence, et il le fit sans peine, car ils étaient à moi, et il se frappa la poitrine et cria :

— Horemheb, Horemheb, tu viens de me parler de reconnaissance, et maintenant tu lances contre moi des accusations fausses. N'ai-je pas empoisonné les chevaux des Hittites et expédié du blé à Ghaza dans des cruches fermées ? N'ai-je pas soudoyé des hommes courageux pour te renseigner dans le désert sur les mouvements des troupes hittites et pour fendre les outres d'eau des chars envoyés contre toi dans le désert ? J'ai fait tout cela pour toi et pour l'Egypte, sans penser à un salaire, et c'est pourquoi il n'est que juste que j'aie rendu aussi des services aux Hittites et à Aziru, et tu n'en as subi aucun tort. C'est pourquoi j'avais sur moi une tablette d'argile d'Aziru comme sauf-conduit, quand je me suis enfui à Ghaza pour

échapper aux Hittites enragés contre moi parce que
j'avais empoisonné leurs chevaux et causé leur défaite
dans la Plaine des Ossements. Un homme prudent se
tient sur ses gardes et a plusieurs flèches dans son
carquois, et sans mon habileté je ne t'aurais été
d'aucune utilité. J'ai emporté le sauf-conduit d'Aziru,
parce que Ghaza aurait pu succomber avant ton
arrivée, mais Roju est un homme méfiant et il me fit
fouiller et trouva la tablette d'Aziru, et j'eus beau me
cacher un œil de la main et parler des scarabées
venimeux, comme il avait été convenu avec toi. Il me
fit mettre à la question, et pour ne pas être écartelé je
finis par dire que j'étais un espion d'Aziru.

Mais Horemheb rit et dit :

— Que tes peines soient ton salaire, Kaptah. Je te
connais et tu me connais, c'est pourquoi cesse de
réclamer de l'or, car cela m'énerve et m'agace.

Kaptah ne se tint pas pour battu, et il finit par
obtenir de Horemheb le monopole pour l'achat et la
vente de tout le butin en Syrie. Il eut ainsi le droit
exclusif d'acheter aux soldats et d'échanger contre de la
bière, du vin, des dés et des femmes le butin qui leur
avait été distribué après la victoire de la Plaine des
Ossements, et il avait seul le droit de vendre le butin
du pharaon et de Horemheb ou de l'échanger contre
des marchandises nécessaires pour l'armée. Et ce seul
droit aurait suffi à l'enrichir, car déjà arrivaient à
Ghaza de nombreux commerçants d'Egypte et même
de Syrie, pour trafiquer avec le butin et acheter des
prisonniers comme esclaves, mais désormais personne

ne pouvait conclure des marchés à Ghaza sans payer à
Kaptah un droit pour chaque transaction. Et enfin, en
insistant avec ténacité, il obtint la même exclusivité
pour tout le butin que Horemheb ramasserait en Syrie,
et Horemheb y consentit, parce que cela ne lui coûtait
rien et que Kaptah lui promettait de riches présents.

4

Mais après avoir reçu des renforts d'Egypte et remis
en état les chars de guerre et rassemblé à Ghaza tous les
chevaux de la Syrie méridionale et entraîné des troupes, Horemheb lança une proclamation affirmant qu'il
n'arrivait pas en conquérant, mais en libérateur. Les
villes de Syrie avaient toujours joui de la liberté du
commerce et d'une large autonomie sous leurs rois,
avec la haute protection de l'Egypte, mais Aziru avait
instauré un régime de terreur, après avoir renversé les
rois héréditaires, et il prélevait de lourds impôts. En
outre, dans sa cupidité, il avait vendu la Syrie aux
Hittites dont les Syriens pouvaient constater de leurs
propres yeux la cruauté et l'immoralité. C'est pourquoi
lui, Horemheb l'invincible, le fils du faucon, venait
libérer la Syrie, libérer chaque ville et chaque village
du joug de l'esclavage, libérer le commerce et restaurer
les anciens rois dans leurs droits, afin que sous l'égide
de l'Egypte la Syrie puisse retrouver sa prospérité et sa

richesse. Il promettait sa protection aux villes qui se révolteraient contre les Hittites. Mais les cités qui offriraient de la résistance seraient incendiées et mises à sac, et leurs murailles seraient détruites à jamais et les habitants vendus en esclavage.

Ensuite Horemheb marcha sur Joppé, tandis que sa flotte en bloquait le port. Sa proclamation fut répandue par des émissaires dans toutes les villes de Syrie et elle y provoqua des troubles et sema la discorde entre les ennemis, ce qui était son principal but. Mais en homme prudent Kaptah resta à Ghaza, pour le cas où Horemheb serait battu, car Aziru et les Hittites massaient des troupes à l'intérieur du pays.

Roju Nuque de Taureau s'était réconcilié avec Kaptah, une fois que celui-ci l'eut guéri de son obsession en lui racontant que ses soldats affamés avaient mangé en secret les quatre cents croupières manquantes qui étaient en cuir tendre. On put délier Roju qui pardonna ce larcin à ses soldats à cause de leur héroïsme.

Après le départ de Horemheb, Roju fit fermer les portes de la ville et jura de n'y plus laisser entrer de troupes, et il se mit à boire du vin avec Kaptah en le regardant jouer aux dés avec le vieux gardien. Du matin au soir, les deux hommes jouaient et buvaient du vin et se disputaient, car le bonhomme était désolé de perdre son or, tandis que Kaptah insistait pour jouer gros jeu. Pendant que Horemheb assiégeait Joppé, le jeu s'anima et Kaptah regagna bientôt toute sa dette, et lorsque Horemheb eut réussi à faire une brèche dans les murailles de la ville, le gardien redevait à Kaptah plus de deux cent mille deben d'or. Mais Kaptah se montra généreux et n'exigea pas cette somme, parce que le vieillard lui avait tout de même sauvé la vie, et il lui donna quelques pièces d'argent, si bien que le gardien le quitta en pleurant de reconnaissance.

Je ne saurais dire si Kaptah joua avec des dés pipés, mais en tout cas il avait une chance fabuleuse au jeu. La renommée porta aux quatre coins de la Syrie cette partie de dés qui avait duré plusieurs semaines et porté sur des millions de deben d'or. Le vieux gardien finit ses jours dans une cabane au pied des murs de Ghaza, et il était redevenu aveugle, mais il se plaisait à raconter aux nombreux visiteurs les phases de cette partie mémorable dont il se rappelait toutes les péripéties, surtout celle où d'un seul coup de dés il avait perdu cent cinquante mille deben d'or, car jamais encore on n'avait joué des sommes pareilles. Et les visiteurs lui apportaient des cadeaux, si bien qu'il vécut largement jusqu'à sa mort, mieux même que si Kaptah lui avait constitué une rente viagère.

Après la prise de Joppé par Horemheb, Kaptah s'y rendit en hâte et je l'accompagnai et pour la première fois je vis une ville riche entre les mains de ses conquérants. Les plus hardis des habitants s'étaient bien révoltés contre Aziru et les Hittites à l'approche de l'armée égyptienne, mais Horemheb refusa de protéger la ville contre le sac, parce que cette révolte trop tardive ne lui avait servi à rien. Pendant deux semaines, les soldats pillèrent la ville. Kaptah y amassa une fortune énorme, car les soldats échangeaient pour du vin et de l'argent des tapis précieux et des meubles splendides et des statues de dieux qu'ils ne pouvaient emporter, et pour deux bracelets de cuivre on achetait une belle Syrienne bien élevée.

En vérité, c'est seulement à Joppé que je vis comment l'homme est un fauve pour l'homme, car il n'est pas de forfait qui ne fût accompli à Joppé pendant ces journées de pillage et d'incendie. Pour s'amuser, les soldats ivres mettaient le feu aux maisons, afin de voir clair pendant la nuit pour piller et voler et se divertir avec les femmes et torturer les commerçants pour les forcer de révéler leurs cachettes. Certains se postaient à un carrefour et assommaient ou transperçaient chaque Syrien qui passait, que ce fût un homme ou une femme, un vieillard ou un enfant. Mon cœur s'endurcit au spectacle de la méchanceté de l'homme, et tout ce qui s'était passé à Thèbes à cause d'Aton n'était que bagatelles en comparaison de ce qui arrivait à Joppé à cause de Horemheb. Car Horemheb avait laissé les mains libres à ses soldats pour se les attacher plus solidement. Le sac de Joppé resta inoubliable et les soldats de Horemheb y prirent le goût du pillage, si bien que rien ne pouvait les retenir au combat et qu'ils ne redoutaient pas la mort, en songeant qu'ils renouvelleraient les plaisirs qu'ils avaient goûtés à Joppé. En outre, après ces massacres, les soldats sentirent qu'ils ne pouvaient plus espérer de quartier de la part des Syriens, car les hommes d'Aziru écorchaient vifs tous les prisonniers qui avaient pris part au sac de la ville.

Et enfin, pour échapper au sort de Joppé, de nombreuses petites cités du littoral se révoltèrent et chassèrent les Hittites hors de leurs murs et ouvrirent leurs portes à Horemheb.

Je renonce à parler davantage des horreurs de Joppé, car en les évoquant mon cœur devient lourd comme une pierre dans ma poitrine et mes mains se glacent. Je me bornerai à dire qu'à l'entrée de Horemheb dans la ville, elle comptait près de vingt mille habitants, mais à son départ il n'en restait pas trois cents.

C'est ainsi que Horemheb guerroyait en Syrie et je le suivais pour panser les blessés, et je voyais tout le mal que l'homme peut faire à l'homme. La guerre dura trois ans et Horemheb battit les Hittites et les troupes d'Aziru dans plusieurs batailles, et deux fois les chars hittites surprirent ses troupes et leur causèrent de grandes pertes et les obligèrent à se retirer à l'abri des murailles des villes. Mais il maintint les communications maritimes avec l'Egypte, et la flotte syrienne resta impuissante. C'est pourquoi il put recevoir des renforts et préparer de nouvelles offensives, et les villes de Syrie étaient ravagées et les gens se cachaient dans les grottes des montagnes. Des provinces entières furent dévastées et les troupes anéantissaient les cultures et coupaient les arbres fruitiers. C'est ainsi que la force de l'Egypte s'épuisait en Syrie et l'Egypte était comme une mère qui déchire ses vêtements et répand des cendres sur ses cheveux, en voyant mourir ses enfants, car tout le long du fleuve il n'y avait plus ni ville ni

village ni cabane dont les enfants ne fussent morts en
Syrie pour la grandeur de l'Egypte.

Horemheb combattit trois ans en Syrie, et pendant
ces années je vieillis plus que pendant toutes les
précédentes, et je perdis mes cheveux et mon dos se
voûta et mon visage se rida comme un fruit fané. Je
devins renfermé et bourru, et je parlais avec rudesse
aux malades, comme le fait tout bon médecin en
vieillissant.

La troisième année, la peste éclata en Syrie, car la
peste suit toujours les traces de la guerre et elle naît dès
qu'un nombre suffisant de cadavres pourrissent au
même endroit. En vérité, toute la Syrie n'était plus
alors qu'une fosse empestée et des tribus entières
furent exterminées, si bien que leurs langues tombèrent à jamais dans l'oubli. La peste frappa ceux que la
guerre avait épargnés, et dans les deux années elle tua
tant de monde que les opérations furent interrompues
et que les troupes s'enfuirent dans les montagnes et les
déserts, à l'abri de la peste. Et elle ne faisait aucune
différence entre riches et pauvres, nobles ou vilains,
elle frappait équitablement n'importe qui, et les remèdes ordinaires étaient impuissants, et les pestiférés se
couvraient la tête de leur tunique et se couchaient et
mouraient en trois jours. Mais ceux qui guérissaient
conservaient des cicatrices effrayantes aux aisselles et
aux articulations, par où la peste s'était écoulée en pus
pendant leur convalescence.

La peste était aussi capricieuse dans le choix de ses
victimes que dans leur guérison, car ce n'étaient

nullement les personnes les plus robustes et les plus
saines qui guérissaient, mais très souvent les plus
faibles et les plus épuisées, comme si la maladie n'avait
pas trouvé en elles assez d'aliments pour pouvoir tuer.
C'est pourquoi en soignant les pestiférés, je les saignais
le plus possible pour les affaiblir et je leur interdisais
toute nourriture pendant la maladie. De cette manière
je pus guérir de nombreux malades, mais un aussi
grand nombre moururent en dépit de mes soins, si bien
que j'ignore si mon traitement est bon. Je devais
pourtant soigner les malades pour maintenir leur
confiance en moi, car un malade qui perd tout espoir
de guérison et toute confiance en son médecin meurt
encore plus sûrement qu'un malade qui se fie à lui. Ma
manière de soigner la peste était certainement meilleure que bien d'autres, car elle ne coûtait pas cher.

Les navires apportèrent la peste en Egypte, mais elle
n'y tua pas autant de gens qu'en Syrie, car elle était
plus faible, et le nombre des guérisons fut plus élevé
que celui des décès. Avec la crue la peste disparut en
Egypte la même année encore, et l'hiver la supprima en
Syrie aussi, si bien que Horemheb put masser ses
troupes et reprendre les hostilités. Au printemps, il
parvint à travers les montagnes dans la plaine voisine
de Megiddo et y battit les Hittites dans une grande
bataille après laquelle ils lui demandèrent la paix, car
en voyant les succès de Horemheb le roi Bourrabouriash avait repris courage et s'était rappelé son alliance
avec l'Egypte. Il se montra arrogant avec les Hittites et
envahit l'ancien pays de Mitanni et chassa les Hittites

de leurs pâturages à Naharani. Voyant qu'ils n'avaient plus rien à tirer d'une Syrie ravagée, les Hittites offrirent la paix, car ils étaient des soldats avisés et des hommes économes, et ils ne voulaient pas risquer pour l'honneur les chars de guerre dont ils avaient besoin pour donner une correction aux Babyloniens.

Horemheb fut très heureux de conclure la paix, car ses troupes avaient fondu et la guerre avait appauvri l'Egypte et il voulait entreprendre la reconstruction de la Syrie pour ranimer le commerce au profit de l'Egypte. Mais il posa comme condition la cession de Megiddo dont Aziru avait fait sa capitale et qu'il avait munie de murailles insurmontables et de tours. C'est pourquoi les Hittites emprisonnèrent Aziru et sa famille à Megiddo et s'emparèrent des énormes trésors qu'il avait amassés, et ils livrèrent à Horemheb Aziru et sa femme et ses deux fils chargés de chaînes. Ayant ainsi donné un gage aux Egyptiens, ils se mirent à piller Megiddo et à chasser vers le nord, en dehors des territoires qu'ils devaient abandonner, tous les troupeaux de bétail du pays d'Amourrou. Et Horemheb ne les en empêcha pas, mais il fit sonner les trompettes pour marquer la fin de la guerre et offrir des banquets aux chefs hittites et aux princes, buvant toute la nuit avec eux et vantant ses exploits. Et le lendemain il ferait exécuter Aziru et sa famille devant les troupes réunies et les chefs hittites, pour marquer la paix éternelle qui régnerait désormais entre l'Egypte et le pays des Khatti.

C'est pourquoi je refusai de prendre part au festin et

j'allai de nuit dans la tente où Aziru était enchaîné, et les gardes me laissèrent entrer, parce que j'étais le médecin de Horemheb et qu'ils me connaissaient déjà et savaient que parfois je tenais tête à Horemheb lui-même. Je voulais voir Aziru, parce que je savais qu'il n'avait plus un seul ami dans toute la Syrie, maintenant qu'il était un vaincu condamné à périr. Je savais aussi qu'il aimait la vie et je voulais lui assurer que la vie ne valait pas la peine d'être vécue, après tout ce que j'avais vu. Et comme médecin je voulais lui dire que la mort est facile et plus douce que la douleur, le chagrin et la souffrance de la vie. La vie est comme une flamme chaude qui brûle, mais la mort est l'eau sombre de l'oubli. Je voulais lui dire tout cela, parce qu'il devait mourir le lendemain à l'aube et qu'il ne pourrait dormir cette nuit, parce qu'il aimait la vie. Mais s'il refusait de m'entendre, je m'assiérais à côté de lui en silence, pour qu'il ne soit pas seul. En effet, un homme peut vivre sans ami, mais il est difficile de mourir sans un ami, surtout si durant sa vie on a été un chef et une tête couronnée.

Lorsqu'on l'avait amené à Horemheb sous les outrages et les quolibets des soldats qui lui lançaient de la boue et des bouses, je m'étais voilé la face pour qu'il ne me vît pas. Je connaissais sa fierté et je ne voulais pas qu'il souffrît de se montrer à moi dans cet état d'infériorité infamante, alors que je l'avais connu au faîte de sa puissance. Les gardes me laissèrent passer, et ils se dirent : « Laissons-le entrer, car c'est Sinouhé le médecin, et sa démarche est sûrement licite. Si nous

l'arrêtons, il nous dira des injures ou il nous fera
magiquement perdre notre virilité, car il est méchant et
sa langue pique plus cruellement qu'un scorpion. »

Dans la tente, je dis :

— Aziru, roi d'Amourrou, veux-tu recevoir un ami
à la veille de ta mort ?

Il soupira dans l'obscurité et ses fers grincèrent et il
répondit :

— Je ne suis plus roi et je n'ai plus d'amis, mais est-
ce vraiment toi, Sinouhé, car je crois reconnaître ta
voix ?

Je dis :

— Je suis Sinouhé.

Il dit alors :

— Par Mardouk et tous les démons de l'enfer, si tu
es Sinouhé, fais apporter un peu de lumière, car je suis
las de reposer dans l'obscurité. Certes, ces maudits
Hittites ont déchiré mes vêtements et torturé mes
membres, si bien que je ne suis plus beau à voir, mais
comme médecin tu es habitué à des spectacles encore
pires, et je n'ai plus de honte, car devant la mort on n'a
plus à rougir de sa misère. Sinouhé, apporte un peu de
lumière, pour que je voie ton visage et puisse tenir ta
main dans la mienne, car mon foie est douloureux et
mes yeux versent des larmes quand je pense à ma
femme et à mes enfants. Si tu peux me procurer un peu
de forte bière pour m'humecter le gosier, je chanterai
ta louange demain à tous les dieux des enfers, Sinouhé.
C'est que je suis hors d'état de payer même une goutte

de bière, car les Hittites m'ont tout pris jusqu'à ma
dernière piécette de cuivre.

J'ordonnai aux gardes d'apporter une lampe à huile
et de l'allumer, car l'âcre fumée des torches m'irritait
les yeux, et ils me remirent aussi une cruche de bière.
Aziru se leva en gémissant et je l'aidai à boire la bière
syrienne qui est très épaisse. Ses cheveux étaient
emmêlés et gris, et sa barbe avait été arrachée par les
Hittites, si bien que des morceaux de chair manquaient
à son menton. Ses doigts étaient broyés et ses ongles
noirs du sang versé et ses côtes étaient cassées, si bien
qu'il geignait en respirant et qu'il crachait du sang.
Quand il eut bu à sa guise, il regarda la lampe et dit :

— Ah ! que la lumière est douce et claire à mes yeux
fatigués, mais elle dansera et s'éteindra une fois,
comme la vie humaine. Je te remercie pour la lumière
et la bière, Sinouhé, et je te ferais volontiers un cadeau,
mais je n'ai plus rien, car les Hittites m'ont arraché
jusqu'aux dents dorées que tu m'avais faites.

Il est facile d'être sage après coup, et c'est pourquoi
je ne lui rappelai pas que je l'avais mis en garde contre
les Hittites, mais je pris sa main broyée et il plaça sa
tête fière entre mes mains et il pleura et ses larmes
coulaient sur mes mains de ses yeux gonflés et
meurtris. Puis il me dit :

— Je n'ai pas eu honte devant toi de mon rire et de
mon allégresse aux jours de joie et de puissance,
pourquoi aurais-je honte de mes larmes dans mon
chagrin ? Sache, Sinouhé que je ne pleure pas sur moi
ni sur mes richesses ni sur mes couronnes perdues,

mais je pleure pour ma femme Keftiou, et je pleure pour mon grand et brave fils et pour son jeune cadet si tendre, parce que demain ils doivent mourir avec moi.

Je lui dis :

— Aziru, roi d'Amourrou, rappelle-toi que toute la Syrie n'est qu'une vaste fosse de cadavres pourris à cause de ton ambition. Innombrables sont ceux qui sont morts à cause de toi. C'est pourquoi il n'est que juste que tu meures demain, puisque tu es vaincu, et il est peut-être juste aussi que ta famille périsse avec toi. Sache cependant que j'ai demandé à Horemheb la vie de ta femme et de tes fils, en lui promettant une grande rançon, mais il a refusé, car il veut détruire ta semence et ton nom et jusqu'à ta mémoire en Syrie. C'est pourquoi il te refuse même une tombe, et les fauves déchireront ton corps. Car il ne veut pas que les Syriens puissent se rassembler sur ta tombe pour jurer des serments à ton nom, Aziru.

A ces mots, Aziru prit peur et dit :

— Par mon Baal, Sinouhé, offre-moi une libation et un sacrifice de chair devant le Baal d'Amourrou, sinon j'errerai éternellement affamé et assoiffé dans le sombre royaume des enfers. Rends le même service à Keftiou que tu as aimée jadis, avant de me la céder par amitié, et rends le même office à mes fils, afin que je meure sans souci pour eux. Je n'en veux pas à Horemheb, car j'aurais probablement agi de la même manière envers lui, si j'avais été vainqueur. Mais en vérité, Sinouhé, je suis heureux que ma famille périsse avec moi et que notre sang coule ensemble, car aux enfers je me tourmenterais sans cesse en pensant qu'un autre se divertit avec Keftiou. C'est qu'elle a beaucoup d'admirateurs, et les poètes ont célébré ses charmes plantureux. Il vaut mieux aussi que mes fils meurent, car ils sont nés rois et portaient des couronnes dès leur berceau. Je ne voudrais pas qu'ils deviennent des esclaves en Egypte.

Il se remit à boire de la bière et s'enivra un peu dans sa misère et il dit :

— Sinouhé, mon ami, tu m'accuses faussement en disant que la Syrie est une fosse de cadavres pourrissants à cause de moi, car ma seule faute est d'avoir perdu la partie et de m'être laissé rouler par les Hittites. En vérité, si j'avais gagné, on mettrait tous les maux sur le compte de l'Egypte et on célébrerait mon nom. Mais comme j'ai perdu, on me charge de tous les péchés et la Syrie entière maudit mon nom.

La bière forte l'excitait et il s'écria :

— Hélas, Syrie, malheur, Syrie, mon tourment, mon espoir, mon amour ! C'est pour ta grandeur que j'ai peiné, pour ta liberté que je me suis révolté, et voici que le jour de ma mort tu me rejettes et me maudis. O superbe Byblos, ô prospère Simyra, ô rusée Sidon, ô puissante Joppé, ô vous toutes les villes qui étinceliez comme des perles de ma couronne, pourquoi m'avez-vous abandonné ? Je vous aime trop pour vous détester, car j'aime la Syrie parce que c'est la Syrie, perfide, cruelle, capricieuse et prête à la trahison. Les races disparaissent, les peuples se lèvent et s'effacent, les empires se succèdent, et la gloire fuit comme une

ombre. Mais continuez à dresser vos murailles blanches sur le rivage au pied des montagnes rouges, ô mes
chères villes, vivez éternellement, et du désert ma
cendre accourra dans le vent pour vous embrasser.

Ces paroles me remplirent de mélancolie, et je
constatai qu'il restait prisonnier de ses rêveries, et je ne
voulus pas le contredire, car c'était une consolation
pour lui. Je continuai à lui tenir les mains, et il reprit :

— Sinouhé, je ne regrette pas ma mort, ni ma
défaite, car c'est seulement en osant beaucoup qu'on
gagne beaucoup, et la victoire et la grandeur de la Syrie
étaient à portée de ma main. Tous les jours de ma vie
j'ai été puissant en amour et puissant en haine, et je ne
regrette pas un seul acte de ma vie, quoique ces actes
aient fini par former une corde solide qui me tire à une
mort infamante, si bien que mon corps sera jeté en
pâture aux chacals. Mais j'ai toujours été curieux, et
j'ai du sang de commerçant, comme tous les Syriens.
Demain je mourrai et la mort suscite en moi une vive
curiosité, si bien que je voudrais savoir s'il existe un
moyen de duper la mort et de suborner les dieux. Toi
qui as rassemblé dans ton cœur la sagesse de tous les
pays, Sinouhé, dis-moi donc s'il y a un moyen de
corrompre la mort.

Je secouai la tête et dis :

— Non, Aziru, l'homme peut corrompre et tromper
tout, sauf la mort, et aussi la naissance. Mais je tiens à
te dire aujourd'hui, au moment où s'éteint la lampe de
ta vie, que la mort n'a rien de redoutable et que la mort
est bonne. A côté de tout le mal qui sévit au monde, la

mort est le meilleur ami de l'homme. Comme médecin, je ne crois plus guère au royaume des enfers, et comme Egyptien je ne crois plus au royaume de l'Occident ni à la conservation éternelle des corps, mais pour moi la mort est un long sommeil et elle est comme une nuit fraîche après une journée étouffante. En vérité, Aziru, la vie est une cendre chaude, et la mort est une ronde fraîche. Dans la mort tu fermes les yeux et tu ne les rouvriras plus, dans la mort ton cœur se tait et il ne gémira plus, dans la mort tes mains s'épuisent et ne brûlent plus d'agir, dans la mort tes pieds se figent et ils n'aspirent plus à la poussière des routes infinies. Telle est la mort, ami Aziru, mais par amitié pour toi, j'offrirai volontiers des sacrifices au Baal d'Amourrou pour toi et pour ta famille. Je ferai un sacrifice digne de ton rang, si cela peut te consoler, bien que je ne croie plus aux sacrifices. Mais il vaut mieux être certain, et je sacrifierai, pour que tu ne souffres ni de la faim ni de la soif dans les enfers, qui n'existent peut-être pas.

Aziru fut ravi de ces paroles et il ajouta :

— Quand tu sacrifieras, offre pour moi des moutons d'Amourrou, car ce sont les plus gras de tous et leur chair est fondante. N'oublie pas de m'offrir des rognons de mouton, car c'est mon régal, et si tu le peux, fais des libations avec du vin de Sidon mélangé de myrrhe, car mon sang a toujours aimé les vins lourds et les mets gras.

Il énuméra encore une foule de choses que je devrais lui sacrifier, et il se réjouissait comme un enfant en pensant à toutes les friandises dont il pourrait jouir dans les enfers, surtout d'un lit solide où il pût se divertir avec Keftiou. Mais il retomba bientôt dans la mélancolie et posa sa tête meurtrie entre mes mains et dit :

— Si tu veux me rendre tous ces services, Sinouhé, tu seras vraiment un ami, et je ne comprends pas pourquoi tu le fais, parce que j'ai causé aussi beaucoup de mal à toi comme aux autres Egyptiens. Tu m'as parlé éloquemment de la mort, et elle est peut-être, comme tu le dis, un long sommeil et une onde fraîche. Mais, malgré tout, mon cœur se serre en pensant à une branche de cerisier en fleur dans le pays d'Amourrou et en entendant dans mes oreilles le bêlement des moutons et en voyant les agneaux bondir sur les collines. Le cœur me brûle surtout en évoquant le printemps d'Amourrou et la floraison des lys et l'odeur de poix et de baume des lys, car le lys est une fleur royale. Je souffre de penser que plus jamais je ne reverrai le pays d'Amourrou, ni au printemps ni en automne, ni sous la chaleur de l'été ni dans les rigueurs de l'hiver. Et pourtant la douleur de mon cœur est délicieuse, quand je pense à mon pays d'Amourrou.

C'est ainsi que nous conversâmes toute la longue nuit, en évoquant nos souvenirs communs et nos rencontres, quand j'habitais à Simyra et que nous étions tous les deux jeunes et forts. A l'aube, mes esclaves nous apportèrent un repas, et les gardiens les laissèrent passer, car ils en reçurent aussi leur part, et les esclaves apportaient du mouton gras et chaud et du gruau frit dans la graisse, et ils nous versèrent du lourd

vin de Sidon mélangé de myrrhe. Je dis aux esclaves de
laver Aziru et de le peigner et de couvrir sa barbe d'un
filet tissé d'or. Par-dessus ses vêtements déchirés et ses
fers, il revêtit un manteau royal, et mes esclaves
rendirent le même service à Keftiou et aux deux
enfants, mais Horemheb ne permit pas à Aziru de
revoir les siens avant l'exécution.

Le matin, quand Horemheb sortit de sa tente avec
les princes hittites ivres en riant avec eux et en les
tenant par le cou, je m'approchai de lui et je lui dis :

— En vérité, Horemheb, je t'ai rendu bien des
services et je t'ai peut-être sauvé la vie devant Tyr en
soignant ta cuisse blessée d'une flèche empoisonnée.
C'est pourquoi rends-moi aussi un service et accorde à
Aziru une mort sans infamie, car il est roi de Syrie et il
s'est battu courageusement. Ta gloire n'en sera que
plus grande, si tu le fais périr sans traitements
infamants, et tes amis hittites l'ont déjà assez torturé
pour le forcer à leur révéler ses cachettes de trésors.

Horemheb se rembrunit à ces paroles, car il avait
déjà imaginé une foule de moyens habiles pour prolon-
ger l'agonie d'Aziru et toute l'armée s'était réunie pour
assister au spectacle, et on se battait pour les meilleures
places. Horemheb n'agissait ainsi que pour procurer
un divertissement à ses soldats et pour épouvanter
toute la Syrie, afin que l'exemple terrible d'Aziru
détournât quiconque de songer à une nouvelle rébellion. Je dois le dire à l'honneur de Horemheb, car il
n'était pas cruel de nature, comme on l'a dit, mais il
était soldat et la mort n'était qu'une arme entre ses

mains. Et il pensait aussi que le peuple respectait davantage un souverain dur et cruel, et qu'il prenait la douceur pour de la faiblesse. C'est pourquoi il se rembrunit et lâcha l'épaule du prince Shoubattou et vacilla devant moi en se tapant la cuisse de sa cravache d'or. Il me dit :

— Sinouhé, tu es une épine dans mon flanc et je commence à me lasser de toi, car au contraire des gens raisonnables tu es amer et tu critiques avec aigreur tous ceux qui réussissent et parviennent à la richesse et aux honneurs, mais si quelqu'un tombe et dégringole, tu es le premier à le cajoler et à le consoler. Tu sais bien que j'ai convoqué de près et de loin les bourreaux les plus habiles, et l'érection de leurs appareils de torture a déjà coûté gros. Je ne peux pas au dernier moment priver mes rats de vase de leur divertissement, car tous ont supporté bien des peines et versé leur sang à cause de cet Aziru.

Le prince hittite Shoubattou lui donna une claque dans le dos en criant :

— Bien dit, Horemheb. Tu ne vas pas nous priver de notre plaisir, car pour qu'il soit complet pour toi aussi, nous avons évité de lui arracher les chairs, nous bornant à le pincer prudemment avec des étaux et des tenailles.

Mais Horemheb fut vexé de ces paroles peu flatteuses pour lui, et il n'aimait pas qu'on le touchât. C'est pourquoi il fronça les sourcils et dit :

— Tu es saoul, Shoubattou, et je n'ai pas d'autre but avec Aziru que de montrer à tout le monde le sort qui attend chaque homme assez fou pour se fier aux Hittites. Mais puisque nous avons passé cette nuit à fraterniser et que nous avons vidé quantité de coupes, je vais épargner ton allié Aziru et lui accorder une mort facile à cause de votre amitié.

Shoubattou fut vivement affecté par ces paroles, et son visage se tordit et pâlit, car les Hittites sont très susceptibles, bien que chacun sache qu'ils trahissent et vendent leurs alliés sans penser à l'honneur, dès que ceux-ci ne leur sont plus utiles et qu'ils peuvent retirer un profit en les trahissant. Du reste, c'est ainsi qu'agit chaque peuple et chaque souverain habile, mais les Hittites le font plus impudemment que les autres, sans se préoccuper de trouver des prétextes et des explications. Et pourtant Shoubattou se fâcha, mais ses compagnons lui mirent la main sur la bouche et l'emmenèrent, et il finit par se calmer après avoir vomi son vin.

Mais Horemheb fit amener Aziru et fut très surpris de le voir avancer la tête droite et fier comme un roi sous son manteau royal. Bien restauré par moi, Aziru marchait avec assurance et riait en se dirigeant vers le lieu de l'exécution et il criait des moqueries aux chefs égyptiens et aux gardiens. Son visage luisait de graisse et sa barbe était frisée, et par-dessus la tête des soldats, il interpella Horemheb :

— Hé, Horemheb, Egyptien crasseux, n'aie plus peur de moi, car je suis enchaîné et tu n'as plus besoin de te cacher derrière les lances de tes soldats. Approche-toi pour que je puisse essuyer le fumier de mes pieds à ton manteau, car vraiment je n'ai jamais vu de ma vie un camp plus foireux que le tien et je veux me présenter à mon Baal avec les pieds propres.

Horemheb fut ravi de ces paroles et il rit à haute voix et dit à Aziru :

— Je ne peux m'approcher de toi, car ta puanteur syrienne me donne la nausée, bien que tu aies réussi à chiper un manteau pour cacher ton corps foireux. Mais tu es certainement un homme courageux, Aziru, puisque tu ris de la mort. C'est pourquoi je t'accorderai une mort facile pour ma propre gloire.

Il envoya ses gardes du corps escorter Aziru et empêcher les soldats de lui jeter des bouses et de la boue, et les gardes donnèrent des coups de lance à tous ceux qui cherchaient à moquer Aziru. Ils amenèrent aussi la reine Keftiou et les deux enfants, et Keftiou était peinte et maquillée, et les enfants marchaient fièrement comme des fils de roi, l'aîné tenant le petit par la main. A leur vue, Aziru faiblit et dit :

— Keftiou, ma Keftiou, ma jument blanche, ma prunelle et mon amour. Je suis désolé de t'entraîner dans la mort, car la vie serait encore délicieuse pour toi.

Mais Keftiou lui dit :

— Ne te désole pas pour moi, ô mon roi, car je te suis volontiers dans le royaume des morts. Tu es mon mari et fort comme un taureau et je crois que personne ne pourrait me satisfaire comme toi. Et je t'ai séparé de toutes les autres femmes et lié à moi. C'est pourquoi je ne permettrais pas que tu ailles seul dans le royaume

des morts, mais je t'y accompagne pour te surveiller et
t'empêcher de te divertir avec d'autres femmes, car tu
es certainement attendu par toutes les belles dames qui
ont vécu avant moi. En vérité, je m'étranglerais avec
mes cheveux pour te suivre, ô mon roi, car je ne suis
qu'une esclave, mais tu as fait de moi une reine et je t'ai
donné deux beaux enfants.

Aziru se réjouit de ces paroles et se gonfla de joie et il
dit à ses fils :

— Mes beaux enfants, vous êtes nés fils de roi.
Mourez en fils de roi, afin que je n'aie pas à rougir de
vous. Croyez-moi, la mort n'est pas pire que l'extraction d'une dent. Soyez courageux, mes beaux enfants.

Ayant dit ces mots il s'agenouilla devant le bourreau
et se tourna vers Keftiou et lui dit :

— Je suis dégoûté de voir tous ces Egyptiens puants
autour de moi et je suis dégoûté de voir leurs lances
sanglantes. C'est pourquoi dévoile-moi ta poitrine
opulente, Keftiou, pour que je voie ta beauté en
mourant et je mourrai aussi heureux que j'ai vécu avec
toi.

Keftiou lui dévoila sa forte poitrine et le bourreau
leva sa lourde épée et d'un seul coup il sépara la tête du
tronc. La tête roula aux pieds de Keftiou, et le sang
jaillit du cou et éclaboussa les deux enfants, et le cadet
se mit à trembler. Mais Keftiou ramassa la tête d'Aziru
et embrassa ses lèvres tuméfiées et caressa ses joues
meurtries et serra la tête contre sa poitrine en disant à
ses enfants :

— Dépêchez-vous, mes petits, suivez sans crainte

votre père, mes chers enfants, car je m'impatiente aussi de le rejoindre.

Et les deux enfants s'agenouillèrent gentiment et l'aîné continuait à tenir le petit par la main, comme pour le protéger, et le bourreau leur trancha légèrement la tête. Puis, ayant poussé du pied les têtes coupées, il trancha aussi le cou blanc et gras de Keftiou d'un seul coup, si bien que tous eurent une mort facile. Mais Horemheb fit jeter les corps dans un fossé en pâture aux bêtes sauvages.

5

C'est ainsi que mourut mon ami Aziru, sans essayer de corrompre la mort, et Horemheb fit la paix avec les Hittites, tout en sachant aussi bien qu'eux que ce n'était qu'une trêve, parce que Sidon, Simyra, Byblos et Kadesh restaient au pouvoir des Hittites qui firent de cette dernière ville une place forte et une base dans la Syrie du Nord. Mais les deux parties étaient fatiguées de la guerre, et Horemheb était heureux de conclure la paix parce qu'il avait à veiller à ses intérêts à Thèbes, et il devait aussi pacifier le pays de Koush et les nègres qui s'étaient grisés de leur liberté et refusaient de verser leur tribut à l'Egypte.

Pendant ces années, le pharaon Toutankhamon régnait sur l'Egypte, bien qu'il fût un tout jeune homme seulement préoccupé de sa tombe, et le peuple lui attribuait pourtant tous les maux de la guerre et le détestait en disant : « Que pouvons-nous attendre d'un pharaon dont la femme est du sang du faux pharaon ? » Et Aï ne songeait pas à contredire le peuple, parce que ces plaintes tournaient à son avantage, et au contraire il faisait répandre dans le peuple de nouvelles légendes sur l'insouciance de Toutankhamon et sur sa cupidité qui le poussait à rassembler tous les trésors de l'Egypte pour sa tombe. Le pharaon établit aussi un impôt spécial pour la construction de son tombeau, si bien que toute personne qui faisait conserver éternellement son corps devait verser une redevance au pharaon. Mais c'est Aï qui lui avait soufflé cette idée, parce qu'il savait qu'elle mécontenterait le peuple.

Pendant tout ce temps, je restai absent de Thèbes, accompagnant l'armée qui avait grand besoin de mes soins et connaissant les peines et la disette, mais les hommes arrivant de Thèbes racontaient que le pharaon Toutankhamon était frêle et maladif et qu'une maladie secrète le rongeait. Ils disaient que la guerre de Syrie semblait user ses forces, car chaque fois qu'il apprenait une victoire de Horemheb, il tombait malade, mais si Horemheb, subissait un échec, il se remettait et quittait le lit. Ils disaient aussi que c'était comme de la sorcellerie et que chacun pouvait constater comment la santé du pharaon dépendait de la guerre en Syrie.

Mais avec le temps Aï devenait toujours plus impatient et il envoyait des messagers à Horemheb : « Ne cesseras-tu pas bientôt de te battre pour donner la paix à l'Egypte, car je suis déjà vieux et je suis las d'attendre. Dépêche-toi de gagner et ramène la paix, afin que je reçoive mon salaire selon notre convention et je m'occuperai aussi de ton salaire. »

Pour toutes ces raisons, je ne fus nullement étonné lorsque, pendant que nous remontions le fleuve sur des navires de guerre pavoisés, nous reçûmes un message annonçant que le pharaon Toutankhamon était monté dans la barque dorée de son père Amon pour gagner le royaume de l'Occident. C'est pourquoi nous dûmes amener les pavillons et nous noircir le visage avec des cendres et de la suite. On racontait que le pharaon Toutankhamon avait eu un grave accès de maladie le jour même où lui était parvenue la nouvelle de la capitulation de Megiddo et de la signature de la paix. Quant à savoir de quelle maladie il mourut, les médecins de la Maison de la Mort n'étaient pas d'accord entre eux, et certains prétendaient que les entrailles du pharaon étaient noircies par le poison, mais le peuple disait qu'il était mort de dépit, à la fin de la guerre, parce qu'il jouissait de voir souffrir l'Egypte. Mais je savais qu'en apposant son cachet sur l'argile du traité de paix, Horemheb l'avait tué aussi sûrement que s'il lui avait plongé un poignard dans le cœur, parce qu'Aï n'attendait que la paix pour se débarrasser de Toutankhamon et monter sur le trône comme le pharaon de la paix.

C'est pourquoi il nous fallut noircir nos visages et amener les pavillons de victoire, et Horemheb, très ennuyé, dut lancer dans le fleuve les corps des chefs hittites et syriens qu'il avait fait pendre la tête en bas à la poupe de son navire, à la manière des grands pharaons de jadis. Et ses bousiers, qu'il emmenait avec lui pour qu'ils jouissent de leur victoire à Thèbes, en laissant les rats de vase pacifier la Syrie et s'engraisser des dépouilles du pays après les misères de la guerre, furent aussi très déçus et pestèrent contre le pharaon qui continuait à les embêter.

Ils tuaient le temps en jouant aux dés le butin qu'ils avaient ramassé en Syrie, et en se battant pour les femmes qu'ils ramenaient pour les vendre à Thèbes après s'être bien divertis avec elles. Ils se faisaient des plaies et des bosses et braillaient des obscénités, au grand scandale des gens pieux massés sur les rives. Et ces bousiers n'avaient plus guère l'air égyptien, car beaucoup étaient vêtus à la syrienne ou à la hittite, et ils utilisaient des mots syriens et juraient en syrien, et beaucoup s'étaient mis à adorer Baal en Syrie. Je ne pouvais le leur reprocher, car j'avais moi-même offert au Baal d'Amourrou un important sacrifice de vin et de viande en souvenir de mon ami Aziru, mais je raconte ceci pour montrer pourquoi le peuple redoutait ces soudards, tout en s'enorgueillissant de leurs victoires.

De leur côté les soldats de Horemheb contemplaient avec surprise cette Egypte qu'ils n'avaient pas revue depuis des années, car ils ne la reconnaissaient plus, et moi aussi j'étais étonné. Car où que nous descendions à terre pour la nuit, nous ne voyions que deuil et misère et abattement. Les vêtements des gens étaient gris à force d'avoir été lavés et reprisés, et les visages étaient émaciés et rêches par manque d'huile, et les regards étaient méfiants et inquiets, et le dos des pauvres portait les marques des coups de canne des percepteurs. Les bâtiments publics étaient délabrés et les oiseaux nichaient dans les chénaux des maisons des juges, et les tuiles tombaient des toits dans les rues. Les routes n'avaient pas été entretenues depuis des années, et les parois des canaux d'irrigation s'étaient écroulées.

Seuls les temples étaient florissants et leurs parois étincelaient d'images et d'inscriptions en or et en rouge, à la gloire d'Amon, et les prêtres étaient gras et leur tête rasée luisait d'onguent. Et tandis qu'ils se gobergeaient de la chair des victimes, le peuple buvait l'eau du Nil pour arroser son pain sec, et les hommes qui jadis avaient été riches et avaient bu du vin dans des coupes décorées étaient heureux s'ils pouvaient se procurer une cruche de bière maigre une fois par lunaison. Et sur les rives ne retentissaient plus les rires des femmes ni les cris de joie des enfants, mais les femmes brandissaient tristement de leurs mains débiles leurs battes à lessive, et les enfants rôdaient sur les chemins comme des animaux apeurés et battus, et ils fouillaient le sol pour déterrer des racines dont ils se nourrissaient. Voilà ce que la guerre avait fait de l'Egypte, et la guerre avait emporté tout ce qu'avait laissé Aton. C'est pourquoi les gens n'avaient plus la force de se réjouir du retour de la paix, et ils regardaient avec anxiété les navires de Horemheb qui remontaient le fleuve.

Mais les hirondelles volaient rapides comme la flèche
sur le miroir du Nil et dans les roseaux du rivage les
hippopotames meuglaient et les crocodiles se faisaient
nettoyer les dents par des oiseaux. Nous buvions l'eau
du Nil qui est la meilleure au monde et la plus
rafraîchissante. Nous respirions l'odeur du limon et
entendions les papyrus murmurer dans le vent, et les
canards criaient et Amon traversait le ciel embrasé
dans sa barque d'or et nous sentions que nous arrivions
dans notre patrie.

Vint le jour où se dressèrent à l'horizon les trois
collines de Thèbes, et nous vîmes le faîte du temple, et
les pointes dorées des obélisques lançaient des éclairs
fulgurants. Nous revîmes les montagnes de l'ouest et la
cité infinie des défunts et nous revîmes les quais de
Thèbes et le port et les ruelles du quartier des pauvres
toutes bordées de cabanes de pisé, et les quartiers des
riches et les palais des nobles dans l'éclat des fleurs et la
verdure des pelouses. Alors nous respirâmes profondément et les rameurs plongèrent les avirons dans l'eau
avec une ardeur accrue, et les soldats de Horemheb
commencèrent à crier et à chanter, oubliant le deuil
auquel les obligeait la mort du pharaon.

C'est ainsi que je revins à Thèbes, et je décidai de ne
plus jamais la quitter, car mes yeux avaient assez vu la
méchanceté des hommes et ils n'avaient plus rien de
nouveau à contempler sous le vieux ciel. C'est pourquoi je décidai de m'établir à Thèbes et d'y achever ma
vie dans la pauvreté de ma maison du quartier des
pauvres, car tous les riches cadeaux que j'avais mérités

par mon art en Syrie avaient été consacrés à l'offrande pour Aziru, parce que je ne voulais pas conserver cette richesse. C'est qu'à mes narines cette richesse puait le sang et je n'aurais eu aucun plaisir à l'utiliser pour moi. C'est pourquoi je donnai à Aziru tout ce que j'avais acquis dans son pays, et je revenais pauvre à Thèbes.

Mais ma mesure n'était pas encore pleine, car une tâche m'attendait qui me répugnait et m'effrayait, mais que je ne pouvais refuser, et c'est pourquoi je dus quitter Thèbes au bout de quelques jours. Aï et Horemheb avaient en effet cru combiner habilement leur intrigue et réaliser leurs plans, et ils pensaient que le pouvoir était à eux maintenant, mais le pouvoir faillit leur échapper à l'improviste, et simplement par le caprice d'une femme. C'est pourquoi je dois parler encore de la reine Nefertiti et de la princesse Baketamon, avant de terminer mon récit et d'entrer dans la paix. Mais pour cela il me faut commencer un nouveau livre, et ce sera le dernier, et j'y expliquerai comment moi qui avais été créé pour guérir je fus amené à assassiner.

LIVRE XV

Horemheb

1

En vertu de son accord avec Horemheb, le porteur
du sceptre, Aï, était prêt à ceindre les couronnes des
pharaons à la mort de Toutankhamon. Pour parvenir à
ses fins, il activa les cérémonies funéraires et interrom-
pit la construction de la tombe qui resta petite et étroite
en comparaison des tombeaux des grands pharaons, et
il se réserva une partie des immenses trésors que
Toutankhamon avait destinés à l'accompagner dans le
royaume des défunts. Mais l'accord l'obligeait aussi à
obtenir de Baketamon qu'elle devînt l'épouse de
Horemheb, afin que celui-ci pût légalement revendi-
quer la couronne à la mort d'Aï, bien qu'il fût né avec
du fumier entre les orteils. Il avait convenu avec les
prêtres que la princesse apparaîtrait à Horemheb sous
les traits de la déesse Sekhmet, pendant que le
vainqueur célébrerait son triomphe dans le temple
après le cortège et qu'elle se donnerait à lui dans le
temple, afin que leur alliance trouvât une consécration
divine et que Horemheb aussi fût divinisé. C'est ce

qu'Aï avait convenu avec les prêtres, mais la princesse Baketamon avait tramé sa propre intrigue avec grand soin et je sais que la reine Nerfertiti l'y avait incitée par haine de Horemheb et dans l'espoir de devenir avec Baketamon la femme la plus puissante d'Egypte, si le plan réussissait.

Leur projet était impie et atroce, et seule la ruse d'une femme aigrie peut imaginer un tel plan, si incroyable qu'il fut près de réussir grâce à son invraisemblance. C'est seulement la découverte de cette intrigue qui fit comprendre pourquoi les Hittites avaient si facilement consenti à offrir la paix et à céder Megiddo et le pays d'Amourrou et à faire d'autres concessions. Les Hittites sont en effet des gens habiles et ils avaient dans leur carquois une flèche dont Aï et Horemheb ignoraient l'existence. Leur esprit de conciliation aurait dû éveiller la méfiance de Horemheb, mais ses succès l'avaient aveuglé et lui-même désirait la paix pour consolider son pouvoir en Egypte et pour épouser Baketamon, car il l'attendait depuis des années et l'attente avait surexcité sa passion.

Après la mort de son époux et lorsqu'elle eut accepté de sacrifier à Amon, la reine Nefertiti ne put supporter d'être écartée du pouvoir. Elle était restée belle malgré l'âge, grâce à des soins constants et à des cosmétiques. Sa beauté lui rallia de nombreux nobles qui vivaient dans la maison dorée comme des bourdons inutiles autour d'un pharaon puéril. Par son intelligence et sa ruse, elle gagna aussi l'amitié et la confiance de Baketamon dont elle transforma la fierté innée en une flamme dévorante qui lui embrasait le corps, si bien que cette morgue finit par être une sorte de folie. Elle était si entichée de son sang sacré qu'elle ne permettait plus à une personne ordinaire de la toucher et pas même de frôler son ombre. Elle avait fièrement conservé sa virginité, car à son avis il n'existait pas en Egypte un seul homme digne d'elle. Elle avait déjà dépassé l'âge normal du mariage, et je crois que sa virginité lui était montée à la tête et lui rendait le cœur malade, mais qu'un bon mariage l'aurait guérie.

Nefertiti lui fit croire qu'elle était née pour de grands exploits et qu'elle devait sauver l'Egypte des mains des prétendants de basse extraction. Elle lui parla de la grande reine Hatshepsout qui attachait une barbe royale à son menton et ceignait la queue de lion et gouvernait l'Egypte sur le trône des pharaons. Et elle la persuada que sa beauté rappelait celle de l'illustre reine.

Nefertiti lui disait aussi beaucoup de mal de Horemheb, et Baketamon finit par éprouver dans sa fierté virginale une horreur physique pour Horemheb qui était de basse extraction et qui la prendrait de force à la manière des soudards grossiers et qui souillerait son sang sacré. Mais je crois qu'au fond de son cœur elle avait conservé, sans se l'avouer, un certain penchant pour le beau et robuste jeune homme qu'elle avait vu arriver jadis à la cour.

Nefertiti n'eut pas de peine à convaincre Baketamon, lorsque les plans d'Aï et de Horemheb se précisèrent durant la guerre de Syrie. Et du reste, il est

probable qu'Aï s'ouvrit de ses projets à la reine, qui
était sa fille. Mais elle détestait son père qui l'avait
écartée après avoir profité d'elle et qui la tenait
enfermée dans la maison dorée, parce qu'elle était
l'épouse du pharaon maudit. Je dis que la beauté et
l'intelligence associées chez une femme dont les années
ont durci le cœur forment une combinaison dangereuse, plus dangereuse que les poignards dégainés et
plus tranchante que les faux de cuivre des chars
d'assaut. C'est ce que montre l'intrigue ourdie par
Nefertiti et approuvée par Baketamon.

Voici comment ce plan fut découvert. Dès son
arrivée à Thèbes, Horemheb, au comble de l'impatience, se mit à rôder autour des appartements de
Baketamon pour la voir et lui parler, bien qu'elle
refusât de le recevoir. Il aperçut par hasard un
émissaire hittite qui pénétrait chez la princesse, et il se
demanda pourquoi Baketamon recevait un Hittite et
pourquoi elle s'entretenait si longtemps avec lui. C'est
pourquoi, de sa propre initiative et sans consulter
personne, il fit arrêter l'émissaire qui, dans son
arrogance, proféra des menaces et parla comme seul
peut parler une personne sûre de sa puissance.

Alors Horemheb raconta tout à Aï et ils pénétrèrent
de force, la nuit, dans l'appartement de Baketamon,
après avoir tué un esclave qui s'y opposait, et ils
découvrirent dans la cendre d'une chaufferette la
correspondance échangée avec les Hittites. Après avoir
lu ces tablettes de cire, ils furent épouvantés et mirent
Baketamon et aussi Nefertiti sous surveillance. La

même nuit, ils vinrent me trouver dans ma maison que Muti avait fait réparer avec l'argent envoyé par Kaptah, et ils arrivèrent dans une simple litière, et le visage couvert. Muti les fit entrer en bougonnant. Je ne dormais pas, car je souffrais d'insomnie depuis mon retour de Syrie. Je me levai, allumai la lampe et reçus les visiteurs que je prenais pour des malades. Mais je fus très surpris en les reconnaissant, et je dis à Muti de nous apporter du vin et d'aller dormir, mais Horemheb était si inquiet qu'il voulait la tuer, parce qu'elle avait vu son visage. Jamais encore je n'avais vu Horemheb si effrayé, et cela me causa une grande joie. C'est pourquoi je lui dis :

— Je te défends de tuer Muti, et je crois que tu as le cerveau fêlé. Muti est une vieille femme dure d'oreille et qui ronfle comme un hippopotame, ainsi que tu l'entendras. Bois du vin et cesse de redouter une vieille femme.

Mais Horemheb dit avec impatience :

— Je ne suis pas venu parler de ronflements, Sinouhé. Mais l'Egypte court un danger mortel et tu dois la sauver.

Aï confirma ces paroles en disant :

— En vérité, l'Egypte court un danger mortel, Sinouhé, et moi aussi je suis en danger, et pour l'Egypte jamais encore le péril n'a été aussi grand. C'est pourquoi nous nous adressons à toi dans notre détresse.

Mais j'éclatai de rire en étendant mes mains vides. Horemheb sortit alors les tablettes d'argile du roi

Shoubbiliouliouma et me les fit lire, ainsi que la copie des réponses de Baketamon. Cette lecture achevée, je n'avais plus envie de rire, et le vin perdit son goût dans ma bouche, car voici ce que Baketamon avait écrit au roi des Hittites :

Je suis la fille du pharaon et dans mes veines coule le sang sacré et aucun homme en Egypte n'est digne de moi. J'ai appris que tu as de nombreux fils. Envoie ici l'un d'eux, pour que je puisse rompre une cruche avec lui, et ton fils régnera à mes côtés sur le pays de Kemi.

Cette lettre était si inconcevable que le prudent Shoubbiliouliouma avait d'abord refusé d'y croire, et il avait envoyé un émissaire secret pour demander des précisions. Baketamon avait confirmé son offre et assuré que les nobles égyptiens tenaient son parti et que les prêtres d'Amon étaient aussi d'accord. Convaincu par cette lettre, le roi s'était empressé de conclure la paix avec Horemheb, et il se préparait à envoyer son fils Shoubattou en Egypte.

Pendant que je lisais ces missives, Aï et Horemheb commencèrent à se disputer, et Horemheb dit :

— Telle est ma récompense de tout ce que j'ai fait pour toi, et telle est ma récompense pour la guerre où j'ai battu les Hittites et supporté bien des peines. En vérité j'aurais mieux fait de charger un chien aveugle de veiller à mes intérêts en Egypte pendant mon absence, et tu ne m'es pas plus utile qu'une maquerelle qu'on paye sans jamais voir même les fesses de la fille.

En vérité, Aï, tu es le personnage le plus répugnant que je connaisse, et je regrette amèrement d'avoir touché ta sale patte en signe d'accord. Il ne me reste qu'à faire occuper Thèbes par mes bousiers et à ceindre les deux couronnes.

Mais Aï dit :

— Les prêtres n'y consentiront jamais, et nous ignorons même l'étendue de la conjuration et l'appui dont jouit Baketamon dans le clergé et la noblesse. Il n'y a pas à se soucier du peuple, car le peuple est un bœuf auquel on passe une corde et que chacun conduit où il veut. Non, Horemheb, si Shoubattou arrive à Thèbes et rompt une cruche avec Baketamon, notre puissance s'écroulera et nous ne pourrons résister par les armes, car ce serait une nouvelle guerre et l'Egypte ne pourrait la supporter, et ce serait la fin de tout. En vérité j'ai été un chien aveugle, mais jamais je n'aurais pu deviner ce qui se tramait, tant c'était incroyable. C'est pourquoi Sinouhé doit nous aider.

— Par tous les dieux d'Egypte, dis-je tout étonné. Comment pourrais-je vous aider, car je ne suis qu'un médecin et je suis incapable de décider une femme folle à aimer Horemheb.

Horemheb dit :

— Tu nous a déjà aidés une fois, et quiconque prend l'aviron doit ramer jusqu'au bout, qu'il le veuille ou non. Tu vas partir à la rencontre du prince Shoubattou et faire en sorte qu'il ne parvienne pas en Egypte. Comment, c'est ton affaire, et nous n'en voulons rien savoir. Sache seulement que nous ne

pouvons le faire assassiner publiquement, car ce serait
une nouvelle guerre avec les Hittites, et je veux en
choisir moi-même la date.

Ces paroles m'épouvantèrent et mes genoux tremblèrent et mon cœur se liquéfia et ma langue se tordit
dans ma bouche, et je dis :

— S'il est vrai que je vous ai aidés une fois, je l'ai
fait autant pour moi que pour l'Egypte, et ce prince ne
m'a jamais nui et je ne l'ai vu qu'une fois dans ta tente,
le jour de la mort d'Aziru. Non, Horemheb, tu ne feras
pas de moi un assassin, je préfère mourir, car il n'est
pas de crime plus abject, et si j'ai offert un breuvage
mortel à Akhenaton, je l'ai fait pour son bien, parce
qu'il était malade et que j'étais son ami.

Mais Horemheb fronça les sourcils en se battant les
cuisses de sa cravache, et Aï dit :

— Sinouhé, tu es un homme sensé et tu comprends
toi-même que nous ne pouvons sacrifier tout un empire
au caprice d'une femme. Crois-moi, il n'y a pas d'autre
moyen. Le prince doit mourir en cours de route, peu
importe que ce soit par accident ou de maladie. C'est
pourquoi tu vas partir à sa rencontre dans le désert du
Sinaï, en qualité d'émissaire de la princesse Baketamon
et comme médecin pour examiner s'il est apte à
consommer le mariage. Il te croira facilement et te
recevra et te questionnera sur la princesse Baketamon,
car les princes ne sont que des hommes et je crois qu'il
est en proie à une vive curiosité, et qu'il se demande à
quelle sorcière on va le lier. Ta mission sera facile, et tu

ne mépriseras pas les cadeaux qu'elle te vaudra, car alors tu seras un homme riche.

Horemheb dit :

— Décide-toi vite, Sinouhé, entre la vie ou la mort. Tu comprends que nous ne pourrons pas te laisser vivre, maintenant que tu connais ces secrets, quand bien même tu serais mille fois mon ami. Le nom que t'a donné ta mère t'a été funeste, Sinouhé, car tu n'as entendu que trop de secrets des pharaons. Ainsi, selon ta réponse, je te fendrai la gorge d'une oreille à l'autre, certes sans aucun plaisir, parce que tu es notre meilleur serviteur. Tu nous es lié par un crime commun, et nous partagerons avec toi la responsabilité de ce crime nouveau, si c'en est un à ton avis que de sauver l'Egypte de la domination d'une folle et des Hittites.

— Tu sais bien que je ne crains pas la mort, Horemheb, lui dis-je.

Et je sentis que le filet s'était refermé sur moi et que j'avais lié mon sort à celui de Horemheb et d'Aï.

J'avoue franchement que cette nuit-là j'eus peur de la mort, car elle se présentait brusquement et d'une manière répugnante. Mais je pensais au vol rapide des hirondelles sur le fleuve et je pensais aux vins du port et je pensais à l'oie rôtie par Muti à la thébaine, et la vie me parut soudain délicieuse. Et je pensais aussi à l'Egypte et je me disais qu'Akhenaton avait dû mourir pour que l'Egypte fût sauvée et que Horemheb pût repousser les Hittites. Pourquoi ne pas tuer ce jeune prince inconnu pour sauver de nouveau l'Egypte,

puisque j'avais déjà tué Akhenaton ? C'est pourquoi je
dis :

— Cache ton poignard, Horemheb, car la vue d'un
poignard émoussé m'énerve. Je m'incline et je sauverai
l'Egypte du joug hittite, mais vraiment j'ignore encore
comment je m'y prendrai, et il est probable que j'y
perdrai la vie, car les Hittites me tueront certainement
une fois que leur prince sera mort. Mais je ne tiens plus
à la vie et je veux empêcher les Hittites de régner sur
l'Egypte. Et je ne veux point de cadeaux, car tout ce
que je ferai était déjà écrit dans les étoiles avant ma
naissance et je ne peux y échapper. Acceptez donc vos
couronnes de mes mains, Horemheb et Aï, et bénissez
mon nom, car c'est moi, le petit médecin Sinouhé, qui
vous crée pharaons.

Cette pensée m'amusa beaucoup, car j'avais peut-
être du sang royal dans les veines, et j'aurais été le seul
héritier légal des pharaons, tandis qu'Aï n'était qu'un
modeste prêtre du soleil et que les parents de Horemheb sentaient le bétail et le fromage. En cet instant, ces
deux hommes m'apparurent sans voiles, tels qu'ils
étaient en réalité : deux pillards qui se disputaient le
corps pantelant de l'Egypte, deux enfants qui jouaient
avec des couronnes et des emblèmes royaux, et leur
passion les tyrannisait au point qu'ils ne seraient jamais
heureux. C'est pourquoi je dis à Horemheb :

— Horemheb, mon ami, la couronne est lourde, tu
le sentiras par une chaude soirée, quand on conduit le
bétail à l'abreuvoir du fleuve et que les bruits se taisent
autour de toi.

Mais il répondit :

— Dépêche-toi de partir, car le navire attend et tu dois rencontrer Shoubattou dans le désert de Sinaï, avant qu'il ne parvienne à Tanis avec sa suite.

C'est ainsi que je partis brusquement au milieu de la nuit, et Horemheb m'avait donné son bateau le plus rapide, et j'y fis porter ma boîte de médecin et le reste de l'oie à la thébaine que Muti m'avait préparée pour le dîner. Et je n'oubliai pas de me munir de vin.

2

A bord, j'eus le temps de réfléchir, et je compris nettement le grand danger qui menaçait l'Egypte comme un noir nuage de sable à l'horizon. Il me serait facile d'embellir mon rôle et de me poser en sauveur de l'Egypte, mais les mobiles des hommes sont toujours complexes, et j'avais certainement accepté ma mission à la suite de la peur brusquement ressentie en présence d'une mort imminente. Mais tandis que je descendais le fleuve en pressant les rameurs, j'étais persuadé d'accomplir un acte méritoire.

J'étais de nouveau seul et plus solitaire que tous les hommes, à cause du secret que je portais et que je ne pouvais révéler à personne sans causer la mort de milliers et de milliers de gens. Je devais être plus rusé que le serpent pour ne pas être découvert, et je savais que je subirais une mort atroce, si les Hittites me prenaient sur le fait.

Par instants, je penchais à tout abandonner et à fuir au loin, comme mon homonyme de la légende, et à me cacher pour laisser le sort rouler sur l'Egypte. Si j'avais exécuté ce projet, le cours des événements aurait changé et le monde ne serait pas tel qu'il est aujourd'hui. Mais en vieillissant, j'ai compris qu'en dernière analyse tous les souverains sont les mêmes et que tous les peuples sont les mêmes, et que peu importe en somme qui gouverne et quel peuple en opprime un autre, car finalement ce sont toujours les pauvres qui supportent les souffrances.

Mais je ne m'enfuis pas, parce que j'étais faible, et quand un homme est faible, il se laisse mener par les autres jusqu'au crime, plutôt que de choisir lui-même sa voie. Il préfère même la mort à rompre la corde qui le lie, et je crois que je ne suis pas le seul à être faible de cette manière.

Ainsi, le prince Shoubattou devait périr, et je me creusais la tête pour trouver le moyen de le tuer sans que mon acte fût découvert et que l'Egypte eût à en répondre. Cette tâche était ardue, car le prince était sûrement accompagné d'une suite digne de son rang, et les Hittites étaient méfiants et se tenaient sur leurs gardes. Je ne pouvais songer à l'assassiner, et je me demandais si je pourrais l'entraîner dans le désert pour y chercher un basilic dont les yeux sont des pierres vertes, et pour le précipiter dans une gorge et raconter ensuite qu'il avait trébuché et s'était cassé la nuque.

Mais cette idée était enfantine, car jamais je ne resterais seul en compagnie du prince, et quant aux poisons, il avait des hommes pour goûter les aliments et les boissons, si bien que je ne pourrais l'empoisonner selon les méthodes habituelles.

Je repassai dans ma mémoire les récits sur les poisons secrets des prêtres et sur ceux de la maison dorée. Je savais qu'on pouvait empoisonner le fruit d'un arbre avant même qu'il fût mûr, et je savais aussi qu'il existait des volumes de papyrus qui apportaient une mort lente à leurs lecteurs, et que le parfum de certaines fleurs pouvait tuer, une fois que les prêtres les avaient traitées. Mais c'étaient des secrets des prêtres, et peut-être s'y mêlait-il aussi de la légende. Du reste, je n'aurais pu y recourir dans le désert.

Si seulement Kaptah avait pu m'assister de sa ruse, mais je n'aurais pu le mettre au courant de l'entreprise, et d'ailleurs il s'attardait en Syrie pour y récupérer ses créances. C'est pourquoi je recourus à toute mon ingéniosité et à tout mon savoir de médecin. Si le prince avait été malade, j'aurais pu tranquillement le soigner pour l'amener lentement à la mort selon toutes les règles de l'art, et aucun médecin n'aurait rien eu à objecter à mes prescriptions, parce que de tout temps le corps médical enterre ensemble ses victimes. Mais Shoubattou n'était pas malade, et s'il l'était, il serait soigné par les médecins hittites.

Je m'attarde sur ce point seulement pour montrer les difficultés immenses de la tâche confiée par Horemheb, mais à présent je me bornerai à exposer mes actes.

A Memphis, je complétai mon assortiment de remèdes à la Maison de la Vie, et personne ne s'étonna de mes ordonnances, car un médecin peut détenir un poison mortel qui, entre ses mains, devient un remède guérisseur. Je poursuivis rapidement le voyage jusqu'à Tanis où je pris une chaise à porteurs, et la garnison me donna une escorte de quelques chars de guerre sur la grande route militaire de Syrie.

Horemheb avait été correctement informé du voyage de Shoubattou, car je le rencontrai avec sa suite à trois jours de Tanis, près d'une source entourée de murs. Il voyageait aussi en litière, et il était accompagné de nombreux ânes qui portaient de lourdes charges et des cadeaux précieux pour la princesse Baketamon, et des chars de guerre lourds l'escortaient, tandis que les chars légers reconnaissaient la route, car le roi avait recommandé la prudence, parce qu'il savait que ce voyage déplairait fort à Horemheb.

Mais les Hittites se montrèrent extrêmement polis envers moi et envers les officiers de ma petite escorte, selon leur vieille habitude d'être polis et aimables envers les gens dont ils vont obtenir gratuitement ce qu'ils ne pourraient gagner par les armes. Ils nous accueillirent dans leur camp et aidèrent les soldats égyptiens à dresser notre tente et ils placèrent de nombreuses sentinelles pour nous protéger, dirent-ils, contre les brigands et les lions, afin que nous pussions dormir en paix. Mais en apprenant que je venais de la part de la princesse Baketamon, Shoubattou m'appela aussitôt dans son impatiente curiosité.

C'est ainsi que je le vis dans sa tente, et il était jeune et fier, et ses yeux étaient grands et clairs comme l'eau, quand il n'était pas ivre, comme je l'avais vu dans la tente de Horemheb près de Megiddo. La joie et la curiosité animaient son visage foncé, et son nez était fort comme un bec d'oiseau de proie et ses dents luisaient de blancheur comme celles des fauves. Je lui tendis une lettre de la princesse, falsifiée par Aï, et je mis les mains à la hauteur des genoux en signe de respect. Je constatai avec plaisir qu'il était vêtu à l'égyptienne, mais que ces vêtements semblaient le gêner. Il me dit :

— Puisque ma future épouse royale s'est confiée à toi et que tu es le médecin royal, je ne te cacherai rien. En me mariant, je me lie à mon épouse et son pays sera le mien et les mœurs égyptiennes seront les miennes, et je me suis efforcé d'apprendre les coutumes de l'Egypte, pour n'être pas un étranger dépaysé en arrivant à Thèbes. Je suis impatient de voir toutes les merveilles de l'Egypte et de connaître les puissants dieux de l'Egypte qui seront désormais les miens. Mais surtout je suis impatient de voir ma grande épouse royale, parce que je vais fonder une nouvelle dynastie avec elle. Parle-moi d'elle et dis-moi sa taille et son apparence et la largeur de ses hanches, comme si j'étais déjà un Egyptien. Et tu ne dois rien me cacher d'elle, pas même ce qui est déplaisant, mais tu peux avoir confiance en moi, comme j'ai confiance en toi.

Sa confiance se manifestait par des officiers debout derrière lui, l'arme à la main, et par des gardiens à l'entrée de la tente, avec leurs lances dirigées vers mon dos. Mais je ne fis semblant de rien et je m'inclinai jusqu'à terre devant lui en disant :

— Ma maîtresse la princesse Baketamon est une des plus belles femmes de l'Egypte. A cause de son sang sacré, elle a conservé sa virginité, bien qu'elle soit passablement plus âgée que toi, mais sa beauté n'a pas d'âge et son visage est comme la lune et ses yeux sont ovales comme des lotus. Comme médecin, je puis te confier aussi que ses hanches sont assez larges pour enfanter, bien qu'elles soient minces, comme c'est le cas en Egypte. C'est pourquoi elle m'a envoyé à ta rencontre pour s'assurer que ton sang royal est digne de son sang sacré et que physiquement tu es capable de remplir les devoirs incombant à un époux, afin de ne pas la décevoir, car elle t'attend avec impatience.

Shoubattou bomba le torse et plia les bras pour faire saillir ses muscles et il me dit :

— Mon bras bande l'arc le plus dur et entre mes mollets je peux étouffer un âne. Mon visage n'a pas de défaut, comme tu peux le constater, et je ne me souviens pas d'avoir été malade.

Je lui dis :

— Tu es certainement un jeune homme inexpérimenté qui ne connait pas les coutumes égyptiennes, puisque tu crois qu'une princesse est une femme qu'on bande avec les bras ou un âne qu'on broie entre ses genoux. Or, ce n'est point le cas, et je devrai te donner quelques leçons sur les mœurs amoureuses de l'Egypte, afin que tu n'aies pas à rougir devant la princesse.

Ces paroles l'offensèrent, car il était fier et se vantait de sa virilité, comme tous les Hittites. Ses chefs éclatèrent de rire, et il en fut encore plus froissé, si bien qu'il pâlit de colère et serra les dents. Mais il tenait à se montrer à moi sous un jour favorable, et il dit avec le plus grand calme possible :

— Je ne suis pas un blanc-bec, comme tu le crois, mais ma lance a déjà percé bien des sacs de peau, et je ne crois pas que ta princesse sera mécontente, quand je lui enseignerai les coutumes hittites.

Je lui dis alors :

— Je crois volontiers à ta force, mais tu te trompes en affirmant que tu n'as jamais été malade, car je lis dans tes yeux que tu n'es pas bien et que ton ventre est relâché et te cause des ennuis.

Il est probable qu'aucun homme ne résiste à se sentir malade, si on lui affirme avec autorité et sans relâche qu'il ne se porte pas bien. Chacun éprouve en effet un secret besoin de se dorloter et de se laisser choyer, et les médecins l'ont su de tous temps et se sont enrichis. Mais j'avais encore l'avantage de savoir que l'eau des sources du désert contient de la soude et qu'elle donne la diarrhée à ceux qui n'y sont pas habitués. C'est pourquoi le prince fut fort étonné de mes paroles et il dit :

— Tu te trompes, Sinouhé l'Egyptien, car je ne me sens pas du tout malade, bien que je doive reconnaître que mon ventre soit relâché et m'ait forcé à m'accroupir maintes fois dans la journée. Tu es certainement plus habile que mon médecin qui n'a rien remarqué.

Il se tâta le front et les yeux et dit :

— Vraiment, les yeux me brûlent, parce que j'ai regardé longtemps le sable rouge du désert, et mon front est chaud et je ne suis pas aussi bien que je le voudrais.

Je lui dis :

— Ton médecin devrait te préparer un remède qui te guérisse et te donne un bon sommeil. C'est que les maladies gastriques du désert sont graves, et j'ai vu une quantité de soldats égyptiens en mourir dans le désert pendant leur marche sur la Syrie. On ignore les causes de ces maladies, les uns disent qu'elles proviennent du vent empesté du désert, et d'autres prétendent qu'elles sont causées par l'eau et d'autres accusent les sauterelles. Mais je ne doute pas que demain tu seras rétabli pour poursuivre ton voyage, si ton médecin t'administre un bon remède ce soir.

A ces mots, il se mit à réfléchir et ses yeux s'amincirent et il jeta un regard à ses chefs en me disant d'un air mutin comme un enfant :

— Prépare-moi toi-même un bon remède, Sinouhé, parce que tu connais mieux cette maladie que mon médecin.

Mais je n'étais pas aussi bête qu'il le pensait, et je levai le bras en signe de refus en disant :

— Jamais de la vie. Je n'ose pas te donner un remède, car si ton état empirait, on m'accuserait immédiatement. Ton médecin te soignera mieux que moi, car il connaît ta complexion, et le remède est simple.

Il sourit et dit :

— Ton conseil est bon, car je veux manger et boire avec toi, pour que tu me parles de mon épouse royale et des mœurs égyptiennes, et je ne veux pas être obligé de courir à tout bout de champ m'accroupir derrière ma tente.

Il fit appeler son médecin, qui était un Hittite bourru et méfiant. Quand il eut constaté que je ne voulais pas rivaliser avec lui, il se radoucit et prépara une potion constipante que, sur mes conseils, il fit très forte. C'est que j'avais mon idée. Il goûta le breuvage et le tendit ensuite au prince.

Je savais que le prince n'était pas malade, mais je voulais que sa suite le crût malade, et je désirais que sa diarrhée cessât, afin que le poison que je me proposais de lui faire boire ne ressortît pas trop rapidement. Avant le repas que le prince commanda en mon honneur, je retournai dans ma tente et je me remplis l'estomac d'huile d'olive, ce qui est fort désagréable, et malgré mes nausées j'en bus pour me sauver la vie. Puis je pris une petite cruche de vin dans laquelle j'avais mélangé du poison et que j'avais recachetée, et la cruche était si petite qu'elle ne contenait que deux coupes de vin. Je regagnai la tente du prince et je m'assis, et je me régalai en racontant quantité d'anecdotes amusantes sur les mœurs égyptiennes, malgré les nausées, pour divertir le prince et ses chefs. Et

Shoubattou rit vraiment en montrant ses belles dents et il me donna des tapes dans le dos en disant :

— Tu es un compagnon agréable, Sinouhé, bien que tu sois Egyptien, et je te prendrai comme médecin royal. En vérité je pouffe de rire et j'oublie mes maux de ventre pendant que tu me parles des coutumes amoureuses des Egyptiens, qui me semblent destinées surtout à éviter d'avoir des enfants. Mais je me propose de leur enseigner les coutumes hittites, et mes chefs prendront le commandement des provinces, et cela fera grand bien à l'Egypte, dès que j'aurai donné à Baketamon ce qui lui revient.

Il se tapa les genoux et but du vin et rit et s'écria :

— Je voudrais bien que la princesse fût déjà couchée sur ma natte, car tes récits m'ont fort excité, et je veux la faire gémir de joie. Par le Ciel sacré et par la Terre mère, une fois que le pays des Khatti et l'Egypte ne formeront plus qu'un empire, aucun Etat ne pourra nous résister et nous soumettrons les quatre continents. Mais il faudra d'abord infuser du fer à l'Egypte et du feu à son cœur, afin que chaque Egyptien se convainque que la mort vaut mieux que la vie. Puisse ce moment venir bientôt.

Il but après avoir offert une libation au Ciel et une autre à la Terre, et tous ses compagnons étaient déjà un peu ivres, et mes gaies histoires avaient dissipé leurs soupçons. Je profitai de l'occasion pour dire :

— Je ne veux pas t'offenser et critiquer ton vin, Shoubattou, mais tu n'as probablement encore jamais goûté du vin d'Egypte, car si tu le connaissais, tous les autres seraient plats comme de l'eau dans ta bouche. C'est pourquoi pardonne-moi si je préfère boire mon propre vin, car lui seul m'enivre convenablement. J'en emporte toujours avec moi dans les festins des étrangers.

Je secouai la cruche et en brisai le cachet en sa présence et j'en versai dans ma coupe, en simulant l'ivresse, et quelques gouttes tombèrent par terre, et je bus, puis je dis :

— Voilà du vrai vin de Memphis, du vin des pyramides qui se paye au poids de l'or, fort, corsé et enivrant, sans pareil au monde.

Le vin était vraiment fort et bon, et j'y avais ajouté de la myrrhe, si bien que toute la tente en fut embaumée, mais sur ma langue je reconnus l'odeur de la mort et la coupe trembla dans ma main, mais les Hittites l'attribuèrent à mon ivresse. Shoubattou sentit sa curiosité s'éveiller et il me tendit sa coupe en disant :

— Je ne suis plus un étranger pour toi, puisque demain je serai ton seigneur et maître. Laisse-moi donc goûter ton vin, pour que je m'assure qu'il est aussi bon que tu le prétends.

Mais je serrai la cruche contre ma poitrine et protestai en disant :

— Il n'y en a pas pour deux et je n'en ai plus d'autre cruche avec moi et je tiens à m'enivrer ce soir, car c'est un jour de joie pour toute l'Egypte, le jour de l'alliance éternelle de l'Egypte et du pays des Khatti.

Et je simulai l'ivresse et me mis à braire comme un âne, en berçant ma cruche, et les Hittites se tordaient de rire et se tapaient les cuisses. Mais Shoubattou était habitué à obtenir tout ce qu'il désirait, et il me supplia de lui faire goûter mon vin, si bien que je finis par lui remplir sa coupe en pleurant et je vidai ma cruche. Et je ne pleurais pas pour rien, car je redoutais fort ce qui allait se passer.

Mais Shoubattou, comme s'il avait flairé un danger, regarda autour de lui et, à la manière hittite, il me tendit sa coupe en disant :

— Entame ma coupe, car tu es mon ami et je veux te témoigner ma faveur.

Il n'osait pas montrer sa méfiance en appelant son dégustateur attitré. Je bus une bonne gorgée et ensuite il vida la coupe et fit claquer sa langue et se recueillit un instant, puis il dit :

— En vérité, ton vin est fort, Sinouhé, et il monte à la tête comme de la fumée et il me brûle l'estomac, mais il laisse à la bouche un goût amer que je veux effacer avec du vin des montagnes.

Il remplit sa coupe de son propre vin et la rinça, et je savais que le poison n'agirait pas avant le matin, parce que son ventre était dur et qu'il avait bien mangé.

Je bus encore autant que je pouvais et je simulai l'ivresse, puis au bout d'une demi-clepsydre je me fis accompagner dans ma tente, et je serrais sur ma poitrine la petite cruche vide que je ne voulais pas laisser examiner. Une fois que les Hittites m'eurent mis sur mon lit avec toutes sortes de grosses plaisanteries et qu'ils se furent retirés, je me levai rapidement et je mis mes doigts au fond de ma gorge et je vomis et l'huile protectrice et le poison. Mais ma crainte était si vive qu'une sueur froide me coulait le long des membres et que mes genoux tremblaient, et peut-être que le poison avait commencé à agir. C'est pourquoi je me rinçai l'estomac et pris des contre-poisons, et je finis par vomir par simple peur, sans l'aide des vomitifs.

J'eus encore la force de rincer soigneusement la cruche et de la briser et d'en cacher les morceaux dans le sable. Puis je m'étendis sur mon lit, sans pouvoir dormir, tremblant de peur, et dans l'ombre les grands yeux de Shoubattou me fixaient. C'est qu'il était vraiment un beau jeune homme, et je ne pouvais oublier son rire fier et juvénile ni ses dents à l'éclat si blanc.

3

La fierté hittite vint à mon aide, car le lendemain Shoubattou, ne se sentant pas bien, refusa de le montrer et d'interrompre le voyage pour se reposer. Il monta dans sa litière et, au prix d'un grand effort, il réussit à dissimuler ses maux. C'est ainsi que nous avançâmes toute la journée, et son médecin lui administra par deux fois des astringents et calmants, qui ne firent qu'accroître les douleurs et renforcer l'action du poison, car à l'aube une forte diarrhée lui aurait peut-être encore sauvé la vie.

Mais dans la soirée il tomba dans le coma et ses yeux se révulsèrent et ses joues se creusèrent et blêmirent, si bien que son médecin m'appela en consultation. Devant l'état du malade, je n'eus pas à feindre l'inquiétude, car tout mon corps tremblait, en partie à cause du poison que j'avais dû boire. Je déclarai reconnaître la maladie du désert dont j'avais discerné les premiers symptômes la veille au soir, bien qu'il n'eût pas voulu me croire. La caravane fit halte, et nous soignâmes le prince dans sa litière, lui donnant des remèdes et des laxatifs et plaçant des pierres chaudes sur son ventre, mais je pris grand soin de laisser le médecin hittite mélanger lui-même toutes les drogues et les administrer lui-même au malade en lui desserrant les dents. Mais je savais qu'il allait mourir, et je tenais seulement à lui adoucir le trépas, puisque je ne pouvais rien faire d'autre pour lui.

A la tombée de la nuit, on le porta dans sa tente, et les Hittites se mirent à se lamenter et à déchirer leurs vêtements et à répandre du sable sur leurs cheveux et à se blesser avec des poignards, car ils avaient tous peur pour leur propre vie et savaient que le roi ne leur pardonnerait pas la mort de son fils confié à leur garde. Je veillais auprès du prince avec le médecin hittite, et je voyais ce jeune homme hier encore si vigoureux glisser lentement vers la mort.

Le médecin hittite se creusait la tête pour trouver la cause de cette brusque maladie, mais les symptômes ne différaient pas de ceux d'une forte diarrhée, et personne ne pouvait songer au poison, puisque j'avais bu du même vin dans la coupe du prince. Ainsi, personne ne me soupçonna, et je pouvais me flatter d'avoir adroitement accompli ma tâche, pour le plus grand bien de l'Egypte, mais je n'étais nullement fier de mon habileté en regardant mourir le prince Shoubattou.

Le lendemain matin, il reprit ses esprits et à l'approche de la mort il n'était plus qu'un enfant malade qui appelle sa mère. D'une voix faible et gémissante, il disait :

— Maman, maman, ma belle maman.

Puis ses douleurs se calmèrent et il sourit d'un sourire d'enfant et se rappela son sang royal. Il fit appeler ses chefs et dit :

— Il ne faut accuser personne de ma mort, car elle est causée par la maladie du désert, et j'ai été soigné par le meilleur médecin du pays des Khatti et par le plus éminent médecin de l'Egypte. Mais leur art n'a pu me sauver, parce que c'est la volonté du Ciel et de la Terre que je meure, et sûrement le désert ne relève pas de la Terre, mais bien des dieux de l'Egypte, car il protège l'Egypte. Sachez donc tous que les Hittites ne doivent plus jamais s'engager dans le désert, et ma mort en est la preuve, et une autre preuve fut le désastre inattendu de nos chars de guerre dans ce même désert. C'est pourquoi donnez aux médecins des cadeaux dignes de moi, et toi, Sinouhé, salue la princesse Baketamon et dis-lui que je la libère de toutes ses promesses, en regrettant infiniment de ne pouvoir la porter sur le lit

nuptial pour ma propre joie et pour la sienne. En
vérité, transmets-lui ce salut, car en mourant je pense à
elle comme à une princesse de légende, et je meurs
avec sa beauté sans âge devant mes yeux, bien que je ne
l'aie jamais vue.

Il mourut en souriant, car parfois après de grandes
douleurs la mort survient comme une béatitude souriante, et ses yeux qui s'éteignaient lentement voyaient
de merveilleuses visions.

Les Hittites mirent son corps dans une jarre pleine
de vin et de miel pour l'emporter dans la tombe royale
des montagnes où les aigles et les loups veillent sur le
repos des rois hittites. Ils étaient tout émus de ma
compassion et de mes larmes, et ils consentirent
volontiers à me donner une tablette attestant que je
n'étais nullement responsable de la mort du prince
Shoubattou, mais que je n'avais pas épargné mes
peines pour essayer de le sauver. Ils apposèrent leurs
cachets sur la tablette, avec le cachet du prince
Shoubattou, afin qu'aucun soupçon ne tombât sur moi
en Egypte à cause de la mort du prince. C'est qu'ils
jugeaient l'Egypte d'après leur propre pays, et ils
pensaient que la princesse Baketamon me ferait mettre
à mort, quand elle apprendrait la mort de son fiancé.

C'est ainsi que je sauvai vraiment l'Egypte du joug
hittite, et j'aurais dû être content de moi, mais je ne
l'étais nullement, j'avais l'impression que partout où
j'allais la mort me suivrait sur les talons. J'étais devenu
médecin pour guérir et pour semer la vie, mais mon
père et ma mère étaient morts par ma faute, et Minea

avait succombé à cause de ma faiblesse, et Merit et le petit Thot avaient péri par mon aveuglement et le pharaon Akhenaton avait succombé à cause de ma haine et de mon amitié et de l'Egypte. Tous ceux que j'avais aimés avaient péri de mort violente à cause de moi. Et aussi le prince Shoubattou, que j'avais appris à aimer durant son agonie. Une malédiction m'accompagnait vraiment.

Je revins à Tanis et gagnai Memphis, puis Thèbes. Ma cange aborda près de la maison dorée, et je me présentai devant Aï et Horemheb et je leur dis :

— Votre volonté a été exécutée. Le prince Shoubattou est mort dans le désert du Sinaï et aucune ombre n'en rejaillira sur l'Egypte.

Ils se réjouirent vivement à cette nouvelle, et Aï prit une chaîne d'or au porteur du sceptre et me la passa au cou, et Horemheb dit :

— Va voir la princesse Baketamon, car elle ne nous croira pas, si nous lui portons cette nouvelle, mais elle pensera que nous avons fait assassiner le prince par jalousie.

La princesse Baketamon me reçut et ses joues et sa bouche étaient fardées de rouge, mais dans ses sombres yeux ovales guettait la mort. Je lui dis :

— Ton prétendant le prince Shoubattou t'a libérée de tes promesses, car il est mort dans le désert du Sinaï de la maladie intestinale du désert, malgré tous mes soins et ceux de son médecin hittite.

Elle arracha les bracelets d'or de ses poignets et me les donna en disant :

— Ton message est bon, Sinouhé, et je t'en remercie, car j'ai déjà été consacrée prêtresse de Sekhmet et mon costume rouge est prêt pour la fête de la victoire. Mais je commence à connaître fort bien cette maladie intestinale, Sinouhé, et je pense à la mort de mon frère le pharaon Akhenaton. C'est pourquoi sois maudit, Sinouhé, sois maudit pour toute l'éternité, que ta tombe soit maudite et que ton nom soit oublié à jamais, car tu as fait du trône des pharaons un jouet de brigands et en moi tu as profané à jamais le sang sacré des pharaons.

Je baissai la tête et mis les mains à la hauteur des genoux devant elle en disant :

— Que tes paroles s'accomplissent.

Puis je sortis, et elle fit balayer le plancher derrière moi jusqu'au seuil de la maison dorée.

4

Entre-temps, le corps du pharaon Toutankhamon avait été préparé pour l'éternité, et Aï chargea les prêtres de le transporter rapidement dans le tombeau préparé pour lui dans la vallée des rois. Il emporta de riches cadeaux, mais ils étaient peu nombreux, car Aï en avait volé beaucoup. Dès que les cachets eurent été apposés sur la tombe de ce pharaon insignifiant, Aï mit fin au deuil et Horemheb fit occuper par ses soldats

toutes les places de Thèbes. Mais personne ne s'opposa
au couronnement d'Aï, car le peuple était épuisé et las
comme un animal chassé à coups de piques sur une
route sans fin, et personne ne demanda quels droits il
avait à la couronne.

Aï fut sacré pharaon par les prêtres auxquels il avait
donné d'immenses cadeaux, et le peuple l'acclama
devant le grand temple d'Amon, car il lui avait
distribué du pain et de la cervoise, ce qui était un
cadeau précieux, tant l'Egypte était appauvrie. Mais
bien des gens savaient que le pouvoir réel appartenait à
Horemheb et ils se demandaient pourquoi il n'avait pas
ceint lui-même la double couronne.

Mais Horemheb savait ce qu'il faisait, car la coupe
des souffrances n'était pas encore vidée. En effet des
nouvelles alarmantes arrivaient du pays de Koush où il
faudrait guerroyer contre les nègres, puis ensuite on
devrait encore en découdre avec les Hittites pour la
Syrie. C'est pourquoi Horemheb désirait que le peuple
accusât Aï de tous les malheurs dus à la guerre, pour
ensuite le saluer, lui, comme le vainqueur qui ramène
la paix et la prospérité.

Aï était ébloui par le pouvoir et par l'éclat de ses
couronnes, et il en jouissait pleinement. Il tint aussi la
promesse donnée à Horemheb le jour de la mort du
pharaon Akhenaton. C'est pourquoi les prêtres amenèrent la princesse Baketamon en cortège au temple de
Sekhmet et ils la vêtirent de rouge et la parèrent des
bijoux de la déesse et la firent monter sur l'autel.
Horemheb fêta son triomphe sur les Hittites et fut

acclamé par tout le peuple, et devant le temple il
distribua des chaînes d'or aux soldats et les licencia.
Puis il pénétra dans le temple et les prêtres refermèrent
les portes de cuivre derrière lui. Sekhmet lui apparut
sous les traits de Baketamon, et il prit son dû, car il
était soldat et avait attendu longtemps.

Cette nuit, Thèbes fêta Sekhmet et le ciel rougeoya
sur la ville et les bousiers de Horemheb vidèrent les
gargotes et les auberges et brisèrent les portes des
maisons de joie. Bien des gens furent blessés, et
quelques incendies furent allumés par les soldats ivres,
mais à l'aube les hommes se rendirent devant le temple
de Sekhmet pour assister à la sortie de Horemheb. Ils
poussèrent des cris dans toutes sortes de langues et
jurèrent de surprise en voyant paraître leur chef, car
Sekhmet avait été fidèle à son apparence de lionne, et
le visage et les bras et les épaules de Horemheb étaient
couverts d'égratignures, comme si une lionne l'avait
griffé. Les soldats en furent ravis et ils l'aimèrent
davantage encore. Mais la princesse Baketamon fut
ramenée au palais par les prêtres, sans se montrer à la
foule.

Telle fut la nuit de noces de mon ami Horemheb, et
je ne sais pas quel plaisir il en eut, car peu après il
rassembla ses troupes près de la première chute pour la
campagne contre le pays de Koush. Et pendant cette
campagne, les prêtres de Sekhmet ne manquèrent pas
de victimes, mais ils prospérèrent et engraissèrent, tant
le vin et la viande abondaient dans leur temple.

Aï jouissait de sa puissance et il me disait :

— Personne ne m'est supérieur dans le pays de Kemi, et peu importe que je vive ou meure, car le pharaon ne meurt jamais et vit éternellement, et je monterai dans la barque dorée de mon père Amon. J'en suis très content, car je ne tiens nullement à ce qu'Osiris pèse mon cœur dans sa balance, et ses assesseurs, les justes babouins, pourraient présenter de graves accusations contre moi et lancer mon âme dans la gueule du Dévoreur. C'est que je suis déjà âgé, et dans l'obscurité mes actes m'apparaissent souvent. Heureusement, je n'ai pas à redouter la mort, puisque je suis pharaon.

Mais je lui répondis d'un ton ironique .

— Tu es déjà vieux, et je te croyais plus sage. Crois-tu vraiment que l'huile puante des prêtres t'a rendu immortel ? En vérité, avec ou sans bonnet royal, tu es le même homme, et la mort ne te respectera pas.

Il se mit à gémir et dit d'une voix tremblante :

— Est-ce donc en vain que j'ai commis tant de mauvaises actions et que j'ai semé la mort autour de moi toute ma vie ? Non, tu te trompes certainement, Sinouhé, et les prêtres me sauveront des gouffres des enfers et mon corps vivra éternellement. Mon corps est divin, puisque je suis le pharaon, et personne ne peut rien me reprocher, puisque je suis le pharaon.

C'est ainsi que sa raison commença à sombrer, et il n'eut plus de joie de sa puissance. Craignant pour sa santé, il se privait de vin et se nourrissait de pain sec et de lait cuit. Son corps était trop usé pour se divertir avec des femmes. Peu à peu, il se mit à redouter un attentat, et parfois il n'osait pas toucher à la nourriture de peur d'être empoisonné. Ainsi, ses forfaits l'assiégeaient dans sa vieillesse, et il devenait méfiant et cruel, et tout le monde le fuyait.

Mais le grain d'orge commença à verdir pour la princesse Baketamon, et dans sa colère et son dépit elle chercha à tuer l'enfant dans son sein, mais sans y réussir. Au terme de sa grossesse, elle accoucha d'un fils après de grandes douleurs, car ses hanches étaient étroites, et on lui ôta son fils pour qu'elle ne le maltraitât pas. On raconta bien des légendes sur ce garçon et on prétendit même qu'il était né avec une tête de lion et casqué, mais je puis assurer que c'était un enfant normal, à qui Horemheb fit donner le nom de Ramsès.

Horemheb guerroyait alors dans le pays de Koush et ses chars causèrent de grandes pertes aux nègres qui n'étaient pas habitués à ces engins. Il brûla leurs villages et leurs paillotes et il envoya femmes et enfants en esclavage en Egypte, mais il enrôla les hommes et en forma d'excellents soldats, puisqu'ils n'avaient plus ni femmes ni enfants. C'est ainsi qu'il recruta une nouvelle armée en prévision de la guerre contre les Hittites, car les nègres étaient robustes et ils ne redoutaient pas la mort, quand ils avaient dansé au son de leurs tambours.

Horemheb envoya encore en Egypte des troupeaux pris aux nègres, et bientôt le blé recommença à lever dans le pays de Kemi, et les enfants ne manquèrent plus de lait ni les prêtres de victimes et de viande. Mais des tribus entières abandonnèrent leur domicile dans le pays de Koush et s'enfuirent dans les steppes en dehors des frontières de l'Egypte, dans le pays des girafes et des éléphants, si bien que le pays de Koush resta désert pendant des années. Mais l'Egypte n'en souffrit pas, car depuis le temps du pharaon Akhenaton ce pays n'avait plus payé son tribut, bien qu'à l'époque des grands pharaons il eût été la meilleure source de richesse pour l'Egypte et plus prospère même que la Syrie.

Après une campagne de deux ans, Horemheb rentra à Thèbes avec un riche butin et il distribua des cadeaux à la population de Thèbes et fêta son triomphe pendant dix jours et dix nuits, et tout travail cessa à Thèbes et les soldats ivres rampaient dans les rues en bêlant comme des chèvres et les femmes de Thèbes mirent au monde bien des enfants à la peau foncée. Horemheb tenait son fils dans ses bras et lui apprenait à marcher et disait fièrement :

— Regarda, Sinouhé, de mes flancs est issue une nouvelle dynastie royale et dans les veines de mon fils coule du sang royal, bien que je sois né avec du fumier entre les orteils.

Il alla voir Aï, mais celui-ci, en proie à la terreur, ferma sa porte et entassa contre elle des sièges et son lit, en criant :

— Va-t'en, Horemheb, car je suis le pharaon, et je sais bien que tu viens me tuer pour me ravir les couronnes.

Mais Horemheb rit et enfonça la porte d'un coup de pied et le secoua entre ses mains, en disant :

— Je ne veux pas te tuer, vieux renard, mon maquereau, car tu es pour moi plus qu'un beau-père et ta vie m'est très précieuse. Tu dois tenir bon, Aï, encore le temps d'une guerre, bien que la bave te coule des lèvres, afin que le peuple ait un pharaon sur lequel décharger sa colère.

A son épouse Baketamon, Horemheb rapporta de grands cadeaux, du sable aurifère dans des paniers tressés, les peaux des lions qu'il avait tués à coups de flèches, des plumes d'autruche et des singes vivants, mais elle refusa de regarder ces présents, et elle lui dit :

— Tu es peut-être mon époux devant les hommes et je t'ai donné un fils. Cela doit te suffire, car sache que si tu me touches, je cracherai dans ton lit et je te tromperai, comme jamais encore femme n'a trompé son mari. Pour te couvrir de honte, je coucherai avec des esclaves et des portefaix, je me divertirai sur les places de Thèbes avec des âniers. Car tu pues le sang, et ta seule vue me donne la nausée.

Cette résistance surexcita encore la passion de Horemheb, qui vint m'exposer ses soucis et ses tracas. Je lui conseillai de porter ses hommages à d'autres femmes, mais il refusa avec indignation, car Baketamon était la seule femme qu'il aimait, et il l'avait attendue pendant des années et s'était même abstenu souvent de se divertir avec d'autres femmes. Il me demanda une drogue pour rendre Baketamon amoureuse, mais je refusai. Il s'adressa alors à d'autres médecins, et ils lui remirent des drogues dangereuses qu'il fit boire en secret à Baketamon, et il put une fois profiter de son sommeil pour se divertir avec elle. Mais quand il la quitta, elle le haïssait encore plus qu'avant et dit :

— Rappelle-toi ce que je t'ai dit, tu étais averti.

Mais Horemheb partit bientôt pour la Syrie préparer la guerre contre les Hittites, et il disait :

— C'est à Kadesh que les grands pharaons ont planté les bornes de l'Egypte, et je ne m'arrêterai pas avant que mes chars de guerre aient pénétré dans Kadesh en flammes.

Mais en constatant que le grain d'orge recommençait à verdir pour elle, Baketamon s'enferma dans ses appartements pour cacher sa honte. On lui donnait sa nourriture par un guichet de la porte, et quand le terme approcha, on la fit surveiller, car on craignait qu'elle ne voulût accoucher seule et se débarrasser de son enfant, comme les femmes qui les déposent dans une corbeille sur le Nil. Mais elle n'en fit rien, et elle appela les médecins et elle supporta les maux de l'enfantement en souriant, et elle mit au monde un fils auquel elle donna le nom de Sethos, sans consulter Horemheb. Elle détestait tellement cet enfant qu'elle lui donna le nom de Seth en disant qu'il avait été engendré par Seth.

Dès qu'elle fut remise, elle se fit oindre et farder et vêtir de lin royal et elle se rendit seule au marché aux poissons de Thèbes. Elle interpella les âniers et les porteurs d'eau et les poissonniers, et elle leur dit :

— Je suis la princesse Baketamon et la femme de Horemheb, l'illustre capitaine. Je lui ai donné deux fils, mais c'est un homme ennuyeux et paresseux et il pue le sang et je n'ai aucun plaisir avec lui. Venez vous divertir avec moi, car j'aime vos mains calleuses et votre saine odeur de fumier et j'aime aussi l'odeur du poisson.

Mais les hommes prirent peur et s'écartèrent d'elle, et elle les poursuivit et pour les séduire elle leur montrait sa belle poitrine :

— Ne suis-je pas assez belle pour vous ? Pourquoi hésitez-vous ? Je suis peut-être vieille et laide, mais je ne demande aucun cadeau, seulement une pierre, n'importe quelle pierre, mais plus votre plaisir aura été grand avec moi, plus la pierre devra être grosse.

Jamais encore on n'avait rien vu de pareil. Et peu à peu les yeux des hommes se mirent à briller et leur passion flamba devant la beauté qui s'offrait à eux, et l'odeur des aromates leur montait à la tête. Ils se dirent :

— C'est certainement une déesse qui nous apparaît, parce que nous sommes agréables à ses yeux. C'est pourquoi il serait faux de résister à sa volonté, car le plaisir qu'elle nous offre est certainement un plaisir divin.

D'autres dirent :

— En tout cas ce plaisir ne nous coûtera pas cher, car même les négresses exigent au moins un morceau de cuivre. C'est sûrement une prêtresse qui quête des matériaux pour élever un temple à Bastet, et nous plairons aux dieux en exécutant sa volonté.

Elle les entraîna peu à peu vers la rive et dans les roseaux, pour être à l'abri des regards. Et toute la journée la princesse Baketamon se divertit avec les hommes du marché aux poissons, et elle ne les déçut point, mais elle s'appliqua à leur faire plaisir, et ils lui apportèrent des pierres, même des pierres de taille qu'on achète chez les carriers. Et ils disaient :

— En vérité, nous n'avons jamais connu de femme pareille, car sa bouche est du miel pur et ses seins sont comme des pommes mûres et son étreinte est brûlante comme la braise à frire les poissons.

Ils la supllièrent de revenir et promirent de lui préparer beaucoup de grosses pierres, et elle leur sourit pudiquement et les remercia de leur gentillesse et du grand plaisir qu'ils lui avaient donné. En rentrant le soir au palais doré, elle dut louer une grande barque pour transporter toutes les pierres reçues pendant la journée.

Le lendemain, avec une grande barque, elle se rendit au marché aux légumes et elle interpella les paysans qui arrivaient à l'aube avec leurs bœufs et leurs ânes et dont les mains étaient rudes et la peau tannée par le soleil. Elle parlait aussi aux balayeurs de rues et aux vidangeurs, et elle leur disait :

— Je suis la princesse Baketamon, l'épouse de l'illustre capitaine Horemheb. Mais c'est un homme ennuyeux et paresseux et son corps est impuissant, et il ne me donne pas le moindre plaisir. Il me maltraite et

me prive de mes chers enfants et me chasse de chez lui,
si bien que je n'ai pas même un toit sur ma tête. Venez
donc vous divertir avec moi et me donner du plaisir et
je ne vous demande qu'une pierre à chacun.

Les paysans et les balayeurs et les gardiens noirs
furent surpris, mais elle leur dévoila ses charmes et elle
les entraîna dans les roseaux de la rive, et ils abandonnèrent leurs paniers de légumes et leurs bœufs et leurs
ânes et leurs balais pour la suivre. Et ils disaient :

— Ce n'est pas tous les jours qu'on offre un tel régal
à un pauvre diable, et sa peau ne rappelle pas celle de
nos femmes, et elle sent bon. Nous serions fous de ne
pas profiter de l'occasion et de lui donner le plaisir
qu'elle désire, puisqu'elle est une femme délaissée.

Ils se divertirent avec elle et lui apportèrent des
pierres, et les paysans arrachèrent les pierres du seuil
des auberges et les gardes volèrent des moellons aux
bâtiments du pharaon. Mais ils avaient un peu d'angoisse, car ils disaient :

— Si vraiment elle est la femme de Horemheb, il
nous tuera, car il est plus terrible qu'un lion et il est
jaloux et chatouilleux. Mais si nous sommes assez
nombreux, il ne pourra nous tuer, c'est pourquoi dans
notre intérêt il faut apporter beaucoup de pierres.

C'est pourquoi ils revinrent au marché aux légumes
et racontèrent leur aventure à tous leurs amis et ils les
conduisirent sur la berge, si bien qu'un large sentier se
forma dans les roseaux, et à la tombée de la nuit la
roselaie était comme si des hippopotames s'y étaient
vautrés. Le plus grand désordre régnait au marché aux

légumes, on volait des chargements entiers, les bœufs
et les ânes s'agitaient parce qu'ils n'avaient rien à boire,
et les patrons des cabarets couraient en s'arrachant les
cheveux et en gémissant sur les précieuses pierres de
seuil volées. Et alors la princesse Baketamon remercia
pudiquement tous les hommes du marché aux légumes
pour leur grande amabilité et pour le plaisir qu'ils lui
avaient donné, et les hommes chargèrent les pierres sur
la barque qui fut sur le point de chavirer, et les esclaves
durent peiner pour traverser le fleuve jusqu'à la maison
dorée.

Ce même soir, tout Thèbes savait déjà que la déesse
à la tête de chat était apparue au peuple et s'était
divertie avec lui, et les bruits les plus étranges circulè-
rent en ville, car les hommes qui ne croyaient plus aux
dieux inventaient d'autres explications.

Le lendemain, la princesse se rendit au marché au
charbon et elle se divertit toute la journée, et le soir la
rive du Nil était noire de charbon et piétinée, et les
prêtres de maints petits temples se plaignaient de
l'impiété des hommes du marché au charbon qui
n'hésitaient pas à arracher des pierres aux temples et
qui disaient avec jactance :

— En vérité nous avons goûté des délices divines, et
ses lèvres fondaient sur nos bouches et sa poitrine était
comme des braises dans nos mains, et nous ne savions
pas qu'il pouvait exister une jouissance pareille en ce
monde.

Mais quand se répandit dans Thèbes la nouvelle que
la déesse était apparue pour la troisième fois, une

grande inquiétude traversa la ville, et même les hommes convenables délaissèrent leurs femmes et arrachèrent des pierres aux maisons du pharaon, si bien que le lendemain chaque homme portait une pierre sous le bras, en attendant avec impatience l'apparition de la déesse à tête de chat. Les prêtres aussi étaient troublés, et ils envoyèrent des gardes pour arrêter la femme qui causait tant de scandale et d'agitation.

Mais ce jour-là la princesse Baketamon resta au palais pour se reposer de ses fatigues, et elle se montra souriante et aimable, ce qui surprit fort la cour, car personne ne pouvait penser qu'elle était la femme mystérieuse qui apparaissait au peuple à Thèbes et se divertissait avec les poissonniers et les vidangeurs.

Après avoir examiné les pierres de différentes tailles et couleurs qu'elle avait rapportées, la princesse fit appeler l'architecte des écuries royales et elle lui dit :

— J'ai rassemblé ces pierres sur la rive et elles sont sacrées pour moi, et à chacune d'elles se rattache un cher souvenir, et plus la pierre est grosse, plus le souvenir est agréable. C'est pourquoi contruis-moi avec ces pierres un pavillon de plaisance, pour que j'aie un toit sur ma tête, car mon mari me néglige, comme tu le sais probablement. Je veux que le pavillon soit ample, avec des murailles élevées, car je vais continuer à quêter des pierres et j'en ramasserai autant qu'il t'en faudra.

L'architecte était un homme simple et il fut confus et dit ·

— Noble princesse Baketamon, je crains de n'être pas à la hauteur de la tâche, car ces pierres sont très difficiles à ajuster, et tu devrais t'adresser à un constructeur de temple ou à un artiste, car j'ai peur de compromettre par mon ignorance la réalisation de ton beau projet.

Mais elle toucha pudiquement ses épaules calleuses et dit :

— O constructeur des écuries royales, je ne suis qu'une pauvre femme et mon mari me délaisse et je n'ai pas les moyens de recourir à un grand architecte. Je ne pourrai te donner un riche cadeau, comme je le voudrais, mais quand le pavillon sera terminé, tu viendras le regarder avec moi et je m'y divertirai avec toi, je te le promets. Je n'ai rien d'autre à t'offrir, sauf un peu de plaisir, et tu m'en donneras aussi, car tu es robuste.

L'homme fut vivement touché par ces paroles et il admira la beauté de la princesse et se rappela toutes les légendes où des princesses s'éprenaient d'hommes simples et se divertissaient avec eux. Certes, il avait peur de Horemheb, mais son désir fut plus fort que ses craintes, et les paroles de Baketamon le flattaient. C'est pourquoi il se mit au travail avec ardeur et recourut à toute son habileté et il perdait le sommeil à chercher des combinaisons pour toutes les pierres. Le désir et l'amour firent de lui un véritable artiste, car chaque jour il voyait la princesse et son cœur fondait et il travaillait comme un insensé et maigrissait et s'étiolait, si bien qu'il finit par construire avec les pierres bigarrées un pavillon comme on n'en avait jamais vu de pareil.

Quand les pierres prirent fin, Baketamon dut en procurer de nouvelles. C'est pourquoi elle allait à Thèbes et elle recevait des pierres sur les places et elle en recevait dans l'allée des Béliers et aussi dans les parcs des temples, et bientôt il n'y eut pas d'endroit à Thèbes où elle n'eût pas quêté des pierres. Pour finir, les prêtres et les gardes réussirent à la surprendre, et ils voulurent l'amener devant les juges, mais elle leur dit en relevant fièrement la tête :

— Je suis la princesse Baketamon et je voudrais bien voir qui oserait être mon juge, car dans mes veines coule le sang sacré des pharaons et je suis l'héritière du pouvoir des pharaons. Mais je ne vous punirai pas de votre bêtise, et je me divertirai volontiers avec vous, parce que vous êtes forts et robustes, et chacun de vous devra m'apporter une pierre, et vous la prendrez à la maison des juges ou au temple, et plus la pierre sera grosse, plus je vous donnerai de plaisir et je tiendrai ma promesse, car je suis déjà fort habile dans l'art d'aimer.

Les gardes la regardèrent et la folie s'empara d'eux comme des autres hommes et avec leurs lances ils descellèrent de grosses pierres de la maison des juges et du temple d'Amon, et ils les lui apportèrent et elle tint largement sa promesse. Mais je dois dire à son honneur que jamais elle ne se comporta avec effronterie en recueillant les pierres, et lorsqu'elle s'était divertie avec les hommes, elle se voilait pudiquement et baissait les yeux et ne permettait plus à personne de la toucher.

Mais après cet incident, elle dut entrer dans les maisons de joie pour y quêter ses pierres sans être inquiétée, et les patrons en retirèrent un grand profit.

A ce moment, chacun savait déjà ce que faisait Baketamon, et les gens de la cour allaient en secret regarder le pavillon qui s'élevait dans le parc. En voyant la hauteur des murs et le nombre de pierres, les dames de la cour mettaient la main devant leur bouche et s'exclamaient de surprise. Mais personne n'osa en parler à la princesse, et quand le pharaon Aï fut informé de la conduite de Baketamon, au lieu de la réprimander et d'intervenir, il éprouva dans sa folie sénile une grande joie, car il pensait bien que Horemheb n'en éprouverait aucun plaisir.

Or Horemheb faisait la guerre en Syrie, et il reprit aux Hittites Sidon, Simyra et Byblos, et il envoya beaucoup d'esclaves et de butin en Egypte et il expédia de riches présents à sa femme. Tout le monde savait déjà à Thèbes ce qui se passait dans la maison dorée, mais personne n'aurait été assez hardi pour en informer Horemheb, et les hommes qu'il avait placés dans le palais pour veiller à ses intérêts fermaient les yeux sur la conduite de Baketamon en disant :

— C'est une dispute de famille, et il vaudrait mieux mettre sa main entre les meules qu'intervenir dans une querelle entre un mari et sa femme.

C'est pourquoi Horemheb ignora tout et je crois que ce fut heureux pour l'Egypte, car la connaissance de la conduite de Baketamon aurait grandement troublé son calme durant les opérations militaires.

5

J'ai longuement parlé de ce qui se passa sous le règne d'Aï, et j'ai peu parlé de moi. Mais c'est naturel, car je n'ai plus grand-chose à ajouter. En effet, le courant de ma vie ne bouillonnait plus, il s'apaisait et s'enlisait dans les eaux basses. Je vivais calmement avec Muti dans la maison qu'elle avait fait reconstruire après l'incendie, et mes jambes étaient lasses de courir les routes poussiéreuses et mes yeux étaient fatigués de voir l'inquiétude du monde et mon cœur était las de toute la vanité du monde. C'est pourquoi je vivais retiré chez moi et je ne recevais plus de malades, mais je soignais parfois les voisins et aussi les pauvres qui n'avaient pas de quoi payer un médecin. Je fis creuser un nouvel étang dans la cour et j'y mis des poissons bigarrés et je passais des journées entières assis sous le sycomore, tandis que les ânes braillaient dans la rue et que les enfants jouaient dans la poussière en regardant les poissons qui nageaient lentement dans l'eau fraîche. Le sycomore noirci par l'incendie se remit à pousser des rameaux verts, et Muti me soignait bien et me préparait de bons plats et me servait du vin avec modération et veillait sur mon sommeil.

Mais la nourriture avait perdu sa saveur dans ma bouche et le vin ne me procurait plus de joie, mais il me remémorait toutes mes mauvaises actions, et il me rappelait le visage mourant du pharaon Akhenaton et les traits juvéniles du prince Shoubattou, dans la fraîcheur des soirées. C'est pourquoi je renonçais à soigner les malades, car mes mains étaient maudites et ne semaient que la mort, contre ma volonté. Je regardais les poissons de l'étang et je les enviais, car leur sang est froid et ils vivent dans l'eau sans respirer l'air embrasé de la terre.

Assis dans le jardin à regarder les poissons, je parlais à mon cœur :

— Calme-toi, cœur insensé, car ce n'est pas ta faute, et tout ce qui se passe dans le monde est insensé, et la bonté et la méchanceté n'ont pas de sens, mais la cupidité, la haine et la passion dominent partout. Ce n'est pas ta faute, Sinouhé, car l'homme reste pareil et ne change pas. Les années fuient et les hommes naissent et meurent, et leur vie est comme un souffle chaud et ils ne sont pas heureux en vivant, ils sont heureux seulement en mourant. C'est pourquoi rien n'est plus vain que la vie humaine. C'est en vain que tu plonges l'homme dans le courant du temps, son cœur ne change pas et il ressort du courant tel qu'il y est entré, par la peste et par les incendies, par les dieux et par les lances, car il ne fait que s'endurcir dans les épreuves, jusqu'à devenir plus méchant qu'un crocodile, et c'est pourquoi seul un homme mort est un homme bon.

Mais mon cœur protestait et disait :

— Regarde ces poissons, Sinouhé, mais tant que tu vivras, je ne te laisserai pas en paix, et chaque jour de ta vie je te dirai : « C'est toi qui es le coupable », et chaque nuit de ta vie je te dirai : « C'est toi qui es le coupable, Sinouhé, car moi, ton cœur, je suis plus insatiable qu'un crocodile et je veux que ta mesure soit comble. »

Je m'emportai contre mon cœur et je lui dis :

— Tu es un cœur toqué et je suis las de toi aussi, parce que tu ne m'as causé que des ennuis et des peines, du chagrin et du tourment tous les jours de ma vie. Je sais bien que ma raison est un meurtrier et qu'elle a des mains noires, mais mes meurtres sont petits en comparaison de tous ceux qui s'accomplissent dans le monde, et personne ne m'en accuse. C'est pourquoi je ne comprends pas que tu ressasses ma culpabilité sans me laisser en paix, car qui suis-je pour guérir le monde et qui suis-je pour modifier la nature de l'homme ?

Mais mon cœur dit :

— Je ne parle pas de tes meurtres et je ne t'en accuse pas, bien que jour et nuit je te répète : coupable, coupable. Des milliers et des milliers de gens sont morts à cause de toi. Ils ont succombé à la faim et à la peste, aux armes et aux blessures, aux roues des chars d'assaut, et ils ont succombé d'épuisement dans les chemins du désert. A cause de toi des enfants sont morts dans le sein maternel, à cause de toi les cannes se sont abattues sur les dos ployés, à cause de toi l'injustice bafoue le droit, à cause de toi la cupidité l'emporte sur la bonté, à cause de toi les voleurs règnent sur le monde. En vérité, innombrables sont ceux qui ont péri à cause de toi, Sinouhé. La couleur de leur peau est différente, et leurs langues ne sont pas faites des mêmes mots, mais ils sont morts innocents, parce qu'ils n'avaient pas ton savoir, et tous ceux qui sont morts et qui meurent sont tes frères et ils meurent à cause de toi et tu es le seul coupable. C'est pourquoi leurs pleurs troublent ton sommeil et t'enlèvent le goût de la nourriture et corrompent toutes tes joies.

Mais j'endurcis mon esprit et je dis :

— Les poissons sont mes frères, parce qu'ils ne disent pas de vaines paroles. Les loups du désert sont mes frères, et les lions dévorants sont mes frères, mais pas les hommes, parce que les hommes savent ce qu'ils font.

Mon cœur me railla et dit :

— Les hommes savent-ils vraiment ce qu'ils font ? Toi, tu le sais et tu possèdes le savoir, c'est pourquoi je te tourmenterai jusqu'au jour de ta mort à cause de ton savoir, mais les autres ne savent pas. C'est pourquoi toi seul tu es coupable, Sinouhé.

Alors je poussai des cris et déchirai mes vêtements en disant :

— Maudit soit mon savoir, maudites soient mes mains, maudits soient mes yeux, mais que surtout soit maudit mon cœur stupide qui ne me laisse pas de paix et forge des accusations gratuites contre moi. Apportez-moi sans retard la balance d'Osiris, pour peser mon

cœur perfide, et que les quarante justes babouins
prononcent leur sentence sur moi, car j'ai plus de
confiance en eux qu'en mon misérable cœur.

Muti sortit de sa cuisine et trempa un linge dans
l'étang et me posa des compresses froides sur le front.
Elle me couvrit de reproches et me mit au lit et me fit
boire des potions amères qui me calmèrent. Je fus
longtemps malade, et Muti me soigna avec dévouement, tandis que je délirais en lui parlant d'Osiris et de
sa balance, ainsi que de Merit et de Thot. Elle me
défendit de rester nu-tête au jardin sous le soleil, car
mes cheveux étaient tombés et ma calvitie me rendait
sensible aux insolations. Mais je m'étais assis à l'ombre
du sycomore pour observer les poissons qui étaient mes
frères.

Une fois guéri, je devins encore plus taciturne et
plus bourru qu'avant, et je fis la paix avec mon cœur
qui cessa de me tourmenter. Je ne parlais plus de Merit
et de Thot, dont je conservais la mémoire, et je savais
qu'ils avaient dû périr pour que ma mesure fût comble
et que je fusse seul, car s'ils avaient été près de moi,
j'aurais été satisfait et heureux. Mais je devais toujours
être solitaire, selon la mesure qui m'avait été octroyée,
et c'est pourquoi dès la nuit de ma naissance j'étais
descendu seul le fleuve dans la barque de roseau.

Un jour, je quittai la maison déguisé en pauvre, et je
n'y revins pas. Je me mis à faire le portefaix sur les
quais, et mon dos était douloureux et déjeté. J'allai au
marché ramasser des légumes gâtés pour me nourrir et
je m'engageai chez des forgerons pour faire marcher le

soufflet. Je travaillai comme un esclave et comme un portefaix. Et je disais :

— Il n'y a pas de différence entre les hommes, et chacun naît tout nu. Et on ne peut jauger les hommes à la couleur de leur peau ou à leur langue, ni à leurs habits et à leurs bijoux, mais seulement à leur cœur. C'est pourquoi un homme bon est meilleur qu'un méchant, et le droit est meilleur que l'injustice, et voilà tout ce que je sais.

Mais les gens riaient et disaient :

— Tu es toqué, Sinouhé, de travailler comme un esclave, alors que tu sais lire et écrire. Tu as certainement commis des crimes, puisque tu te caches parmi nous, et tes paroles puent Aton dont le nom ne doit plus être prononcé. Mais nous ne te dénoncerons pas, tu resteras avec nous pour nous divertir par tes discours ridicules. Mais cesse de nous comparer aux Syriens puants ou aux nègres crasseux, car nous sommes tout de même des Egyptiens et nous sommes fiers de notre teint et de notre langue, de notre passé et de notre avenir.

Je leur dis :

— Vous avez tort, car tant que l'homme se glorifiera et s'estimera meilleur que les autres, les menottes et les coups de canne, les lances et les corbeaux continueront à poursuivre l'humanité. L'homme doit être pesé d'après son cœur, et tous les cœurs se valent, car toutes les larmes sont faites de la même eau salée, celles des noirs et des bruns, celles des Syriens et des nègres, celle du pauvre et du riche.

Mais ils rirent et se frappèrent les genoux en disant :

— En vérité tu es toqué, et tu as vécu dans un sac. Car un homme ne peut vivre s'il ne se sent supérieur aux autres, et il n'est pas de misérable qui ne se sente meilleur qu'un autre. L'un se vante de l'habileté de ses doigts, l'autre de la largeur de ses épaules, le voleur est fier de sa ruse, le juge de sa sagesse, l'avare de son avarice, le prodigue de sa prodigalité, la femme de sa vertu, la fille de joie de sa nature généreuse. Et rien ne réjouit plus l'homme que de se savoir supérieur à autrui sur quelque point. C'est ainsi que nous sommes ravis de nous trouver plus intelligents et plus rusés que toi, bien que nous soyons de pauvres hères et des esclaves et que tu saches lire et écrire.

Je dis :

— Et pourtant la justice vaut mieux que l'injustice.

Mais ils répondirent avec amertume :

— Si nous tuons un patron dur qui nous rosse et qui vole notre nourriture et affame nos femmes et nos enfants, c'est une action bonne et juste, mais les gardes viennent nous traîner devant les juges et on nous coupe les oreilles et le nez et on nous pend la tête en bas.

Ils me donnèrent les poissons frits par leurs femmes et je bus leur bière et je dis :

— Un meurtre est l'acte le plus vil qu'on puisse commettre, peu en importe le motif.

Alors ils mirent la main devant la bouche et regardèrent autour d'eux et dirent :

— Nous ne voulons tuer personne, mais si tu veux améliorer les hommes et les guérir de leur méchanceté,

adresse-toi aux riches et aux puissants et aux juges du
pharaon, car chez eux tu trouveras plus de méchanceté
et d'injustice que chez nous. Mais ne nous accuse pas,
s'ils te coupent les oreilles et le nez ou t'envoient aux
mines ou te pendent la tête en bas, car tes paroles sont
dangereuses. Il est certain que Horemheb, notre grand
capitaine, te ferait mettre tout de suite à mort s'il
entendait ce que tu dis, car rien n'est plus glorieux que
de tuer un ennemi à la guerre.

Je suivis quand même leurs conseils, et, pieds nus,
vêtu comme un pauvre, je parcourus les rues de
Thèbes et parlai aux marchands qui mêlaient du sable à
leur farine et aux meuniers qui mettaient un bâillon à
leurs esclaves pour les empêcher de manger le blé, et je
m'adressai aussi aux juges qui dérobaient l'héritage des
orphelins et rendaient des jugements iniques pour
obtenir de grands cadeaux. Je leur parlais à tous et je
leur reprochais leurs actes et leur méchanceté, et ils
m'écoutaient avec un profond étonnement. Ils se
disaient :

— Qui est en somme ce Sinouhé qui parle avec tant
de hardiesse, bien qu'il soit vêtu comme un esclave ?
Soyons prudents, car il est certainement un espion du
pharaon pour oser s'exprimer avec tant de franchise.

C'est pourquoi ils m'écoutèrent et ils m'invitèrent
chez eux et ils me firent des présents et m'offrirent à
boire, et les juges me demandèrent des conseils et
rendirent des sentences en faveur des pauvres et contre
les riches, ce qui suscita un vif mécontentement, et on
disait à Thèbes :

— On ne peut plus même se fier aux juges, car ils sont plus perfides que les voleurs qu'ils jugent.

Mais les nobles se moquèrent de moi et lancèrent leurs chiens à mes trousses et leurs esclaves me chassèrent à coups de canne, si bien que ma honte était grande et que je courais dans les rues de Thèbes avec mes habits déchirés et mes cuisses ensanglantées. Les marchands et les juges me virent dans cet état et ils perdirent toute confiance en moi et ne crurent plus mes paroles, mais ils appelèrent les gardes pour me chasser, en me disant :

— Si tu reviens encore nous lancer des accusations gratuites, nous te condamnerons comme propagateur de faux bruits et excitateur du peuple.

C'est alors que je rentrai au logis, après avoir constaté la vanité de tous mes efforts, parce que ma mort n'aurait été utile à personne. Et je m'assis de nouveau sous le sycomore, à regarder les poissons muets dont l'aspect me calmait, tandis que les ânes brayaient dans la rue et que les enfants jouaient à la guerre et se lançaient des bouses d'âne. Kaptah vint me voir, car il avait enfin osé rentrer à Thèbes. Il arriva majestueusement porté dans une litière à douze esclaves noirs, et il était assis sur des coussins tendres et un onguent précieux coulait sur son front, pour lui éviter de sentir la puanteur du quartier des pauvres. Il avait engraissé, et un orfèvre syrien lui avait confectionné un œil en or et en pierres précieuses, et dont il était très fier, bien qu'il le gênât parfois, et il l'enleva dès qu'il fut assis sous mon sycomore.

Il pleura de joie en me voyant et il m'embrassa, et quand il s'assit sur le siège apporté par Muti, il l'écrasa de son poids. Il me raconta que la guerre touchait à sa fin en Syrie et que Horemheb avait mis le siège devant Kadesh. Kaptah avait amassé une immense fortune en Syrie et il s'était acheté un grand palais dans le quartier des nobles, et des centaines d'esclaves étaient en train de l'aménager à sa convenance, car il ne voulait plus tenir un cabaret dans le port. Il me dit :

— On dit beaucoup de mal de toi à Thèbes, ô mon maître, et on raconte que tu excites le peuple contre Horemheb, et les juges et les nobles sont irrités contre toi, parce que tu les accuses faussement. Je t'invite à être prudent, car si tu continues à tenir de pareils propos, on t'enverra aux mines. Il se peut qu'on n'ose pas s'attaquer à toi franchement, car tu es l'ami de Horemheb, mais il pourrait arriver qu'on mette le feu à ta maison après t'avoir tué, si tu continues à exciter les pauvres contre les riches. C'est pourquoi raconte-moi ce qui te tourmente et ce qui t'a mis des fourmis dans le cerveau, afin que je puisse t'aider comme il convient.

Je baissai la tête et lui racontai tout ce que j'avais pensé. Il m'écouta en hochant la tête, et quand j'eus fini, il dit :

— Je sais que tu es un homme simple et fou, ô mon maître Sinouhé, mais je croyais que ta folie se guérirait avec l'âge. Mais elle ne fait qu'empirer, bien que tu aies constaté de tes propres yeux tout le mal causé par Aton. Je crois que tu souffres de ton inaction qui te laisse trop de temps pour ruminer. C'est pourquoi tu

devrais te remettre à soigner les malades, car un seul
malade guéri procurera plus de joie que toutes tes
paroles qui sont dangereuses pour toi et pour ceux que
tu séduis. Mais si tu n'en veux pas, tu pourrais te
trouver un autre passe-temps, comme les riches oisifs.
Tu ne vaudrais rien comme chasseur d'hippopotames,
et peut-être que l'odeur des chats t'incommode, sans
quoi tu pourrais suivre l'exemple de Pepitamon qui
s'est acquis une grande réputation comme éleveur de
chats de luxe. Mais qui t'empêche de rassembler de
vieux textes et d'en dresser un catalogue, ou encore de
collectionner des objets et des bijoux provenant de
l'époque des pyramides ? Tu pourrais rechercher les
instruments de musique des Syriens ou les idoles
nègres rapportées par les soldats du pays de Koush. En
vérité, Sinouhé, il existe mille manières de tuer le
temps pour éviter d'être tracassé par de vaines idées, et
les femmes et le vin ne sont pas parmi les plus mauvais
moyens. Par Amon, joue aux dés, gaspille ton or avec
des femmes, enivre-toi, fais n'importe quoi, mais cesse
de te tourmenter pour rien.

Il dit encore :

— En ce monde, rien n'est parfait, et le bord de la
miche est brûlé et chaque fruit cache un ver et le vin
procure un mal aux cheveux. C'est pourquoi il n'y a
pas non plus de justice parfaite, et les bonnes actions
peuvent avoir des conséquences désastreuses, et les
bonnes intentions n'amènent que la mort, comme te l'a
montré l'exemple d'Akhenaton. Mais regarde-moi, je
me contente de mon sort modeste et j'engraisse en

bonne harmonie avec les dieux et les hommes, et les juges s'inclinent devant moi et les gens me louent, tandis que les chiens lèvent la patte contre tes mollets. Calme-toi, Sinouhé mon maître, car ce n'est pas ta faute si le monde est tel qu'il est.

Je regardais son obésité et sa richesse, et je lui enviais sa sérénité, mais je lui dis :

— Tu as raison, Kaptah, je vais reprendre ma profession, mais raconte-moi si les gens se souviennent encore d'Aton pour le maudire, car tu as mentionné ce nom qu'il est pourtant interdit de prononcer.

Il dit :

— En vérité, Aton a été aussi vite oublié que les colonnes de la Cité de l'Horizon se sont effondrées. Mais j'ai vu des artistes qui sont restés fidèles au style d'Aton, et il existe des conteurs qui racontent des légendes dangereuses, et parfois on voit dessinée dans le sable une croix d'Aton, et aussi sur les parois des urinoirs publics, si bien qu'Aton n'est peut-être pas aussi mort qu'on pourrait le croire.

— Bien, Kaptah, selon tes conseils je vais reprendre ma profession, et je me mettrai aussi à collectionner, mais comme je ne veux pas singer autrui, je rassemblerai les hommes qui se souviennent d'Aton.

Mais Kaptah crut que je plaisantais, car il savait aussi bien que moi tout le mal qu'Aton avait causé à l'Egypte et à moi aussi. Muti nous apporta du vin et nous conversâmes agréablement, mais bientôt les esclaves vinrent soulever Kaptah qui à cause de son obésité ne pouvait plus se lever seul. Il partit, mais le lendemain il me fit apporter de grands cadeaux qui me rendirent la vie facile et luxueuse même, si bien que rien n'aurait manqué à mon bonheur, si j'avais su me réjouir.

6

C'est ainsi que je fis remettre l'emblème du médecin sur ma porte, et les malades me payaient selon leurs moyens, et je ne demandais rien aux pauvres, si bien que ma cour en était pleine du matin au soir. En les soignant, je les questionnais prudemment sur Aton, car je ne voulais pas les effrayer ni les inciter à répandre sur moi des bruits fâcheux, car ma réputation était déjà assez mauvaise à Thèbes. Mais je ne tardai pas à remarquer qu'Aton était complètement tombé dans l'oubli et que personne ne le comprenait plus, à part les violents et les victimes d'une injustice qui ne voyaient plus en lui et en sa croix qu'un moyen magique de se venger.

Après la crue, le prêtre Aï mourut, et on raconta qu'il était mort de faim, car dans sa peur du poison il n'osait plus rien manger, pas même le pain qu'il préparait lui-même, parce qu'il croyait que les grains de blé avaient été empoisonnés déjà pendant qu'ils poussaient dans les champs. Alors Horemheb mit fin à la guerre en Syrie et laissa Kadesh aux Hittites,

puisqu'il ne pouvait s'en emparer, et il rentra en
triomphe à Thèbes pour célébrer toutes ses victoires. Il
ne considérait pas Aï comme un vrai pharaon, et il
n'ordonna pas de deuil public, mais il proclama
immédiatement qu'Aï avait été un faux pharaon qui,
par ses guerres continuelles et par ses exactions
fiscales, avait causé à l'Egypte des souffrances indici-
bles. En mettant fin à la guerre et en fermant les portes
du temple de Sekhmet tout de suite après la mort d'Aï,
il réussit à persuader le peuple qu'il n'avait nullement
désiré la guerre, mais qu'il n'avait fait qu'obéir au
méchant pharaon. C'est pourquoi le peuple acclama
son retour.

Aussitôt rentré à Thèbes, Horemheb me fit appeler
et me dit :

— Sinouhé, mon ami, je suis plus vieux que lors de
notre séparation et j'ai été bien tourmenté par tes
paroles et tes reproches d'être un homme sanguinaire
et de nuire à l'Egypte. Mais je suis parvenu à mes fins
et j'ai restauré la puissance de l'Egypte, si bien
qu'aucun danger extérieur ne la menace, car j'ai brisé
la lance des Hittites et je laisse à mon fils Ramsès le
soin de s'emparer de Kadesh, parce que j'en ai assez
des guerres et que je veux consolider le trône de mon
fils. Certes, l'Egypte est sale comme l'étable d'un
pauvre, mais tu verras bientôt comme j'en ferai sortir
le fumier pour remplacer l'injustice par la justice, et
chacun recevra sa mesure selon ses mérites. En vérité,
ami Sinouhé, je veux restaurer le bon vieux temps, et
tout sera comme jadis. C'est pourquoi je ferai effacer

de la liste des souverains les noms indignes de Toutankhamon et d'Aï, tout comme celui d'Akhenaton a
déjà été supprimé, et leurs règnes seront comme s'ils
n'avaient jamais existé, et je ferai débuter mon règne à
la nuit de mort du grand pharaon, lorsque j'arrivai à
Thèbes la lance à la main, avec mon faucon volant
devant moi.

Il devint mélancolique et se prit la tête entre les
mains, et la guerre avait tracé des sillons sur son visage,
et ses yeux n'avaient aucune joie quand il parla :

— En vérité, le monde est bien différent de ce qu'il
était du temps de notre jeunesse, et le pauvre avait sa
mesure pleine, et l'huile et la graisse ne manquaient
pas dans les cabanes de pisé. Mais le bon vieux temps
reviendra avec moi, Sinouhé, et l'Egypte sera fertile et
riche et j'enverrai mes navires à Pount et je rouvrirai
les carrières et les mines abandonnées pour reconstruire des temples superbes et pour faire affluer l'or,
l'argent et le cuivre dans les caves du pharaon. En
vérité, dans dix ans tu ne reconnaîtras plus l'Egypte,
car tu n'y verras plus de mendiants ni d'invalides. Les
faibles doivent céder la place aux forts, et j'extirperai
aussi de l'Egypte tout le sang faible et malade, afin que
notre peuple soit de nouveau sain et fort pour que mes
fils puissent l'entraîner à la conquête de tout l'univers.

Mais ces paroles ne me causèrent aucune joie, et
mon estomac tomba dans mes genoux et le froid me
rongea le cœur. C'est pourquoi je restai muet, sans
sourire. Il en fut vexé et fronça les sourcils et se battit
la cuisse de sa cravache en or, et il dit :

— Tu es aussi désagréable que jadis, Sinouhé, et tu me sembles être un stérile buisson d'épines, et je ne comprends pas pourquoi je croyais me réjouir en te revoyant. Tu es le premier que j'aie appelé devant moi, avant même d'avoir vu mes enfants et salué mon épouse, car la guerre m'a rendu solitaire et le pouvoir m'a rendu solitaire, si bien qu'en Syrie je n'avais personne avec qui partager mes joies et mes peines, mais je devais toujours soupeser chaque parole. A toi, Sinouhé, je ne demande rien, sauf ton amitié, mais il me semble qu'elle s'est éteinte et que tu n'es pas heureux de me revoir.

Je m'inclinai profondément devant lui et mon cœur solitaire volait vers lui et je dis :

— Horemheb, je suis le seul survivant de nos amis d'enfance. C'est pourquoi je t'aimerai toujours. Maintenant le pouvoir est à toi et bientôt tu porteras les couronnes des deux pays, et personne ne pourra plus te résister. C'est pourquoi je t'en supplie, Horemheb, fais revenir Aton. Pour notre ami Akhenaton, restaure Aton. Pour notre crime atroce, restaure Aton, afin que tous les peuples soient comme des frères et qu'il n'y ait plus de guerre.

A ces mots, Horemheb secoua la tête et dit :

— Tu es aussi fou que naguère, Sinouhé. Ne comprends-tu pas qu'Akhenaton a lancé une pierre dans l'eau, et le bruit fut grand, mais je ramène le calme à la surface, comme si la pierre n'avait jamais existé ? Ne comprends-tu pas que mon faucon m'a conduit à la maison dorée lors de la mort du grand

pharaon, afin que l'Egypte ne succombe point ? C'est
pourquoi je remettrai tout en place, car l'homme n'est
jamais content du présent, mais seul le passé est bon à
ses yeux et l'avenir aussi est bon. J'unirai le passé et
l'avenir. Je pressurerai les riches qui ont accumulé des
fortunes scandaleuses, et je pressurerai aussi les dieux
qui se sont engraissés, afin que dans mon royaume les
riches ne soient pas trop riches ni les pauvres trop
pauvres, et personne, pas même un dieu, ne pourra me
disputer le pouvoir. Mais c'est en vain que je t'explique
mes idées, tu ne les comprends pas, car tu es faible et
impuissant, et les faibles n'ont pas le droit de vivre, ils
sont créés pour être foulés aux pieds par les forts. Il en
est de même pour les peuples, il en a toujours été ainsi,
il en sera toujours ainsi.

C'est ainsi que nous nous séparâmes, Horemheb et
moi, et nous n'étions plus amis comme avant. Après
mon départ, il alla trouver ses fils et il les souleva dans
ses bras puissants, puis il se rendit chez la princesse
Baketamon et lui dit :

— Ma royale épouse, tu as brillé comme la lune
dans mon esprit pendant toutes les années écoulées, et
j'ai langui après toi. Mais maintenant l'œuvre est
accomplie et tu seras bientôt la grande épouse royale à
mes côtés, comme t'y autorise ton sang sacré. Beaucoup de sang a coulé pour toi, et des villes ont brûlé
pour toi. N'ai-je pas mérité ma récompense ?

Baketamon lui sourit aimablement et lui toucha
pudiquement l'épaule en disant :

— En vérité, tu as mérité ta récompense, Horemheb mon mari, grand capitaine de l'Egypte. C'est pourquoi j'ai fait construire dans le parc un pavillon sans pareil, pour pouvoir t'y accueillir comme tu le mérites, et c'est moi qui dans mon ennui en ai recueilli chaque pierre en t'attendant. Allons voir ce pavillon, afin que tu reçoives ta récompense dans mes bras et que je te cause du plaisir.

Horemheb fut ravi de ces paroles et Baketamon le prit pudiquement par la main et le conduisit dans le jardin, et les courtisans se cachèrent en retenant leur souffle, pleins d'effroi à la pensée de ce qui allait se passer, et même les esclaves et les palefreniers s'enfuirent. Baketamon fit entrer Horemheb dans le pavillon, mais quand celui-ci, dans son impatience, voulut la prendre dans ses bras, elle le repoussa doucement et dit :

— Refrène un instant tes instincts virils, Horemheb, afin que je puisse te raconter toutes les peines que j'ai eues pour t'élever ce pavillon. J'espère que tu te rappelles ce que je t'ai dit, la dernière fois que tu m'as prise de force. Eh bien, regarde chaque pierre et sache que chacune, et elles sont nombreuses, est pour moi le souvenir d'une jouissance dans les bras d'un autre homme. C'est avec mes jouissances que j'ai élevé ce pavillon en ton honneur, Horemheb, et cette grosse pierre blanche m'a été apportée par un poissonnier qui était tout emballé de moi, et cette pierre verte provient d'un vidangeur du marché au charbon, et ces huit pierres brunes côte à côte sont le cadeau d'un marchand de légumes qui était insatiable dans mes bras et

qui louait mon habileté. Pour peu que tu aies de la
patience, je te raconterai l'histoire de chaque pierre, et
nous aurons du temps pour cela. Nous aurons bien des
années à vivre ensemble, et les jours de notre vieillesse
seront communs, mais je crois que j'aurai assez
d'histoires à te raconter chaque fois que tu voudras me
prendre dans tes bras.

D'abord, Horemheb refusa de la croire, il pensa à
une folle plaisanterie et l'attitude pudique de Baketamon le trompa. Mais en regardant les yeux ovales de la
princesse, il y vit briller une haine plus effrayante que
la mort, et il la crut. Fou de rage, il prit son poignard
hittite pour tuer cette femme qui l'avait ainsi désho-
noré. Mais Baketamon découvrit sa poitrine et dit d'un
ton railleur :

— Frappe, Horemheb, frappe, et les couronnes
t'échapperont, car je suis prêtresse de Sekhmet et mon
sang est sacré, et si tu me tues, tu n'auras plus aucun
droit au trône des pharaons.

Ces paroles calmèrent Horemheb. C'est ainsi que la
vengeance de Baketamon fut complète, car Horemheb
lui était désormais lié, et il n'osa pas même faire
démolir le pavillon qu'il eut sans cesse sous les yeux
quand il regardait dehors par ses fenêtres. En effet,
après mûre réflexion, il n'avait pas vu d'autre parti que
de feindre d'ignorer la conduite de Baketamon pendant
son absence. Et s'il avait fait démolir le pavillon, tout le
monde aurait compris qu'il savait comment Baketamon avait incité la plèbe de Thèbes à cracher dans son
lit. C'est pourquoi il préféra laisser les gens rire

derrière son dos plutôt que de s'exposer à une honte publique. Mais désormais il ne toucha plus Baketamon, et il vécut solitaire, et je dois dire à l'honneur de Baketamon qu'elle renonça à ses entreprises de construction.

Voilà ce qui arriva à Horemheb, et je crois qu'il n'eut pas beaucoup de joie de ses couronnes, lorsque les prêtres l'oignirent et placèrent sur sa tête la couronne rouge et blanche. Il devint méfiant et n'eut plus guère confiance en qui que ce fût, il avait toujours l'impression qu'on se moquait de lui par-derrière à cause de sa mésaventure conjugale. Il avait une épine éternelle au flanc et son cœur ne trouvait jamais la paix. Il noyait son chagrin dans le travail, et il se mit à sortir le fumier de l'Egypte pour tout restaurer et pour remplacer l'injustice par la justice.

7

Pour être équitable, je dois encore parler des bonnes actions de Horemheb, car le peuple le louait hautement et le considérait comme un bon souverain, et dès les premières années de son règne, on le rangea parmi les grands pharaons. C'est qu'il tracassa les riches et les nobles, car il ne permettait à personne d'être trop riche ou trop noble, afin que personne ne pût lui disputer le pouvoir, et cela plaisait fort au peuple. Il châtia les

juges iniques et rendit leurs droits aux pauvres, et il
réforma l'imposition en payant sur le trésor le traitement des percepteurs qui n'eurent plus la possibilité de
pressurer le peuple pour s'enrichir.

En proie à une inquiétude constante, il parcourait le
pays de province en province et de village en village,
examinant les abus, et sa route étaient marquée par les
oreilles et les nez coupés des percepteurs malhonnêtes
et par des coups de bâton et des hurlements. Même le
plus pauvre pouvait lui exposer directement son
affaire, et il rendait la justice avec une fermeté
inébranlable. Il envoya de nouveau des navires à
Pount, et les femmes et les enfants des marins pleurè-
rent de nouveau sur les quais en se blessant le visage
selon la vieille coutume, et l'Egypte s'enrichit rapidement, car sur dix navires au moins trois revenaient
chaque année avec de grands trésors. Il construisit des
temples et rendit aux dieux ce qui est aux dieux, sans
en favoriser aucun spécialement, sauf Horus, et il
s'intéressa surtout au temple de Hetnetsut où on
l'adorait comme un dieu en lui sacrifiant des bœufs.
C'est pourquoi le peuple bénissait son nom et le louait
hautement et racontait sur lui des histoires merveilleuses.

Kaptah aussi continuait à prospérer et à s'enrichir,
et personne ne pouvait rivaliser avec lui. Comme il
n'avait pas de femme ni d'enfants, il avait désigné
Horemheb comme son légataire universel, afin de
pouvoir vivre sa vie en paix et accroître ses richesses.
C'est pourquoi Horemheb ne le pressura pas aussi

impitoyablement que les autres riches, et les percepteurs le ménageaient.

Kaptah m'invitait souvent dans son palais qui était situé dans le quartier des nobles et dont les jardins et parcs occupaient un vaste emplacement, si bien qu'il n'avait aucun voisin pour le déranger. Il mangeait dans de la vaisselle d'or et chez lui l'eau coulait à la manière crétoise par des robinets d'argent, et sa baignoire était d'argent, et le siège de ses toilettes était en ébène et les parois étaient marquetées de pierres formant des dessins amusants. Il m'offrait des mets extraordinaires et me versait du vin des pyramides, et des musiciens et des chanteurs, avec les plus belles et illustres danseuses de Thèbes, nous divertissaient pendant le repas.

Il donnait aussi de grands banquets, et riches et nobles y venaient volontiers, bien qu'il fût né esclave et qu'il eût conservé bien des façons vulgaires, comme de se moucher avec les doigts ou de roter bruyamment. C'est qu'il était un amphitryon généreux et qu'il distribuait de précieux cadeaux à ses hôtes, et ses conseils en affaires étaient judicieux, si bien que chacun profitait de son amitié. Ses propos et ses récits étaient d'une drôlerie irrésistible, et souvent il se déguisait en esclave pour amuser ses invités et pour leur raconter des blagues à la manière des esclaves hâbleurs, car il était assez riche pour n'avoir plus à redouter des allusions désobligeantes à son passé. Il me disait :

— O mon maître Sinouhé, lorsqu'un homme est assez riche, il ne peut plus s'appauvrir, il devient toujours plus riche, même s'il ne le voulait pas. Mais ma fortune provient de toi, Sinouhé, et c'est pourquoi je te reconnais pour mon maître et il ne te manquera jamais rien tant que tu vivras, même s'il vaut mieux pour toi n'être pas riche, car tu ne sais pas utiliser ta richesse, tu causerais seulement du scandale et des dommages. Ce fut en somme une chance pour toi de gaspiller ta fortune du temps du faux pharaon, et je veillerai à ce que tu ne manques jamais du nécessaire.

Il protégeait aussi les artistes et ils le sculptèrent dans la pierre et son portrait était noble et distingué, et il avait les membres fins et les joues hautes et ses deux yeux voyaient, et il était assis avec une tablette sur les genoux et un style à la main, bien qu'il n'eût jamais su écrire, car il avait des scribes et des comptables. Ces statues amusèrent beaucoup Kaptah, et les prêtres d'Amon, à qui il avait offert de grands présents dès son retour de Syrie pour se ménager la faveur des dieux, en placèrent une dans le grand temple.

Il se fit également construire une vaste tombe dans la nécropole, et les artistes en couvrirent les murs de nombreuses images de Kaptah vaquant à ses occupations quotidiennes, et il avait l'air d'un noble élégant et beau, sans bedaine, car il voulait rouler les dieux et parvenir dans le royaume de l'Occident tel qu'il se rêvait et non pas tel qu'il était. A cet effet il se fit rédiger un livre des morts qui est le plus artistique et le plus compliqué que j'aie jamais vu et qui comprenait douze rouleaux d'images et d'écritures, ainsi que des conjurations pour apaiser les esprits des enfers et pour munir la balance d'Osiris de poids pipés et pour soudoyer les quarante babouins. Il estimait en effet que la sécurité prime tout, et il respectait notre scarabée plus qu'aucun dieu.

Je n'enviais pas la richesse de Kaptah et son bonheur, pas plus que je n'enviais le plaisir et la satisfaction de mon prochain, et je ne voulais plus enlever aux gens leurs illusions, puisqu'elles les rendaient heureux. Car souvent la vérité est cruelle, et il vaut mieux tuer un homme que de lui arracher ses illusions. Mais les illusions ne me donnaient aucune paix et mon travail ne me contentait pas, et pourtant durant ces années je soignai et guéris de nombreux malades et je fis aussi plusieurs trépanations et trois malades seulement en moururent, si bien que ma réputation de trépanateur se répandit au loin. Malgré tout, je n'étais pas satisfait, et Muti me communiquait peut-être sa misanthropie, si bien que je rabrouais tout le monde. Je reprochais à Kaptah ses excès de table et je reprochais aux pauvres leur paresse et aux riches leur égoïsme et aux juges leur indifférence, et je n'étais content de personne, et je brocardais tout le monde. Mais je ne brusquais jamais les malades et les enfants, et je guérissais les malades en leur causant le moins de douleurs possible, et je chargeais Muti de distribuer des gâteaux au miel aux enfants de la rue dont les yeux me rappelaient les yeux clairs de Thot.

On disait de moi :

— Ce Sinouhé est bourru et bougon, et sa bile bout sans cesse, si bien qu'il ne sait plus jouir de la vie. Et ses mauvaises actions le poursuivent, si bien qu'il ne peut dormir la nuit.

Mais je disais aussi du mal de Horemheb dont toutes les actions me semblaient mauvaises, et surtout je critiquais ses bousiers qu'il entretenait sur les greniers royaux et qui menaient une vie de fainéantise en se vantant de leurs exploits dans les auberges et dans les maisons de joie et qui provoquaient des bagarres et inquiétaient les filles dans les rues de Thèbes. C'est que Horemheb pardonnait à ses bousiers toutes leurs frasques et ne leur donnait jamais tort. Si les pauvres venaient se plaindre à lui du viol de leurs filles, il leur disait qu'ils devaient être fiers que ses soldats engendrent une race forte en Egypte. C'est qu'il méprisait les femmes et ne voyait en elle que des instruments de procréation.

On m'avait mis en garde contre ces propos que je tenais si imprudemment, mais je n'y renonçai pas, car je ne craignais rien pour moi. Mais à la longue Horemheb devint méfiant et susceptible, et un beau jour ses gardes pénétrèrent dans ma maison et chassèrent les malades et m'emmenèrent devant Horemheb. C'était le printemps et l'inondation s'était retirée et les hirondelles survolaient le fleuve de leur vol rapide comme la flèche. Horemheb avait vieilli et sa nuque s'était voûtée et son visage était jaune et les muscles saillaient sous la peau de son long corps maigre. Il me regarda dans les yeux, et il me dit :

— Sinouhé, maintes fois je t'ai fait avertir, mais tu te moques de mes avertissements et tu continues à dire aux gens que le métier de soldat est le plus vil de tous et le plus méprisable, et tu dis qu'il vaut mieux pour un enfant mourir dans le sein maternel que devenir soldat, et que deux ou trois enfants suffisent pour une femme, et qu'il vaut mieux élever convenablement trois enfants que de devenir pauvre et malheureuse en en élevant neuf ou dix. Tu as dit aussi que tous les dieux sont égaux et que tous les temples sont des lieux obscurs, et tu as dit que le dieu du faux pharaon valait mieux que tous les autres. Et tu dis qu'un homme ne doit pas en acheter un autre pour en faire son esclave, et tu prétends que le peuple qui laboure et sème et récolte doit aussi posséder la terre, même si elle appartient au pharaon. Et tu as osé dire que mon régime ne diffère guère de celui des Hittites, et tu as proféré encore une foule de stupidités qui mériteraient un envoi aux mines. Mais j'ai été patient envers toi, Sinouhé, parce que jadis tu as été mon ami, et tant que le prêtre Aï vivait, j'avais besoin de toi, parce que tu étais mon seul témoin contre lui. Mais tu ne m'es plus nécessaire, au contraire tu ne pourrais que me nuire à cause de tout ce que tu sais. Si tu avais été sage et prudent, tu aurais fermé la bouche et vécu tranquillement, car rien ne t'aurait jamais manqué, mais au lieu de cela tu vomis des ordures sur ma tête, et je ne veux plus le tolérer.

Il s'excita en parlant et frappa ses cuisses maigres de sa cravache et fronça le sourcil en disant :

— En vérité, tu es comme un pou des sables entre mes orteils et un taon sur mes épaules, et dans mon jardin je ne tolère pas de buissons stériles qui ne

produisent que des épines vénéneuses. C'est de nouveau le printemps dans le pays de Kemi et les
hirondelles commencent à s'enfouir dans la vase et la
colombe roucoule et les acacias fleurissent. Le printemps est une saison dangereuse, car il suscite toujours
des troubles et de vains propos, et les jeunes gens
voient rouge et ramassent des pierres pour lapider les
gardiens, et on a déjà barbouillé mes images dans
quelques temples. C'est pourquoi je dois te bannir hors
d'Egypte, Sinouhé, si bien que plus jamais tu ne
reverras le pays de Kemi, car si je te permets de rester
ici, le jour viendra où je devrai donner l'ordre de te
mettre à mort, et je ne voudrais pas le faire, parce que
tu as été mon ami. Tes propos insensés pourraient en
effet être l'étincelle qui allume les roseaux secs, et une
fois qu'ils sont allumés, ils brûlent avec de hautes
flammes. C'est pourquoi les paroles sont parfois plus
dangereuses que les lances, et je veux extirper
d'Egypte les propos factieux, comme un bon jardinier
arrache les mauvaises herbes, et je comprends les
Hittites qui empalent les sorciers le long de leurs
routes. Je ne veux plus que le pays de Kemi soit la
proie des flammes, ni à cause des hommes, ni à cause
des dieux, et c'est pourquoi je te bannis, Sinouhé,
parce que tu n'as certainement jamais été un Egyptien,
mais que tu es un curieux bâtard dont le cerveau abrite
des pensées malades.

Il avait peut-être raison, et la peine de mon cœur
provenait peut-être du fait que dans mes veines le sang
sacré des pharaons se mêlait au sang pâle du crépuscule

de Mitanni. Mais malgré tout ces paroles me firent
pouffer et je mis la main devant ma bouche par
politesse. Et pourtant j'étais rempli d'appréhension,
car Thèbes était ma ville et j'y étais né et j'y avais vécu
et je ne voulais pas vivre ailleurs qu'à Thèbes. Mon rire
blessa Horemheb qui avait pensé que je me prosterne-
rais à ses pieds pour implorer son pardon. C'est
pourquoi il brandit son fouet et dit :

— C'est décidé. Je te bannis à jamais, et quand tu
mourras, ton corps ne pourra être enterré en Egypte,
bien que je t'autorise à le faire conserver éternellement
selon la vieille tradition. Ton corps reposera sur la rive
de la mer orientale, à l'endroit où l'on s'embarque pour
Pount, et c'est là que je t'exile, car je ne peux t'envoyer
en Syrie où restent des tas de charbons à demi éteints,
et pas non plus au pays de Koush, car tu dis que tous
les hommes sont égaux et que les Egyptiens et les
nègres se valent, et tu pourrais semer des idées folles
dans la tête des Noirs. Mais le rivage de la mer est
désert et tu pourras tenir des discours aux rochers
rouges et au vent du désert et aux vagues, et tu auras
pour auditeurs les chacals et les corbeaux et les
serpents. Les gardiens mesureront l'espace où tu
pourras te mouvoir et ils t'abattront à coups de lance, si
tu essayes de franchir la limite fixée. Mais pour le reste
tu ne manqueras de rien et ton lit sera confortable et ta
nourriture abondante, et on t'enverra tout ce que tu
demanderas de raisonnable, car l'exil dans la solitude
est un châtiment amplement suffisant pour toi et je ne
veux pas te persécuter, puisque tu as été mon ami.

Je ne redoutais pas la solitude, parce que toute ma
vie j'avais vécu solitaire, mais mon cœur fondit de
tristesse en pensant que plus jamais je ne reverrais
Thèbes et que plus jamais je ne sentirais la molle glèbe
du pays de Kemi et que plus jamais je ne boirais l'eau
du Nil. C'est pourquoi je dis à Horemheb :

— Je n'ai pas beaucoup d'amis, car les gens me
fuient à cause de ma langue acérée et amère, mais tu
me permettras cependant de prendre congé d'eux. Je
voudrais aussi dire adieu à Thèbes et parcourir encore
une fois l'allée des Béliers et sentir l'odeur de l'encens
entre les grandes colonnes du temple et humer le relent
des poissons frits, le soir, dans le quartier des pauvres,
lorsque les femmes allument les feux devant les
cabanes de pisé et que les hommes rentrent du travail,
les épaules affaissées.

Horemheb aurait certainement accédé à ma
demande, si j'avais pleuré devant lui et si je m'étais jeté
à ses pieds, car il était vaniteux, et la principale cause
de sa rancœur contre moi était sûrement que je ne
l'admirais point et ne le flattais point. Mais bien que je
fusse faible et que j'eusse un cœur de brebis, je ne
voulais pas m'humilier devant lui, car la science ne doit
pas s'incliner devant la puissance. Je cachai ma bouche
pour étouffer un bâillement, car une forte peur me fait
toujours dormir et sur ce point je crois différer de la
plupart des gens. Alors Horemheb dit :

— Je n'aime pas les retards ni les effusions, car je
suis un soldat. Tu vas partir immédiatement, et ton
départ sera facile, et il n'y aura pas de manifestations ni

de bagarres à cause de toi, car on te connaît à Thèbes, et mieux que tu ne le penses. Tu partiras dans une litière fermée, mais si quelqu'un désire t'accompagner, je le permets, mais il devra rester à jamais au lieu de déportation, même après ta mort, et y mourir lui-même. C'est que les idées dangereuses sont contagieuses comme la peste, et je ne veux pas que la contagion gagne l'Egypte. Quant à tes amis, si tu penses à un esclave de moulin aux doigts déformés et à un artiste ivrogne qui dessine des dieux accroupis au bord du chemin et à quelques nègres qui ont fréquenté ta maison, tu les chercherais en vain, car ils sont partis pour un très long voyage d'où l'on ne revient pas.

En cet instant, je haïssais Horemheb, mais je me détestais encore davantage, parce que mes mains avaient de nouveau semé la mort et que mes amis avaient souffert à cause de moi. Je ne dis plus un mot, je plaçai mes mains à la hauteur des genoux et je sortis. Horemheb dit simplement :

— Le pharaon a parlé.

Les gardes me placèrent dans une litière fermée qui sortit de Thèbes et se dirigea vers l'est au-delà des montagnes, le long d'une route pavée que Horemheb avait fait construire. Le voyage dura vingt jours, et alors nous arrivâmes dans le port où l'on chargeait les navires à destination de Pount. Mais le port était habité, et les gardes me menèrent le long du rivage jusqu'à un village abandonné, à trois journées de marche du port. C'est là qu'ils mesurèrent l'espace où je pouvais me mouvoir, et ils me construisirent une

maison dans laquelle j'ai habité toutes ces années, et il
ne m'y manqua jamais rien de ce que je désirais, et j'y
ai vécu la vie d'un homme riche et j'y ai tout ce qu'il
faut pour écrire et du papier fin et des coffrets de bois
noir dans lesquels je conserve les livres que j'écris et
mes instruments de médecin. Mais c'est le dernier livre
que j'écris, et je n'ai plus grand-chose à ajouter, car je
suis las et vieux et mes yeux sont fatigués, si bien que je
ne distingue plus clairement les signes sur le papier.

Je crois que je n'aurais pas pu supporter la vie si je
n'avais pas imaginé d'écrire mes souvenirs et de revivre
ainsi mon existence. Je voudrais comprendre pourquoi
j'ai vécu, mais à la fin de ce dernier livre, je le sais
encore moins que jamais.

Chaque jour la mer se déploie devant moi et je l'ai
vue rouge et noire, verte le jour et blanche la nuit, et
par les grandes chaleurs plus bleue que les pierres
bleues, et je suis las de contempler la mer, car elle est
trop grande et trop effrayante pour qu'on puisse la
regarder toute sa vie. Et j'ai aussi contemplé les
montagnes rouges autour de moi et j'ai étudié les puces
du sable, et les scorpions et les serpents sont devenus
mes amis, ils ne me fuient plus, ils m'écoutent. Mais je
crois que les scorpions et les serpents sont de mauvais
amis pour l'homme, c'est pourquoi je suis las d'eux
comme je suis las des flots éternels de la mer sans fin.

Je dois encore mentionner que la première année
après mon bannissement, lorsqu'arriva au port la
caravane de Pount, la fidèle Muti me rejoignit. Elle mit
les mains à la hauteur des genoux et me salua et pleura

amèrement en voyant mon triste état, car mes joues étaient creuses et mon ventre avait fondu, et tout m'était égal. Mais elle se ressaisit vite et se mit à me couvrir de reproches et me dit en bougonnant :

— Ne t'ai-je pas mille fois mis en garde, Sinouhé, contre ta nature qui ne peut que te jouer de vilains tours. Mais les hommes sont plus sourds que les pierres, et les hommes sont des enfants qui doivent se casser la tête contre les murs. En vérité, c'est le moment pour toi de te calmer et de vivre sagement, puisque ce petit objet que les hommes cachent sous leur pagne parce qu'ils en ont honte, ne te tourmente plus et ne te donne plus la fièvre, car c'est de lui que provient tout le malheur du monde.

Mais quand je la grondai d'avoir quitté Thèbes pour me rejoindre, sans espoir de retour, et pour lier son existence à celle d'un banni, elle me répondit brusquement :

— Au contraire, ce qui t'est arrivé est tout ce que tu pouvais te souhaiter de mieux, et je crois que le pharaon Horemheb est vraiment ton ami, puisqu'il t'a envoyé dans un endroit aussi calme pour y passer ta vieillesse. Moi aussi je suis lasse de l'agitation de Thèbes et des voisins querelleurs qui empruntent mes ustensiles sans jamais les rendre et qui vident leurs ordures dans ma cour. En y pensant bien, la maison de l'ancien fondeur de cuivre n'était plus la même depuis l'incendie, et le four brûlait mes rôtis et l'huile rancissait dans les cruches et il y avait des vents coulis dans la cuisine, et les volets grinçaient sans arrêt. Mais ici on pourra tout recommencer depuis le commencement et tout aménager à notre guise, et j'ai déjà aperçu un terrain excellent pour un jardin potager, et j'y planterai le cresson que tu aimes tant, ô mon maître. En vérité, je vais mettre au travail ces fainéants que le pharaon t'a donnés pour te défendre contre les brigands et les voleurs, et je les enverrai chaque jour à la pêche et à la chasse, pour te procurer du gibier et du poisson frais, et ils ramasseront les coquillages et les moules, bien que je me méfie que les poissons de mer ne soient pas aussi savoureux que ceux du Nil. Et puis, je veux me choisir une bonne place pour ma tombe, car je n'ai pas l'intention de partir d'ici. J'en ai assez de courir le monde à ta recherche, et les voyages m'effrayent, car jusqu'ici je n'avais jamais mis les pieds hors de Thèbes.

C'est ainsi que Muti me réconfortait et me consolait, et je crois que c'est grâce à elle que je repris goût à la vie et que je me mis à écrire. Elle en fut ravie, car c'était une occupation pour moi, mais je crois qu'au fond de son cœur elle jugeait parfaitement inutile tout ce que j'écrivais. Elle me confectionnait d'excellents plats, car selon sa promesse elle avait forcé les gardes à travailler, ce qui leur rendait la vie amère, et ils pestaient contre Muti, mais ils n'osaient pas lui résister, car alors elle les couvrait d'injures, et sa langue était plus pointue que la corne d'un bœuf, et elle leur racontait sur le fameux petit objet des histoires qui leur faisaient baisser les yeux.

Mais d'autre part, Muti leur procurait du travail, ce

qui en somme les empêchait de trouver le temps long, et elle leur offrait parfois un mets de choix ou elle leur donnait de la bière forte, et elle leur apprit à se préparer une nourriture variée et saine. Chaque année, avec la caravane de Pount, Kaptah nous envoyait de nombreuses charges d'ânes d'objets divers et il y faisait joindre des lettres dictées à ses scribes, pour nous raconter ce qui se passait à Thèbes, si bien que je ne vivais pas complètement dans un sac. Les gardes finirent par ne plus désirer retourner à Thèbes, car ils avaient une vie agréable et mes cadeaux les enrichissaient.

Mais à présent je suis las d'écrire et mes yeux sont fatigués. Les chats de Muti sautent sur mes genoux et se frottent à ma main. Et mon cœur est las de tout ce que j'ai raconté et mes membres aspirent au repos éternel. Je ne suis peut-être pas heureux, mais je ne suis pas non plus malheureux dans ma solitude.

Mais je bénis le papier et je bénis le style, car ils m'ont permis de me revoir enfant dans la maison de mon père Senmout. J'ai parcouru les routes de Babylonie avec Minea, et les beaux bras de Merit se sont passés à mon cou. J'ai pleuré avec les malheureux et j'ai distribué mon blé aux pauvres. Mais je me refuse à évoquer encore mes mauvaises actions et la tristesse de mes pertes.

C'est moi, Sinouhé l'Egyptien, qui ai écrit tous ces livres pour moi-même. Pas pour les dieux ni pour les hommes, ni pour assurer l'éternité à mon nom, mais pour apaiser mon pauvre cœur qui a eu sa mesure comble. Je sais que les gardes détruiront à ma mort tout ce que j'ai écrit, ils démoliront les murs de ma maison sur l'ordre de Horemheb, et je ne sais si je suis fâché de cette perspective de disparition complète.

Mais je garde précieusement ces quinze livres et Muti a tissé pour chacun un solide étui de fibres de palme et je placerai ces étuis dans un coffret d'argent et ce coffret dans une solide boîte en bois dur qui sera mise dans une boîte de cuivre, comme jadis les livres divins de Thot furent enfermés dans une boîte et jetés dans le fleuve. Mais j'ignore si Muti réussira à soustraire la boîte aux gardes et à la placer dans ma tombe.

Car moi, Sinouhé, je suis un homme et comme tel j'ai vécu dans chaque homme qui a existé avant moi et je revivrai dans chaque homme qui viendra après moi. Je vivrai dans les rires et les pleurs de l'homme, dans ses chagrins et ses craintes, dans sa bonté et sa méchanceté, dans sa faiblesse et sa force. Comme homme, je vivrai éternellement dans l'homme et pour cette raison je n'ai pas besoin d'offrandes sur ma tombe ni d'immortalité pour mon nom. Voilà ce qu'a écrit Sinouhé l'Egyptien, qui vécut solitaire tous les jours de sa vie.

Impression Bussière à Saint-Amand (Cher),
le 28 juin 1990.
Dépôt légal : juin 1990.
1ᵉʳ dépôt légal dans la collection : juin 1981.
Numéro d'imprimeur : 1843.

ISBN 2-07-037298-7./Imprimé en France.
Précédemment publié aux Éditions Olivier Orban.
ISBN 2-855-65061-5

49965